AVIS DE TEMPÊTE

AVIS DE TEMPÊTE

Richard Castle

Traduit de l'anglais (États-Unis)
par Françoise Fauchet

City
THRILLERS

Également de Richard Castle :

- *Vague de chaleur* (2010)
- *Mise à nu* (2011)
- *Froid d'enfer* (2012)
- *Cœur de glace* (2012)

Publié aux États-Unis par Hyperion Books
sous le titre *Front Storm*

ISBN : 978-2-8246-0297-4
Code Hachette : 51 1987 0

Rayon : Thrillers
Collection dirigée par Christian English & Frédéric Thibaud

Catalogue et manuscrits : www.city-editions.com

Dépôt légal : juin 2013
Imprimé en France par France Quercy, 46090 Mercuès - n° 30869/

UN

Venise

Le gondolier, un beau ténébreux brun aux yeux noirs, la mâchoire carrée et les muscles tonifiés par le maniement quotidien de la rame, arborait le costume attendu par les touristes : un t-shirt blanc moulant à rayures rouges, pantalon noir et foulard rouge noué autour du cou. Pour parachever son effet, il gardait un chapeau de paille vissé sur la tête malgré l'heure tardive. On ne pouvait lui dénier un certain charme voyou.

D'un geste rompu, il donna une puissante impulsion pour faire passer la barque sous le pont de la Calle delle Ostreghe. Une fois la gondole lancée, il entonna un air mélancolique de sa belle voix de baryton.

— *Arrivederci Roma. Goodbye*, au revoir, *mentre...*

— Pas de chant, merci, objecta le passager, un homme au teint pâle et au physique mou, dont la voix et la veste de tweed évoquaient un pur produit de pensionnat britannique à l'ancienne.

— Mais cela fait partie du service, répondit le gondolier avec un fort accent italien. C'est – comment dites-vous ? – romantique. On pourrait peut-être vous trouver une gentille fille, hein ? Pour vous mettre de meilleure humeur ?

— Non, merci, persista le Britannique.

— Mais je risque de perdre ma licence, protesta le gondolier.

Il rama un instant en silence, puis baissa la tête au-dessus de son client et reprit sa chanson.

— *Ooooo-sssaaaaale-idiio*, fredonnait-il. *Ooooo-sodomia...*

— J'ai dit : « Pas de chant », l'interrompit le Britannique. Écoutez, je vous paye le double si vous arrêtez.

Le gondolier jura entre ses dents, mais obtempéra. La lune masquée par les nuages n'éclairait guère son chemin. Il se concentra donc sur sa tâche, dirigeant la haute proue gracieusement incurvée de la gondole vers le milieu du Grand Canal, pour s'engager ensuite dans la Laguna Veneta (curieux endroit pour une gondole en cette heure avancée de la nuit).

Dans la zone dégagée de la lagune, les courants étaient plus forts, et la barque à fond plat, mal adaptée à la houle engendrée par une brise d'ouest forcissant. Les sourcils froncés, le gondolier regardait le campanile de Saint-Marc s'éloigner.

— Où va-t-on déjà ? s'enquit-il.

— Continuez de ramer, rétorqua le Britannique en scrutant l'obscurité.

Quelques instants plus tard, trois flashs lumineux se succédèrent dans la nuit à quelques centaines de mètres. Ils provenaient de l'étrave d'un petit bateau de pêche approchant par tribord.

— Là, fit le Britannique en pointant le doigt vers la droite. C'est par là.

— *Sì, senore*, répondit l'Italien en dirigeant la gondole vers la lumière.

Très vite, ils se retrouvèrent le long d'un chalutier à coque blanche. Le gondolier dénombra aussitôt trois occupants, qui n'avaient vraiment rien de pêcheurs. L'homme à l'avant balayait l'horizon du canon de son AK-47. Un autre tenait la barre à deux mains, mais portait une arme dans son étui à la hanche droite. Le troisième, un albinos chauve comme un œuf et apparemment sans arme, ne lâchait pas des yeux le Britannique depuis la poupe.

Ce ne serait pas bien difficile.

Le bateau de pêche passa au point mort et s'immobilisa peu à peu. Lorsque les deux embarcations furent placées poupe à poupe, une brève conversation s'engagea entre le Britannique et l'albinos. Le gondolier attendit patiemment la fin de l'échange, puis l'albinos lança un petit sac de velours au Britannique.

Il passa alors à l'action. L'homme au AK-47 n'eut pas le temps de voir la longue rame sortir de l'eau. Quand il comprit qu'elle lui arrivait dessus à toute allure, la lame de bois ne se trouvait plus qu'à dix centimètres de son oreille. Trop tard. Il s'effondra lourdement.

Et d'un.

L'homme à la barre se montra lent à la détente. Sa première réaction fut de quitter le poste de pilotage pour voir d'où venait le bruit. Erreur. Il aurait dû dégainer son arme. Le temps de s'en rendre compte, le gondolier avait déjà lâché sa rame et bondi à bord. Il s'approchait maintenant les mains en garde. Bien qu'expert en arts martiaux, le gondolier opta pour une technique plus occidentale et, d'un direct du gauche, il le stupéfia, puis il l'assomma d'un uppercut du droit dans la mâchoire. Le barreur perdit connaissance.

Et de deux.

L'albinos portait déjà la main à sa cheville pour saisir son couteau, mais il était bien trop tard, et son geste, bien trop lent. Après une enjambée, le gondolier avait pivoté sur lui-même et lui assénait un ravageur coup de pied arrière à la tête. L'albinos s'écroula d'un coup.

Sous le regard interdit du Britannique, le gondolier attacha vivement les trois hommes avec des liens en plastique sortis de sa poche de pantalon. Le gondolier ne semblait pas même essoufflé.

— Allez, à ton tour, dit-il au Britannique en sortant un nouveau lien de sa poche.

On ne percevait plus la moindre trace d'accent italien. Il était… américain ?

— Qui…, qui êtes-vous ? demanda le Britannique, terrorisé.

— Ce n'est pas vraiment le plus important pour toi en ce moment, répondit le gondolier, prêt à regagner son embarcation. Être accusé de trahison est beaucoup plus...

— Mains en l'air ! cria le Britannique en tirant un Derringer de sa veste en tweed.

Le gondolier considéra le petit pistolet au canon court d'un air plus agacé qu'effrayé. Les services de renseignements lui avaient indiqué que le Britannique ne serait pas armé – ce qui prouvait, une fois de plus, le piètre niveau de renseignements de ces services.

Sans la moindre hésitation, le gondolier effectua un salto arrière parfaitement maîtrisé et plongea du chalutier dans les eaux agitées.

Le Britannique appuya sur la détente et tira au hasard. Le gondolier s'était montré trop rapide. Son adversaire aurait eu plus de chances de toucher l'un des innombrables pigeons de la lointaine Piazza San Marco.

Le Britannique le chercha des yeux, puis se retourna et se rendit à l'avant, espérant le voir refaire surface. Il comptait bien lui mettre une balle dans la tête. Le Derringer n'était certes pas l'arme la plus précise qui soit, mais le Britannique était un tireur hors pair. Comme le sont souvent les espions.

Il attendit. Dix secondes. Vingt secondes. Trente secondes. Une minute. Deux minutes. Le gondolier avait disparu. Comment était-ce possible ? Sa balle avait-elle atteint sa cible, finalement ? Ce ne pouvait être que cela. L'homme, quelle que fût son identité, gisait sans doute maintenant au fond de la lagune.

— Eh bien, voilà, fit le Britannique en rangeant le Derringer dans sa veste avant de se hisser sur le bord du bateau afin de juger de sa situation.

C'est alors qu'il sentit la main. Surgie de nulle part, elle resserra son étreinte froide et humide sur son poignet. Puis son bras se tordit, une douleur atroce l'électrisa, son coude céda. Un hurlement lui échappa, mais l'insoutenable souffrance ne dura pas, car le gondolier sautait déjà à bord et lui décochait un coup de poing à la tempe.

Le corps du Britannique perdit aussitôt le peu de tenue qu'il avait jamais eue et s'affala comme une chiffe molle sur le siège de la gondole.

— Tu aurais dû me laisser chanter, déclara le gondolier au corps inconscient. Je trouvais ça plutôt joli, moi.

Il ligota sa victime et s'empara du sac de velours pour en inspecter le contenu. Au fond, une poignée de diamants, d'une valeur d'au moins deux millions de dollars, brillait de tous ses éclats.

— Papi a encore des progrès à faire pour protéger les bijoux de famille, fit-il au Britannique encore inerte.

Le gondolier se redressa, porta sa montre à ses lèvres et actionna un bouton sur le côté.

— Centre de traitement des ordures, ici Vito, dit-il. C'est bon, envoyez la benne.

— Bien reçu, Vito, cracha une voix par les petits haut-parleurs de la montre. C'est parti. Vous êtes sûr d'en avoir terminé ?

— Affirmatif.

Le gondolier jeta un regard aux quatre individus immobilisés devant lui.

— Quatre poubelles seulement. Toutes prêtes à être vidées.

— On savait qu'on pouvait compter sur vous, fit une autre voix, aussi rocailleuse que les pierres roulant dans le lit d'un torrent. Bon boulot, Derrick Storm.

DEUX

Zurich

Le cambrioleur était dans la cuisine. Willhelm Sorenson en était certain. Le cœur battant, il s'approcha et marqua une pause derrière la porte battante, à l'affût du moindre bruit.

Oui, il l'entendait. L'une des casseroles qui pendaient du plafond venait de tinter. Cela ne pouvait être que lui. La poursuite serait bientôt terminée. Le voleur allait se faire prendre et être déféré en justice. Sa version à lui de la justice.

Tel un renard polaire dans la toundra, Sorenson avança encore, jusqu'à poser la main contre la porte. Encore un bruit. Un rire, cette fois. Il adorait ce jeu du chat et de la souris.

— Oh *Vögelein* ! « Mon petit oiseau », appela-t-il du nom doux qu'il donnait au voleur.

Son rire tinta de nouveau. Il fit irruption dans la cuisine, les bajoues pendantes, le souffle court. C'était le seul exercice ou presque auquel il se livrait.

Elle était déjà loin. Il sentit la sueur perler sur son front, puis lui dégouliner du visage. La triple dose de petites pilules bleues qu'il avait prise une demi-heure plus tôt avait dilaté à peu près tous les vaisseaux sanguins de son organisme. Le sang affluait maintenant dans tout son corps. Son teint d'ordinaire si pâle avait viré au violacé, et son thermostat interne était réglé si fort qu'il transpirait plus qu'un porc envoyé à l'abattoir.

Heureusement qu'aucun membre du conseil n'était là pour le voir, sans parler de la presse : Willhelm Sorenson, l'un des hommes les plus riches de Suisse et l'un des plus puissants banquiers au monde, en chaussettes, fixe-chaussettes et caleçon, une fausse casquette de gendarme sur la tête.

Il avait envoyé sa femme en week-end œnologique avec ses amies dans le Val de Loire, où il possédait une maison de campagne. Elle pouvait s'y adonner à sa passion pour le vin, cette espèce d'alcoolique, tandis que lui profitait seul de leur propriété sur les bords du lac de Greifen.

Ou plutôt, à deux avec Brigitte, une jeune Suédoise de dix-neuf ans, sa dernière obsession en matière de distractions à la limite de la légalité.

Leurs petits tête-à-tête n'étaient pas, au sens strict de la loi, illégaux ; juste immoraux, adultères, et surtout écœurants. Sincèrement, on ne pouvait guère trouver vision plus abjecte que cet homme marié de près de soixante-dix ans, le ventre flasque et grumeleux pendouillant par-dessus le slip, poursuivant cette splendide blonde juvénile au corps svelte et élancé.

Quoi qu'il en soit, c'était leur petit jeu. Elle revêtait la dernière lingerie qu'il lui avait achetée à un prix exorbitant – en l'occurrence, un ensemble à quatre cents dollars rapporté de New York en soie rose bordé de plumes – et courait à travers la maison. Elle buvait directement au goulot du Bollinger « Vieilles Vignes françaises » à quatre cent cinquante euros la bouteille. Cinq longues gorgées suffisaient pour simuler l'ivresse, mais il lui en fallait dix pour supporter les caresses, les gémissements et la sueur de Willhelm quand il était sur elle. Alors seulement, elle se laissait attraper, pour s'en débarrasser en fait. En général, il n'y en avait pas pour plus de cinq minutes.

— Oh ! *Schnucki* ! gazouillait-elle.

C'était son petit nom pour lui. Il signifiait en gros « mon bichon » – le surnom sans doute le plus mal approprié depuis les origines du langage.

Elle n'était nulle part dans la cuisine. Il suivit le doux son de sa voix jusque dans le séjour, une pièce au plafond cathédrale avec vue imprenable sur le lac. Néanmoins, ce n'était pas la nappe d'eau tranquille qui attirait son attention pour l'instant.

— Je vais t'attraper, *Vögelein* !

Il se cogna l'orteil contre le canapé et émit un juron. Lui n'avait pas bu. Déjà qu'il avait du mal à jeun. Ivre, il aurait à peine réussi à lever le drapeau malgré l'aide des pilules.

Les rires semblaient maintenant provenir du couloir de l'entrée, où il se dirigea. Oui, la partie se terminait. Hormis le petit salon qu'elle desservait, l'entrée était une voie sans issue. La belle ingénue allait être à lui.

C'est alors qu'il l'entendit crier.

Sorenson fronça les sourcils. Elle n'était pas censée lui faciliter autant les choses. Cela ne faisait pas partie du jeu.

Peu importe. Il aurait ce qu'il voulait, puis il l'enverrait en ville avec sa carte bancaire faire la tournée des clubs. Ainsi, il pourrait dormir.

— Je te tiens, *Vögelein* ! lança-t-il.

En débouchant dans le vestibule, il s'arrêta. Six hommes en noir et lourdement armés se tenaient dans la pénombre. Leur visage disparaissait derrière des lunettes de vision nocturne.

L'un d'eux, le plus imposant du lot, avait attrapé Brigitte par une couette et la menaçait d'un couteau sous la gorge. Elle écarquillait les yeux.

— De quoi s'agit-il ? demanda Sorenson en allemand.

Le plus petit du groupe, une boule de muscles d'à peine un mètre soixante, retira son masque, révélant un cache-œil et un visage à moitié ravagé par de graves brûlures qui lui avaient laissé la peau cireuse. Il braqua sur Sorenson un Ruger semi-automatique de calibre 45.

— La ferme, le somma l'homme, qu'en son for intérieur Sorenson avait déjà surnommé le « Pirate », avant de lui indiquer le salon. Entrez là.

Willhelm Sorenson était chef cambiste à la Banque nationale suisse, la plus grande institution financière helvétique avec plus de deux mille milliards de francs d'actifs. Chaque jour, d'une pression sur un bouton, il déplaçait des fortunes incalculables en euros, dollars, yuans et rands. Son seul bonus de l'année précédente atteignait quarante-cinq millions de francs, sans parler de ses investissements privés. Personne ne lui donnait d'ordre.

— C'est… proprement scandaleux ! s'exclama Sorenson en revenant à l'anglais. Qui êtes-vous ?

Le Pirate se tourna vers le type qui tenait Brigitte et hocha la tête. D'un coup de couteau, l'homme trancha la gorge de la fille. Son cri parut noyé. Elle s'affaissa. Le sang jaillit de sa carotide. Elle porta la main à son cou, mais c'était comme tenter de stopper une eau en crue avec une passoire à nouilles. Le sang lui giclait entre les doigts.

— On ne me désobéit pas, déclara le Pirate.

Avec horreur, Sorenson regarda son jouet se vider de son sang. Non qu'il s'inquiétât pour elle ; seule sa propre personne lui importait. La panique s'empara de lui. Il avait donné congé à son service de sécurité pour le week-end, afin de profiter tranquillement de son rendez-vous galant avec Brigitte.

Il possédait bien une arme, un vieux Walther P-38 que lui avait légué son père, un sympathisant nazi, mais elle était rangée dans le coffre à l'étage.

Il n'avait pas non plus son téléphone sur lui, et, de toute façon, ces types n'étaient pas du genre à le laisser s'en servir.

Il se trouvait à leur merci.

— S'il vous plaît, soyons raisonnables, avança Sorenson en essayant de garder son calme. Je suis très riche, je peux...

— La ferme, ordonna le Pirate en braquant cette fois Sorenson au visage. Allez, avance.

Sorenson sentit un canon dans son dos. L'un des autres membres du groupe était passé derrière lui et le poussait vers le salon. Il s'y laissa lentement guider. Il fallait rester sur le qui-vive ; ces hommes n'étaient pas là pour le tuer. On ne tuait pas un homme comme Willhelm Sorenson. Trop de répercussions. Néanmoins, cela allait forcément lui coûter beaucoup d'argent, sans parler de l'humiliation.

Sorenson jeta un dernier regard à Brigitte, qui gisait maintenant face contre terre dans une mare de sang. Comment allait-il pouvoir s'en expliquer à sa femme ? Il avait toujours fait preuve de discrétion sur son petit hobby, du moins suffisamment pour entretenir l'illusion d'une vie de couple normale. Pire, le sang de Brigitte avait coulé sur le tapis en soie, une antiquité qu'ils avaient rapportée de Turquie. C'était le préféré de ce vieux chameau. Merde. Il allait au-devant de sacrés ennuis.

— Là, fit le Pirate quand ils furent dans le salon.

Il indiquait un fauteuil à haut dossier offert par les Windsor en personne.

Avec une grande économie de gestes, deux hommes le ligotèrent sur le siège, lui enroulant soigneusement les chevilles, les genoux, les hanches, la poitrine et le dos de ruban adhésif. Seuls ses bras furent laissés libres.

— Quelle que soit la somme qu'on vous paye, vous savez, je peux vous donner plus, proposa Sorenson. Je vous assure.

— La ferme, ordonna le Pirate en lui assénant une claque du revers de la main.

— Vous ne comprenez pas, je...

— Tu veux que je te découpe les lèvres ? demanda le Pirate. Je serais ravi de le faire si tu continues à la ramener.

Sorenson se tut. Ils voulaient d'abord établir leur domination sur lui ? À leur guise. Lorsque les deux hommes eurent fini de le ligoter, le Pirate ouvrit la fermeture éclair d'un sac en toile noir et en sortit un étrange bloc de bois.

Il s'agissait d'une sorte d'entrave munie de trous ovales pour les poignets et d'attaches réglables permettant de le fixer à une surface lisse. Du regard, le Pirate chercha autour de lui ce qu'il lui fallait et le trouva dans un coin : une table en ébène du Sénégal, sculptée à la main et ornée de zelliges marocains. Le meuble pesait une centaine de kilos.

Il avait fallu deux hommes et un chariot pour le mettre en place trois ans plus tôt, et il n'avait pas été déplacé depuis sa livraison. Le Pirate le souleva sans l'aide de personne, et pratiquement sans effort. Il le disposa devant Sorenson, à qui il passa les menottes.

Sur un signe de tête de leur chef, les hommes qui avaient immobilisé le banquier lui saisirent chacun un bras. De toute évidence, ce n'était pas une première pour eux.

Chacun de leur geste semblait éprouvé. Ils lui glissèrent les bras dans l'entrave. Le Pirate referma le dispositif d'un coup sec, puis serra jusqu'à ce que Sorenson ne puisse plus bouger les poignets.

Le Pirate sortit de son sac une paire de pinces à bec et les examina un instant. Puis, sans plus de commentaire, entreprit d'arracher un par un les ongles de la main droite de sa victime.

Sorenson hurla, jura, supplia, amadoua, menaça, gémit, pleura et jura encore. Le Pirate restait de glace. Concentré sur sa tâche, on aurait dit qu'il arrachait les vieux clous d'une planche de bois. Il inspectait chaque ongle maculé de sang avant de le laisser tomber dans la pochette qu'il portait à la ceinture. Il adorait les ongles. Sa collection en comptait des centaines.

Le pouce offrit un peu plus de résistance. Le Pirate dut s'y reprendre à trois reprises. Mécontent de son travail, il fronça les sourcils. Il ne parviendrait pas à sauver celui-là.

Il hocha la tête. Ses hommes retirèrent de l'entrave la main droite ensanglantée. Puis y installèrent la gauche. Sorenson gémit, mais n'opposa aucune résistance – en grande partie à cause du canon braqué sur sa tempe.

— Maintenant, donne-moi le mot de passe, exigea le Pirate.

Sorenson était au bord de l'arrêt cardiaque. Son pouls atteignait les deux cents battements par minute. Sous le choc, il avait beau transpirer par tous les pores de la peau, il était glacé.

— Quel…, quel mot de passe ? souffla-t-il.

En guise de réponse, le Pirate lui arracha l'ongle du petit doigt. Le banquier hurla de nouveau. Calmement, le Pirate déposa le butin dans sa pochette.

— Seigneur, dites-moi quel mot de passe vous voulez, implora-t-il. Je vous le donnerai, il suffit de me dire de quoi il s'agit.

— Pour le MonEx 4000, rétorqua le Pirate.

Le MonEx 4000 ? Que voulaient-ils faire avec… ? Peu importait. Seule la douleur comptait. Et le moyen d'y mettre un terme. Sorenson débita le mot de passe sans hésitation. Le Pirate lança un regard à un individu dont la longue et flamboyante chevelure rousse dépassait de ses lunettes de vision nocturne. L'homme sortit un petit appareil portatif et saisit la combinaison de lettres et de chiffres fournis par Sorenson. Puis il hocha la tête, une seule fois.

Satisfait, le Pirate dégaina son calibre et abattit Sorenson de deux balles dans le front.

***

Quand le corps fut découvert par le jardinier le lendemain matin, et la mort de Sorenson, signalée aux autorités locales, il était environ 3 heures du matin sur la côte est des États-Unis. Et 4 h 30 quand le crime fit son entrée dans le système informatique d'Interpol, faisant apparaître des similitudes avec d'autres meurtres commis au Japon et en Allemagne au cours des cinq jours précédents.

En moins d'une demi-heure, des agents d'Interpol confirmèrent l'analyse et décidèrent de lancer une alerte mondiale. Les Américains hésitèrent pendant une heure avant de décider de la meilleure façon de procéder. Puis, à 6 h 03 précisément, le téléphone de Jedediah Jones sonna.

Officiellement, Jones était exécuteur des opérations de nettoyage au NCS[1]. L'abréviation de son titre en disait cependant plus long sur la nature de sa fonction. Ses missions, son personnel et son budget n'apparaissaient d'ailleurs sur aucun compte de la CIA.

Son interlocuteur s'excusa d'appeler si tôt un samedi, mais, à la vérité, il était inutile de se donner cette peine, car Jones s'était mis au travail à 5 h 30 après un jogging entamé à 4 heures. Et c'est ce qu'il appelait un samedi tranquille.

Jones écouta le compte rendu, remercia son interlocuteur et entreprit de tirer les ficelles qu'il était le seul à connaître. Il lui fallut environ une heure pour faire intervenir ses gens sur le terrain en Suisse, au Japon et en Allemagne. Deux heures plus tard, il recevait leurs premiers rapports préliminaires.

C'est en apprenant que le tueur en Suisse portait un cache-œil que Jones sut quels moyens mettre en œuvre. Sur sa liste de contacts figurait un homme ayant la formation, l'intellect et la ténacité pour affronter ce tueur précis.

Il s'empara du téléphone et appela Derrick Storm.

1. Service des opérations clandestines de la CIA. (NDT)

TROIS

Bacău, Roumanie

Ce sont les yeux qui vous marquent. Derrick Storm le savait par expérience.

On a beau se dire que ce sont des gamins tout ce qu'il y a de plus normaux ; on a beau se dire que tout va s'arranger pour eux ; on a beau se dire que ce n'est peut-être pas si dur pour eux…

Les yeux. Ah ! ces grands yeux noirs et brillants. Pleins d'espoir et de souffrance. Que d'histoires ils vous content. Que de suppliques ils contiennent : « S'il vous plaît, aidez-moi, s'il vous plaît ; emmenez-moi, s'il vous plaît ; prenez-moi dans vos bras, s'il vous plaît, juste un petit câlin, s'il vous plaît, et je serai à vous à tout jamais. »

Oui, ils vous touchent. Chaque fois. Ces yeux étaient la raison pour laquelle Storm ne cessait de retourner à l'orphelinat du Saint-Nom, ce petit paradis d'amour et de beauté inattendue au sein d'une sinistre ville industrielle du nord-est de la Roumanie. Une fois qu'on avait plongé le regard dans ces yeux, il était impossible de ne pas revenir.

Sa mission de Venise terminée, Storm s'était donc une fois de plus rendu là-bas. L'orphelinat du Saint-Nom était aménagé dans une ancienne abbaye épargnée par les bombardements de la Seconde Guerre mondiale et convertie peu après. Storm avait furtivement franchi le mur d'enceinte, puis saisi un râteau pour ramasser tranquillement les feuilles dans la cour quand une paire de grands yeux bruns s'était posée sur lui avec curiosité.

En se retournant, il découvrit une fillette, cinq ans à peine, serrant contre elle la dépouille d'un nounours qui devait avoir traversé le temps et être passé entre bien des mains. Ses vêtements étaient usés jusqu'à la corde. Elle avait les cheveux bruns et le visage grave, un peu trop triste pour un enfant de cet âge.

— Bonjour, je m'appelle Derrick, dit-il en roumain, langue qu'il parlait couramment. Comment tu t'appelles ?

— Katya, répondit-elle. Katya Beckescu.

— Ravi de te rencontrer.

— Je suis ici parce que ma maman est morte, expliqua Katya, à la manière prosaïque qu'ont les enfants d'annoncer les nouvelles, bonnes ou mauvaises.

— J'en suis désolé, répondit Storm. Tu te plais ici ?

— C'est bien, mais parfois j'aimerais avoir une vraie maison.

— Voyons ce qu'on peut faire pour ça, dit Storm avant d'être interrompu.

Une femme en habit de nonne, un mètre cinquante à peine et la peau sur les os, s'approchait, la mine sévère.

— Allez, Katya, tu n'as pas fini tes corvées, mon enfant, dit-elle en roumain.

Ses instructions suivantes furent pour Storm.

— Je regrette, mon grand, mais nous n'acceptons plus de résidents pour l'instant ! lui lança-t-elle dans un anglais mâtiné d'un accent irlandais prononcé. Alors, ouste.

— Bonjour, Sœur Rose, répondit Storm en lâchant son râteau pour prendre la religieuse dans ses bras.

À moitié écrasée contre la poitrine massive de l'Américain, Sœur Rose McAvoy sourit. À près de quatre-vingts ans, elle en paraissait soixante, bougeait comme si elle en avait quarante et gardait l'esprit irrésistible de l'adolescente qu'elle était quand elle avait été envoyée, jeune novice, dans cet orphelinat. Elle disait toujours être irlandaise de naissance, roumaine par nécessité et catholique par la grâce de Dieu.

Durant toutes ces décennies passées au Saint-Nom, elle avait bravement guidé l'orphelinat malgré l'occupation soviétique et Ceausescu, l'austérité des années 1980 et la révolution de 1989, le Front de salut national et chacun des gouvernements qui avaient suivi, puis, dernièrement, le Fonds monétaire international.

Contre toute attente, elle avait toujours réussi à tenir les autorités à distance et à garder l'orphelinat en vie. Si on lui demandait comment elle s'y prenait, elle répondait avec un clin d'œil : « Dieu écoute nos prières, vous savez. »

Storm ne savait trop quoi penser de la main du Tout-Puissant ; pour lui, l'orphelinat devait avant tout sa survie aux capacités de gestion de Sœur Rose, qui avait su amasser des fonds et être une figure maternelle aimante et exigeante pour des générations.

Cela n'avait pourtant pas été facile. Sœur Rose avait à cœur d'accepter le pire du pire, les gamins refusés partout ailleurs, ceux qui n'avaient pratiquement aucun espoir d'être adoptés.

Beaucoup avaient souffert de négligence dans d'autres orphelinats. Beaucoup étaient handicapés, sur le plan mental ou physique. Certains finissaient par rester bien au-delà de leurs dix-huit ans, âge auquel ils étaient censés partir, simplement parce qu'ils n'avaient nulle part où aller et que Sœur Rose ne jetait jamais personne dehors dans le froid. Tous étaient les enfants de Dieu, alors, tous avaient une place à sa table.

Storm était tombé sur cet orphelinat quelques années auparavant, lors d'une mission dont il s'évertuait à oublier les détails sordides. À chacune de ses visites, il apportait une ou deux valises de gros billets.

Maintenant, ils marchaient bras dessus bras dessous dans le jardin que Sœur Rose entretenait avec le même amour que celui qu'elle portait aux enfants. Storm y puisait un incroyable sentiment de sérénité.

Le monde y prenait son sens. Il n'y avait là aucune ambiguïté, aucune supercherie, nul besoin d'analyser les intentions de chacun ni de demander pourquoi et comment. Il n'y avait que Sœur Rose et son indicible bonté. Et tous ces enfants avec leurs grands yeux.

— Sœur Rose, soupira Storm avec mélancolie. Quand allez-vous accepter de m'épouser ?

Elle lui tapota le bras.

— Je te l'ai déjà dit cent fois, mon grand : j'ai accordé ma main à Jésus-Christ, dit-elle. Mais en cas de rupture, tu seras le premier informé, ajouta-t-elle avec un clin d'œil.

— J'attends ce jour avec impatience, répondit Storm qui avait réitéré sa proposition pas moins de vingt fois au fil des ans.

— Merci pour tes dons, dit-elle doucement. Tu es une bénédiction de Dieu, Derrick. Je ne sais pas ce que nous ferions sans toi.

— C'est le moins que je puisse faire, surtout pour des enfants comme elle, dit-il en indiquant la fillette qui pourchassait maintenant un papillon à travers la cour.

— Oh ! elle, soupira Sœur Rose. Elle a le diable au corps, cette petite. Maligne comme un singe, mais toujours à se fourrer dans les ennuis. Comme toi.

La religieuse lui tapota de nouveau le bras, puis son sourire s'effaça.

— Qu'est-ce qu'il y a ? demanda Storm.

— C'est juste que… Je m'inquiète, Derrick. Je ne suis plus de première jeunesse. Je m'inquiète de ce qui arrivera quand je ne serai plus là.

— Pourquoi ? Où partez-vous ? demanda Storm, le sourcil levé. Ne me dites pas que vous acceptez enfin ma proposition de vous enfuir avec moi à Saint-Tropez ? Ne vous inquiétez pas. Vous vous y plairez : les plages, le monokini...

— Derrick Storm ! s'exclama-t-elle en lui tapant malicieusement l'épaule. Tu n'es qu'un cœur d'artichaut sous tes dehors de gros costaud.

Storm sourit de toutes ses dents. Mary Rose redevint sérieuse.

— Le Seigneur m'a prêté longue vie, mais chacun sait que cela ne durera pas éternellement. Quand il me rappellera, je devrai quitter ce bas monde. C'est lui le patron, tu sais.

— Oui, oui. À ce propos, vous devriez lui parler de ce plan d'épargne-retraite que je...

Storm fut interrompu par la sonnerie de son téléphone satellite. Il adressa un regard furieux à son appareil en se disant qu'il allait ignorer l'appel. La sonnerie retentit de nouveau. Comme il s'agissait d'un numéro masqué, il ne pouvait qu'en deviner la provenance.

— Maintenant, décroche, Derrick, le gronda Sœur Rose. Avec moi, pas question de se défiler.

Storm laissa le téléphone sonner encore deux fois, puis, voyant Sœur Rose lui faire les gros yeux, se décida à répondre.

— Agence Storm, annonça-t-il. Derrick Storm, à l'appareil.

— Ouais, je soupçonne ma maîtresse de me tromper. Vous pourriez faire la planque dans les buissons d'un motel miteux pour prendre quelques photos ? fit la fameuse voix rocailleuse qu'il avait entendue pour la dernière fois à Venise, deux jours plus tôt.

Jedediah Jones était l'une des rares personnes dans sa vie à savoir encore que Storm avait un jour été un détective privé en mal de chance, un ancien marine décoré qui passait le plus clair de son temps en planque (quand il décrochait du boulot) avant qu'une dénommée Clara Strike ne le découvre. Storm et elle s'étaient associés. Puis ils étaient devenus amants. Et, bien que leur relation n'ait pas duré, elle avait eu le temps de l'introduire à la CIA et de le présenter à Jones.

C'est lui qui l'avait formé, qui l'avait embauché comme mercenaire et avait fait de lui ce qu'il était devenu : un barbouze, un agent extérieur en mesure de faire le nécessaire sans s'encombrer des détails juridiques qui faisaient parfois obstacle aux agents de la maison. La carrière de Jones avait largement bénéficié des prouesses de Storm.

— Désolé, monsieur. Je comprends que vous soyez blessé par la conduite de votre amie, mais je ne prends pas les chèvres en photo, répondit Storm en jouant le jeu.

— Très drôle, Storm, mais trêve de plaisanteries, j'ai quelque chose pour toi.

— Laissez tomber. Je vous ai dit qu'après Venise, je prenais de longues vacances. C'est très sérieux. J'emmène Sœur Rose à Saint-Tropez.

Storm fit un clin d'œil à la nonne.

— Plus tard. C'est plus important que tes vacances.

— Ma vie était tellement plus agréable quand j'étais mort, fit Storm avec mélancolie.

Il ne plaisantait qu'à moitié. Durant quatre ans, Storm avait été officiellement mort, tombé au combat. Il y avait même eu des témoins qui juraient l'avoir vu mourir, alors que la très vilaine plaie par balle à l'arrière de sa tête n'était en réalité qu'une mise en scène de la CIA.

La légende de sa mort était l'œuvre de Jones, qui l'avait ensuite perpétuée pour des raisons tortueuses. Storm avait passé ces quatre ans à pêcher dans le Montana, à plonger en apnée dans les îles Caïmans, à randonner dans les Appalaches, à se déguiser pour rejoindre son père aux matchs de base-ball de l'équipe de Baltimore et à profiter de la vie en général.

— Ouais, tu t'es bien amusé. Mais ton pays a besoin de toi, Storm.

— Et pourquoi donc ?

— Parce qu'un gros banquier suisse a été tué hier à Zurich, expliqua Jones avant d'enfoncer le clou. On attend des photos du tueur. Apparemment, il porte un cache-œil. Et il manque six ongles à la victime.

Par réflexe, Storm se raidit. Ce tueur et ce modus operandi ne pouvaient signifier qu'une chose : Gregor Volkov était de retour.

— Mais il est mort, maugréa Storm.

— Ouais, tout comme toi.

— Et pour qui travaille-t-il cette fois ?

— On n'en est pas sûrs à cent pour cent, dit Jones. Mais, dans la maison, la rumeur court qu'un agent chinois pourrait être dans le coup.

— Bon, je vous écoute.

— Non, pas au téléphone, objecta Jones. Il faut que tu viennes au cagibi.

Le cagibi était le petit nom ironique que Jones donnait au fief qu'il s'était adjugé au NCS.

— J'arrive par le prochain avion, annonça Storm.

— Parfait. J'envoie une voiture te prendre à l'aéroport. Fais-moi savoir quel vol tu prends.

— Vous savez très bien que ce n'est pas dans mes habitudes.

Storm entendait déjà Jones se frotter le crâne.

— J'aimerais un peu plus de transparence, Storm.

— Pas question, rétorqua Storm.

Et il répéta son éternel mantra :

— La transparence, c'est la mort assurée.

QUATRE

New York

Dominant Lower Manhattan de ses quatre-vingt-douze étages, la tour Marlowe était un monument à la gloire du pouvoir économique américain, une rutilante ménagerie de verre abritant certains des plus féroces financiers du pays. Sur le marché immobilier hyper compétitif de New York, son seul nom était synonyme d'un tel prestige que les immeubles voisins se vantaient de se dresser dans son ombre.

La tour Marlowe rassemblait les riches capitalistes venus accroître l'énorme part de gâteau qu'ils s'étaient déjà taillée dans le monde. Après avoir garé leur luxueuse voiture d'importation dans un parking voisin, ils empruntaient le confortable sas des portes à tambour qui isolait l'immeuble du bruit de la rue, parés de chaussures en cuir et de costume en soie sur mesure, tous déterminés à faire fortune pour la première ou la seconde fois, voire plus.

Certes, G. Whitely Cracker, cinquième du nom, se joignait à la bataille chaque jour, mais il était loin de se contenter d'une participation. À vrai dire, il battait tout le monde. Sa Maserati (ou sa Lexus, ou sa Jaguar, ou celle qu'il avait décidé de conduire ce jour-là) était toujours un peu plus rapide, ses chaussures, un peu plus élégantes, ses costumes, un peu mieux taillés.

Ses bureaux situés au quatre-vingt-septième étage rendaient envieux quiconque y pénétrait. D'une superficie de cinq cent cinquante mètres carrés – une extravagance dans un immeuble à cent vingt-cinq mille dollars le mètre carré –, ils disposaient de tous les aménagements nécessaires tels qu'un bar, une salle de sport et un centre multimédia. En outre, Whitely Cracker s'offrait le luxe d'un masseur à plein temps, d'une arcade de jeux vidéo à l'ancienne et d'un « centre de relaxation » feng shui doté d'une cascade dégringolant du plafond.

En tant que PDG et principal actionnaire de la Société new-yorkaise d'opérations en Bourse, Whitely Cracker avait acquis ce palace par une méthode devenue classique : en faisant fructifier une fortune familiale déjà immense.

Whitely Cracker était le rejeton de l'une des plus riches familles de New York – les Cracker de Westchester, pas ceux de Larchmont –, dont le premier à se faire un nom avait été l'arrière-arrière-grand-père.

En fait, le premier de la lignée s'était plutôt fait un prénom : Graham. Avant, bien sûr, que la National Biscuit Company ne voie le jour et ne commercialise son fameux croquant rectangulaire à la farine complète et au léger goût sucré. Graham W. Cracker avait été un visionnaire qui avait fait fortune en faisant venir des Chinois par-delà le Pacifique pour construire le chemin de fer moyennant un salaire de misère.

Ce Graham Cracker avait donné à son fils, Graham W. Cracker Junior, l'argent qui lui avait permis de créer un conglomérat dans le domaine du textile.

Ainsi était né un mode de fonctionnement auquel s'étaient conformés tous les Graham Cracker des générations suivantes : chacun avait accumulé des richesses dans son propre domaine, puis aidé son fils à réussir dans le secteur correspondant à sa génération.

Graham W. Cracker, troisième du nom, s'était enrichi avec les raffineries pétrolières. Quant à G. W. Cracker, quatrième du nom – l'emploi des initiales étant nécessaire en raison de la popularité des produits Nabisco susmentionnés –, il devait sa réussite aux plastiques.

Enfin, pour suivre le progrès, G. Whitely Cracker, cinquième du nom, qui mettait en avant son deuxième prénom afin de ne pas être confondu avec son père, dirigeait un fonds spéculatif.

En dépit de cette fortune et de cette réussite qui auraient pu les rendre détestables, tout le monde aimait les Graham Cracker. G. Whitely Cracker ne faisait pas exception à la règle. À quarante ans, il était encore affûté et conservait une beauté enfantine malgré quelques pointes de gris dans sa chevelure blond cendré. Il avait le sourire facile, le rire approprié à chaque blague et une poignée de main d'apparence sincère.

À ce charme naturel s'ajoutaient le don de se souvenir des noms ainsi qu'une chaleur humaine dont il savait faire preuve dans ses relations professionnelles et personnelles. Il usait volontiers d'autodérision et admettait ouvertement la supériorité intellectuelle de sa femme Melissa (que tout le monde adorait et à laquelle il demeurait fidèle, dans un milieu pourtant rempli de coureurs de jupons).

Il se montrait par ailleurs d'une générosité sans bornes à l'égard de ses employés, qu'il considérait comme des membres de sa famille. Il était proche de presque toutes les grandes associations caritatives de New York, auxquelles il remettait de gros chèques chaque année et des dons plus substantiels encore quand elles se trouvaient en difficulté. Et il conservait toujours sur lui une réserve de tickets restaurant non échangeables, au cas où un indigent le sollicite et qu'il ne puisse les troquer contre de l'alcool.

C'est ainsi qu'un grand magazine avait fini par le sacrer « le plus chic type de New York ».

Tout le monde, semblait-il, aimait Whitely Cracker.

Il était donc d'autant plus étrange qu'il soit suivi par un tueur entraîné.

***

Whitely Cracker, qui arrivait de Chappaqua, n'en avait bien sûr pas conscience. En ce lundi matin, il avait embrassé Melissa à 5 h 25. Après avoir enfilé casquette et gants de conduite pour se donner des airs, il était monté dans sa Jaguar XJS V12, parce qu'il était d'humeur à sortir sa voiture de collection ce jour-là, et s'était rendu à la tour Marlowe, suivi à plusieurs voitures de là par une camionnette blanche passe-partout.

Comme Whitely était un homme d'habitudes, il était très facile à suivre. Il aimait arriver à son bureau à 6 h 30 au plus tard, afin de bien démarrer la journée.

Personne ne s'en étonnait parmi les braves gens de la tour Marlowe, pour qui l'important était d'être le premier à franchir les portes à tambour chaque matin. Le vainqueur du jour était arrivé peu après 4 heures. Whitely Cracker n'avait cure de ces bêtises. À quoi servait d'être riche à millions sinon de n'avoir de compte à rendre à personne ?

À 7 heures, il s'était débarrassé de quelques petits problèmes survenus dans la nuit sur les marchés asiatiques et européens, avait repoussé son comptable, le très nerveux Theodore Sniff, et s'était retiré dans son arcade. Si les types super riches avaient chacun leurs excentricités, Whitely, lui, avait la folie des grands classiques du jeu vidéo. À l'entendre, non seulement ce passe-temps le calmait, mais il lui permettait de se concentrer. Aussi était-ce en tabassant Don Flamenco dans le jeu *Mike Tyson's Punch-Out* qu'il avait inventé l'un de ses produits dérivés les plus lucratifs.

Ce matin-là, il s'assura d'abord de nourrir *Ms. Pac-Man*. Puis il entretint la légende de Zelda un petit moment. Ensuite, il passa à *Pitfall*, qui lui permit d'amasser une petite fortune en se balançant de liane en liane – sans se rendre compte que, s'il évitait les alligators affamés, il se trouvait sous la surveillance électronique d'un prédateur bien réel.

Le temps qu'il ait satisfait ses besoins de virtualité, il était 8 h 45 ; il était donc temps de se tourner vers sa fortune concrète. Il quitta l'arcade et retourna à son bureau avec force sourires et signes de main aux employés qu'il croisa sur son passage, puis s'installa devant son MonEx 4000. Il saisit le mot de passe, connu de lui seul, et l'écran s'anima.

Depuis quelques années, le MonEx 4000 était devenu la plate-forme préférée de tous les traders internationaux dignes de ce nom. Plus rapide et plus polyvalent que ses concurrents, ce terminal donnait accès à tous les grands marchés, aux principales monnaies et matières premières, qu'il intégrait en une seule et même interface.

Ces opérations déconcertaient quand on ne connaissait pas l'étrange jargon des places boursières (l'écran semblait couvert de hiéroglyphes aux yeux du néophyte), mais c'était un véritable bijou pour n'importe quel trader aguerri.

Whitely Cracker le maîtrisait mieux que quiconque. Sa capacité à jongler avec une myriade d'opérations complexes était légendaire dans le milieu.

Au sein de la communauté mondiale des utilisateurs du MonEx 4000, qui ne se connaissaient pour la plupart que virtuellement, sa virtuosité avait valu à Whitely le surnom de « grand requin blanc », parce qu'il était toujours en mouvement et jamais rassasié.

Ce jour-là ne différait en rien. Une demi-heure après l'ouverture des marchés nord-américains, il comptait déjà douze millions de dollars de transactions à son actif.

Après ce petit échauffement, il venait de déclencher l'achat, pour un million cent mille dollars, de bovins d'engraissement (qu'il revendrait bien avant qu'ils aient quatre mois, car Dieu sait que son centre de relaxation ne pouvait accueillir autant de vaches), quand la messagerie instantanée du MonEx 4000 se mit à clignoter en haut de l'écran.

C'était un opérateur de Berlin auquel Whitely venait de faire une offre : *« Encore une vente à découvert, Blanc ? »*

Whitely afficha un léger sourire. Ses doigts volèrent sur le clavier : *« C'est justement pour me couvrir. Histoire de m'assurer des gains substantiels. Vous voyez le topo ? »*

Le haut de l'écran demeura silencieux un instant, puis un nouveau message apparut : *« Ah ! le retour du grand blanc. »*

Whitely réfléchit un instant, puis décida d'asticoter un peu son interlocuteur puisque cela ne présentait aucun risque. Après tout, il faisait au Berlinois une proposition d'apparence solide. Le type serait fou de ne pas l'accepter. *« Ne vous inquiétez pas. Vous n'êtes plus un thon pour moi. Juste un petit maquereau. Peut-être même du menu fretin. »*

Whitely appréciait ce gentil badinage entre traders. Certes, il aimait l'argent, mais ce qui lui plaisait avant tout, c'était la transaction. C'était un négociateur invétéré. Tout ce qui comptait, c'était acheter au plus bas pour revendre au plus haut.

Déterrer un actif sous-estimé pour le faire monter en flèche. Découvrir un actif surestimé pour le vendre à découvert. Peu importait la marge. Petite ou grosse, il s'en moquait. Sa drogue, c'était le deal. Gagner des millions, des milliers ou quelques centaines de dollars n'avait pas la moindre importance.

Du moment qu'il l'emportait. La décharge d'adrénaline était incomparable. Acheter et vendre l'absorbaient encore plus que ses jeux vidéo. Les heures s'écoulaient sans qu'il s'en aperçoive. Dans ces moments-là, le monde extérieur ne comptait plus.

Il n'avait donc certainement pas remarqué que le moindre de ces gestes – la moindre de ses transactions – était enregistré par trois minuscules caméras dissimulées derrière son bureau : une dans la bibliothèque, une dans le cadre d'un tableau et une dans le bar.

Chacune disposait d'une vision parfaite. Chacune relayait une image en haute définition vers un bureau du quatre-vingtième étage.

D'autres caméras et micros étaient disséminés en face du bureau de Whitely et à travers les cinq cent cinquante mètres carrés de ses locaux.

Son penchant pour les accessoires de luxe multipliait les possibilités de surveillance. Sa maison à Chappaqua, ses diverses voitures, tous les endroits où il se rendait régulièrement – même son club de sport – étaient sur écoute. Il n'y avait rien qu'il pût faire ou dire qui échappait à cette machine à tuer surentraînée.

En ce milieu de matinée, Whitely n'avait pas plus conscience de tout cela que de la présence de Theodore Sniff, qui rôdait depuis trois minutes sur le pas de sa porte. Sniff était comptable à la New-Yorkaise d'opérations en Bourse depuis la création de l'entreprise.

Il n'avait pas le charisme (et encore moins le physique) de son patron : petit, gros et chauve, on peut dire qu'il avait tout pour rester célibataire.

Ses vêtements, qui semblaient se friper plus vite qu'il ne devait être scientifiquement possible, ne tombaient jamais bien. À la fin de ses longues journées au bureau, son odeur corporelle avait tendance à supplanter n'importe quel déodorant. Même avec un salaire qui aurait pu séduire le sexe opposé – ou du moins sa catégorie la plus opportuniste –, cela faisait des années que Sniff ne s'était pas envoyé en l'air.

Son seul don était la comptabilité. C'était un véritable génie des chiffres, capable de jongler avec le moindre journal de comptes. Pour ces choses qui ne l'intéressaient aucunement, Whitely s'en remettait totalement à son comptable. Whitely était fier de ses instincts de trader, instincts sur lesquels il avait bâti un empire. Percevoir le moindre changement sur le marché tel un Indien d'antan capable de prévoir l'arrivée des bisons au tremblement du sol, d'accord, mais tenir les registres ? Quel ennui ! Melissa avait beau lui recommander de faire quelques efforts, il rétorquait que c'était ce pour quoi Sniff avait été engagé.

Cracker détestait tellement regarder les résultats qu'il avait même tendance à ignorer sa présence quand Sniff venait le voir. Pour cet homme d'ordinaire si attentif envers son personnel, négliger Sniff était une sorte de réflexe conditionné. Cela semblait plus fort que lui.

Au bout de quatre minutes d'attente à la porte, le comptable se décida enfin à tousser légèrement dans sa main. Whitely ne daigna toutefois pas lever les yeux de son écran. Sniff fit alors tinter de la monnaie dans sa poche. Rien. Il se racla la gorge, plus fort cette fois. Toujours rien. Finalement, il prit la parole.

— Désolé de vous interrompre, mais c'est important.

— Pas maintenant, Teddy, fit Whitely.

Son patron l'appelait toujours ainsi. Par affection, pensant que cela les rapprochait. Sniff n'avait jamais eu le courage de lui dire qu'il avait horreur de cela.

— Monsieur, je...

— Teddy, le coupa sèchement Whitely sans détourner le regard. Je suis occupé.

Sniff tourna les talons pour s'éclipser.

La caméra située à l'autre bout de la pièce enregistra sa mine déconfite.

CINQ

Langley, Virginie

Derrick Storm était un fidèle de la marque Ford. Un choix peut-être pas très sexy pour un agent secret. Sans doute aurait-il dû, en clin d'œil au grand James Bond, opter pour une Aston Martin, une Lamborghini, voire, que diable, une simple BMW.

Mais non. Derrick Storm préférait ses Ford. Après tout, c'était un espion américain. Or un espion américain se devait de conduire une américaine.

De plus, il en aimait le maniement, l'aspect familier du tableau de bord, la sensation sous le pied d'une puissance forgée au Michigan.

À l'adolescence, sa première voiture avait été une vieille Thunderbird de 1987 qui ne roulait plus et qu'il avait rachetée à un gars pour cinq cents dollars – argent de poche gagné en tondant la pelouse – et remise en parfait état de marche. Il l'avait conservée jusqu'à la fac et en était devenu accro. Depuis, il ne conduisait plus que des Ford.

À la vérité, ce choix se révélait des plus pratiques dans son métier. Comment rester discret au volant d'une Bentley ? Alors qu'avec une Ford Focus, vous aurez beau effectuer le même trajet chaque jour, vous resterez invisible.

Des Ford l'attendaient près des aéroports de la plupart de ses villes de prédilection. À New York, par exemple, il venait d'acquérir une toute nouvelle Mustang, une Shelby GT500 dotée d'un V8 suralimenté à blocs-cylindres en aluminium – reprise inspirée d'un classique américain.

À Miami, il se la jouait voiture de collection avec un coupé Thunderbird de 1966, moteur V8 de 6,4 litres et trois cent quinze chevaux. À Denver, il possédait un Explorer Sport, idéal pour franchir les cols de montagne lorsqu'il allait skier.

À Washington, il disposait d'une Ford Taurus bleue. Un modèle sage pour une ville où les signes extérieurs de richesse ne sont guère appréciés.

Ce n'était toutefois pas n'importe quelle Ford Taurus puisqu'il s'agissait de la SHO, avec motorisation biturbo EcoBoost de 3,5 litres de cylindrée, capable de délivrer une puissance de trois cent soixante-cinq chevaux et quatre cent vingt livres de couple. Un peu à l'image de Storm, cette voiture d'allure ordinaire en avait sous le capot.

Elle avait en outre une excellente tenue dans les virages, ce qui convenait à merveille au George Washington Memorial Parkway, autoroute sur laquelle se trouvait justement Storm en ce lundi un peu après midi. Storm empruntait souvent cette route, non seulement en raison des virages qui en faisaient l'une des plus agréables de la région, mais parce qu'elle menait au quartier général de la CIA.

Au panneau, souvent raillé, indiquant : GEORGE BUSH CENTER FOR INTELLIGENCE : PROCHAINE À DROITE, il ralentit et s'engagea sur la bretelle de sortie.

Après avoir franchi le poste de sécurité, il se gara, marcha quelques pas, puis s'arrêta devant *Kryptos*, la célèbre plaque de cuivre en forme de « S » percée de mille sept cent trente-cinq lettres représentant un code qui n'a toujours pas été déchiffré entièrement.

Une autre fois, se promit Storm en se dirigeant vers l'entrée principale surmontée d'une grande arche de verre.

Il y fut accueilli par l'agent Kevin Bryan, l'un des deux lieutenants de confiance de Jedediah Jones.

— La cagoule ? demanda Storm en guise de salutation.

— La cagoule.

Bryan lui tendit un capuchon de toile noire.

— Jones a intérêt à me réserver de jolis petits joujoux.

— Des joujoux ?

— Des gadgets. Des accessoires sympas. Du dentifrice explosif. Des stylos transformables en miniroquettes. N'importe quoi. Je sais très bien que vous me cachez des trucs.

— On verra. En attendant, enfile la cagoule.

Chaque fois, c'était pareil. Bien qu'il ait obtenu toutes les autorisations, bien que son passé ait été vérifié et revérifié par la sécurité, bien qu'il ait prouvé sa loyauté plus qu'à son tour, il devait se couvrir invariablement la tête avant qu'on ne l'escorte jusqu'au repaire de Jedediah Jones, autrement dit, au cagibi.

Storm comprenait. À la CIA, il y a « confidentiel », il y a « hautement confidentiel », il y a « si confidentiel qu'on serait obligé de vous tuer si on vous le révélait ».

Et puis il y a l'unité créée par Jedediah Jones.

Elle était si secrète qu'elle ne portait même pas de nom. Il s'agissait d'une sorte d'agence au sein de l'agence, dont la mission première était de demeurer aussi invisible que possible. Son existence ne figurait explicitement sur aucun document de la CIA. Les allocations permettant son financement n'apparaissaient sur aucun budget. Ses employés, qui n'avaient pas de dossier au bureau du personnel et restaient introuvables dans l'annuaire téléphonique ou les listes de diffusion par e-mail, n'étaient pas payés par des chèques tirés sur des comptes normaux. Son organigramme donnait lieu à un gag récurrent : Jones prenait un malin plaisir à remettre à qui le lui demandait une gravure du célèbre escalier sans fin d'Escher. Les noms indiqués correspondaient tous à des personnages de dessins animés.

Il y avait des années que l'architecte et maître des lieux avait créé cette structure fantomatique, dont il avait fait une unité d'élite (avec un don apparemment inné pour manipuler les huiles de la hiérarchie). S'il savait faire preuve de révérence, il n'hésitait pas non plus à recourir à la menace. Aussi les dirigeants de la CIA semblaient-ils se départager en deux groupes : ceux qui lui devaient un service et ceux sur qui il possédait un dossier.

Avec la cagoule sur la tête, Storm se sentait toujours un peu désorienté. On lui faisait emprunter un couloir jusqu'à un ascenseur, qui semblait d'abord monter, puis descendre, se modifier et remonter, puis descendre encore. Le trajet jusqu'au cagibi lui évoquait l'extraordinaire chocolaterie de Willy Wonka, sauf que cela sentait beaucoup moins bon.

Arrivé à destination, Storm avait l'impression d'être quelque part sous terre, mais impossible d'en être sûr. Le cagibi n'avait pas de fenêtres ; il abritait juste une multitude d'ordinateurs, des moniteurs muraux et toutes sortes d'appareils de communication que géraient un groupe d'hommes et de femmes collectivement surnommés les « as de l'informatique », un petit nom affectueux dénotant un grand respect pour leurs compétences.

Recrutés auprès d'un large éventail d'entreprises publiques et privées, ces experts formaient une unité de cyberespionnage sans égale.

Du confort de leur fauteuil à haut dossier, les as de l'informatique pouvaient lire le journal par-dessus l'épaule d'un terroriste à Kandahar, surveiller les tentatives d'un insurgé pour fabriquer une bombe à Jakarta ou suivre un présumé agent double à travers les rues de Berlin.

Ils avaient également accès à pratiquement toutes les bases de données, publiques comme privées, militaires ou civiles, que quiconque ait songé à compiler. Dès lors qu'elle se trouvait sur un ordinateur connecté à Internet, les as de l'informatique pouvaient la livrer à Jones. Il n'avait qu'à demander.

Comme d'habitude, Bryan retira la cagoule de Storm à l'ouverture des portes de l'ascenseur. Un homme, la soixantaine environ, l'attendait. De taille moyenne, les cheveux gris acier coupés ras, le regard bleu pâle, il arborait un costume de prêt-à-porter bleu qui mettait parfaitement en valeur son physique encore tonique. Et, du moins pour l'instant, il affichait un sourire narquois.

— Bonjour, Storm, l'apostropha la fameuse voix rocailleuse.

— Jones.

— Ça fait plaisir de te voir, fils.

— J'aurais préféré d'autres circonstances.

— Tu as l'air en forme.

— Vous, vous auriez besoin de soleil.

— La bronzette ne figure pas au budget, dit Jones.

— Vous m'avez fait venir pour tailler la bavette ?

— Pas vraiment.

— Bien, je vous écoute, alors, conclut Storm.

***

Storm suivit Jones dans une salle de conférences éteinte. L'agent Bryan ainsi que l'agent Javier Rodriguez, l'autre lieutenant de Jones, vinrent les rejoindre. Jones frappa deux fois dans ses mains, et la lumière s'alluma aussitôt.

— Sérieux, Jones ? fit Storm en levant un sourcil. Un interrupteur sensoriel ?

Jones s'abstint de répondre.

— Vous disposez de la technologie la plus futuriste que le monde ait jamais connue, de satellites-espion qui sonnent l'alerte au moindre pet d'un dirigeant mondial, de bases de données capables de produire le bulletin scolaire de maternelle de Gengis Khan… et vous allumez la lumière en claquant des mains ?

— Le capteur automatique n'arrêtait pas de tomber en panne, et il n'y a qu'un électricien dans toute la CIA qui soit autorisé à venir ici pour le réparer, expliqua Jones. Et puis, ce petit côté kitsch nous plaît. Assieds-toi.

Storm s'installa au milieu de la longuc table en merisier qui brillait assez pour se mirer dedans. Un moteur se mit en route, et un petit projecteur émergea au centre de la table. Jones attendit que le moteur s'arrête, appuya sur un bouton de sa télécommande, et l'image holographique en trois dimensions d'un homme blanc d'âge moyen et d'allure ordinaire apparut. Elle semblait flotter au-dessus de la table. Sans préambule, le briefing commença.

— Dieter Kornblum, spécifia Jones. Directeur général de la BonnBank, la plus grande banque d'Allemagne. Quarante-six ans. Marié. Deux gosses. Il pèse environ quatre-vingts millions net, mais n'en fait pas étalage. Son portefeuille d'investissements témoigne d'à peu près autant d'audace qu'une garde-robe remplie de cols roulés. L'autopsie a d'ailleurs révélé, entre autres choses, qu'il faisait un double nœud à ses lacets.

— Et quel malheur lui a-t-il valu une autopsie ? s'enquit Storm.

Jones glissa la télécommande à l'agent Rodriguez, qui prit le relais.

— Il y a cinq jours, Kornblum ne s'est pas pointé au boulot. Il ne répondait plus à son téléphone portable, ni à ses mails ni à rien. Or, c'était un homme qui n'avait jamais manqué le travail un seul jour en treize ans et ne laissait jamais passer plus de deux heures sans se manifester. C'était quelqu'un de si responsable que son entourage s'est immédiatement inquiété. Quand on a découvert que ses gamins n'étaient pas non plus allés à l'école et que sa femme avait raté son rendez-vous chez le coiffeur, on a envoyé la Landespolizei Nordrhein-Westfalen chez lui à Bad Godesberg. Et voici ce que les flics ont trouvé.

Un autre projecteur surgit du plafond. Des photographes de la police scientifique apparurent sur l'écran aménagé sur le mur du fond. Storm eut du mal à ne pas détourner les yeux. Les enfants, deux jeunes adolescents, avaient été tués dans leur lit, apparemment dans leur sommeil.

D'après les traces de poudre autour des orifices d'entrée, on leur avait tiré dessus à bout portant. Leurs oreillers étaient baignés de sang.

Le corps de la femme avait été découvert dans la chambre parentale. Elle avait réussi à sortir du lit, mais n'était pas allée bien loin, comme si elle avait trouvé la mort juste après qu'un bruit l'eut fait lever.

Son corps était allongé sur le dos à environ un mètre cinquante du lit. Ses yeux vides fixaient le plafond. On lui avait tiré deux balles dans le front. Les taches de sang qui avaient dû se former étaient masquées par la couleur sombre du tapis sur lequel elle était tombée.

Kornblum se trouvait dans une autre pièce, le bureau apparemment. Ligoté sur une chaise, il avait la tête renversée en arrière, à un angle nullement naturel. Du sang et de la cervelle étaient répandus sur le mur derrière le banquier. Aucun orifice d'entrée n'était visible, mais Storm imagina très bien le tueur lui tirant dans la bouche.

— Atroce, dit-il. Et je suppose que Kornblum a été torturé ?

— Absolument, confirma Rodriguez. Tous les ongles de sa main droite ont disparu. Ainsi que l'arrière du crâne, pour ce que ça vaut.

— Est-ce qu'on sait pourquoi il a été torturé ?

— Négatif, répondit Rodriguez. Aucun signe de cambriolage. Aucun document ni dossier n'ont été dérangés. Les autorités locales en sont perplexes. D'ordinaire, la violation de domicile se solde par un vol de bijoux, à tout le moins. Les Allemands ont donc pensé qu'il s'agissait sans doute de représailles, que Kornblum avait dû pigeonner quelqu'un en affaires.

— Qu'est-ce qu'on sait des agresseurs ?

— Six traces de pas différentes ont été relevées dans et autour de la maison. Le labo pense qu'elles appartiennent aux intrus, déclara Rodriguez, tandis que les photos correspondantes défilaient sur l'écran. Pas la moindre empreinte digitale, évidemment. Aucun poil ni cheveu. Ni fibre. Du moins rien d'utile qui nous ait été rapporté pour l'instant. Aucune caméra de surveillance. Pas de témoins. Les Kornblum habitaient, à l'écart des voisins, une grande maison qui ne se voyait pas de la route.

— Ils n'avaient pas d'alarme ? demanda Storm.

— Si, mais Dieter n'avait pas consacré beaucoup d'argent à son système de sécurité ; alors, ç'a été un jeu d'enfant. Un gamin de deux ans aurait pu ouvrir le portail avec une simple pince à épiler. Quant à la protection des portes et des fenêtres, c'était du niveau maternelle. Le système central n'a même pas été déclenché. Du travail propre et rapide.

— La scène de crime n'a donc rien donné ?

— Non.

— Et au bureau ?

— Les patrons de Kornblum ne se sont pas montrés très expansifs avec les autorités allemandes. Ou alors, ce sont les autorités allemandes qui ne l'ont pas été avec nos agents. Ils ont néanmoins découvert que Dieter s'occupait de toutes sortes de titres, mais aussi de devises, d'obligations, un peu de tout. Il avait l'air d'occuper un sacré poste. Une sorte d'homme à tout faire, si on peut dire, mais de là à se faire tuer ? On n'a rien trouvé pour l'instant.

— C'est tout ce qu'on sait sur Dieter Kornblum ?

— Tout ce qui importe pour l'instant, ouais.

Tout ce que Jones voulait bien dire, plutôt. La rétention d'informations était l'une de ses spécialités. Storm avait fini par l'accepter ; cela faisait partie du boulot, mais il avait l'impression d'être la grenouille qui faisait traverser la rivière au scorpion. Peu importe ses promesses de n'en rien faire, le scorpion finit toujours par piquer. C'est dans sa nature. Si Storm était encore en vie, c'était uniquement parce qu'il avait pris l'habitude d'anticiper.

À ce propos…

— Clara Strike est déjà sur l'affaire ? s'enquit-il.

— Non, répondit Jones. Ta copine a été chargée d'autre chose.

— Ce n'est pas ma copine, contesta Storm, un peu trop à la manière d'un adolescent grognon.

— Très bien. Si tu le dis, fit Jones.

— Peu importe, bougonna Storm. Et ensuite ?

D'un geste cérémonieux, l'agent Rodriguez passa la télécommande à l'agent Bryan, qui fit apparaître un nouvel hologramme : l'image d'un Asiatique au visage jeune et lisse.

— Joji Motoshige, annonça Bryan. Président des échanges internationaux chez Nippon Financial, l'une des quatre grandes institutions bancaires du Japon. Trente-sept ans. Célibataire, sans enfant. Play-boy notoire. Quasiment tous les clubs de strip-tease haut de gamme de Tokyo connaissaient monsieur Motoshige. Il arrivait avec une fille à son bras et repartait avec deux de plus. Peu porté sur les Japonaises, semblait-il, il préférait les Argentines, les Ukrainiennes, les Éthiopiennes. Toutes ses copines semblaient tout droit sorties d'une pub pour Benetton ; néanmoins, il n'en gardait jamais une seule plus de quelques semaines.

— Du mal à s'engager, constata Storm, l'air entendu.

— Quelque chose dans le genre, approuva Bryan. En tout cas, il avait assez d'argent pour s'offrir le meilleur. Dernièrement, il avait exercé pour cent six millions d'options sur titres. Millions qui étaient venus s'ajouter à ceux qu'il se faisait déjà en salaire et en primes. Pourtant, cela ne lui suffisait pas. Fidèle à sa devise « Travailler dur pour s'amuser ferme », il était connu pour être capable de travailler seize heures avant de passer la nuit à écumer les bars jusqu'au petit jour et de revenir au bureau après juste une heure ou deux de sommeil.

— J'imagine qu'il tenait grâce à la drogue ?

— Pas que l'on sache. À moins que tu ne considères

les gonzesses comme une drogue. Les femmes étaient son seul vice, et il leur courait après sans relâche. Tout ce qu'il semblait faire, c'était s'envoyer en l'air et gagner du fric. Ses collègues le disaient infatigable dans ces deux domaines.

— Je note que tu parles au passé, souligna Storm.

— C'est juste. Il habitait un appartement-terrasse sur le toit d'une résidence de luxe de soixante étages, un immeuble très chic. Il y a trois jours, sa gouvernante est arrivée pour faire le ménage comme de coutume. Elle venait trois fois par semaine et avait l'habitude de trouver toutes sortes de trucs bizarres : des filles nues dans les vapes sur le canapé, des costumes de soubrette éparpillés partout, du matériel d'asphyxie érotique, et j'en passe. Mais, au lieu de cela, voilà ce sur quoi elle est tombée.

Une image montrant le corps sans vie de Motoshige apparut à l'écran. Il avait la gorge proprement tranchée. Le sang qui s'était écoulé de la plaie nette lui faisait un bavoir rouge.

— Pas de blessure par balle ? demanda Storm.

— Il est difficile de se procurer une arme à feu à Tokyo, même pour un criminel, expliqua Bryan. Les Japonais n'en sont pas aussi férus que nous ici, au Far West. Et puis, compte tenu de la densité de population, un coup de feu ne serait pas passé inaperçu, même avec un silencieux.

— Très juste. Forte densité de population. Une résidence de luxe avec, je présume, au moins un concierge. Comment le ou les meurtriers sont-ils donc entrés ?

— Par en haut. Ils sont descendus du toit en rappel et ont découpé un trou dans la fenêtre du séjour. C'est à peu près la seule trace qu'ils aient laissée – enfin, à part le corps.

— Comment sont-ils arrivés sur le toit ?

— La police de Tokyo cherche encore à comprendre. Il y a une tour en construction à côté. Il est possible qu'ils y aient fixé une tyrolienne.

— Ou alors on a affaire à une équipe qui bosse avec

Spider-Man, fit Storm. J'imagine que monsieur Motoshige a aussi été torturé ?

— Ouaip. Il a tenu un peu plus longtemps que Kornblum. Il lui manquait non seulement les ongles de la main droite, mais aussi ceux de la gauche. Et il avait une entaille au visage. C'est sans doute ce qui l'a fait accéder à leurs demandes, parce qu'il ne voulait pas se faire abîmer le portrait.

— Mais j'imagine qu'on ignore quelles pouvaient être ces demandes ?

— Aucune idée pour l'instant. On ignore s'il s'agissait d'informations ou de quelque chose de concret, comme un document, la clé d'un coffre ou autre, confirma Bryan. En gros, les autorités japonaises ont décidé que monsieur Motoshige avait été victime de l'hyperactivité de son pénis. Il aurait mis en rogne le petit copain, le mari ou le frère d'une des filles et aurait fini par obtenir ce qu'il cherchait. Il y avait trop de suspects pour ne serait-ce qu'envisager de commencer à en réduire la liste.

— Un mari ou un frère qui descendrait du toit en rappel pour tuer le type ? s'exclama Storm.

— C'est aussi ce qu'on s'est dit, mais apparemment, personne chez Nippon Financial n'a vraiment insisté pour qu'on mène l'enquête. Ses supérieurs étaient très gênés par le style de vie de Motoshige et préféraient ne pas prendre le risque d'attirer l'attention. Pour l'instant, ils ont réussi à tenir les médias à l'écart. Dans la culture japonaise, il est de la plus haute importance de ne jamais perdre la face ni de se conduire d'une manière qui puisse discréditer la société qui vous emploie. Quand on est un haut responsable de banque comme Motoshige, on ne se comporte pas ainsi, un point c'est tout. Ses patrons ne le toléraient que parce qu'il était brillant. Comme Kornblum, il courait après des tas de lièvres à la fois. Tout ce qui impliquait une transaction avec l'étranger chez Nippon Financial était du ressort de Motoshige. Le type parlait cinq langues.

— Ah ! un polyglotte, commenta Storm.

— Je vois que tu as élargi ton vocabulaire, le taquina Jones.

— Ce n'est quand même pas pour rien que vous m'avez fait apprendre dix-huit langues ?!

— Un point pour toi.

— Quoi d'autre sur Motoshige ?

— Rien qui nous paraisse pertinent ! lança Jones.

De nouveau, Storm se demanda quelle pouvait être la définition exacte de ce terme pour son chef.

— D'accord, et le Suisse, on peut le voir quand ? s'enquit-il.

— Maintenant, répondit Jones en reprenant la télécommande. D'un clic, il fit apparaître l'hologramme d'un gros homme aux joues flasques et au nez crochu.

— Beurk, fit Storm. Et personne ne l'obligeait à porter une cagoule, lui ?

— Willhelm Sorenson, continua Jones sans prêter attention à ce commentaire. Chef cambiste à la Banque nationale suisse, la troisième plus grande banque du monde, en termes d'actifs. Soixante-huit ans. Marié. Deux enfants, grands tous les deux. La plupart de ses biens étaient, évidemment, dans des banques suisses, qui, comme chacun sait, n'aiment pas trop fournir de renseignements. Toutefois, nous savons qu'il était multimillionnaire et aussi qu'il avait un faible pour les femmes. Les jeunes femmes. L'autre victime trouvée sur les lieux, une fugueuse dotée d'une fausse identité, n'avait que dix-sept ans. Au vu de la très légère lingerie qu'elle portait, la nature de leur relation ne laisse guère de place au doute.

Jones fit l'inventaire des détails de la scène de crime en terminant par les ongles manquants.

— Les ordinateurs d'Interpol n'ont relevé les similitudes entre les crimes qu'au bout du troisième meurtre, mais celui de Sorenson a fini par tirer la sonnette d'alarme, conclut-il. Les autorités locales ont un peu cafouillé. Inutile de te dire qu'ils ont appuyé là où ça fait mal avec sa femme, « partie en week-end entre filles », je cite, en France, mais heureusement Interpol nous a appelés, et on a pu faire intervenir des gens à nous. Sorenson avait fait installer un système de sécurité assez complet à l'extérieur. Du coup, on a obtenu ceci.

Plusieurs clichés en haute définition montrant une équipe de six hommes surgirent sur l'écran. Cinq d'entre eux étaient totalement inconnus pour Storm. En revanche, il n'était pas près d'oublier le sixième.

— Volkov, lâcha-t-il. Qu'est-ce qui lui est arrivé au visage ?

— On pensait que c'était le résultat de tes œuvres à Mogadiscio, fit Jones.

— Il n'a pas pu survivre à cette explosion.

— Il y a trois banquiers morts qui ne seraient pas entièrement d'accord avec toi, s'ils pouvaient encore parler.

Storm secoua lentement la tête. Ses derniers démêlés avec Volkov remontaient à cinq ans. Ce qui n'était pas assez long à son goût. Cinq vies n'y suffiraient pas.

— Enlevez-le-moi de cet écran. J'ai assez vu sa tronche, s'irrita Storm.

Jones s'exécuta, et son protégé résuma :

— On a donc trois banquiers morts qui travaillaient pour trois grandes banques dans trois pays différents. Au moins deux semblaient avoir du mal à garder leur braguette fermée. On est sûrs que le troisième n'était pas porté sur la galipette ?

— On y a pensé, mais Kornblum était bien propre sur lui, affirma Jones. Pas le moindre cadavre dans le placard. Ce n'est pourtant pas faute d'avoir cherché, crois-moi. Il aurait pu se présenter à la chancellerie avec un dossier pareil. Cela dit, il n'aurait sans doute pas apprécié la réduction de salaire.

— Sinon, quels liens pouvait-il y avoir entre les trois ?

Un marché qui aurait impliqué Kornblum, Motoshige et Sorenson ? Une transaction ?

— On n'a rien trouvé pour l'instant, déclara Jones. Kornblum avait été en affaires avec Sorenson. Et Motoshige a fait un jour une proposition à Kornblum qui n'a pas abouti, mais tout cela date d'il y a respectivement cinq et trois ans. Difficile d'y voir plus qu'une simple coïncidence. Ces types étaient tous de gros joueurs dans le petit monde de la très haute finance. Il va sans dire qu'ils ont forcément été en contact à un moment ou un autre, mais c'est tout.

— Et s'ils avaient un associé commun ? demanda Storm.

— Malheureusement, il y en a des dizaines, répondit Bryan. Comme Jones le disait, ces banquiers étaient du genre à se retrouver entre eux. Ils se rendaient aux mêmes congrès, fréquentaient les mêmes milieux. Si on commence à tabler sur la théorie des poignées de main, on peut relier n'importe qui en deux degrés de séparation, voire moins, dans cet univers-là. Ils étaient tous en contact professionnel avec quelqu'un qui travaillait ou qui avait été à l'école avec l'un d'eux.

— Des appels téléphoniques vers les mêmes numéros ? Des mails vers les mêmes adresses ?

— On y travaille en ce moment même, déclara Rodriguez. On te fera savoir si on trouve quelque chose.

Storm tambourina des doigts sur le plateau ciré de la table. Les trois agents lui accordèrent un instant. Storm se demandait si on lui dressait bien le tableau complet de la situation, si Jones ne compartimentait pas, s'il ne cherchait pas à protéger quelqu'un, s'il ne travaillait pas sous un autre angle.

— Bien sûr, il y a quand même un lien dont on est sûrs : Volkov, avança-t-il. Volkov est certes malin, mais pas assez intelligent pour tuer des banquiers de son propre chef. Il agit en homme de main. On peut toujours essayer de remonter à partir de là. Une idée de qui pourrait l'avoir embauché ?

Rodriguez jeta un coup d'œil à Bryan.

— Je t'avais bien dit que, même sur la touche, notre ami ne perdrait rien de son flair, dit-il. Vingt dollars.

Bryan sortit son portefeuille en secouant la tête.

— Tu avais vraiment parié contre moi, Kevin ? s'exclama Storm en croisant les bras, l'air faussement indigné.

— J'ai retenu la leçon. Jamais plus je ne douterai de toi et... Oh ! zut, je n'ai plus de liquide. Javier, tu veux bien...

— Non, non, fit Storm. Mon père m'a toujours dit qu'il fallait s'acquitter de ses dettes au plus vite. Je te les avance malgré ton manque de confiance en moi. Mais souviens-toi que tu me dois une faveur. Pour ça et pour Bahreïn.

— Quoi ? Tu ne vas quand même pas placer Bahreïn sur le même plan qu'un pari de vingt dollars ? fit Bryan.

Storm remit un billet de vingt dollars à Rodriguez.

— Ça fera juste ça de plus sur ton ardoise.

Jones leur jeta un regard furieux.

— C'est fini, les filles ? demanda-t-il.

— Désolé. Continuez.

— Bon. Pour répondre à ta question : oui, on a une théorie sur qui a engagé Volkov, dit Jones. On pense que ce sont les Chinois.

— Pourquoi les Chinois ?

— On essaye encore d'y voir clair, dit Jones, mais il existe une hypothèse toute simple : la Chine représente la seconde économie au niveau mondial, et le pays ne cache guère son objectif de prendre la tête. Il est possible que les Chinois tentent de perturber les marchés financiers afin de saper notre propre stabilité économique.

— En assassinant des banquiers étrangers ? Pourquoi pas juste des Américains ?

— C'est la nature du commerce mondial en ce moment, expliqua Jones. Tout est devenu si imbriqué ; les secteurs les plus vulnérables de nos systèmes financiers sont en fait implantés à l'étranger. Et puis...

— Quoi ?

— Il est tout à fait possible que Volkov n'en ait pas encore terminé, déclara Jones. C'est peut-être juste le début de quelque chose de beaucoup plus gros.

Storm hocha la tête. Nul besoin de le convaincre en ce qui concernait le caractère diabolique de Volkov. Son seul nom en disait assez long puisque Volkov vient de *volk*, qui signifie « loup » en russe.

— Maintenant, il ne faut pas oublier que la Chine est un sujet délicat, continua Jones, car on ne parle pas d'une simple république bananière arriérée susceptible de changer de dictateur toutes les trois semaines. C'est de nos plus importantes relations étrangères qu'il s'agit, des plus délicates, avec le pays qui se trouve être le plus peuplé de la Terre. Et qui, au passage, possède aussi l'armée la plus nombreuse. Il nous faut plus d'informations sur ce que préparent les Chinois, mais impossible qu'on nous prenne la main dans le sac. On doit pouvoir disposer d'une possibilité de… démenti.

— Autrement dit, reprit Storm, si je me fais prendre, vous nierez me connaître, et je passerai le restant de mes jours en prison, enchaîné à une bande de dissidents tibétains.

— Affirmatif.

Jones sourit.

— Charmant, rétorqua Storm. Quelle est donc ma mission ?

— Le ministre des Finances chinois doit donner un important discours devant l'Union européenne à Paris, dit Jones.

— Ouais ? Et alors ?

— Alors, un de nos agents nous indique que le ministère de la Sécurité de l'État – l'équivalent chinois de la CIA et du FBI réunis – a lancé une opération conjointe avec le ministère des Finances. Un agent de la Sécurité de l'État voyagerait en ce moment même sous couverture avec le ministère des Finances. Si ce complot impliquant des banquiers est aussi complexe qu'on le pense, il semble logique qu'il nécessite l'expertise des Finances – et la rouerie de la Sécurité de l'État. Selon notre hypothèse de travail – juste une hypothèse pour l'instant, je le répète –, c'est cet agent du ministère de la Sécurité de l'État qui aurait engagé Volkov.

— Et que sait-on sur ce type ?

— Absolument rien. Comme tous ces renseignements nous ont été fournis par l'un de nos agents doubles, qui les a obtenus de source très récente, tout cela est encore un peu flou pour le moment. La seule chose de sûre concernant cet agent de la Sécurité de l'État, c'est que ce n'est pas un type.

— Une femme ? s'étonna Storm, qui releva machinalement la tête.

— Je savais que cela vous plairait, commenta Jones en échangeant des regards de conspirateur avec Bryan et Rodriguez. Nos agents en place nous ont indiqué qu'elle s'était rendue en Suisse, il y a quelques jours.

— En Suisse. Là où Willhelm Sorenson a été assassiné. Vous croyez à une coïncidence ?

— C'est pour cette raison que tu pars à Paris, déclara Jones. Trouve-la. Rapproche-toi d'elle. Découvre ce qu'elle mijote.

SIX

Province de Djôzdjân, Afghanistan

De l'extérieur, on ne voyait rien à l'intérieur. C'était tout l'intérêt des lieux. Gregor Volkov était tombé sur ce système de grottes au début des années 1990, à l'époque où il était un jeune agent de la police secrète soviétique connue sous le nom de *Komitet Gossoudarstvennoï Bezopasnosti*, quand le KGB et ce genre de choses existaient encore.

C'était quelques années seulement après que l'URSS eut publiquement renoncé à dompter l'Afghanistan – et à peine dix ans avant que les États-Unis ne se lancent à leur tour dans cette folle entreprise. Les Soviétiques menaient encore des opérations secrètes dans le pays, même s'il était évident qu'ils ne parviendraient pas à le conquérir.

Dans le vide créé par le retrait de leurs troupes, de nombreuses rivalités étaient nées autour du pouvoir. Période chaotique dans un pays en plein chaos, l'endroit idéal pour le loup Volkov. Si les talibans s'emparaient peu à peu des villes, dans les montagnes, rien ne changeait.

L'idée même qu'il puisse exister un État en Afghanistan – ou que les autochtones lui doivent la moindre once d'allégeance – n'était absolument pas acceptée. Le pouvoir politique s'acquérait et s'exerçait par les armes par le premier qui avait le courage de le revendiquer.

Ce type de régime obéissant à la loi du plus fort plaisait à Volkov. Quand il avait découvert les grottes, il savait que l'URSS n'en avait plus pour longtemps. Cette chute suscitait en lui des sentiments ambivalents.

La mère Russie s'était affaiblie en maintenant trop d'enfants dans la dépendance. Mieux valait pour elle couper le cordon et consolider son empire sans eux.

En attendant, Volkov envisageait sa propre indépendance et se projetait en tant que free-lance. Lorsque l'URSS avait rendu son dernier soupir – et ordonné de dissoudre le KGB –, Volkov était retourné dans cette petite crevasse à flanc de montagne et y avait installé sa base d'opérations.

Au fil des ans, il en avait fait une efficace rampe de lancement et un foyer confortable. L'entrée, large de quelques mètres seulement, était masquée par des arbres, mais à l'intérieur, la nature avait creusé un vaste labyrinthe qui s'enfonçait au cœur de la montagne. Volkov avait embauché des ouvriers des environs pour l'aider à en élargir certaines parties, en terrasser d'autres, bref à rendre les lieux plus civilisés. Ensuite, il les avait tués l'un après l'autre pour s'assurer de leur silence.

Puis, il avait installé un système de plomberie de fortune, alimenté en eau potable par une source voisine. Il avait fait venir des générateurs pour s'éclairer et se chauffer et stocké assez de barils de carburant – volés à l'Armée rouge en débandade – pour tenir de longues années. Il remplaçait les vides au fur et à mesure.

Plusieurs récepteurs satellites dissimulés dans des endroits stratégiques lui permettaient de communiquer avec le monde extérieur ou, s'il le voulait, de se détendre simplement en surfant sur Internet.

Volkov allait et venait comme bon lui semblait ; il franchissait la frontière par le Turkménistan en empruntant les cols montagneux. Les autorités ne le préoccupaient pas, car il n'y en avait pas. Le seul passeport dont il avait besoin était l'arme automatique ou semi-automatique du moment en sa possession. Aux villageois des environs – qui savaient seulement qu'il vivait quelque part dans les montagnes et ne le voyaient que lorsqu'il venait s'approvisionner –, il inspirait la terreur.

Un seigneur de guerre régnait sur la région, mais il ne se souciait nullement de Volkov. Dans ces centaines de kilomètres carrés de montagnes pratiquement inhabités, il y avait de la place pour tout le monde. De plus, Gregor Volkov n'était pas le genre d'homme auquel on avait envie de se frotter.

Il ne faisait venir ses comparses ici que lorsqu'il avait besoin de leur aide, ce qui était le cas maintenant. Ayant donc accompli leur dernière mission en Suisse avec succès, Volkov et ses copains avaient fêté cela par une nuit de folie à Monaco, passée à satisfaire leur penchant pour les filles, l'alcool, la drogue et le jeu. Puis, ils avaient volé un MonEx 4000, qu'ils avaient entièrement dépecé pour pouvoir le transporter en toute discrétion avant de le réassembler dans les grottes. Volkov tenterait ainsi de rendre encore plus lucratif ce boulot déjà très rentable.

— Youri, tu as bien sécurisé le lien, hein ? aboya Volkov à l'intention d'un jeune homme à l'éclatante chevelure rousse attachée en queue de cheval.

Les doigts de Youri couraient sur un clavier d'ordinateur commandant à distance l'angle et la direction des antennes paraboliques de Volkov.

— Oui, mon général, j'y suis presque, répondit Youri.

« Général ». Volkov insistait pour que tous ses hommes l'appellent ainsi. Il était convaincu que, si l'URSS avait tenu, il aurait fini par accéder aux sommets du KGB, puis aurait rejoint l'armée, où il aurait terminé à ce rang et exercé son influence sur le Politburo. Que rien de cela ne soit arrivé ne changeait pas le fait que Volkov exige qu'on s'adresse ainsi à lui.

— Et tu as réglé ce terminal ? demanda Volkov.

— Oui, mon général. J'y travaille, mais je...

— Bon, alors, fais voir, le coupa Volkov en traversant la grotte qui lui servait de centre de communications.

Le MonEx 4000, protégé par un boîtier beige en acier, avait la taille d'une cantine et pesait une centaine de kilos. On aurait dit un gros serveur.

Toute l'électronique numérique, dont la complexité expliquait pareilles dimensions, était maintenant étalée sur la table que l'un des équipiers avait apportée au centre de communications.

— Mon général, sauf votre respect, je ne comprends pas pourquoi on fait ça, dit Youri.

— Qu'est-ce que tu ne comprends pas ?

— Nos employeurs nous payent grassement pour les codes MonEx qu'on leur fournit, non ?

Volkov n'avait pas précisé à quel point leurs employeurs étaient généreux. Il touchait un million de dollars par code, mais il ne leur avait parlé que de cent mille.

Chacun des cinq membres de la bande pensait faire une affaire : dix mille chacun, l'autre moitié revenant à Volkov. Si l'un d'eux avait soupçonné un partage beaucoup moins équitable, aucun n'aurait osé évoquer le sujet, de toute façon.

— C'est juste, répondit Volkov, sentant la colère monter.

Il n'aimait pas être questionné par un sous-fifre.

— Alors, pourquoi on ne se contente pas de fournir les codes ? À cent mille le meurtre d'un gratte-papier, c'est de l'argent facile, non ?

— Tu devrais avoir honte, Youri, de penser si petit, dit Volkov.

— Comment ça, mon général ?

— Simple logique. Si quelqu'un est prêt à payer cent mille pour un code, c'est qu'il en vaut plus, d'accord ?

Surtout s'il nous paye un million, pensa Volkov.

— Mais peut-être que ça ne les vaut que pour lui, objecta Youri. Peut-être qu'on devrait...

— Youri, dit Volkov en l'attrapant par sa queue de cheval pour le tirer en arrière.

Youri écarquilla les yeux quand la main de Volkov le serra à la gorge.

— Si on n'est pas capables d'exploiter ces codes nous-mêmes, dans ce cas, tu as raison, on accepte nos primes et on passe à autre chose, mais je suis du genre optimiste. Tu n'as pas envie d'être optimiste, Youri ?

— Si, mon général, s'étrangla-t-il.

— Aux échecs, un maître ne se contente pas d'une seule approche de jeu, expliqua Volkov en continuant de basculer la tête de son subordonné en arrière. Il met en place différentes stratégies, qu'il développe en parallèle. Ainsi est-il prêt à répondre à peu près à tous les coups que lui opposera son adversaire. Tu comprends ?

— Oui, mon général.

— Je gaspille ma salive, Youri. Montre-moi juste ce que tu as, dit Volkov en le relâchant, puis, inconsciemment, il rajusta son cache-œil légèrement de travers.

Youri se frotta le cou. Il redoutait d'annoncer la suite.

— C'est bien le problème, mon général. Je ne… On n'a… On n'a rien.

— Comment ça ? Le terminal était parfaitement remonté. On a pris des photos. J'ai moi-même étudié le schéma, s'indigna Volkov en montant le ton.

— Ce n'est pas ça, mon général. Je...

— C'est la connexion ? Je croyais que tu avais positionné les satellites.

— Oui, mon général. C'est juste que...

— Quel est le problème, alors ? s'emporta Volkov.

— C'est ça, fit Youri en basculant l'écran vers son chef.

De son bon œil, le Russe parcourut le texte affiché avec une perplexité croissante. Non qu'il ne parvînt à lire les lettres : c'était écrit en romain, alphabet qui lui avait été enseigné depuis fort longtemps. Les mots n'étaient pas indéchiffrables non plus (c'était manifestement de l'anglais, langue que Volkov parlait couramment), c'était l'écran, pris dans son ensemble, qui était incompréhensible. Du moins pour qui n'était pas formé au système d'exploitation particulier du MonEx. Or ni Youri ni Volkov ne l'étaient.

— Tu as saisi le code correctement ?

— Oui, mon général. J'ai vérifié deux fois.

— Alors, qu'est-ce que… ? C'est quoi, ça ?

— Ben, je ne sais pas, avoua Youri.

— On doit pouvoir… transférer des fonds d'une manière ou d'une autre… ou… faire quelque chose.

— J'ai essayé, mon général. Comme vous pouvez le voir, la fonc...

— Pousse-toi de là, ordonna Volkov en agrippant brutalement Youri par la chemise pour le faire dégager de la chaise.

Volkov s'assit, inclina son bon œil vers l'écran et parcourut le clavier. Autour de l'agencement familier en QWERTY s'alignaient des rangées et des colonnes de boutons dont il ignorait totalement la fonction.

TRANSFÉRER FONDS, saisit-il.

ERREUR : COMMANDE INVALIDE, afficha l'écran.

ACCÉDER COMPTE, tenta Volkov.

ERREUR : COMMANDE INVALIDE.

AFFICHER FONDS.

ERREUR : COMMANDE INVALIDE.

À chaque message d'erreur, Volkov sentait son pouls s'accélérer. Il entreprit alors d'expérimenter les curieux boutons sur le côté. Certains ne donnaient rien. D'autres faisaient apparaître d'étranges caractères au hasard sur l'écran – ou des amas de lettres sans aucun sens pour Volkov. Puis, il y eut cette série de messages plus déroutants les uns que les autres : IMPROPRE : FONCTION NULLE, TRANSACTION ANNULÉE PAR OPÉRATEUR, CONFLIT INTERNE ou plus simplement et plus fréquemment : ACCÈS REFUSÉ.

Cela ne menait nulle part. La colère de Volkov ne faisait qu'empirer. Le MonEx n'avait déjà pas été facile à voler. Il avait été encore plus difficile de le faire entrer dans ce pays et de le traîner jusqu'ici. Ces efforts méritaient une récompense, pas un obstacle. Volkov se leva et adressa un grognement à Youri.

— Reviens là, ordonna-t-il. Comment oses-tu te défiler ?

— Mais, mon général, je...

— Tu disais que tu pourrais le faire marcher !

— Je croyais qu'il tournait sous Linux, protesta Youri. Je ne savais pas qu'il avait son propre système d'exploitation. J'ai cherché le mode d'emploi, mais il faut avoir un numéro de licence et on n'a pas...

— Faibles excuses ! cria Volkov à pleins poumons.

— Mon général, si vous pouviez me laisser encore une semaine ou deux, s'il vous plaît, pour...

— On n'a pas une semaine ou deux, bafouilla Volkov. On a un délai à respecter.

En effet, l'employeur de Volkov avait été formel : Volkov devait livrer six codes, obtenus de six banquiers par lui désignés, en respectant une stricte chronologie.

S'il en manquait ne serait-ce qu'un seul, Volkov ne recevrait pas un centime. Il pouvait difficilement demander une prolongation pour apprendre à s'en servir à son propre profit.

— Mon général, je...

— Ton incompétence m'exaspère, dit Volkov.

— Mais, mon général, si...

Le reste de la phrase se perdit à tout jamais. Volkov dégaina son Ruger, le lui braqua sur le front et pressa la détente à trois reprises successives. Des rubans de sang rouge furent projetés à travers la pièce, suivis de morceaux de chair.

En réaction aux coups de feu, deux autres membres de l'équipe arrivèrent précipitamment. Ils s'arrêtèrent net en constatant que, cette fois, la tête de Youri n'était pas rouge seulement à cause de sa chevelure. Volkov passa à côté d'eux.

— Youri a décidé de se retirer, dit-il en sortant. Emmenez-le.

— Bien, mon général.

— Et quand vous aurez terminé, préparez-vous : on a un autre boulot sur le feu. Oh ! et trouvez-moi quelqu'un qui sache faire marcher cette bécane, ajouta Volkov, indiquant le MonEx du regard.

SEPT

Fairfax, Virginie

Derrick Storm avançait dans les ombres grandissantes de la fin d'après-midi, approchant sous le vent par le sud-ouest. Son vol pour Paris ne partant que dans la soirée, il avait encore du temps pour une petite mission.

La maison en vue était un pavillon à deux niveaux, pur style 1970, niché au cœur d'un quartier de banlieue typique de la côte est. Certaines des maisons voisines avaient été démolies ou agrandies. Pas celle-ci.

Elle n'avait quasiment pas changé depuis le jour où ses premiers propriétaires avaient emménagé. Elle était bien entretenue, mais seul son aménagement paysager parvenait à la sauver de son total manque de charme.

Storm avançait d'un pas circonspect, une arme sur la poitrine, une autre à la cheville. Il connaissait parfaitement les lieux. Chacune des fissures de la maison, des tapis à poils longs de ses trois chambres à sa minuscule cuisine en passant par ses carreaux de salle de bain turquoise et blancs. Il en connaissait les points faibles, les accès et les issues, la trappe de la cave en partie dissimulée. Il savait comment grimper par la gouttière pour se faufiler dans l'une des chambres à l'étage. Le plan des lieux était pratiquement implanté dans son cerveau.

Il se cantonnait aux angles morts afin de rester invisible aux yeux de ses occupants. C'était ce que Derrick Storm avait longuement été entraîné à faire : voir sans être vu, se glisser furtivement. Il était la discrétion incarnée.

Tel le souffle de l'air, il était là, mais invisible. Rien ne permettrait de déceler sa présence, pas même lorsqu'il progresserait, en avançant d'arbre en arbre, vers sa cible en cercles concentriques.

Les cinq derniers mètres jusqu'à la maison se trouvaient à découvert. C'était le moment le plus périlleux. Il vérifia que le pavillon n'était pas équipé d'une alarme et prit un instant pour se ressaisir. Puis, tel un guépard, il sprinta du côté le plus proche du garage.

Il s'arrêta de nouveau, tendit l'oreille pour s'assurer que personne à l'intérieur ne s'était rendu compte de sa présence. Pas un bruit. Rien ne venait perturber le rythme du quartier en ce début de soirée.

Storm se permit un petit coup d'œil. Le garage pouvait accueillir deux voitures et se fermait par une seule large porte. Il y avait un homme à l'intérieur ; il réparait une voiture. À travers les craquements d'un vieux transistor qui retransmettait un match de base-ball s'élevait la douce voix de Fred Manfra, le célèbre commentateur des Orioles de Baltimore.

Storm resta appuyé contre le côté de la maison le temps que les battements de son cœur s'apaisent. Il n'avait pas le droit à l'erreur. Pour cette opération, la surprise devait être totale. Il était sûr d'y être parvenu. Il ne manquait plus que…

— Nom d'une pipe en bois, si tu veux t'approcher furtivement d'un vieil agent du FBI, évite de porter ces chaussures italiennes de tapette, d'accord ?! tonna une voix à l'intérieur. Combien de fois faudra-t-il te le répéter ? Des semelles de crêpe. Rien ne vaut les semelles de crêpe.

Derrick Storm fronça les sourcils et sortit de sa cachette.

— Salut, papa, dit-il.

Carl Storm laissa tomber le chiffon graisseux qu'il maniait et fit le tour de la voiture pour étreindre son fils. Comme lui, Carl était solidement bâti. Du haut de son mètre quatre-vingts, le vieil homme en imposait toujours à Derrick (malgré ses cinq centimètres de plus et ses cent kilos). Même s'il espérait qu'il en soit toujours ainsi, le fils savait bien que cela ne durerait pas.

Carl avait perdu de sa vitalité ces dernières années. Sa peau s'était flétrie. Sa claudication, qu'on ne remarquait autrefois que les jours de pluie, se voyait de plus en plus. Néanmoins, même à près de soixante-dix ans, le vieil homme semblait encore capable de se défendre au bras de fer.

— Comment tu vas, mon garçon ? demanda-t-il en donnant à Derrick une bonne tape dans le dos.

— Bien, papa.

— Qu'est-ce qui t'amène ?

— Tu es le seul père que j'ai. Je me suis dit que tu méritais une petite visite.

— Combien de fois devrai-je te répéter que ce n'est pas à un vieux singe qu'on apprend à faire la grimace ?! Si tu es là, c'est pour une mission.

— C'est confidentiel, agent Storm. Je ne crois pas que la CIA apprécierait de voir ses secrets divulgués au FBI, répondit Derrick.

— Même à un vieux retraité comme moi ?

Derrick changea de sujet.

— Qu'est-ce qu'elle a, la Buick ?

Carl tapota l'aile de sa Buick Electra de 1986, dont il était le propriétaire d'origine. Bien qu'encore petit à l'époque, Derrick se rappelait le jour où son père, fier comme un paon, avait ramené la voiture à la maison. Il avait fait un long discours sur l'importance d'acheter américain (leçon que son fils n'avait pas oubliée, comme en témoignait son fétichisme pour les Ford), puis ils étaient partis faire une virée ensemble. Assis à l'arrière, Derrick appréciait le velours de la banquette, si doux qu'il pouvait y tracer son nom du doigt. Il entendait encore son père vanter la formidable « reprise » du V6 3,8 litres quand il accélérait sur les petites routes de campagne.

La luxueuse berline, prête à dévorer la route qu'il voyait à l'époque, lui apparaissait maintenant comme une boîte à roulettes, bien loin des véritables « paquebots » des années 1960 et 1970. La dernière fois que Derrick avait regardé, le compteur indiquait un peu plus de quatre-vingt-douze mille kilomètres, mais il ne fallait pas s'y fier : il en était au moins à son troisième tour.

C'était à son don pour la mécanique, à son sens de l'économie, mais surtout à son entêtement que Carl devait l'incroyable longévité de son engin.

— Cette satanée clim est bloquée sur le minimum, grommela Carl. Je n'arrive pas à la faire marcher plus fort.

Derrick alla jeter un œil. L'une des caractéristiques peu banales de ce modèle était que le capot s'ouvrait côté pare-brise, à l'inverse de la quasi-totalité des véhicules sortis des usines de Detroit. Cela rendait les réparations plus pénibles, mais Carl n'en était que plus attaché à sa voiture.

— J'ai remplacé le ventilo et le relais, mais ce foutu truc ne veut rien savoir, ajouta Carl. J'arrive à y envoyer le courant par un interrupteur extérieur, et ça marche, mais dès que je remets tout correctement en place, je n'ai qu'une seule vitesse : le minimum.

— Tu as vérifié les fusibles ? demanda Derrick.

— Tu me prends pour une bille ou quoi ?

— Ouais, mais par politesse, je préférais ne rien en dire.

Carl grogna. Derrick examina l'objet du délit et les divers fils qui en partaient, s'émerveillant de la relative simplicité des entrailles de la Buick. Comme Carl s'en était plaint à maintes reprises, les voitures actuelles dépendaient trop de l'électronique. À moins de disposer de sa propre valise de diagnostic, il était presque impossible de réparer soi-même.

C'est pourquoi Carl refusait de se défaire de la Buick : ses problèmes, pourtant parfois légion, étaient au moins réparables sans l'aide de l'informatique. Inutile de dire que ni l'un ni l'autre ne boudaient leur plaisir.

À la radio, les Orioles de Baltimore venaient de marquer trois points dans la deuxième partie de la septième manche et menaient donc par six à cinq sur les Angels de Los Angeles.

— Ça fait plaisir de voir Markakis de retour, fit Carl. On aurait battu les Yankees si on l'avait sélectionné en octobre.

Il y avait longtemps que Baltimore et les Storm ne faisaient plus qu'un, d'où le « on ». À quelques exceptions près, tous les hommes de la famille portaient cette croix.

— On aurait battu les Yankees si Jimmy Johnson n'avait pas été à côté de la plaque, contesta Derrick.

— Je ne savais pas que tu les suivais toujours.

— Ça fait partie des choses qu'on a dans le sang, qu'on le veuille ou non, tu sais.

— Hé ! ça faisait quinze ans qu'ils ne s'étaient pas qualifiés aux éliminatoires, fit Carl. Espérons que la prochaine qualification leur prendra moins de temps parce que, sinon, je risque de ne plus être là, ajouta-t-il à voix basse.

Derrick ne releva pas ce commentaire macabre.

— Je vois que le vieux poste de radio marche toujours, dit-il.

— Ouais. Pourquoi ? Tu te sens de le démonter encore ?

Derrick éclata de rire. Enfant, son père insistait pour qu'il sache démonter et remonter une radio – et comprendre au passage la fonction de chacune des pièces –, comme s'il s'agissait d'un exercice de survie fondamental qu'un garçon se devait de maîtriser.

— Si on s'inquiétait plutôt de la voiture, papa.

Storm fils sonda la Buick du regard avant d'y plonger les mains. Puis, il jeta son dévolu sur un paquet de fils près du réservoir du lave-glace.

— Il est là, le problème, affirma-t-il. Regarde le fil du fusible.

Carl fronça les sourcils, jura et s'empara d'une paire de loupes de parapharmacie posée sur son établi. Les lunettes sur le bout du nez, il braqua une torche sur la zone incriminée.

— J'y crois pas ! s'exclama-t-il en regardant un fil fondu comme du fromage à burger. Comment j'ai pu rater ça ?

— Je suis sûr que c'est lui le coupable, déclara Derrick.

Carl jeta un œil à sa montre, une Casio au moins aussi datée que sa voiture.

— Le magasin de pièces auto est fermé. Je m'en occuperai demain matin. Si on se buvait une bière ?

Derrick suivit son père à l'intérieur de la maison de son enfance et plongea dans une autre dimension. Rien ou presque n'avait changé depuis plus de trente ans.

La présence d'une femme faisait cruellement défaut, mais la mère de Storm était morte dans un accident de voiture quand il avait cinq ans. Derrick n'en avait que de vagues souvenirs et en savait assez peu sur elle. Tout ce que son père lui en avait dit se résumait à : « C'était un sacré bout de femme, ta mère. » Ensuite, il trouvait toujours un prétexte pour quitter la pièce.

Carl se dirigea vers le réfrigérateur, vide la plupart du temps, qui abritait en l'occurrence un pot de mayonnaise, un paquet de tranches de fromage fondu, une laitue jaunissante et des petits pains ronds assez rassis pour s'effriter au toucher. Il saisit deux cannettes de Pabst Blue Ribbon d'un pack de vingt-quatre à moitié plein. Va pour la grosse production américaine. Depuis qu'il avait quitté son père, Derrick avait développé un penchant pour les bières de microbrasseries. Sa phase actuelle le portait vers l'IPA, mais chez son père, il respectait la coutume locale.

Ils prirent place dans le salon – Carl dans son cher fauteuil inclinable, Derrick sur le canapé au motif cachemire – et ouvrirent leurs bières. C'était une sorte de rituel entre les Storm.

Derrick racontait toutes ses affaires à son père. En partie parce qu'il accordait une grande estime à son point de vue, mais surtout parce que Carl Storm était sa police d'assurance. Si cela se révélait un atout politique, Jedediah Jones était capable de laisser Derrick Storm pourrir dans une prison tibétaine ; Carl Storm n'aurait alors de cesse de faire revenir son fils sain et sauf.

Aussi, tout en buvant, Derrick informa-t-il son père de la vague de morts chez les banquiers, de sa certitude que l'abominable Volkov y avait pris part, et de la possible implication des Chinois. Enquêteur chevronné, Carl Storm écouta d'une oreille aguerrie.

Carl avait fait carrière au FBI, où il était entré à une époque où le Bureau n'avait pas le prestige d'aujourd'hui. L'unité ne s'occupait que de simples crimes. Ses membres portaient des costumes bon marché et n'avaient pas forcément fait de longues études. L'influence d'Hollywood n'en avait pas encore fait de super flics autoproclamés. C'étaient de simples flics, aussi bons fussent-ils. Néanmoins, mieux valait ne pas lancer Carl Storm sur la mauvaise réputation que les médias avaient taillée à J. Edgar Hoover.

Réfléchir comme un enquêteur était la principale chose que Carl avait enseignée à Derrick au fil du temps. À bien des égards, l'élève dépassait le maître désormais ; toutefois, il arrivait encore que le vieil homme surprenne son fils. Il fallut deux bières à Derrick pour achever son exposé.

— Tes petits copains barbouzes ont l'air de beaucoup trop se focaliser sur le fait que le lien entre les suspects puisse être une personne ou un accord financier, déclara Carl quand Derrick eut terminé. Et si ce qui les reliait était plutôt ce qu'ils faisaient chacun de leur côté ? Tu disais que Kornblum et Motoshige menaient des tas de choses de front, mais Sorenson, lui, ne s'occupait que de ces contrats bizarres d'échange de flux financiers, n'est-ce pas ?

Derrick hocha la tête. Carl continua :

— Alors, c'est juste une hypothèse en attendant d'avoir mieux à se mettre sous la dent, mais c'est peut-être ça le point commun : le swap. C'est la seule chose dont on est sûrs qui les relie tous les trois.

— Bien vu, dit Derrick.

— Un peu que c'est bien vu. Écoute, fiston, je sais que tu penses que ton père n'y connaît rien à rien, mais, si j'ai bien appris un truc au FBI, c'est que ce genre d'affaires se résume toujours à l'argent. Trouve l'argent et tu trouveras ton affreux.

— Et comment je m'y prends ?

— C'est à moi que tu le demandes ? Nom d'un chien, c'est tout juste si j'arrive à faire de la monnaie à l'épicerie. Je vais quand même te dire une chose : tout ça ne me dit rien qui vaille. Combien de fois faudra-t-il que je te répète qu'il ne faut pas faire confiance à ces barbouzes de la CIA. Ils t'envoient au charbon sans même que tu saches de quoi il retourne. Cette Clara Strike n'est qu'une source d'ennuis. Elle est impliquée ?

— Pas à ma connaissance.

— Ouais, mais ce fichu Jedediah Jones, si, j'en suis sûr. Cet homme est pire qu'un serpent.

Derrick n'avait pas besoin qu'on le lui rappelle. Pour prendre une analogie avec le base-ball, il se sentait comme un remplaçant au pied levé face à un *pitcher* totalement inconnu. Le type risquait aussi bien de lui envoyer une balle glissante vers le bas et l'extérieur ou lui viser l'oreille dès son premier lancer avec une *fastball* à cent soixante kilomètres-heure.

Tandis que son fils s'activait la cervelle, Carl posa involontairement le regard sur la photo de la mère de Derrick qui trônait toujours sur la cheminée. Sa beauté (dont Derrick avait en grande partie hérité) était à tout jamais figée dans le temps. Cette photo, comme tout le reste de la maison, paraissait un peu plus vieillotte chaque année.

— Je vais faire attention, assura Derrick avant de lever les yeux vers la photo. Elle nous manque, hein ?

— Un sacré bout de femme, ta mère, déclara Carl Storm.

Puis il écrasa sa cannette entre ses mains et bondit hors du fauteuil incliné avec une étonnante agilité.

— Quoi qu'il en soit, il faut peut-être commander quelque chose, si tu restes à dîner. Il n'y a rien à manger dans la maison. Je vais me décrasser.

Derrick entendit la douche se mettre en route dans la salle de bain principale à l'étage. D'ici à quelques heures, il lui faudrait se mettre en route pour l'aéroport et prendre son vol de nuit vers l'est. Il avait le temps de dîner.

Après avoir consulté un menu, il décrocha le téléphone et commanda une grande pizza, dont il savait qu'elle serait mangée sans aucune autre mention de la femme qui veillait sur eux depuis la cheminée.

HUIT

Washington

À une trentaine de kilomètres de la ville natale de Storm par l'Interstate 66, à l'autre bout de Constitution Avenue, le sénateur Donald Whitmer, représentant de l'Alabama, arpentait son prestigieux bureau avec vue dans l'immeuble Dirksen réservé au Sénat. Il était furieux. D'ordinaire, une seule chose pouvait mettre Donny Whitmer dans une rage pareille : la défaite de l'équipe de football des Crimson Tide d'Alabama.

Jack Porter avait commis l'erreur d'hésiter une seconde.

— Vous vous trompez, grogna Whitmer à l'adresse de Porter. C'est impossible.

Porter s'occupait des sondages. Il était le meilleur. Le pro des pros, dans le métier depuis vingt ans, sa maîtrise des statistiques aurait fait pâlir les meilleurs instituts de sondage publics (s'ils avaient eu vent de son existence). Il avait ainsi contribué aux campagnes et aux élections de présidents, de sénateurs, de députés, de gouverneurs – et de leurs futurs successeurs –, bref de quiconque avait les moyens de s'offrir ses services.

C'était la troisième fois que Porter collaborait avec le sénateur de l'Alabama. Lors des deux précédentes campagnes, il avait mis dans le mille. Mois après mois, il avait repéré auprès des électeurs les forces et les faiblesses du candidat et permis ainsi à son équipe de modeler et de mieux cibler son discours. Au cours des dernières semaines, il avait indiqué à Whitmer où exactement déployer ses moyens. Ses pronostics finals s'étaient toujours avérés au point près lors de l'élection.

C'était un homme bien. Intelligent. Estimable. Qui ne se trompait jamais.

— C'est faux, c'est faux, c'est faux ! cria le sénateur.

— Désolé, sénateur, mais les chiffres sont là.

Treize points en moins. Voilà ce que Porter essayait de lui faire entendre, mais cela ne pouvait pas lui arriver. Pas à lui. Il était Donny Whitmer. Président de la toute-puissante Commission sénatoriale des attributions budgétaires, Whitmer était le genre d'homme à transformer un membre du cabinet en lèche-botte, à faire ramper un gouverneur à quatre pattes ou faire sauter un lobbyiste dans un cerceau de feu.

En vingt-quatre ans de présence à Washington, Whitmer s'était montré capable de délier la bourse de l'État pour financer à peu près n'importe quoi. On ne comptait plus les fois où il avait obtenu des fonds pour sa circonscription ; c'était vraiment le roi du clientélisme. Dans certaines contrées d'Alabama, il y avait non seulement des ponts ne menant nulle part, mais aussi des ponts arrivant de nulle part ; un véritable exploit. Il n'y avait pas un seul de ses projets fétiches qu'il ne soit pas parvenu à faire financer, aussi dérisoire fût-il. Deux cent mille dollars pour un musée pour enfants. Quatre cents pour le parc d'une petite ville. Huit cents pour la préservation d'un monument historique.

Finalement, il ne fallait pas grand-chose pour que les gens se sentent à tout jamais redevables envers vous. Et Donny en profitait depuis des lustres. Malgré sa chevelure argentée et ses soixante-dix ans, il se considérait toujours au sommet de son art. Il figurait à la neuvième place sur la liste des « Cent personnalités les plus puissantes de Washington » du *Washington Magazine*. Il n'avait pas quitté les vingt premiers rangs depuis très longtemps.

Il était donc parfaitement impossible, nom de Dieu, qu'il ait perdu treize points – à une primaire qui plus est – au profit d'un de ces crétins de bouffeurs de bible du Tea Party.

— Mais c'est… Qu'est-ce qui leur prend, à ces ploucs de chez moi ?

Porter ouvrit l'épais dossier blanc posé sur ses genoux et en tourna rapidement les pages pour arriver à la section qu'il cherchait.

— Voici les chiffres pour les groupes chrétiens non confessionnels. Les vôtres sont en vert. Les siens, en rouge.

Porter tendit à Whitmer une page sur laquelle la barre rouge dépassait considérablement la verte.

— Sainte Mère de Dieu !

— Et là, les baptistes, indiqua Porter en révélant la page suivante, identique.

— Oh ! doux Jésus.

— Les méthodistes, poursuivit Porter.

Les barres étaient légèrement moins inégales, mais le rouge l'emportait toujours sur le vert.

— Et les épiscopaliens, termina Porter en brandissant une autre page qui n'annonçait rien de bon.

— Depuis quand ces foutus épiscopaliens s'intéressent-ils à la religion ?! s'exclama le sénateur. Bon sang, et les athées ?

— Euh…, ils sont tous démocrates, monsieur.

— D'accord, d'accord, ne parlons plus de ces allumés. Ils sont tous pour cet enfoiré du Tea Party. J'ai compris. Parlons plutôt géographie. Il y a bien quelque part dans l'État où j'ai fait mieux. Peut-être qu'on pourrait s'appuyer là-dessus.

Porter hocha la tête et tourna les pages de son dossier jusqu'au bon endroit.

— Voilà, on est allés jusqu'au niveau du comté. On peut affiner encore, si vous voulez, suggéra-t-il, mais ça viendra juste s'ajouter à l'estimation que je viens de vous donner.

— Le comté suffit, répondit Whitmer.

— D'accord. Bon, c'est un peu mieux dans le sud de l'État. Les comtés de Mobile et de Baldwin se souviennent de ce que vous avez fait pour eux après la marée noire causée par BP.

— Très juste ! explosa Whitmer. Et ils ont plutôt intérêt. Il y a deux cent mille habitants à Mobile. On n'a qu'à juste s'assurer qu'ils aillent voter.

— Euh, c'est peut-être mieux, mais je n'ai pas dit que vous l'emportiez. C'est très serré.

— Ah.

— Il ne faut absolument pas relâcher l'effort, préconisa Porter.

— Bien sûr.

— Voilà pour les zones relativement bien disposées. Maintenant, les zones de faiblesse… Tenez, voyez par vous-même. Là encore, vous êtes en vert. Lui en rouge. Les cas d'ex aequo sont en gris.

Porter lui tendit une carte de l'Alabama. Elle présentait une tache verte au niveau de Marengo, le comté d'origine du sénateur. Il y avait un peu de gris le long de la côte sud. Sinon, le reste de la carte était couvert de nuances de rouge. Plus la région était reculée, plus elle était rouge. Certaines zones étaient quasi magenta.

— Oh ! Seigneur ! répéta Whitmer en allant chercher sa flasque de vodka dans son tiroir.

Comme il avait un déjeuner, il préférait se passer de bourbon, pour l'haleine.

— Eh bien, il est intéressant que vous le formuliez ainsi, car il faut que je vous dise : parmi ces électeurs chrétiens que nous avons sondés, certains ont mentionné votre propension au blasphème. Vous devriez peut-être limiter...

— Vous n'allez quand même pas m'apprendre à parler,

bon Dieu ! Dites-moi juste quoi faire pour la perte de ces treize putains de points.

— Un scandale ferait l'affaire, monsieur, répondit Porter d'une voix égale. Piégez-le avec une pute et balancez les photos à la presse.

Whitmer faisait déjà non de la tête.

— On a déjà essayé avant même de savoir qu'il représentait une telle menace. Ça n'a pas marché. Ce salaud n'a que le bon Dieu à la bouche. Il lui a reproché d'essayer de séduire un homme marié, lui a fait la leçon sur les liens sacrés du mariage et l'a même incitée à prier avec lui. Aux dernières nouvelles, elle travaille comme bénévole à son bureau de campagne et fréquente sa foutue église.

Porter prit un instant pour encaisser.

— Alors, il n'y a qu'un moyen : l'argent, proposa-t-il. C'est déjà un peu tard, mais pas trop. En frappant fort avec une campagne publicitaire éclair pour arroser toutes les petites villes, de Huntsville à Mobile en passant par Birmingham, vous parviendrez peut-être à lui couper l'herbe sous le pied, mais il faut mettre le paquet et vite.

— Ouais, fit Whitmer. Ouais, ça me plaît bien, vous savez. On n'a qu'à dire qu'il est juif. Et on l'affuble d'une kippa. Mieux, qu'il est musulman. Ou homo. Combien faut-il ?

— De combien disposez-vous ?

— Un million deux.

— Ce n'est pas assez, objecta Porter. On part avec un handicap à deux chiffres. Il faut au moins cinq millions pour déplacer le curseur.

— Mon Dieu ! s'exclama Whitmer.

Finie la vodka. Whitmer se dirigea vers les verres à whisky qu'il rangeait dans la bibliothèque du mur du fond. Il ouvrit un placard, sortit une bouteille de Conecuh Ridge – ancien produit de contrebande d'Alabama remis au goût du jour – et s'en versa trois doigts qu'il descendit d'un trait.

— Je vous en sers un ? demanda-t-il.

— Non, merci, sénateur.
— Sinon, de bonnes nouvelles à m'annoncer ?
— Non, sénateur.
— Alors, vous feriez mieux d'y aller.

Après le départ de Porter, Whitmer, incapable de croire à ce revirement de situation, se remit à faire les cent pas dans son bureau. Il restait six semaines avant la primaire. Jusque-là, Whitmer n'avait même pas pris la peine de se payer un sondage, tellement la démarche lui paraissait inutile : personne ne prenait ce crétin du Tea Party au sérieux.

Et voilà que sa vie politique semblait maintenant en péril. Sa circonscription se retournait-elle vraiment contre lui ? Allait-il lui falloir quitter Washington et retourner en Alabama la queue entre les jambes ? Se faire battre dans une primaire par un petit, après quatre mandats sénateur ! Allait-il vraiment faire lui aussi les frais de cette connerie de Tea Party ?

Non. Pas Donny Whitmer.

Il attrapa le Conecuh Ridge, en arracha pratiquement le bouchon et ne prit même pas la peine de se servir d'un verre cette fois. Il avala une longue rasade directement au goulot.

Il lui fallait juste trouver comment mettre la main sur cinq millions de dollars. Assez vite, il lui vint à l'esprit non pas une idée, mais un homme. Quelqu'un qui lui devait un service. Un gros service. Un service à cinq millions de dollars, peut-être.

Enthousiaste, il s'assit et inscrivit le nom de l'homme en question sur son bloc-notes. Depuis quelque temps, il avait tendance à oublier certaines choses – surtout quand il était excité – et le fait de les noter sur son bloc, en lettres majuscules, l'aidait à mettre de l'ordre dans ses pensées, surtout quand il y revenait par la suite.

Le regard baissé sur le nom, il sourit.

NEUF

Paris

Paris-Venise, Venise-Paris, ce beau ténébreux brun au charme voyou avait la musculature juste un peu trop développée pour un reporter. Restait à espérer que personne ne s'en aperçoive. Pour cette couverture, il avait revêtu une veste de tweed usagée, un pantalon de toile pas vraiment assorti, une chemise blanche légèrement tachée, souvenir d'une défaite face à un hot-dog au ketchup, et des Richelieu éraflées. Un bloc à spirale dans la poche gauche et deux stylos dans la droite, il avait de quoi parer à toute éventualité. Un journaliste n'était jamais trop prévoyant.

Toute ressemblance ou similitude avec un certain gondolier de Venise (sans parler de la foultitude d'identités qu'il avait endossées avant cela) n'aurait bien sûr relevé que d'une pure coïncidence.

Dès l'instant où Derrick Storm avait atterri à l'aéroport Charles-de-Gaulle, il était devenu, comme l'indiquaient son passeport et sa carte de presse, Cleveland Detroit du *Soy Trader Weekly*, très sérieux collaborateur d'une non moins sérieuse publication en lien avec l'industrie du soja, engagée dans une longue bataille de diffusion contre *Soybean America*, son ennemie jurée.

Si, par curiosité, quelqu'un décidait de chercher son nom dans Google, il trouverait un site Internet très détaillé, présentant toutes sortes d'articles sur le soja, savamment conçus pour paraître rédigés par une pléiade de journalistes impartiaux, objectifs et maîtrisant leur sujet – alors qu'il s'agissait de l'œuvre de stagiaires de la CIA relativement versés dans l'agriculture.

Y figuraient des liens pour, d'un clic, prendre contact avec la rédaction de *Soy Trader Weekly*, lire l'histoire du *Soy Trader Weekly*, placer des annonces dans le *Soy Trader Weekly*, et même s'abonner. Les stagiaires de la CIA cherchaient encore que faire des quatorze demandes qu'ils avaient déjà reçues pour leur offre de cinquante-deux numéros au prix de cinquante.

Ce n'était pas le problème de Cleveland Detroit. Sa seule priorité consistait à découvrir l'espion caché parmi les sous-ministres, sous-secrétaires, assistants, mignons et vice-lèches-botte voyageant avec le ministère des Finances chinois pour soutenir leur patron lors de son grand discours. Le ministre était à Paris pour s'adresser publiquement au Conseil pour les affaires économiques et financières de l'Union européenne, communément appelé Conseil ECOFIN, ou simplement ECOFIN. Cette apparition était très attendue en raison du manque de transparence notoire du cabinet chinois.

Le discours devait avoir lieu à l'Hôtel de la Dame, un établissement chic de la rive gauche qui trouvait toujours un moyen subtil de rappeler à ses clients qu'il était la destination préférée de Churchill à Paris et avait été choisi par Mitterrand pour y tromper sa femme la toute première fois.

Pour l'occasion, l'entrée de l'hôtel grouillait d'agents de sécurité, dépêchés à la fois par le ministère de la Sécurité de l'État chinois et les autorités françaises. Rien de cela ne posait de problèmes à Cleveland Detroit, dont les faux papiers étaient scrupuleusement authentiques. Il franchit sans encombre le contrôle d'identité, le détecteur de métal, puis la fouille par un Français si préoccupé par les armes qu'il ne remarqua ni le micro ni la caméra sans fil cachés dans des boutons. Son et image étaient directement retransmis à la chambre 419. Sur place, un agent du contingent Chine de la CIA – prêté pour la soirée par Jedediah Jones – avait tout installé. Si quelqu'un pouvait aider Storm à repérer sa cible, c'était lui.

— J'y suis, dit Storm, une fois le dernier examen en règle terminé.

— Excellent, craquela une voix dans sa minuscule oreillette.

— Tu as des yeux et des oreilles ?

— Affirmatif, répondit l'agent dans la chambre.

— Je vais faire le tour. Silence radio à moins que j'aie besoin de savoir quelque chose sur quelqu'un.

Il pénétra dans le hall, où se pressaient des personnalités de toutes nationalités, importantes pour certaines, prétendant l'être pour d'autres.

Tandis que Storm se frayait un chemin parmi la foule, l'agent l'interrompit à plusieurs reprises : « Lui, c'est He Ranqing, le directeur adjoint du Budget. Il est réglo. » « Tu viens de bousculer Wang Hongwei. Prétendument chargé de la politique fiscale. En réalité, il fait partie du service de contre-espionnage. À éviter. »

Storm tenta de se concentrer sur le petit nombre de Chinoises présentes, mais sans succès. L'agent de la chambre 419 les identifia toutes : il ne s'agissait que de simples agents administratifs et employées de bureau. Aucune n'était nouvelle au ministère.

« Le discours démarre dans cinq minutes. Tu ferais mieux d'y aller », finit par lui souffler l'agent dans l'oreille.

Suivant ses instructions, Storm se dirigea vers le grand salon, où toute la presse étrangère installée à Paris avait déjà pris place pour le discours. Étaient ainsi réunis l'Associated Press, l'agence France-Presse, une demi-douzaine de journaux et magazines américains, une autre demi-douzaine de publications du reste du monde et une poignée de blogueurs, twitteurs et autres parasites, tous repoussés derrière un cordon de sécurité sur le côté du podium.

Ne voyant pas de place pour lui au premier rang de la zone réservée à la presse, Cleveland Detroit y fonça. Il se faufila entre les correspondants de l'*Asahi Shimbun* et du *New York Times*, qui lui lancèrent tous deux des regards contrariés.

Sans s'embarrasser de scrupules, Detroit donna, « par mégarde », tant de coups de coude au type du *Times,* qu'il finit par lui céder un peu de terrain. Storm chercha alors du regard les femmes parmi les représentants du ministère des Finances à côté de l'estrade. En vain, car il n'avait pas le meilleur champ de vision.

Sitôt le discours terminé, quelqu'un se détacha précipitamment de la bande de bureaucrates : l'attachée de presse.

La jeune femme élancée se glissa avec aisance et fluidité jusqu'au podium. Tout en réglant le micro, elle adressa au ministre un timide sourire.

— Le ministre des Finances va maintenant répondre à vos questions, dit-elle dans un excellent français.

Puis, elle indiqua l'un des journalistes :

— Oui, monsieur Eli Saslow du *Washington Post*, allez-y.

Storm l'observa, fasciné, diriger la conférence de presse. Sa longue chevelure noire brillait sur le blanc de son chemisier. Ses yeux noirs surmontaient de hautes pommettes sculpturales. Elle passait sans difficulté du français au mandarin ou à l'anglais, qu'elle parlait avec un accent américain, avec des gestes évoquant une étole de soie brute agitée par une brise légère.

— C'est qui ? murmura Storm.

— Je ne sais pas, répondit l'agent à l'étage. Je ne l'ai jamais vue et, pourtant, ça fait des mois que je travaille au ministère des Finances. Une nouvelle. Je crois que tu as trouvé ton hirondelle.

— Dans ce cas, je crois que Cleveland Detroit va devoir faire un peu de journalisme d'investigation.

***

À la fin de la conférence de presse, le ministre des Finances se hâta vers la sortie. Storm s'attarda près de la mêlée de journalistes qui, toujours en demi-cercle autour du podium, comparaient leurs notes et échangeaient leurs points de vues sur ce qu'ils venaient d'entendre, mais surtout en faisant ostensiblement mine de ne pas voir Cleveland Detroit, un intrus au milieu de leur bande habituelle.

Storm s'en fichait. Son attention était rivée sur la femme au chemisier blanc. Après divers tête-à-tête avec plusieurs membres du quatrième pouvoir, dont elle gérait sans doute les demandes d'interview, elle se retrouva seule. Storm saisit alors l'occasion pour passer à l'action.

Elle lui adressa un magnifique sourire, et Storm se permit de jeter un bref regard de haut en bas sur sa toilette. Son chemisier flattait la minceur de son buste, et elle portait une jupe juste assez longue pour ne pas créer d'incident diplomatique si elle décidait de se baisser.

— Excusez-moi, dit-il. Je travaille pour le *Soy Trader Weekly*. Je m'appelle Cleveland Detroit.

— Ah oui ! Mister Detroit. J'ai vu votre nom sur la liste d'accréditation, dit-elle. Très curieux, ce nom.

— Maman était supporter des Indians, papa, des Tigers. Des équipes américaines de base-ball.

— Bien sûr, dit-elle. Mais que puis-je faire pour vous ?

Storm s'était préparé.

— Selon certaines rumeurs, en raison d'un taux de précipitations supérieur à la moyenne dans la région du Yangzi, les exportations chinoises de soja devraient augmenter de 1,74 pour cent au cours du prochain trimestre. Auriez-vous quelqu'un qui puisse commenter et aussi me parler de l'impact que cela pourrait avoir sur le marché à terme du soja ?

— Je peux vous mettre en contact avec notre vice-ministre de l'Agriculture. Il vous fournira tous les…

Elle marqua une pause pour formuler sa phrase poliment.

— … détails dont vous semblez avoir besoin.

— Ce serait très aimable à vous. Et pardonnez mon enthousiasme pour le soja. D'un point de vue économique, c'est vraiment la plus importante graine au monde, vous savez.

— Je…, je l'ignorais, dit-elle.

Leurs corps s'étaient rapprochés.

Avec ses talons, elle était à peine plus petite que lui. Storm ne put s'empêcher de remarquer qu'ils auraient formé un beau couple pour danser. Peut-être un tango… *Un peu de concentration, Storm. Ou plutôt : un peu de concentration Detroit.*

— Je serais ravi de vous parler du soja, dit-il. Dans votre situation, il est important de maîtriser ce domaine, car ce sont vos ancêtres qui en ont inauguré la culture, il y a près de cinq mille ans.

— Vraiment ? répondit-elle comme s'il venait de lui annoncer la découverte d'un nouveau continent ou de lui révéler la vraie nature de l'atome.

Ils se rapprochèrent encore. Il percevait maintenant la chaleur de son corps. Il avait pleinement conscience de son regard et plus particulièrement de son désir de passer la soirée plongé dedans.

— Oui, c'est vrai. Aux États-Unis, cette plante est relativement récente. Nous ne la connaissons que depuis trois siècles environ. Et, même si nous en sommes devenus les plus gros producteurs au monde, nous sommes grandement redevables à votre pays de nous l'avoir fait découvrir. Savez-vous que celui que je tiens pour le Johnny Pépinde-Pomme du soja est un Américano-Chinois ? Je serais enchanté de vous raconter toute l'histoire, miss...

— Désolée, je ne me suis pas encore présentée, dit-elle en sortant brusquement une carte de visite d'on ne sait où.

Elle lui remit une carte de style occidental, sur laquelle son prénom figurait en premier ; il était donc indiqué : LING XI BANG, ATTACHÉE DE PRESSE, MINISTÈRE DES FINANCES.

— Curieux nom de famille, déclara-t-il. Ça se prononce « Zi Bang » ?

— En fait, quand on occidentalise le mandarin, le « x » devient « ch », expliqua-t-elle. Ce qui donne « Shi Bang[1] ».

Storm ne put qu'espérer qu'elle ne remarque pas sa réaction.

— Très..., très intéressant, dit-il.

— Presque autant que le soja, ronronna-t-elle à voix basse.

Leurs visages se touchaient presque.

Cela n'avait, bien évidemment, absolument rien d'intéressant. Storm le savait. Il marchait sur des œufs. Si c'était une espionne (comme semblaient l'indiquer l'agent de la chambre 419 et sa propre intuition), elle tâtait uniquement le terrain, tout comme lui. Si elle savait qu'il était aussi un espion...

Mais non. Impossible. Tout ce qui concernait Cleveland Detroit du *Soy Trader Weekly* – de sa carte de presse à son site Internet – avait été méticuleusement préparé. Il était impossible qu'elle ait le moindre soupçon. Il se lança :

— Miss Xi Bang, pardonnez-moi d'être aussi direct, mais, en tant que journaliste, j'essaie toujours de dire la vérité. Et la vérité, c'est que j'aimerais vous inviter à dîner.

— À condition que ce soit pour manger du soja, concéda-t-elle.

— Le tofu, ça vous va ?

— Parfait.

1. Nom d'une super-héroïne, dans la série d'animation fantastique *Static Choc*, qui a le béguin pour le super-héros. (NDT)

— Je l'adore nappé de sauce de soja, dit-il.

— Vous pensez qu'un bistro pourrait nous servir ça, dans le coin ?

— Il se trouve que j'en connais un. Je vous retrouve à l'accueil dans un quart d'heure.

— Disons dix minutes, dit-elle.

À son sourire, Storm répondit par un clin d'œil. Et quand elle tourna les talons, il braqua le bouton caméra sur ses jolies jambes. Dès qu'elle fut à distance respectable, son oreillette grésilla.

— Storm, tu ne viens quand même pas de draguer en parlant de soja ?! fit l'agent.

— Ah ! le soja ! Un allié pour les femmes, c'est bien connu.

***

Tandis que Storm passait une dernière fois le hall au crible, l'agent de la chambre 419 l'informa que l'équipe de Jones confirmait ce qu'il soupçonnait déjà : le nom de Ling Xi Bang ne figurait sur aucun document du ministère des Finances chinois. Selon toute apparence, cette attachée de presse n'avait jamais rédigé le moindre communiqué de presse.

— C'est peut-être une nouvelle employée, fit remarquer Storm.

— Possible, mais il est encore plus probable que sa couverture n'ait pas fait l'objet d'un soin très minutieux.

— Encore une qui ferait mieux de collaborer au *Soy Trader Weekly*.

— Fais quand même gaffe, Storm.

— D'accord.

— Elle ne doit surtout pas avoir la moindre idée de qui tu es. On a perdu un agent à Shanghai pas plus tard que le mois dernier à ce petit jeu. Les Chinois ne sont pas des tendres ; la convention de Genève les fait doucement rigoler.

— D'accord.

— Et n'oublie pas que, compte tenu de sa petite taille, la portée de ton équipement ne dépasse pas cinq cents mètres, souligna l'agent. Si tu as des ennuis, on t'envoie du renfort, mais pour ça, il faut que tu restes à portée.

— Entendu.

— Il y a un restaurant de cuisine fusion franco-asiatique pas loin, sur les Champs-Élysées, indiqua l'agent. Ils font même du tofu grillé.

— Parfait, dit Storm. Puis il retira oreillette, microphone et caméra et les jeta dans la première poubelle.

Durant une minute ou deux, un passant aura sans doute entendu ensuite la poubelle demander : « Storm… Storm, vous m'entendez ?... Storm, vous êtes là ? »

***

Elle s'était changée et portait une robe rouge qui lui couvrait encore moins les jambes. Quant au décolleté, comment disait-on déjà ?… « Très échancré » ? « Ultra-plongeant » ? Peu importait. Storm le trouvait simplement exquis.

En passant devant le bureau du concierge pour le rejoindre, elle fit se retourner toutes les têtes de la gent masculine. Les Anglais dans le hall la regardèrent en douce, afin de ne pas se faire prendre par leur épouse. Les Américains, un peu plus franchement. Les Français, sans se cacher le moins du monde.

Cleveland Detroit se maudit intérieurement d'avoir à jouer les Cleveland Detroit. Derrick Storm aurait arboré son smoking Hermès tout droit sorti du pressing, ses Gucci cirées de frais et son nœud papillon noir de chez Brooks Brothers.

Puis il se rappela que, peu importait le dicton, c'était le moine qui faisait l'habit et non l'inverse. Il se leva du fauteuil pour l'accueillir et lui déposa un léger baiser sur la joue. À ce contact, il crut défaillir.

— Vous êtes splendide, déclara-t-il.

— Merci.

— Prête ? fit-il en lui offrant son bras.

Elle l'accepta de telle manière qu'il sentit brièvement son corps en appui contre lui. Aussitôt, il se promit de faire en sorte de revivre cette sensation.

— Absolument, dit-elle.

Tandis qu'ils sortaient de l'hôtel et se dirigeaient vers la Seine, Storm s'autorisa un dernier regard admiratif, puis entreprit de l'interroger de manière subtile en lui posant quelques questions, inoffensives en apparence, sur son enfance.

Il s'avéra que, contrairement à la plupart des employés du ministère des Finances, elle n'avait pas un père important ni d'autres relations. Elle venait d'une famille pauvre de paysans de la province rurale du Qinghai.

La politique de l'enfant unique était déjà en place à l'époque de sa naissance, et nombre de familles de son village noyaient leurs filles en attendant l'arrivée d'un garçon. Malgré les préjugés contre l'éducation des filles, elle excellait à l'école.

Et comme, à la fin du lycée, elle avait obtenu les meilleurs résultats de toute la province, on lui avait proposé d'entrer à l'Université de Pékin.

Elle en était sortie major de sa promotion. Ses titres avaient tellement impressionné le ministère qu'elle y avait été embauchée malgré son sexe.

— Tu parles vraiment bien anglais, finit-il par déclarer.

« Tu dois être une espionne », faillit-il même ajouter.

Au lieu de cela, il lui facilita la tâche :

— Tu as dû étudier à l'étranger.

— J'ai passé un semestre à l'USC, confirma-t-elle.

— Ah ! l'université des Super Cadors. C'est là que j'ai fait mes études de journalisme. Quelle pizza tu préfères, celle de chez Roma ou celle de chez Geno ?

— Celle de chez Roma, répondit-elle vivement. La pâte est meilleure.

C'est alors que Derrick Storm sut que tout ce que Ling Xi Bang lui avait raconté devait être un tissu de mensonges. En effet, ces noms de pizzerias sortaient tout droit de son imagination. Il fut presque surpris qu'elle tombe dans un piège aussi gros. À l'évidence, elle n'avait pas été très bien briefée.

Peu importait. Il avait trouvé ce qu'il était venu chercher à Paris. C'était le premier objectif. Le second était de l'amener à lui faire confiance.

Il n'était pas indispensable qu'elle lui dise quoi que ce soit, car, s'ils devenaient intimes, il aurait peut-être l'occasion de surprendre une conversation, de glisser un petit coup d'œil à sa sacoche ou de s'arranger pour qu'elle « perde » son téléphone et qu'il puisse le remettre à un technicien de la CIA. Il y avait toujours un moyen.

Pour ce faire, il le savait, il lui faudrait sans doute nouer une idylle. Peut-être même aller jusqu'aux rapports physiques. Ce serait beaucoup de travail, bien sûr, mais Derrick Storm était prêt à tous les sacrifices pour le bien de la sécurité nationale.

Ils s'arrêtèrent dans un petit café près des bords de Seine. Comme il faisait assez chaud, ils dînèrent en terrasse pour profiter des tours illuminées de Notre-Dame, qui se dressaient dans le ciel nocturne à deux pas. Il commanda une bouteille de Domaine Viret et porta un toast à leurs « deux grandes cultures ».

Après avoir trinqué, ils entamèrent une discussion à bâtons rompus. Il lui parla de la chimie de la glycine, le plus goûteux des acides aminés non essentiels, très présent dans le soja. Elle lui raconta des anecdotes sur le voyage du ministre des Finances en Indonésie, où elle avait assisté au sacrifice rituel d'un buffle d'eau. Ils rirent. Mentirent. Et burent beaucoup.

Tandis qu'ils bavardaient, leurs jambes ne cessaient de s'effleurer. Elle lui touchait le bras et riait à ses blagues. Storm s'efforçait toutefois de garder la tête froide. Dans un coin de son cerveau, il savait qu'il ne collait pas autant à son personnage qu'il l'aurait fallu. Certes, il ne cessait de glisser des détails sur la culture du soja glanés lors de son cours intensif dans l'avion, mais il lui livrait trop de Derrick Storm et pas assez de Cleveland Detroit.

Il lui raconta même l'histoire du gâteau. C'était le jour de ses six ans, vers la fin de l'année scolaire, après une merveilleuse journée de maternelle. Sauf qu'une sorte d'appréhension le taraudait. Sa maîtresse, Mme Taylor, possédait une affiche sur laquelle était indiquée la date d'anniversaire de tout le monde. Tout au long de l'année, il avait vu les mamans de ses petits camarades se présenter après le déjeuner, le jour de leur anniversaire, les bras chargés de merveilleux gâteaux.

Or, lui n'avait plus sa mère. Et son père ne savait pas allumer un four. Pour son anniversaire, il en était sûr, il n'aurait pas de gâteau. Il avait un petit espoir, mais... En fait, il avait déjà honte à l'idée d'être le seul à ne pas recevoir de gâteau à son anniversaire.

Arriva le jour J, arriva le déjeuner. Puis le déjeuner fut terminé. Bien entendu, pas de gâteau. Il était effondré. C'est alors que, juste avant la récréation, on frappa à la porte de la classe. Sourire en coin, son père était là.

Il tenait le plus laid, le plus bâclé, le plus merveilleux des gâteaux jamais vus. Outre qu'il était difforme parce qu'il avait débordé du moule, il y avait deux fois plus de glaçage que ne le préconisait la recette. Néanmoins, il était délicieux. Tout le monde avait été d'accord pour l'élire meilleur gâteau de l'année.

— Tu aimes beaucoup ton père, ça se voit, déclara Xi Bang en lui tapotant la main.

— À sa manière, c'était le meilleur qu'on puisse avoir, confirma Storm.

Sauvé par un musicien de rue qui vint s'installer près d'eux pour jouer du violon, Storm évita de justesse de tomber dans la sentimentalité. Il entama une valse de Vienne, l'une des musiques préférées de Storm. Ce fut plus fort que lui. Il la prit dans ses bras et, l'entraînant sur le trottoir, constata qu'ils faisaient, comme il le soupçonnait, d'excellents partenaires de danse (sans doute s'entendraient-ils aussi très bien dans un autre genre d'exercice).

— Cet air, dit-il en la faisant tourbillonner. On dansera dessus à notre mariage.

— Ah oui ? Et pourquoi le choix ne m'incomberait-il pas ?

— Parce qu'il n'y a pas besoin de tout un orchestre symphonique pour ce morceau. Un quatuor à cordes suffit. Comme ça, on pourra organiser quelque chose d'intime. D'accord ?

— Oui, dit-elle en enfouissant le visage dans sa poitrine. Quelque chose d'intime m'irait très bien.

Ils dansèrent encore un peu, burent encore un peu. Quand on leur apporta l'addition, il se dit qu'il était temps de recouvrer ses esprits. Le trajet du retour, il le savait, serait le moment le plus dangereux. Si elle avait flairé ses mensonges comme lui les siens, il lui serait facile de le conduire dans un piège. Si Storm n'y prenait garde, des agents chinois pourraient le tuer, se débarrasser de son corps et transformer Cleveland Detroit en un casse-tête pour les autorités françaises.

De fait, alors qu'ils rentraient en titubant, appuyés l'un sur l'autre, elle l'attira dans une ruelle sombre. Aussitôt, son alarme interne se déclencha. Il se raidit et fouilla les alentours du regard. Il était prêt à se battre. Ou à prendre la fuite, selon ce qui se révélerait le plus approprié.

Alors, elle posa ses lèvres sur les siennes et se pressa tout contre lui, puis le plaqua contre un mur de briques. À cet instant, Storm comprit qu'il n'était plus question que d'un Américain et d'une Chinoise profitant comme deux amants d'un clair de lune à Paris.

— J'ai une suite à l'hôtel pour moi toute seule, annonça-t-elle quand ils reprirent leur souffle. Viens.

Il répondit par un autre long baiser. Et c'est donc ainsi qu'une suite de l'Hôtel de la Dame fut témoin du choc de deux grandes cultures.

***

Quand Storm reprit ses esprits, son téléphone sonnait. Il faisait jour. L'autre côté du lit était vide. Il lui fallut un instant pour se rappeler où il était, mais surtout qui il était.

Enfin, cela fit tilt.

— Cleveland Detroit, répondit-il au téléphone.

— Storm, c'est moi, fit la voix rauque de Jedediah Jones.

— Je vous écoute, dit Storm.

Où que fût Xi Bang (dans la salle de bain, peut-être ?), elle était hors de portée ; néanmoins, la prudence restait de mise.

— On a un autre banquier mort avec pas mal d'ongles en moins, annonça Jones. Volkov a de nouveau frappé.

— Où ?

— Londres.

— Et ?

— Tu es le plus près des lieux. Rends-toi sur place. Examine la scène de crime. Renseigne-toi sur la victime. Je m'occupe de te trouver quelqu'un pour t'accueillir à Londres.

— Je pars tout de suite. Envoyez-moi les détails par mail.

— Assure-toi quand même que personne ne te suit.

— Compris, répondit Storm, qui éteignit le téléphone.

Il entreprit de rassembler ses affaires, éparpillées un peu partout à travers la suite. Il avait déjà un mensonge prêt pour Xi Bang : on l'avait appelé à Londres pour un scoop lié au soja, et il reviendrait plus tard terminer son article sur le ministère des Finances.

Il s'attendait à trouver Xi Bang quelque part, peut-être en train de lire le journal ou de boire un café. Peut-être auraient-ils même le temps pour une brève mais enrichissante reconnaissance des territoires qu'ils n'avaient pas explorés la veille.

Pourtant, elle n'était ni dans le salon, ni sur le balcon, ni dans la salle de bain.

Quand il eut remis la main sur son dernier vêtement, Storm se rendit compte, comme il aurait dû s'en douter dès l'instant où il avait vu la place vide dans le lit, que Ling Xi Bang était partie.

DIX

New York

Entre ses casiers en noyer patinés et les portraits de ses anciens présidents aux murs, tout au Trinity Health & Racquet Club respirait la fortune.

Non sans raison, car tous les membres de ce très sélect centre sportif et de bien-être étaient issus de vieilles fortunes. De grandes fortunes. Les rares fois où le club acceptait un nouveau membre (à part deux femmes, il n'y avait que des hommes), on lui demandait de s'acquitter d'un dépôt non remboursable de cinquante mille dollars pour avoir accès aux courts couverts et découverts de tennis, de racquetball, de squash, sa salle de gym, aux vestiaires et à la salle à manger, sans oublier le meilleur sauna de Lower Manhattan. Non que le club ait particulièrement besoin de cet argent puisqu'il disposait maintenant de plus de trente millions de dollars de fonds, de quoi tenir presque trois ans sans collecter la moindre cotisation. C'était uniquement destiné à tenir la populace à l'écart.

Évidemment, G. Whitely Cracker cinquième du nom y était plus que parrainé ; il y représentait la troisième génération de Cracker. Son grand-père, Graham W. Cracker troisième du nom, comptait parmi les fondateurs. Son portrait était accroché à l'entrée de la salle à manger. Le père de Whitely, G. W. Cracker quatrième du nom, y avait effectué trois mandats de président. Son portrait se trouvait près du bar.

Tout le monde s'attendait, se réjouissait même à l'idée de voir un jour Whitely prendre les commandes à son tour ; et une fois un, deux ou trois mandats terminés, peut-être serait-il également immortalisé par un portrait à l'huile.

En attendant, Whitely venait jouer au tennis deux fois par semaine. C'était une sorte de grand-messe à laquelle tout un ballet d'adversaires se devait de participer.

Il jouait toujours en simple, et sa secrétaire était chargée de veiller à ce qu'au moins un de ses partenaires habituels soit disponible. Si l'heureux élu osait ne pas se présenter, Whitely ne s'infligeait pas le désagrément de lui dire quoi que ce soit en face : le contrevenant découvrait subitement que son casier avait été déplacé – pour de strictes raisons de réagencement, bien sûr – derrière un poteau ou relégué dans un coin.

La partie n'était tout bonnement pas négociable. Quoi qu'il se passât sur les marchés. Quoi qu'il se passât dans sa vie. Deux fois par semaine, Whitely Cracker n'était tout simplement pas disponible pour le monde extérieur, et cette heure et demie (ou deux, si le match se prolongeait par un troisième set) était entièrement consacrée au jeu.

Ce qui ne veut pas dire pour autant qu'il prenait le sport au sérieux. À la vérité, c'était plus un prétexte pour sortir se dépenser, se maintenir en forme.

Whitely n'était pas un joueur hors pair. Sa forme et sa couverture du court constituaient ses meilleurs atouts. Il n'impressionnait guère par son service. Son coup droit, certes solide, n'effrayait personne. Il n'était pas régulier dans son revers. Et son jeu au filet était si catastrophique qu'il ne s'y risquait que contraint et forcé.

En revanche, c'était un passionné. Selon lui, s'il battait régulièrement les meilleurs joueurs, c'était uniquement grâce à son endurance. Et sa secrétaire savait qu'elle devait d'abord s'efforcer de lui trouver un meilleur joueur que lui avant de programmer l'un de ses adversaires plus faibles. La défaite ne dérangeait pas Whitely Cracker. Il préférait perdre face à un bon joueur qu'en battre un médiocre.

Ce jour-là, Cracker perdait. Face à Arnold Richardson – des Richardson du New Jersey –, qui s'était classé sixième en simple à Dartmouth. Arnold frappait beaucoup mieux la balle que Whitely. Et même si Whitely parvenait de temps à autre à remporter l'échange à l'usure, il ne représentait pas vraiment une menace sérieuse.

Après avoir gagné six jeux à deux dans la première manche, Arnold menait trois à un dans la seconde, quand quelqu'un se glissa entre les deux panneaux du lourd rideau en plastique au fond du court. C'était Lee Fulcher, un promoteur qui se prenait pour le futur Donald Trump alors qu'il n'était qu'un acteur moyen sur l'immense marché de l'immobilier à Manhattan.

Fulcher avait toujours l'air au bord de la crise cardiaque. Il avait le col de chemise un peu trop serré (en raison de son refus d'admettre qu'il prenait du poids) et rougissait facilement.

Cette fois encore, c'était le cas. Même son cuir chevelu, exposé par une calvitie naissante, paraissait écarlate. C'était impressionnant de le voir traverser le court au pas de charge, encore tout habillé, mocassins à glands et cravate nouée en double Windsor.

— Lee, tes chaussures ! s'exclama Richardson en pointant ses pieds de sa raquette. Todd vient de faire refaire le court. Tu vas faire des marques partout.

Sans lui prêter aucune attention, Fulcher se précipita vers Whitely, de l'autre côté du filet.

— Sérieux, mec, insista Richardson. Je crois que le type de chaussures autorisé est stipulé dans le règlement intérieur. Si tu fais des marques, ça risque de te coûter cher.

Cela ne sembla même pas arriver jusqu'aux oreilles de Fulcher, qui se mit à crier à l'adresse de Whitely à peine le filet franchi.

— Ta satanée secrétaire ne voulait pas me dire où tu étais, fulminait Fulcher.

Penser à augmenter la secrétaire, nota mentalement Whitely.

— Mais j'ai appelé le responsable des tennis, et il m'a dit que tu étais sur le court numéro trois, poursuivit Fulcher.

Penser à virer le responsable des tennis, nota mentalement Whitely.

— Voilà, tu m'as trouvé, dit Whitely en se montrant aimable. Que puis-je pour toi, Lee ?

Fulcher s'arrêta à hauteur de la ligne de service.

— J'ai un putain d'appel de marge sur le projet de Mulberry Street.

Whitely encaissa la nouvelle sans manifester de réaction. De son serre-poignet, il s'épongea le front.

Fulcher lâchait son courroux.

— Et tu sais ce qu'ils font, ces connards de la First National ? Comme si on n'avait jamais bossé ensemble, comme s'ils ne me connaissaient même pas. Ils me traitent comme un vulgaire propriétaire qui aurait oublié de régler ses premières traites. Je ne suis pas un margoulin. Merde, je suis Lee Fulcher ! Le 442, Broadway, ils ont oublié ? Et..., et... les immeubles du West Side. Ils se sont fait des couilles en or avec ça. Putain, merde !

— Relaxe, Lee. Ce sont des choses qui arrivent, les appels de marge, rétorqua Whitely avec philosophie. Tu as de quoi couvrir ?

— Ouais, mais je vais devoir tout y mettre, déclara Fulcher.

Whitley baissa les yeux sur les cordes de sa raquette, puis en redressa une légèrement en biais. Lee Fulcher n'était certainement pas le plus gros, mais pas non plus le moindre des investisseurs de la New-Yorkaise d'opérations en Bourse. Whitely devrait s'en assurer, mais de mémoire, il savait que le compte de Fulcher tournait autour des quarante millions de dollars.

— Ça pose un problème ? s'enquit Fulcher.

— Non. Non, bien sûr que non, répondit Whitely. Pour quand ?

— Demain. Ils m'ont prévenu à la dernière minute. J'ai essayé de négocier, mais ils ont dit qu'ils stoppaient tout si je n'effectuais pas le versement. T'y crois, toi ?

Whitely s'essuya de nouveau le front. Teddy Sniff allait piquer une crise. Ça allait ruer dans les brancards. Si Whitely ne savait pas de combien ils disposaient exactement, il était sûr en tout cas de ne pas avoir quarante millions de dollars sous la main. Il lui faudrait vendre un sacré paquet de placements auxquels il valait mieux ne pas toucher. Surtout en ce moment. Il allait boire le bouillon. Une fois de plus.

— Tu les auras, hein ? insista Fulcher.

— Ouais, Lee, bien sûr, certifia Whitely. Absolument. Pas de souci.

Fulcher le fixa du regard une longue seconde, comme s'il n'était pas certain de pouvoir compter sur lui.

— D'accord, reprit-il. Disons quinze heures. Tu n'as qu'à me les virer sur mon compte principal. Ton gars a le numéro.

— Ça marche, conclut Whitely.

Fulcher finit par quitter le court.

— Hé ! Fulcher, tu devrais regarder s'il n'y a pas de la petite monnaie entre les coussins du canapé en sortant ! lui lança Richardson quand il passa à côté de lui. Quelqu'un aura peut-être perdu une pièce à la machine à café.

— Va te faire, Arnold !

— Et tant que tu y es, achète-toi une paire de tennis la prochaine fois, hein ?

— Allez, Arnold, sois sympa, fit Whitely. Mais, Lee ?

— Oui ? répondit le promoteur juste avant de disparaître derrière le rideau.

— Arnold a quand même raison à propos des chaussures. Évite de venir avec celles-ci sur le court, s'il te plaît.

***

Le 4 x 4 était garé dans Fulton Street, à deux rues du club. Ses vitres teintées étaient si foncées qu'elles étaient, techniquement, illégales.

Les gens à l'intérieur se moquaient éperdument de l'amende exorbitante encourue pour une telle infraction. Ils se souciaient bien davantage qu'on puisse s'apercevoir que leur véhicule noir renfermait tout un attirail de surveillance.

— Tu as tout ? demanda l'homme qui assurait ladite surveillance.

— Ouais, répondit le chauffeur.

La mise sur écoute du club n'avait pas été une mince affaire. Les lieux sécurisés nuit et jour bénéficiaient du nec plus ultra, bien sûr ; néanmoins, ils savaient que Cracker y restait en gros deux heures d'affilée au moins deux fois par semaine. Ils devaient filer Whitely Cracker vingt-quatre heures sur vingt-quatre. Et pas question de laisser passer un trou de quatre heures chaque semaine.

L'homme passa l'épaule entre les sièges à l'avant pour avoir la tête à hauteur de celle du chauffeur.

— On y va ? On pourrait le choper maintenant. En terminer une fois pour toutes, dit l'homme.

— Où ? À sa sortie du club ? Là, sur le trottoir ?

— Ben ouais. Pourquoi pas ?

— Non, patience, répondit le chauffeur. On n'a pas attendu pour rien. Faut faire les choses bien.

— Mais tu as entendu. Fulcher vient de réclamer son pognon. Tout son pognon. Tu sais ce que ça représente ?

— Non, mais je suis sûr que c'est pas grand-chose.

— Qu'est-ce qui se passera quand il réalisera que Cracker ne l'a plus ?

— Qui sait ? fit le chauffeur. Peut-être que notre gars trouvera un moyen ? Il a de la ressource.

L'homme se retira au fond du véhicule. Tout le café qu'il avait bu pour rester éveillé lui appuyait sur la vessie. Il avait besoin de se soulager. Il secoua la tête et s'empara de la bouteille de Gatorade qu'il avait conservée à cet usage.

— M'est avis que c'est juste reculer pour mieux sauter ! cria-t-il tout en urinant dans la bouteille.

— Je sais, dit le chauffeur. Un peu de patience. Ce ne sera plus très long.

ONZE

Beauvais

Cleveland Detroit avait pris les mesures nécessaires pour quitter Paris à l'abri des regards. Lorsqu'il eut mis assez de distance entre lui et la métropole, Derrick Storm prit le relais pour gagner le point de rendez-vous convenu, un manoir vieux de sept siècles seulement, qui n'intéressait donc guère les Français.

La demeure se dressait à la périphérie de Beauvais, au nord de Paris. Storm pensait être pris en charge par un représentant des autorités françaises, comme l'avait indiqué Jedediah Jones. Il s'attendait à une sorte de traversée éclair du tunnel sous la Manche, puis à une remise aux Britanniques, qui l'auraient conduit tout aussi rapidement à Londres.

Storm ne savait jamais comment Jones s'y prenait pour organiser ce genre de choses à cinq mille kilomètres de distance, dans des juridictions étrangères. Quoi qu'il en soit, Jones ne l'avait jamais laissé tomber. Jusque-là.

Arrivé à la propriété, Storm franchit l'enceinte et frappa à la porte d'entrée de l'édifice principal. Il fut accueilli par le gardien, un vieil homme buriné. Storm était sûr qu'il s'agissait d'un agent… de la Résistance française pendant la Seconde Guerre mondiale. Suivant ses ordres, il annonça en français :

— C'est Jones qui m'envoie.

Habituellement, ces trois mots constituaient une sorte de sésame. Là, le gardien le regarda avec toute la chaleur de la légendaire hospitalité française : comme si Storm avait mis les deux pieds dans une bouse de vache.

— Vous disiez ? demanda-t-il.

Storm avait entrepris de s'expliquer, quand lui parvint au loin le ronronnement d'un moteur, puis le bruit distinctif des pales d'un hélicoptère déchirant l'air. Connaissant Jones, Storm comprit qu'on venait le chercher.

— Peu importe, dit Storm en anglais. Je me suis trompé d'adresse. Mon sens de l'orientation est assez… Beauvais.

Il tourna les talons en gloussant à sa propre blague.

— Oh ! vous devez être l'Américain ! s'exclama le gardien en anglais, puis il saisit Storm par le bras avec une force surprenante. Attendez. J'ai quelque chose pour vous.

Storm resta sur le seuil en attendant l'homme qui revint avec une tenue de rechange et un paquet de forme rectangulaire, d'environ trente centimètres de long sur peut-être quinze de large, emballé dans un simple papier kraft.

— Tenez, il a dit que cela vous ferait plaisir.

— C'est quoi ?… Un joujou ? s'enquit Storm, l'œil déjà brillant.

Le gardien inclina la tête, comme si Storm avait de nouveau marché dans la bouse. L'hélicoptère s'apprêtait maintenant à se poser, et le courant d'air couchait l'herbe du champ voisin.

— Peu importe, dit Storm en déballant la boîte que contenait le paquet.

Sur le côté, il était écrit ACME, en grosses lettres majuscules.

— C'est bien un joujou ! s'écria-t-il.

La célèbre marque ACME (« A Company that Makes Everything ») était une blague récurrente entre lui et Jones, tous deux grands amateurs des dessins animés *Bip Bip et Coyote*. Storm fouilla dans la boîte et en sortit ce qui ressemblait à une manche comme en portent les joueurs de football américain pour suivre la mode lancée par le *quarterback* Robert Griffin III.

— Qu'est-ce que… ? C'est quoi ? s'étonna Storm en l'enfilant. À l'extrémité près de l'épaule, elle présentait deux sangles que Storm s'attacha autour du torse et qui maintenaient la manche en place. Sur l'avant-bras, il y avait un logement presque plat avec une fente près du poignet.

— Une sorte de grappin, expliqua le vieil homme. Le filin est aussi fin que du fil dentaire, mais plus solide que l'acier. Ce qui se fait de mieux en nanotechnologie. Il accélère à trente mètres par seconde carrée…

— C'est trois fois supérieur à la gravité ! lança Storm.

— Et le crochet se forme quand le filin se déclenche. Sauf que ce n'est pas vraiment un crochet. Plutôt un disque. Huit centimètres seulement de large, mais il colle sur pratiquement n'importe quelle surface, même un mur plat, et supporte jusqu'à deux cents kilos.

— Pourtant, ça ne doit pas peser plus d'un kilo, remarqua Storm tout en se reprochant son air abasourdi.

— C'est ça, la nanotechnologie.

— Carrément pas Beauvais, marmonna Storm.

— Lisez quand même le mode d'emploi, conseilla le gardien.

— Pourquoi ?

— On m'avait dit que vous poseriez la question, glous-sa-t-il. Parce que Jones l'a dit, un point, c'est tout.

Storm entra rapidement se changer à l'intérieur et remercia Jones en son for intérieur, car sa tenue était digne de Derrick Storm. Non seulement elle était assortie, cette fois, mais elle comprenait un de ces accessoires de mode qu'il affectionnait particulièrement, du genre à arrêter les balles. Le Beretta 9 mm n'était pas forcément l'arme préférée de Storm, mais il lui éviterait bien des parlottes face à un interlocuteur mal intentionné. Il enfila la manche à grappin, puis son t-shirt et sa veste, en laissant dépasser la fente au niveau du poignet. Sans plus de commentaires, il se hâta de rejoindre l'hélicoptère qui l'attendait, un Bell 412 aux armes de la Royal Air Force. Storm grimpa à bord. Il y avait un casque posé sur un siège, dont il supposa qu'il lui était destiné. Il l'enfila donc, puis se sangla.

— Vous êtes en retard, déclara Storm dans l'interphone.

— Désolé, monsieur, répondit le pilote.

— Il y avait des embouteillages sur la M-1 ? plaisanta Storm. Ou c'est la destination qui vous a fait prendre le… Beauvais trajet.

Comme le pilote ne répondait pas, Storm insista :

— L'hélico était peut-être dans un… Beauvais jour.

Le pilote actionna plusieurs boutons sur son tableau de bord.

— Allez ! Vous êtes de… Beauvais humeur, ou quoi ?

Toujours aucune réaction.

— Vous captez ? Comme vous deviez aller à Beauvais...

— Vous croyez qu'une blague est meilleure quand on l'explique ? rétorqua le pilote.

— OK. Va pour Londres, alors.

Storm sentit l'accélération de l'hélico au décollage, puis regarda défiler les champs du nord de la France par le hublot. Son attention se tourna ensuite vers le grappin, dont il étala le mode d'emploi par terre. Le temps d'atteindre les célèbres plages de Normandie, il maîtrisait le fonctionnement du dispositif.

Puis, quelque part au-dessus de la Manche, il s'assoupit.

***

Londres

C'est en milieu de matinée que Storm atterrit près des lieux du crime. Requinqué par sa petite sieste, il avait hâte de se livrer à sa propre enquête, de ne plus avoir à s'en tenir simplement aux rapports des autres. Non qu'il se crût plus intelligent que les agents qui avaient passé au peigne fin les autres scènes de crime, mais il connaissait bien Volkov. Peut-être trouverait-il quelque chose qui aurait échappé aux autres ou dont ils n'auraient pas saisi l'importance.

Le meurtre avait eu lieu dans un ancien bâtiment industriel réhabilité en lofts, comme le voulait la mode, sur la rive sud de la Tamise, à deux méandres du palais de Westminster, non loin des King's Stairs Gardens.

Ce quartier de Londres, qui avait beaucoup changé après la Seconde Guerre mondiale, poursuivait sa cure de rajeunissement, quoique de manière hésitante. À côté des lofts surgissaient désespérément de terre les poutrelles en acier d'un futur immeuble de bureaux qui rivaliserait un jour avec le Shard (si son financement était assuré) pour le titre de la plus haute tour de Londres.

La structure était achevée, mais les travaux étaient arrêtés, car l'Angleterre n'avait pas échappé à la crise économique qui secouait l'Europe. Storm se demanda au passage combien de millions de dollars ce squelette d'acier pouvait peser.

Il pénétra dans la copropriété et prit l'ascenseur jusqu'au huitième et dernier étage, où s'affairaient des fonctionnaires en tous genres. À la porte d'entrée, l'homme en uniforme, qui consigna par écrit son arrivée, lui remit une paire de gants en latex. Storm traversa le vestibule pour rejoindre le salon, puis il se dirigea là où semblait se dérouler l'action : vers le bureau, dans l'angle nord-ouest du loft.

En Occident, en tout cas, les scènes de crime sont partout les mêmes. Toutes sortes de gens en uniforme s'activent, accomplissant leur devoir chacun dans leur coin. Et quelque part parmi eux se trouve le ou la responsable en civil.

Storm finit par le trouver dans le bureau. C'était un grand à lunettes, l'air doux et les cheveux longs châtains attachés en queue de cheval. Il ressemblait moins à un enquêteur de Scotland Yard qu'à un thésard en informatique. Quelque chose sur un dossier semblait retenir son attention ; néanmoins, il releva la tête lorsque Storm s'approcha.

— Bonjour, je suis...

— ... Derrick Storm, le coupa le Britannique. Moi, c'est Nick Walton, de Scotland Yard. On m'a demandé de coopérer avec vous. Voulez-vous une tasse de thé ?

Finalement, il y avait peut-être quand même quelques petites différences d'une scène à l'autre.

— Non, merci, répondit Storm. De quoi s'agit-il ?

Storm indiqua d'un geste le corps maintenu par du ruban adhésif sur le fauteuil de bureau. Le cadavre était légèrement penché en avant, la tête inclinée vers la gauche. Sous cet angle, Storm voyait parfaitement bien qu'il manquait une partie du crâne à l'arrière. Les chairs de la main droite de l'homme, qui pendait sur le côté, semblaient à vif. L'œuvre de Volkov, pour sûr.

— La victime s'appelle Nigel Wormsley, déclara Walton. Il était vice-président exécutif à la Queen Royal Bank. Il paraît que ça devrait vous intéresser.

Storm se contenta d'un hochement de tête.

— Il a pris deux balles entre les yeux à bout portant, continua Walton. Les coups ont été tirés d'assez près pour que les orifices d'entrée ne forment qu'un seul trou, mais au vu des bords de celui de gauche, il semble s'agir d'un calibre 45. À mon avis. Comme vous le savez, nous sommes moins habitués à la violence armée que vous autres Yankees, alors, je manque un peu de pratique en la matière.

Storm ne releva pas le coup bas – s'il s'agissait de cela et non d'une simple constatation.

— Si vous voulez jeter un œil, il vaut mieux passer pardessous, recommanda Walton. Évidemment, il n'est pas difficile de voir l'orifice de sortie. Et je suis sûr que vous avez remarqué la main ensanglantée. Celui qui a fait ça est une sale brute.

— D'autres victimes ? s'enquit Storm en se préparant à la réponse.

— Non, juste monsieur Wormsley. Il possède une maison à la campagne, où vivent sa femme et son fils. Ici, ce serait juste un pied-à-terre.

Storm inspecta la pièce. Wormsley, ou son décorateur, avait des goûts de luxe.

Le bureau, au très élégant mobilier moderne, était doté d'immenses baies vitrées allant du sol au plafond et offrant une vue panoramique sur la ville.

— Joli pied-à-terre, commenta Storm.

— Monsieur Wormsley est un homme très riche, comme vous pouvez l'imaginer, reprit Walton. Il paraît que, l'an dernier, sa seule prime s'est élevée à plusieurs millions de livres. Pas mal, hein ?

— Savez-vous quel genre de travail il faisait à la Queen Royal ?

— Je ne sais pas. Des trucs de banquier. C'est important ?

— Ça se pourrait, dit Storm. Sauriez-vous par hasard s'il s'occupait d'opérations de change ?

Walton leva le sourcil droit.

— Oui, en effet. Il était vice-président exécutif responsable des échanges monétaires.

Ce bon vieux papa : son intuition ne l'avait pas trompé. Bien sûr. Maintenant, ce n'était plus une coïncidence : quatre banquiers, tous chargés de négoce de devises, tous torturés. Restait à élucider pour quelle raison.

Storm examina le bureau sans toucher à rien. C'était un vaste meuble nu, totalement dépourvu de bibelots ou de souvenirs. En revanche, il y avait beaucoup de sang, qui coagulait ou avait coagulé sur le dessus. Sans doute à l'endroit où Volkov avait arraché ses ongles à la victime.

Il y avait quelques photos encadrées et un presse-papier par terre à côté, comme si quelqu'un les avait balayés du bureau.

— Ils ont emporté quelque chose ? demanda Storm.

— On ne le saura que quand sa femme aura fait le tour. Elle doit arriver d'un instant à l'autre et, comme on espérait pouvoir emmener monsieur Wormsley avant, vous feriez mieux de l'examiner maintenant, si vous le souhaitez.

Storm ne s'approcha pas du corps. À moins qu'il ne se mette subitement à parler, il ne pourrait rien lui apprendre.

En inspectant les murs, Storm repéra un Modigliani, dont le visage triste et tordu le regardait. Un original qui devait avoir coûté plusieurs millions de dollars. De toute évidence, Volkov ignorait la valeur du tableau. Cela ne lui ressemblait pas de laisser passer pareille occasion d'améliorer son ordinaire. Ou peut-être savait-il simplement que cela risquait de le retarder inutilement dans sa fuite.

— C'est donc à peu près tout ce que je sais pour l'instant, du moins en attendant que le labo revienne m'en dire plus, déclara Walton. Et vous, vous avez quelque chose pour moi ?

Storm décida qu'il ne trouverait rien de plus et qu'il pouvait donc offrir à Scotland Yard un petit cadeau de départ. Le regard perdu sur Londres, il informa l'inspecteur :

— Votre tueur est un Russe, un dénommé Gregor Volkov. Les ongles arrachés sont une sorte de signature pour lui. Dans les un mètre soixante, très costaud. Il porte un cache-œil et des cicatrices de brûlure au visage. Mes collègues pourraient vous en fournir une photo récente, mais cela ne vous serait sans doute d'aucune utilité, car il a dû pénétrer dans le pays sous un faux nom et il est certainement déjà reparti. Ce n'est pas le genre à s'attarder.

— Je vois. Et pourquoi monsieur Volkov veut-il du mal aux...

Storm n'écoutait plus. Son regard s'était arrêté sur un personnage solitaire, vêtu de noir, qui agrippait une poutrelle dans l'immeuble inachevé voisin. Ce ne pouvait être un ouvrier ni quelqu'un d'autorisé puisque le chantier était arrêté. Qui que ce fût, il était grand et mince, et le vide, a priori, ne l'effrayait pas. Storm ne distinguait pas ses traits, car son visage était masqué par un appareil photo doté d'un énorme téléobjectif.

Walton parlait toujours, quand Storm l'interrompit :

— Monsieur Wormsley était-il célèbre pour une raison ou une autre ?

Storm avait détourné les yeux, afin que le photographe ne sache pas qu'il était repéré.

— Non, juste riche. Pas célèbre.

— Y aurait-il une raison pour laquelle des paparazzis s'intéresseraient à cette affaire ?

— Pourquoi cette question ?

— Regardez en face, à peu près à notre hauteur. Il y a un homme qui prend des photos. N'insistez pas trop longtemps. Je ne voudrais pas qu'il sache qu'on l'a remarqué.

Walton s'exécuta.

— Ce n'est pas un paparazzi, ça, déclara-t-il.

— Comment le savez-vous ?

— Après la publication des photos dénudées de la princesse Kate, ce genre de choses est enfin plus sévèrement réprimé. Entre autres mesures, il est interdit aux paparazzis de s'introduire dans une propriété privée. C'est clairement le cas du type là-bas : l'angle selon lequel il prend ses photos indique qu'il est au même niveau que nous ; or, il serait impossible d'obtenir pareils clichés d'un lieu public dans les environs. S'il essayait de les vendre, il s'exposerait à une forte amende. De même que les organes de presse qui les achèteraient. Ça ne peut pas être un paparazzi. Cela dit, je ne sais ni qui c'est ni ce qu'il fabrique.

Storm se mettait déjà en route.

— Je vais peut-être aller voir ! lança-t-il.

***

Storm redescendit par l'ascenseur et se hâta de traverser la rue. C'était sans doute peine perdue. Malgré les dires de Walton, ce n'était peut-être qu'un paparazzi en quête de sensationnel. Ou d'une sorte de casse-cou en proie à la fois à une fascination pour les meurtres horribles et à la frénésie des hauteurs. Ou alors, le ministère de la Sécurité de l'État chinois avait envoyé quelqu'un s'assurer que Volkov avait fait son travail.

Quoi qu'il en soit, Storm allait poliment poser la question au photographe…, ou pas si poliment, selon sa volonté de coopérer.

Une fois sur le chantier, Storm observa les alentours. Le site était entièrement ceint d'une clôture de barbelés. Pas infranchissable, mais assez imposante pour que Storm marque une pause.

Par où le photographe était-il entré ? Après un rapide tour du bâtiment, Storm découvrit ce qu'il cherchait derrière. Quelqu'un sachant apparemment manier le coupe-boulon avait ouvert un passage dans les barbelés. Storm en profita pour se faufiler.

Ensuite, le chemin était facile. Dans la terre fraîche, les seules empreintes récentes menaient tout droit à l'immeuble. Seuls les trois premiers étages étaient vitrés ; ensuite, l'argent avait manqué. Storm suivit les traces de pas et franchit les portes d'entrée.

À l'intérieur, l'immeuble était totalement inachevé : seules des poutrelles en acier se dressaient vers le ciel. Au milieu de la structure, un monte-charge permettait de gagner la grue toujours en place, une cinquantaine d'étages plus haut, pour terminer peut-être un jour les niveaux supérieurs.

Storm se dirigea vers le monte-charge et appuya sur le gros bouton vert. Rien. Il appuya alors sur le rouge au-dessus. Toujours rien. La nacelle ne bougeait pas, figée comme le reste de l'immeuble. Manifestement, on avait coupé le courant.

Storm leva les yeux vers le photographe. Il compta les niveaux. Dix étages plus haut, l'homme poursuivait sa prise de vue au téléobjectif. Il devait avoir fait de l'escalade pour arriver là.

Storm savait qu'il allait devoir faire de même. La seule bonne nouvelle était que le photographe était plus ou moins piégé. S'il n'était pas facile de monter, il ne l'était pas plus de descendre, du moins pas sans connaître une fin soudaine et brutale. Par ailleurs, Storm disposait du pouvoir de persuasion de son Beretta.

Il s'avança vers le montant le plus proche et entama son ascension. Ce n'était pas si difficile, du moins pour un homme de sa force et de sa forme physique.

Les poutrelles présentaient suffisamment d'encoches pour prendre appui. Storm ne tarderait pas à rejoindre le photographe, si absorbé par sa tâche qu'il n'avait toujours pas remarqué sa présence.

Poursuivant sa silencieuse ascension, Storm s'efforçait de rester caché sous le photographe. De temps à autre, il s'accordait un coup d'œil vers le haut. Tout de noir vêtu, des chaussures à la cagoule, en passant par la combinaison, le photographe avait tout du monte-en-l'air. En revanche, il était moins grand que Storm ne le pensait. C'était sa minceur qui l'avait trompé.

Storm se trouvait maintenant juste un étage en dessous, toujours hors de vue. Il marqua une pause pour réfléchir à la meilleure manière de procéder.

Mieux valait ne pas arriver directement par-dessous. Son adversaire risquait de lui asséner un coup de pied à la tête, ce dont il préférait se passer.

Tout bien pesé, Storm décida de gagner le montant suivant, à une dizaine de mètres. Là, il serait à hauteur du photographe et il pourrait dégainer son arme. Le type lui obéirait alors au doigt et à l'œil.

Storm regarda de nouveau la distance à parcourir et se mit dans la disposition d'esprit adéquate. Il n'avait pas spécialement le vertige, mais comme n'importe quel être humain, il avait conscience qu'une chute de dix étages ne serait pas sans dommage. En fait, c'était psychologique. Après tout, si on lui avait demandé – comme à quiconque ayant à peu près le sens de l'équilibre – de parcourir ce mètre sur la poutre posée par terre, il l'aurait fait en courant, sans réfléchir.

Mais à dix étages de hauteur, il allait falloir retenir son souffle et glisser un pas après l'autre.

Le truc, c'était de se convaincre que la poutre était en réalité par terre. Oui. Au sol. Qu'est-ce qu'on disait toujours ? Surtout, ne pas regarder en bas. Super conseil. Autant dire à un homme pourchassé par un ours de courir un peu plus vite.

Quoi qu'il en soit, c'est tout ce à quoi Storm pouvait se raccrocher. Il lâcha le montant auquel il se tenait et, sans regarder en bas, entama calmement sa progression.

Trois mètres. Pas de problème. Quatre mètres. Le vent soufflait un peu. Il ne s'en laissa pas ébranler pour autant. Cinq mètres. Un oiseau passa en volant, sous lui. Il se força à ne pas s'en soucier. Sa seule priorité était le montant suivant.

Il avait pratiquement parcouru huit mètres – plus que deux et il serait en sécurité –, quand, catastrophe, son pied buta sur quelque chose. Il ne pouvait pas voir, mais il lui sembla qu'il s'agissait d'une fine pièce métallique. Par réflexe, Storm baissa les yeux. Un té. Oublié par un ouvrier, un technicien ou autre, sauf que maintenant il tombait vers le sol. Storm suivit sa chute du regard, puis l'entendit heurter avec fracas le béton dix étages plus bas.

Aussitôt, le photographe tourna la tête en direction du bruit, ce qui l'amena bien sûr à regarder vers le bas… et donc à voir Storm, qui dégaina son Beretta.

— On ne bouge plus, ordonna-t-il.

Sans un mot, le photographe fit glisser son appareil autour de son cou et entreprit d'escalader le montant. Gêné par les poutres, Storm ne pouvait pas vraiment tirer. Et s'il le touchait ? Pas facile d'interroger un mort.

En outre, Storm craignait que le recul de son arme ne lui fasse perdre l'équilibre. Avec le 9 mm, il n'était pas trop important, mais il sentirait tout de même une petite poussée et il ne disposait d'aucun appui.

Déjà, son équilibre lui semblait précaire. Le fait d'avoir d'abord baissé la tête pour regarder le té, puis relevé les yeux vers le photographe l'avait désorienté. Tout à coup, il avait parfaitement conscience de se trouver à trente-cinq mètres de haut, perché sur un bout de métal large d'une trentaine de centimètres à peine.

Il tourna la tête d'un côté, puis de l'autre. Son cœur fit un bond. Il allait tomber. Il tendit les bras de chaque côté pour essayer de se stabiliser, comme un funambule sur son fil.

Cela ne marchait pas.

Storm se sentit basculer.

Dans un ultime effort pour sauver sa peau, il se jeta en avant pour attraper le montant. Le saisissant à pleines mains, il se tira ensuite pour l'étreindre aussi fort qu'il aurait serré sa mère dans ses bras. Après s'être accordé un instant pour souffler, il jura haut et fort en entendant quelque chose atterrir lourdement sur le béton tout en bas.

Le Beretta. Il l'avait lâché.

Impossible de le récupérer maintenant. Le photographe, quant à lui, avait déjà un étage entier d'avance et, apparemment, il ne comptait pas s'arrêter là. Pourquoi continuait-il de monter ? Qu'avait-il à y gagner ?

Il ne servait à rien d'essayer de comprendre. Storm revint vivement sur ses pas (au diable les dix étages) et tendit les bras vers le montant emprunté par le photographe.

Puis, il grimpa à son tour vers le ciel.

***

Il le rattrapait. Indubitablement. Toutefois, le photographe ne se dégonflait pas. Et il était presque en aussi bonne forme que lui, mais Storm était plus fort et plus rapide.

Seulement, ils progressaient lentement. Le temps qu'ils atteignent le vingt-cinquième étage, Storm avait réduit l'avance du photographe de moitié et se trouvait au niveau juste en dessous.

Au quarantième étage, il n'était plus qu'à un demi-étage. Storm sentait l'acide lactique s'accumuler dans ses muscles et la peau de ses mains arrachée par l'acier, mais la douleur lui permettait de distraire son attention des hauteurs vertigineuses qu'ils atteignaient. Londres devenait tout petit en bas.

Lorsqu'ils dépassèrent la base de la grue, au cinquantième étage, moins d'un mètre les séparait. Entre le soixante-deuxième et le soixante-troisième étage, Storm parvint à tendre le bras droit et à saisir le photographe par la cheville. Le type chercha à se dégager, mais son poursuivant n'en serra que plus fort.

Lentement et avec précaution, il tira pour le faire redescendre au soixante-deuxième étage.

— Il n'y a pas trente-six solutions, annonça Storm, le souffle coupé. Vous préférez quoi ? La manière douce ou la manière forte ?

— Lâchez-moi, fit le photographe d'une voix pas du tout masculine.

C'était une femme.

— Je ne peux pas, objecta Storm. Il faut que nous ayons une petite conversation, vous et moi, au sujet des photos que vous étiez en train de prendre. Vous allez me dire qui vous êtes et pourquoi vous photographiez cette scène de crime, sinon je vous jette de cet immeuble, je le jure.

La femme se contenta de répondre par de nouveaux coups de pied. Storm faisait de son mieux pour descendre, centimètre par centimètre, en la tirant d'une main. Ce n'était pas aisé, car elle continuait de gigoter. Toutefois, Storm finit par poser le pied sur la poutre transversale inférieure, sur laquelle il prit appui en enroulant les jambes autour. Il allait pouvoir en finir.

Il tira un coup sec vers lui. Son adversaire résistait de toutes ses forces, mais sa longue ascension l'avait épuisée. Il la tenait presque.

Encore un petit instant. Dans une tentative désespérée pour s'éloigner de lui et peut-être échapper à ses griffes, elle tenta de fuir par l'extérieur du montant, du côté le plus dangereux.

C'est alors qu'elle glissa. Elle cherchait si violemment à se défaire de Storm, et ses bras étaient si fatigués après tous ces efforts, que ses doigts lâchèrent la poutrelle.

Elle tomba en poussant un cri aigu. Storm, qui lui tenait toujours la cheville, sentit son épaule se démettre quand le corps en chute tira de tout son poids sur son bras.

La seule chose qui l'empêcha d'être emporté dans l'élan fut le montant. Il était à l'intérieur alors qu'elle était à l'extérieur.

Ils demeurèrent ainsi une seconde : elle la tête en bas, à soixante-deux étages de haut, lui la retenant de toutes ses forces. Quand sa cagoule glissa, Storm resta bouche bée devant la longue chevelure noire qui se mit à flotter au vent. Il reconnut alors les pommettes qui se cachaient dessous.

Ling Xi Bang.

Malgré lui – malgré toutes les fois où il s'était cuirassé pour ne pas avoir à souffrir de ses sentiments lors d'une mission –, il se sentit trahi. Certes, comme elle s'était servie de lui, il s'était servi d'elle à Paris en la séduisant pour lui soutirer ses secrets, mais tous ces moments partagés (la valse, les anecdotes, la promenade au clair de lune) n'avaient-ils pas été quelque peu sincères ?

Non. Tout n'avait été que mensonge. En fait, il était surtout dégoûté de savoir qu'il avait couché avec quelqu'un capable de lâcher Volkov sur d'innocents civils.

— Comment as-tu pu engager quelqu'un comme Volkov ? cria Storm.

— Non. Ce n'est pas moi, je le jure.

— Alors, pourquoi prenais-tu des photos ?

— Comme toi, j'essaie de comprendre pourquoi ces banquiers sont morts, expliqua-t-elle. La différence, c'est que, vu nos relations avec les Britanniques, je ne peux pas simplement appeler Scotland Yard pour me faire inviter sur les lieux du crime.

— Tu mens, dit Storm.

— Non. S'il te plaît. Réfléchis : pourquoi prendrais-je des photos si tout ce qu'on voulait, c'était la mort de ces hommes ? C'est parce que j'enquête, moi aussi.

Le tissu de la jambe de pantalon que tenait Storm était glissant. Sa main ripait lentement vers la chaussure de Ling Xi Bang. Il n'allait pas pouvoir la tenir suspendue dans cette position bien longtemps. Ne ferait-il pas mieux de la lâcher, tout simplement ? C'était un agent ennemi, après tout.

Mais peut-être son discours tenait-il, du moins en partie. Et peut-être Storm devait-il s'avouer à lui-même qu'il n'était pas prêt à laisser son histoire avec Xi Bang se résumer à une nuit à Paris.

De son côté, elle essayait de trouver une prise en se contorsionnant dans tous les sens, mais le corps avait ses limites, même pour quelqu'un d'aussi souple.

— N'importe quoi, fit Storm. Agent Xi Bang, ou quel que soit ton nom, on sait tout sur vous. Vous manigancez une sorte de complot pour couler notre monnaie...

— Ce n'est pas nous. Pour l'amour de Dieu, arrête un peu et réfléchis. Pourquoi voudrait-on détruire votre économie ? On est votre plus gros investisseur. La Chine détient la plus grosse part de la dette américaine. Si votre monnaie s'effondre, toute cette dette perd sa valeur. On serait entraînés dans la faillite.

Il ne la tenait plus maintenant que par la chaussure, laquelle glissait à son tour. Xi Bang avait beau tout faire pour la garder au pied, elle lui échappait lentement.

— On est tout aussi inquiets que vous pour ces banquiers, continua-t-elle. Et je peux te le prouver.

— Comment ?

— Accompagne-moi en Iowa.

— En Iowa ? Qu'est-ce qu'il y a, en Iowa ? demanda Storm.

— Il y a un homme à Ames que j'aimerais te faire rencontrer. Tu n'auras qu'à me passer les menottes si tu veux, je m'en fiche. Si tu parles à ce type, tu auras la preuve que je suis de ton côté. Maintenant, aide-moi, s'il te plaît.

Storm décida qu'un agent chinois n'irait pas inventer cette histoire d'Ames en étant suspendu la tête à l'envers au sommet d'un gratte-ciel.

— D'accord, dit-il. Attrape ma main.

La chaussure allait partir. Xi Bang tenta de se redresser pour attraper la main de Storm. À quelques centimètres près, il aurait pu lui saisir les doigts et la hisser.

La chaussure partit.

Xi Bang hurla. Elle tomba en chute libre sur le dos, les bras en croix, tel un ange terrifié.

Plus question d'hésiter. Le grappin. Il était toujours fixé à son bras gauche. De la main droite, Storm en actionna le bouton, puis visa Xi Bang au bas du torse.

Le filin fusa à trente mètres par seconde carrée, trois fois plus vite que la gravité. Sous le regard fasciné de Storm, l'extrémité se transforma en disque, comme par magie.

Puis, exactement comme l'avait prévu le Français, ce disque se fixa à la combinaison de Xi Bang. Entre les mains de Jones, la science faisait vraiment des miracles.

Sous l'effet de la mise en tension du filin, qui l'envoya cogner contre la poutrelle, Storm laissa échapper un grognement. D'un léger balancement perpendiculaire, Xi

Bang atterrit sur le côté de l'immeuble, quatorze étages plus bas. Puis elle remonta lentement. Storm sentait les sangles de la manche lui écraser les côtes, mais elles tinrent bon.

Peu après, elle rejoignit Storm sur la structure, se cala à son tour et s'effondra contre lui, haletante de fatigue et de terreur. Il l'enveloppa de ses bras, et leurs cœurs battirent à l'unisson.

— C'était quoi, cette histoire de menottes ? demanda-t-il.

DOUZE

Washington

Dans cette ville, tout tournait autour des faveurs qu'on vous demandait. En près d'un quart de siècle à hanter les couloirs du pouvoir, Donny Whitmer avait au moins appris ça. Petits ou grands, on s'empressait de rendre ces services quand on le pouvait, car cela pouvait toujours s'avérer utile.

Notamment le jour où, dans une primaire, on se trouvait à treize points derrière ce candidat du Tea Party qui semblait à deux doigts de rafler les voix de tous les chrétiens de l'État d'Alabama, et où on n'avait vraiment pas le temps de passer les deux mille coups de fil nécessaires pour réunir les cinq millions de dollars qui permettraient d'anéantir ledit salopard.

Il y avait des jours comme ça.

En l'occurrence, le service rendu par Donny Whitmer semblait des plus simples. Environ trois semaines plus tôt, il avait reçu un appel de son plus gros donateur. Un projet de loi de crédits allait être voté, un de ces gros pavés compliqués dont le Sénat avait besoin pour éviter une nouvelle paralysie du gouvernement. Or le donateur souhaitait qu'il dépose un amendement. Juste un petit amendement.

C'était le genre de choses dont Donny Whitmer s'était fait le spécialiste au fil de sa carrière. Il maîtrisait parfaitement la manœuvre (toujours procéder à la dernière minute), et, comme il présidait la Commission sénatoriale des attributions budgétaires, cela ne lui avait jamais posé de problème. C'était ainsi qu'il avait réussi à financer la réfection totalement inutile de la portion de l'autoroute I-20 située en Alabama.

C'était ainsi qu'il avait également obtenu les fonds pour une étude sur les larves de l'argus nain d'Amérique à l'Université de l'Alabama, qui aurait, ou pas, trouvé le moyen de détourner l'argent pour son équipe de football. C'était ainsi que Donny Whitmer était devenu Donny Whitmer.

À la vérité, il ne comprenait pas vraiment l'amendement voulu par ce donateur. Il s'agissait d'une obscure modification de la politique de la Réserve fédérale, destinée à restreindre – assez peu, mais tout de même – la quantité mensuelle d'obligations d'État qu'elle pouvait mettre sur le marché.

Pourquoi le donateur demandait cela ou quel avantage il en tirerait restait un mystère pour lui, mais le type s'était montré si généreux toutes ces années que Donny n'avait pas posé de questions. Il avait appelé le secrétaire du Sénat pour l'informer qu'il avait quelques lignes à ajouter à la proposition de loi. L'équivalent de deux pages environ.

Le secrétaire s'était exécuté sans faire le moindre commentaire ni poser aucune question ; en effet, il était le président de la Commission des attributions budgétaires, et il s'agissait d'un projet de loi de crédits.

Donny avait une histoire toute prête pour qui demanderait quoi que ce soit. Il prétendrait haut et fort que la Réserve fédérale outrepassait constamment ses prérogatives et que le système de la banque centrale ne fonctionnait plus du tout. Comme c'était une parodie de la diatribe habituellement servie par les tenants du conservatisme fiscal pur et dur, personne ne s'étonnerait de retrouver ces propos dans la bouche du sénateur Whitmer. Le sachant malmené dans sa primaire, ils croiraient à une volonté de sa part de flatter ses électeurs.

Or personne ne demanda rien. C'était la magie de l'amendement glissé à la dernière seconde : personne ne les lisait, en fait. Tout le monde avait marchandé dur et ne souhaitait plus qu'en finir avec la procédure.

Le président, désireux à tout prix d'éviter une paralysie qui aurait terni son mandat, avait promulgué la loi deux minutes avant minuit.

Ensuite, Whitmer avait oublié. Il s'était contenté de verser la pièce au dossier toujours plus épais des services rendus. Voilà que le moment était venu cependant, beaucoup plus tôt qu'il ne l'aurait pensé, de faire les comptes.

Et il espérait bien récolter ainsi cinq millions de dollars.

Il attendit que son personnel soit parti et, une fois seul dans son spacieux bureau de l'immeuble Dirksen, il prit le téléphone. Pas question que quiconque apprenne ce qui risquait d'arriver.

Après avoir décroché le poste fixe sur son bureau, il se ravisa. Mieux valait utiliser le portable. Ce serait plus personnel. L'oreillette Bluetooth dans l'oreille, il sortit le téléphone de sa poche et composa le numéro.

— Bonjour aussi à vous, jeune homme, fit Donny d'une fausse voix chaleureuse.

Bon sang de présentation du numéro ! Plus moyen de glisser : « Sénateur Whitmer à l'appareil. »

— Bien, je vais très bien, affirma Donny. Merci. Et vous ?

Le charme du Sud. Donny n'en manquait pas.

— Ah ! ça fait plaisir à entendre. Et comment vont votre femme et vos enfants ?

La touche personnelle. Ne pas oublier la touche personnelle.

— En maternelle ? Déjà ? J'ai pourtant l'impression que vous m'annonciez sa naissance hier. Le temps passe.

Il arpentait maintenant son bureau et sentait l'appel du whisky.

— Quoi ? Il lit déjà ? Il est intelligent, ce petit. Tel père, tel fils, hein ?

Avec la flatterie, on obtenait tout. Dieu qu'il détestait cela.

— Eh bien, si cette école privée a besoin de quoi que ce soit, n'hésitez pas à me passer un coup de fil. Il se trouve que la sénatrice de votre État me doit un service.

Du moins lui en rendrait-elle un si Donny le lui demandait. Dieu merci, elle ne faisait pas partie de ces sénatrices arrogantes qui refusaient de jouer le jeu avec les copains.

— C'est très gentil à vous de l'avoir remarqué. Sissy m'a mis au régime. Ses petits plats me manquent terriblement, mais j'ai perdu cinq kilos depuis mars.

Eh oui, la flatterie fonctionnait dans les deux sens.

— Oui, excellente idée. Il va falloir signaler le fait aux chercheurs du département de la Santé, plaisanta Donny, en riant un peu trop à la blague qui n'était pas si drôle.

Au final, il n'y avait rien de drôle à suivre un régime.

Enfin, ils en eurent fini des parlottes d'usage, et Donny entendit le donateur prononcer les mots qui lui permettraient d'entrer dans le vif du sujet :

— Que me vaut le plaisir de cet appel, sénateur ?

— Ah, je suis ravi que vous posiez la question, dit Donny, pressé d'en venir au fait. Vous avez peut-être entendu parler des petites difficultés que je risque d'éprouver lors de la primaire en juin.

Petites difficultés. Bel euphémisme. Autant qualifier l'ouragan Sandy de simple orage.

— Mmm, hmm, l'un de ces connards du Tea Party. Il raconte à qui veut l'entendre que jamais il n'augmentera les impôts, qu'il va réduire les dépenses, faire des coupes par-ci, faire d'autres coupes par-là, il refuse tout compromis, toute collaboration avec qui que ce soit. Bon, vous me connaissez, je suis un fier conservateur, mais il faut quand même savoir parfois aller au-delà de ses divergences, si on veut arriver à quelque chose dans cette ville. On ne peut quand même pas se boucher les oreilles et dire non à tout. Pourtant, c'est ce qu'ils veulent, ces gars-là.

Donny écouta un instant. Il ne fallait rien précipiter. Tout avait l'air de bien se passer.

— Ouaip, vous voyez le genre. Et en plus, ce salaud s'appuie dès qu'il peut sur la Bible. Moi aussi je respecte Dieu, comme tout le monde. Et je veux bien qu'on prie à l'école, mais lui, on le croirait prêt à aller planter une croix au sommet du Washington Monument. Inutile de vous dire qu'on ne peut pas laisser ces gens-là s'emparer du parti. Avec leur programme social...

Le donateur l'interrompit pour lui indiquer qu'il était d'accord. Son enthousiasme était de bon augure. Donny reprit où il en était resté.

— Exactement. Ça détourne l'attention. C'est ce que je dis toujours. Enfin, je n'aime pas trop non plus voir ces homosexuels se marier, mais on a, dans le pays en ce moment, d'autres problèmes à gérer que ces couples de lesbiennes qui veulent se passer la bague au doigt.

De nouveau, Donny écouta. Le type avait besoin de déblatérer un peu, de se soulager. Donny se dirigea vers le putter et les balles de golf qu'il gardait dans un coin. Du bout du putter, il positionna une balle, puis, d'un joli coup fluide, l'envoya rouler sur le tapis vers un des pieds de la table basse. La balle s'arrêta juste avant le pied. Zut. Donny détestait être trop court.

Son interlocuteur eut enfin terminé, et Donny en profita pour renchérir.

— C'est bien ce que je dis. Les types comme ça n'ont aucune idée de..., du..., du caractère délicat de ces questions complexes, surtout sur les marchés financiers.

Puis, sans hésiter, sans laisser au type la moindre chance de dire quoi que ce soit, Donny enfonça le clou.

C'est comme cet amendement que j'ai réussi à vous faire voter il y a quelques semaines. Vous vous souvenez ?

Oui, l'homme s'en souvenait. Bien sûr.

— Eh bien, tout le problème est là, justement. Vous croyez que ce salaud du Tea Party ferait ce genre de choses pour vous ?

Subtil, Donny. Très subtil, mais au moins, cela ramenait la conversation sur le sujet de cette, hum, petite menace à la primaire.

— Bon, il n'y a pas de quoi s'inquiéter, mais on n'est jamais trop prudent, dit Donny. Mon sondeur est payé pour s'en inquiéter et il fait très bien son travail, c'est sûr.

Son travail. Eh oui. Treize foutus points.

— Non, non. Personne ne panique. Il n'y a aucune raison de paniquer. C'est juste qu'on ne sait jamais comment ça peut tourner au final. Il suffit d'une vague d'opposition aux élus en place pour que, du jour au lendemain, tout le monde veuille voter contre la personne en exercice, peu importe qu'elle serve fidèlement leurs intérêts depuis des années.

Enfin, son interlocuteur prononça la douce phrase qu'il attendait :

— En quoi puis-je vous aider ?

— Eh bien, puisque vous le demandez, je ne dirais pas non à un petit supplément pour une campagne publicitaire qui, selon mon équipe, rendrait les choses plus faciles.

— Combien ?

— Apparemment, il suffirait de cinq millions de dollars, annonça Donny sans laisser à l'autre le temps de s'objecter. Bien évidemment, on créerait un super comité d'action politique. Dieu bénisse l'arrêt Citizens United de la Cour suprême, qui permet la participation financière des entreprises aux campagnes politiques. On pourrait lui donner un vague nom, comme « Électeurs pour l'Alabama », ou, pourquoi pas, « Roll Tide pour le Sénat » pour reprendre le chant de ralliement du Crimson Tide.

Ce n'était pas une si mauvaise idée, en fait. En Alabama, la seule chose qui pouvait battre le vote des croyants était peut-être celui des supporters de l'équipe universitaire de football américain. Donny se rassit lourdement à son bureau, sortit son bloc-notes et inscrivit CAP ROLL TIDE en lettres majuscules sur une nouvelle page.

— Parce que tous mes collègues qui ont réussi à battre ces challengeurs du Tea Party avaient de super comités derrière eux. Alors, vous en dites quoi ? C'est bon ?

Donny retint son souffle. Il était prêt à toutes sortes de réponses, du simple oui à la proposition de taper les autres copains fortunés du donateur, en passant par le « Il faut que je réfléchisse ». Mais ce fut un choc.

— Comment ça, vous ne les avez pas ? s'exclama Donny en se retenant de crier. Bien sûr que si, vous les avez. Vous les avez toujours.

Donny s'enfonça le Bluetooth dans l'oreille. Subitement, il avait du mal à entendre.

— Bon, d'accord, je sais que c'est beaucoup, mais revenons à cet amendement. Enfin, ça représente combien pour vous ? De pouvoir juste appeler un… sénateur en poste à Washington et vous faire promulguer la loi que vous voulez ? Moi, je dis que ça vaut bien cinq millions de dollars. Beaucoup plus, même. Des gens payent bien plus à des immeubles de bureaux remplis de lobbyistes pour beaucoup moins que ça.

Le type n'en disconvenait pas, mais il ne proposait pas non plus de trouver une solution pour réunir les fonds. Donny sentait bien qu'il n'était pas assez motivé. Qu'il fallait lui forcer un peu la main. Certes, Donny n'avait jamais su pourquoi ce donateur voulait cet amendement, mais il connaissait les riches… Dieu sait s'il les connaissait. Jamais ils ne voulaient qu'on sache ce qu'ils avaient derrière la tête. Il était donc temps de faire pression.

— Bon, alors, laissez-moi le formuler autrement : combien êtes-vous prêt à mettre pour que je taise le fait que vous m'avez demandé de déposer cet amendement ? Est-ce que cinq millions suffiraient ? Parce que, vous savez, je peux aussi continuer. Ou demander à mon service de presse de concocter un joli communiqué révélant à tout le monde que c'est à vous qu'on doit ce changement de politique à la Réserve fédérale. Qu'en pensez-vous ?

Là, comme il s'en doutait, l'intérêt de son interlocuteur grandit. Soudain, il changea de ton. Et de réponse.

— Bien sûr que je peux vous laisser le temps de réfléchir, mais pas trop longtemps. On en reparle demain ?

De nouveau, ils échangèrent quelques banalités.

— Eh bien, merci. Toutes mes amitiés à votre charmante dame, n'est-ce pas ?... Très bien, c'est parfait. Bonne soirée à vous.

Il raccrocha, puis laissa échapper un long soupir. Il tremblait légèrement. Comme la bouteille de Conecuh Ridge lui tendait les bras, il alla en boire une rasade au goulot.

De toutes les émotions auxquelles il était en proie, la plus forte était peut-être l'embarras. Il aurait beau retourner les choses dans sa tête, il ne pouvait pas se raconter d'histoires : pour la première fois de sa longue et par ailleurs éminente carrière politique, il venait en effet de se rendre coupable d'extorsion.

TREIZE

Ames, Iowa

L'homme semblait revenir d'un séjour d'au moins dix ans au fin fond du Montana, passé à se nourrir uniquement d'écureuils, de baies et de viande d'élan.

Sa barbe lui couvrait entièrement le visage et lui descendait jusque sur la poitrine. Ses cheveux hirsutes étaient au moins aussi longs. Il était par ailleurs bâti comme un défenseur de football américain, ce qui rendait d'autant plus incongrues ses épaisses lunettes à la John Lennon qu'il portait posées au bout du nez.

— Derrick, je te présente le docteur Rodney Click, professeur assistant d'économie en Iowa, annonça Ling Xi Bang. C'est un économiste quantitatif. Je peux dire ça comme ça ?

— Un intello, si vous préférez, indiqua Click à Storm avec un sourire débonnaire en lui tendant la main.

— Je vous appellerai simplement « Doc », si vous voulez bien, dit Storm en lui rendant sa chaleureuse poignée de main.

— Je suis sûr qu'on a déjà usé de mots bien pires à mon égard. Quoi qu'il en soit, suivez-moi dans mon bureau, proposa Click. Je n'arrive pas à croire que la CIA s'intéresse à ce point à ma théorie pour me rendre de nouveau visite, ajouta-t-il par-dessus son épaule.

Storm lança un coup d'œil interrogateur à Xi Bang. Inutile de se spécialiser en économie quantitative pour comprendre que Xi Bang était déjà venue et qu'elle s'était fait passer pour un agent de la CIA. Xi Bang se contenta d'un timide sourire. Leur virée en Iowa avait commencé par une brève escale à l'hôtel près de l'aéroport Kennedy, où le mot « escale » avait pris une toute nouvelle dimension.

— Comprenez bien qu'en général, quand je publie un article comme celui-ci, j'imagine qu'il va simplement être lu par d'autres universitaires, continua Click en les conduisant dans un minuscule terrier aux murs couverts d'étagères ployant sous les livres. Le *Journal of Global Economics* n'a rien d'un roman captivant au suspens insoutenable. Et je n'ai rien d'un Michael Connelly.

Click se laissa choir dans son fauteuil, qui grinça de protestation. Storm et Xi Bang s'installèrent sur les chaises en face de son bureau.

— Croyez-moi, je trouve votre théorie passionnante, protesta Xi Bang. Et j'aimerais que vous l'expliquiez à mon collègue de la CIA que voici.

— Dans ce cas, je vais commencer par une petite mise en contexte, annonça Click en se tournant vers Storm. Sans vouloir vous prendre de haut, que savez-vous du marché des changes ?

— De quoi remplir un dé à coudre, admit Storm.

— D'accord, reprenons les fondamentaux alors : le marché des changes, parfois appelé Forex, ou simplement FX, est le plus grand et le plus liquide des marchés au monde. D'une certaine manière, c'est le plus volatile, aussi. Environ quatre mille milliards de dollars de devises s'y échangent chaque jour. Maintenant, seule une partie mineure de ce volume se compose, comme on peut l'imaginer, de particuliers ou de sociétés qui ont de temps à autre besoin de payer quelque chose dans une autre devise que la monnaie qu'ils utilisent d'ordinaire pour leurs transactions. Comme quand, par exemple, vous partez en vacances en Inde et que vous changez des dollars contre des roupies à votre arrivée à Bombay.

— Sauf que je garde toujours quelques billets pour les bakchichs ! lança Storm.

— Bien sûr. Quoi qu'il en soit, ce genre de transactions – pour laquelle on pourrait penser que le FX a été créé – ne représente que vingt pour cent environ du marché. Pour quatre-vingts pour cent, il s'agit de banques, de fonds spéculatifs et autres grandes institutions financières qui spéculent. C'est pour cette raison qu'il y a tant de volatilité. Il y a toutes sortes de moyens compliqués de gagner de l'argent avec ces échanges, dont certains dépendent de facteurs que l'investisseur moyen ne peut même pas imaginer. Prenez, par exemple, le carry trade, qui consiste à spéculer sur les écarts de rendement entre différents types d'actifs : cela ne fonctionne que grâce à la différence de taux d'intérêt offerts par les banques centrales de chaque pays. Il y a aussi plus simple : les paris sur la fluctuation des devises en fonction de l'intuition ou des connaissances que l'investisseur a de l'économie du pays concerné.

— En gros, c'est comme la Bourse : des riches qui jouent avec l'argent des autres, conclut Storm.

— Oui, mais avec une différence importante, corrigea Click. Le FX n'est pas régulé. Chaque transaction se conclut par une poignée de main, ou plutôt une poignée de main virtuelle. Aucun gouvernement ne surveille rien ; il n'y a ni chambre de compensation ni règles concernant le volume de l'échange, personne pour écarter les initiés, aucune précaution en place pour éviter les fortes agitations sur le marché. À la Bourse de New York, les échanges sont interrompus si la cotation des titres descend trop bas et trop vite, ou à la moindre perturbation nécessitant un temps de recul pour tout le monde. Ce n'est pas le cas sur le FX. Ce marché est ouvert vingt-quatre heures sur vingt-quatre les jours ouvrés. Si les traders décident d'abandonner une devise, elle perd – du moins en théorie – entièrement sa valeur sans que personne ne fasse rien pour l'arrêter. C'est un marché dont la régulation est uniquement assurée par les forces du marché.

— C'est le Far West, constata Storm.

— Plus que vous ne l'imaginez, confirma Click. Parce qu'il existe un autre principe fondamental : toutes les grandes monnaies du monde sont désormais dites fiduciaires. Leur valeur n'est pas garantie par un volume correspondant d'or, d'argent ou d'autre matière première. Une monnaie n'a de valeur que parce que le gouvernement qui l'émet affirme qu'elle en a et que le marché en convient parce que l'économie du pays est parfaitement saine.

Storm hocha la tête.

— C'est donc une question de confiance.

— Exactement. Surtout en ce qui concerne le dollar. La valeur de notre monnaie tient en partie au fait qu'on la considère comme une devise imprenable : trop grosse pour faire faillite. Si, en tant qu'investisseur international, vous avez mis un peu d'argent à gauche, il y a fort à parier qu'il s'agit de dollars américains ; néanmoins, les économistes ont toujours spéculé sur ce qui arriverait si cela cessait d'être le cas.

« Maintenant, gardez bien cela en tête pendant que je vous raconte ce qui s'est passé le 2 octobre 2008, poursuivit Click. Si vous vous souvenez bien, à l'époque, cela tournait au vinaigre dans le monde des finances. Lehman Brothers avait fait faillite. Fannie Mae et Freddie Mac chancelaient. AIG était sur le point de s'effondrer. Les banques, pétrifiées, ne voulaient plus se prêter d'argent. Il y avait des ruées sur les fonds communs de placement. Les gens liquidaient leurs portefeuilles pour enterrer le produit de leurs ventes dans leur jardin. C'était fou. Chaque jour ou presque apportait son lot d'événements que personne ne pensait jamais voir arriver. Je crois que c'est pour cette raison que personne n'a fait attention à ce qui s'est produit le 2 octobre. En plus, tout s'est passé très vite. Les grands médias n'ont même pas eu le temps de comprendre.

— Comprendre quoi ? demanda Storm, suspendu aux lèvres de Click, lui-même penché en avant sur son bureau.

— Pendant environ douze minutes le 2 octobre 2008, le dollar américain a perdu près de cinquante pour cent de sa valeur, déclara Click, avec force théâtralité.

— Mais..., mais c'est impossible, non ?

— C'est ce qu'on pourrait croire. Comme on aurait pu croire qu'il était impossible que GM fasse faillite, et, pourtant, c'est aussi arrivé. Comme je le disais, c'était une période très agitée.

— Que s'est-il passé, alors ? demanda Storm.

— Justement, je viens de passer quatre ans à étudier la question, dit Click. Pour faire court, l'un des plus gros cambistes, et aussi le plus actif, de Corée du Sud a décidé d'en finir avec le dollar américain. Ce n'était pas une décision très rationnelle de sa part. Cela dit, les Coréens étaient dégoûtés par le tour que prenait l'économie américaine. Pour eux, notre manque de discipline en matière financière avait fini par nous sauter à la figure. Donc, en gros, ce type a juste récupéré ses billes et tout replacé dans d'autres monnaies.

— Mais... Enfin, combien de dollars y a-t-il en circulation dans le monde ? demanda Storm. Une seule personne ne peut quand même pas faire une si grosse différence.

— Pour répondre à votre question, tout dépend de ce que vous entendez par « en circulation ». Pour la démonstration, disons simplement dix mille milliards. Alors, non, en effet, un seul investisseur, quelle que soit sa fortune, ne pourrait pas porter un tel préjudice, mais il se trouve qu'il a opéré ce qu'on appelle un aller-retour. Sans vouloir vous vexer, je ne suis pas sûr que vous puissiez en comprendre le mécanisme. Disons simplement qu'il s'agit d'un genre de transaction qui a pour effet non pas de doubler, mais carrément de quadrupler la valeur de la devise concernée.

Or le volume en jeu était énorme. Cela a fini par déclencher un effet de rétroaction négatif, c'est-à-dire un bon vieux cercle vicieux. Il faut savoir que la plupart des échanges sont faits par des ordinateurs programmés pour effectuer certaines opérations quand le seuil fixé pour une valeur a été franchi. Les grandes places boursières de la planète ont des mesures de contrôle pour éviter que le système ne parte en vrille. Mais, comme on l'a vu, il n'y a aucune forme de régulation sur le marché FX. Donc, rien n'a pu arrêter ces ordinateurs et, pendant douze minutes, le dollar américain a vu sa valeur s'effondrer jusqu'à un point que personne n'aurait imaginé.

— Mais pourquoi douze minutes seulement ? demanda Storm.

— Quelqu'un de la Réserve fédérale a vu ce qui se passait, et la banque centrale est intervenue. Pour contrôler l'offre monétaire, elle dispose d'un important stock d'obligations d'État. Elle en a donc rapidement vendu un bon paquet à prix réduit aux banques qui ont flairé la bonne affaire. Certes, elle a perdu de grosses sommes, mais, d'un autre côté, elle a pu retirer un sacré paquet d'argent de la circulation. Ensuite, la loi de l'offre et de la demande a fait son œuvre. L'offre ayant été réduite, le billet vert s'est raréfié et a donc repris de la valeur ; la boucle s'est inversée, et le dollar est revenu à son niveau d'avant ces douze minutes. Aux yeux des médias, c'est passé pour un simple renflouement de plus de la part de l'Oncle Sam. Comme ils ne pouvaient le critiquer, il n'y avait pas de quoi en faire ses choux gras.

— D'accord, donc..., reprit Storm avant de se tourner vers Xi Bang. Mais qu'est-ce que tout cela a à voir avec la mort de ces quatre banquiers ?

— Euh, je peux vous le montrer si vous voulez, dit Click en s'extirpant de derrière son bureau. Suivez-moi.

***

Click fit emprunter à Storm et Xi Bang un couloir, puis un escalier descendant au sous-sol. Ils débouchèrent dans une pièce équipée de serveurs formant des tours aussi hautes que lui ou presque. D'un pas nonchalant, il s'avança vers celui qui était muni d'un clavier et d'un moniteur en son milieu.

— Désolé de vous faire déplacer, dit Click. J'aurais pu y accéder depuis mon bureau, mais mon ordinateur là-haut aurait mis des heures à charger le modèle qui est déjà en pleine opération ici.

— Je ne suis pas contre un peu d'exercice, assura Storm.

— Ce que vous allez voir, c'est le MDBM, le modèle de dépréciation brusque de la monnaie.

— Tout le monde dans la discipline l'appelle maintenant la « théorie de Click », intervint Xi Bang.

— Oui, euh…, fit Click, comme si le fait d'avoir toute l'attention de l'immense communauté de l'économie quantitative braquée sur lui l'embarrassait.

Il pianota sur le clavier et fit apparaître tout un tas de chiffres à l'écran.

— Maintenant, n'oubliez pas qu'il s'agit d'une modélisation informatique du FX. Il m'a fallu quatre ans pour parvenir à recréer la réalité. Ça me permet de prévoir l'impact d'un échange dans un intervalle de confiance de quatre-vingt-dix-neuf pour cent.

— D'accord, qu'est-ce que je vois, là ? demanda Storm.

Click pointa le doigt sur une colonne de chiffres à cinq décimales.

— Là, c'est la valeur du dollar américain par rapport à diverses monnaies dans les conditions actuelles du marché. Là, c'est l'euro, là, le franc suisse, le dollar australien, le dollar canadien, etc. Il n'y en a que dix, mais je peux évidemment afficher la devise que vous voulez. Voici ce qui se passe pour le dollar américain quand on en change un *yard* contre, disons, des livres sterling.

— Un *yard* ?

— Désolé. C'est un milliard en jargon FX.

— Les échanges sont vraiment de cet ordre de grandeur ?

— Certains, oui, certifia Click. Il ne faut pas oublier que, dans la plupart des cas, il s'agit de gagner sur des marges et uniquement à de très faibles pourcentages. Pour que cela vaille la peine, il faut agir en volume. En tout cas, voici ce qui se passe quand je vends un milliard de dollars.

Click appuya sur une touche.

— Mais rien n'a bougé, constata Storm en fixant l'écran.

— Exactement. Et c'est parfaitement normal. Avec dix mille milliards en circulation, rien ne sert de déplacer un milliard dans un sens ou dans un autre ; autant essayer de chasser un ouragan avec un ventilateur. Essayons plutôt avec deux.

Sous les yeux de Storm, le dernier chiffre à l'écran, le cinquième après la virgule, passa de « sept » à « six ».

— D'accord, là j'ai vu, dit Storm.

— Très bien, maintenant cinq milliards.

Cette fois, les deux dernières décimales changèrent.

— Vous avez vu ? Bien. Maintenant, prenons un aller-retour de cinq milliards, proposa Click.

Les trois dernières changèrent.

— Je viens d'affecter la valeur du dollar américain d'un dixième de cent. Toujours rien d'énorme, n'est-ce pas ? Enfin, la valeur du dollar fluctue parfois davantage au quotidien, et cela ne nous empêche pas de vivre.

— Ouais, ce n'est pas exactement une catastrophe financière, confirma Storm.

— Croyez-moi, la catastrophe n'est plus très loin. Bon, regardez. Dix milliards en aller-retour.

Subitement, le dollar du modèle de Click valut deux cents de moins.

— Toujours rien d'impressionnant, hein ? Mais c'est parce que l'effet de rétroaction négatif n'est pas encore intervenu. Il suffit d'un rien. Or, dans le cas du Coréen en 2008, il était question d'un échange de cent cinquante yards – une dimension historique, dans un seul sens. Jamais rien de tel ne s'était produit avant. Et voilà.

Click appuya sur une touche. Aussitôt, le dollar perdit sept cents face à la livre sterling.

— Maintenant, attendez..., fit Click.

Storm et Xi Bang assistèrent alors à la simulation d'une catastrophe économique : une chute de dix cents. Puis de quatorze cents. Vingt-deux cents. Trente-huit. Click enfonça une nouvelle touche, et la chute libre s'arrêta.

— J'ai juste mis sur pause. N'oubliez pas que, comme ce serveur est très puissant et que je peux passer en mode accéléré, tout va plus vite que dans la réalité. Vous venez d'assister à un quart d'heure de simulation. Maintenant, regardez ce qui se passe quand je fais intervenir la Fed pour réguler l'offre par la vente d'obligations, comme elle l'a fait en 2008.

Click enfonça une touche, saisit quelques lignes de commande, puis recula. Bien entendu, le dollar regagna rapidement du terrain et retrouva son niveau précédent.

— En gros, y a pas mort d'homme, fit Click. Tant que la bonne vieille Fed est là pour assurer nos arrières, pas de souci, mais regardez ça. Je vais effectuer six opérations semblables aux échanges du Coréen en 2008 et – c'est fondamental – simultanément dans six monnaies différentes, le tout en aller-retour.

Les doigts de Click dansèrent sur le clavier une trentaine de secondes.

— Ling, à vous l'honneur, déclara-t-il ensuite. Vous voulez bien appuyer sur ce bouton, là ?

Xi Bang se glissa jusqu'à l'ordinateur en effleurant Storm au passage. Il était si absorbé par la démonstration qu'il en oublia presque – presque – leur propre programme d'échange.

— Celui-ci ? demanda-t-elle.

— Oui. Allez-y.

Xi Bang pressa le bouton, et les chiffres à l'écran firent aussitôt un bond. Dans la colonne de gauche, représentant le dollar américain, ils entamèrent une descente régulière tandis que les autres monnaies, dans la colonne de droite, augmentaient en proportion inverse.

— Maintenant, je vais être obligé de faire intervenir la Fed, comme précédemment, annonça Click.

Cela n'eut aucun effet. Les chiffres à gauche continuaient de baisser. Le temps que les chiffres à l'écran se stabilisent, le dollar ne valait plus qu'un quart de sa valeur précédente.

— Ce que vous venez de voir mettrait environ deux heures à se produire en temps réel, indiqua Click. Autrement dit, le dollar américain perdrait les trois quarts de sa valeur en deux heures. L'instabilité créée sur les marchés américains serait à peine imaginable. Sans compter la contagion que cela entraînerait à travers le globe. Le monde serait très probablement plongé dans une sorte d'obscurantisme financier qui pourrait durer…, euh, qui sait combien de temps ? Heureusement, on y a échappé ; donc, on ne saura jamais. Quoi qu'il en soit, ce serait terrible.

— Donc, avec de gros échanges, six traders répartis aux quatre coins de la planète pourraient provoquer cela ? s'enquit Storm.

— Oui, répondit Xi Bang. Ça résume assez bien la théorie de Click.

— Et s'ils n'étaient que quatre ? demanda Storm.

— Cela suffirait à déclencher la chute, mais la Fed sauverait les meubles.

— Six, c'est donc le chiffre magique.

— Tout juste.

— Y a-t-il un moyen d'empêcher ça ? demanda Storm.

— Oui, en théorie, dit Click. Si la Fed vendait tout ce qu'elle a – je dis bien tout, y compris l'évier de la cuisine. Ce serait une mesure extraordinaire. Il faudrait littéralement exploser le plafond, et encore, le modèle indique qu'on aurait quarante-sept pour cent de chances de parvenir à une correction. En gros, ce serait donc du pile ou face.

— Et sans la Fed ?

— La catastrophe garantie, répondit Click. Attention : c'est un modèle théorique, mais, une fois qu'on a compris comment ça marche, le calcul est assez simple.

— Du genre trois plus trois égalent six ?

— Plutôt n'importe quoi fois zéro égale zéro.

Storm hocha la tête, puis sortit son téléphone.

— Qu'est-ce que tu fais ? demanda Xi Bang.

— Une intuition, dit Storm.

***

Storm quitta la salle des serveurs, remonta l'escalier, puis sortit dehors, où le soleil de ce milieu d'après-midi, si favorable à l'agriculture locale, le fit cligner des yeux.

Personne ne se donnerait la peine de manigancer un tel cataclysme sans s'être au préalable assuré d'avoir neutralisé la Fed. Si Storm parvenait à trouver quelqu'un qui ait trafiqué avec son personnel ou sa politique, il aurait sans doute une meilleure chance de découvrir qui avait engagé Volkov.

Et, bien qu'il redoutât d'avoir à le faire, Storm savait que, pour cela, il lui suffisait de passer un coup de fil à la seule personne en mesure d'être au courant, un homme introduit partout à Washington. Storm sortit son téléphone satellite et appuya délibérément sur chaque bouton avec fermeté. Ce genre d'appel ne se prenait pas à la légère.

— Que se passe-t-il, Storm ? répondit Jedediah Jones d'une voix particulièrement éraillée, comme après avoir fumé trois paquets de cigarettes.

Storm prit une profonde inspiration pour s'accorder encore une seconde de réflexion. Ce n'était pas la première fois qu'il jouait à ce petit jeu avec Jones ; chacun se demanderait jusqu'où se dévoiler à l'autre, mais surtout jusqu'où aller dans la rétention d'information. Pour quelqu'un comme Jones, l'information était une clé Allen : plus il en savait, plus il serrait la vis. En l'occurrence, il n'y avait cependant pas moyen d'y échapper : Storm allait devoir céder un peu s'il voulait obtenir quelque chose. Compte tenu de ce qu'il venait d'entendre, l'affaire était trop importante pour se priver de Jones et de ses ressources considérables.

— Il faudrait que certaines de vos taupes au Capitole aillent un peu à la pêche pour moi, dit Storm.

— Ah oui ? Et quel genre de poisson faudrait-il qu'ils attrapent ?

— J'aimerais savoir si quelqu'un bidouille avec la capacité de vente d'obligations d'État de la Réserve fédérale.

— Sérieux ? fit Jones, l'air presque amusé, car conscient que la partie avait commencé. Et pourquoi tu veux savoir ça ? L'agent Storm se demanderait-il si c'est le bon moment d'investir ?

— Juste par curiosité.

— Où es-tu en ce moment ?

S'il voulait vraiment le savoir, Jones avait les moyens de le découvrir ; c'est pourquoi Storm ne chercha pas à mentir.

— Ames, Iowa.

— Ames, Iowa ? Qu'est-ce qu'il y a là-bas ?

— Du maïs, surtout, mais aussi une grande université.

— Et ça a quelque chose à voir avec nos banquiers ?

— Possible, répondit Storm, même s'il savait que ses réponses évasives ne trompaient personne. Probable même. C'est pour ça que vous m'avez demandé d'enquêter, non ?

— Oui, j'en suis conscient. Tu ne pourrais pas m'en dire un peu plus ?

— Pas vraiment. Je n'en sais pas beaucoup plus pour le moment, mais peut-être pourriez-vous regarder si la personne responsable de ces choses-là à la Fed a changé en quelque manière ? Peut-être est-ce même une personne différente maintenant ? Peut-être y a-t-il eu un changement de procédure dans le service dernièrement ? Peut-être cette personne s'est-elle compromise d'une manière ou d'une autre ?

— Avec qui ? demanda Jones.

— Si je le savais…, dit Storm en observant des collégiens jouer au frisbee, parfaitement inconscients de la subite précarité de leur mode de vie.

— Je suis donc juste censé fouiner au service des ventes d'obligations de la Fed jusqu'à ce que quelqu'un avoue avoir accepté des pots-de-vin ? demanda Jones. Et comment je m'y prends ?

— N'oubliez pas de dire « s'il vous plaît », conseilla Storm. La politesse ouvre bien des portes.

— J'y penserai.

— C'était juste pour vous aider, fit Storm avant de raccrocher.

***

À son retour dans le bureau de l'économiste, Storm se vit tendre un exemplaire relié de l'article sur lequel se fondait la théorie de Click. Il le parcourut rapidement, en sautant les équations. Quoi qu'il en soit, il avait l'impression de commencer à comprendre. Cela l'aidait d'avoir vu le modèle à l'œuvre.

— Bon, il reste une chose que je ne saisis toujours pas, déclara-t-il tant à l'adresse de Xi Bang que de Click. Disons que vous êtes le meurtrier de ces banquiers. Pourquoi les tuer ? Qu'en tirez-vous ? Selon le modèle du docteur, il vaut mieux pour vous que ces banquiers soient en vie, qu'ils agissent de concert, et non qu'ils se trouvent à la morgue quelque part.

— Eh bien, on a déjà un peu réfléchi à la question et on a une théorie, annonça Xi Bang. Rappelle-toi qu'on ne les a pas juste tués. On les a d'abord torturés.

— Oui ? Et alors ?

— On pense qu'on les a torturés pour obtenir le mot de passe de leur MonEx, dit Xi Bang.

— Tu peux traduire, s'il te plaît ?

— Le MonEx 4000 est la marque du terminal utilisé par la plupart des grands cambistes internationaux, expliqua Click. Sa popularité tient en partie à la vitesse à laquelle il effectue les opérations de change et au fait qu'il donne accès à tous vos comptes par le biais d'une seule interface.

— Donc, si vous cherchiez à refaire le coup du Coréen, c'est ce que vous utiliseriez, conclut Storm.

— Exactement, confirma Xi Bang. Donc, en gros, Volkov récupère les mots de passe pour quelqu'un, et ce quelqu'un aimerait s'en servir pour déclencher le scénario catastrophe.

— Dans ce cas, le problème est facile à régler, non ? fit Storm. Il suffit d'appeler le fabricant du MonEx, de lui signaler que ces comptes sont en danger et de demander qu'on les ferme.

Click avait déjà commencé à faire non de la tête avant même que Storm ait fini d'exposer sa solution.

— MonEx fabrique les terminaux et en fournit le système d'exploitation, mais il refuse toute responsabilité en ce qui concerne les comptes créés ou ce qui leur arrive. En gros, MonEx s'est légalement protégé contre précisément ce genre de choses. Tout ce qu'il dit, c'est : « Nous, on fabrique l'outil. Ce que les gens en font après ne nous regarde pas. » La seule personne qui peut fermer un compte est le détenteur du mot de passe. Or un trader tient à son mot de passe comme à la prunelle de ses yeux. Il lui est formellement interdit de le remettre à quiconque. Pas même à son conjoint. Ni à ses employeurs. À personne. Aussi, en cas de décès, les comptes disparaissent-ils avec lui.

— Or là, bien que ces traders soient morts, leurs comptes fonctionnent toujours.

— En ce qui concerne le MonEx, oui, confirma Click.

— Mais alors, disons que Volkov soit capable de s'en procurer deux de plus et qu'il les remette à quelqu'un capable de vérifier votre théorie, Click ? Quelle serait la motivation de cette personne ? Qui aurait avantage à ce que le dollar plonge de cette manière ?

— N'importe qui, dit Click. Quiconque apprend qu'il est sur le point de se produire un changement d'orientation radical sur un marché peut se servir de cette information pour réaliser un formidable profit.

Storm se radossa à sa chaise, l'article de Click sur la poitrine, et contempla le plafond un instant.

— Et combien le *Journal of Global Economics* compte-t-il de lecteurs ? demanda-t-il.

— Il y a peut-être quelques milliers d'abonnés à travers le monde, répondit Click. Des bibliothèques de grandes universités pour la plupart ; là, impossible de dire combien de gens le lisent, en fait. Il y a sans doute aussi quelques grands investisseurs institutionnels, peut-être quelques librairies de Wall Street, mais en tout, ça ne doit guère représenter plus de mille cinq cents personnes à l'échelle mondiale. Pourquoi ?

— Parce que, dit Storm, pour le moment, c'est parmi eux qu'il faut chercher nos suspects.

QUATORZE

New York

Il ne lui restait plus beaucoup de temps. Plus que trois fantômes, qui clignotaient alternativement en rose et blanc. Ils n'allaient pas tarder à redevenir dangereux. Sa fenêtre d'action allait bientôt se refermer.

Whitely Cracker attendit que les trois fantômes soient parfaitement alignés. Puis, à la toute dernière seconde, il poussa à fond la manette vers la droite, permettant ainsi à Ms. Pac-Man de les dévorer l'un à la suite de l'autre. La machine émit un bruit de jubilation. Les scores, quatre cents, six cents et huit cents, se mirent à flotter en rangs serrés à l'écran. Victoire. Victoire. Victoire.

D'ordinaire, Whitely adorait ce coup-là. Un vrai massacre. Les fantômes ne voyaient jamais rien venir. Rien n'était plus grisant. Sauf que, désormais, il n'en tirait plus aucune satisfaction.

Alors, même s'il ne restait que quelques pastilles à engloutir pour passer au niveau suivant, il commit un suicide vidéo en laissant Ms. Pac-Man se faire manger par les fantômes ressuscités. Puis, il quitta l'arcade.

Comme il arrivait tout juste de Chappaqua, il portait encore sa casquette et ses gants de conduite. Il finit par les enlever pour se mettre au travail. Il avait ses propres fantômes à chasser.

L'appel de marge le perturbait, inutile de le nier. Au tennis, il l'avait jouée cool, car personne n'a envie de voir son gestionnaire réagir autrement. Toutefois, dès son retour au bureau, il s'était empressé de jeter un œil au compte de Lee Fulcher.

Au total, il y avait 43 509 184,33 dollars, et Fulcher voulait le tout, jusqu'au dernier cent. C'était pour le moins embêtant. Whitely avait justement besoin de davantage de liquidités, non de moins.

Cependant, le client est roi. Et c'était son argent, après tout. Whitely avait chargé Teddy Sniff de réunir la somme et de faire les fonds de tiroir s'il le fallait, puis s'était efforcé de se sortir tout cela de la tête.

Il s'installa devant son MonEx 4000, saisit son mot de passe et se lança dans les échanges (toujours sans aucune conscience des caméras de surveillance braquées sur lui).

Peu à peu, Whitely s'apaisa. Comme son cerveau n'avait cessé de réfléchir à ces opérations pendant le jeu vidéo, il dégainait plus vite que son ombre. C'était parfois surprenant. Ces impulsions semblaient lui venir directement de l'inconscient, et il se contentait de les suivre.

Il venait de remporter une offre sur six mille onces d'or quand la messagerie instantanée du MonEx ouvrit une fenêtre en haut de l'écran. Un autre trader de Manhattan : *« Merci de m'acheter cette option, mais pourquoi me faire cadeau de votre argent ? Vous savez que ça ne descendra jamais si bas. »*

Whitely marqua une pause, le temps de choisir la meilleure des réponses possible : *« Disons que je fais œuvre de charité pour mes confrères. »*

Il retourna à l'opération suivante et se débarrassa de quelques centaines de milliers de parts d'une valeur sûre, dont il pressentait qu'elle n'allait pas être aussi rentable qu'attendu. Puis le même type l'interrompit de nouveau : *« Le grand blanc mijote quelque chose. »*

Ayant opté pour la modestie, Whitely poursuivit sur la même lancée : *« Je soigne votre image de marque. D'ailleurs, je pourrais même aller jusqu'à proposer du MickeyD's à soixante. »*

Une fois l'appât lancé, il attendit de voir si le type mordait à l'hameçon. Et, bien entendu : *« C'est de la folie, mais bien sûr. Combien ? »* demanda son interlocuteur.

Whitely se hâta de répondre : *« Trois cent cinquante ? »*

L'homme voulut savoir s'il s'agissait de trois cent cinquante mille, ce qu'il confirma sans hésiter.

« C'est fait. Jamais gagné autant d'argent si facilement. Je reste persuadé que c'est de la folie. »

Whitley envisageait de l'embarquer dans un nouveau marché « trop beau pour être vrai », quand il prit conscience de la présence de Theodore Sniff sur le pas de sa porte. D'ordinaire, il aurait fait comme si le comptable n'était pas là, mais, comme il l'avait chargé d'une mission précise, autant s'en débarrasser.

Whitely leva les yeux. Sniff portait un costume qui semblait avoir séjourné plusieurs heures, en boule, dans une poubelle avant qu'il ne l'enfile.

— Teddy, vous avez dormi dans ce costume ou quoi ?

— Non, je… Il sort du nettoyage, bafouilla Sniff, toujours perdu quand il lui fallait se justifier face à son patron.

Évidemment, ce n'était pas sa faute. Whitely ne pouvait pas comprendre. Rares étaient les hommes sans problème de cheveux à comprendre les chauves.

— Dans ce cas, demandez qu'on vous le nettoie la prochaine fois, dit Whitely. Ou sinon, changez de pressing. C'est pour vous, mon vieux.

— Merci.

— Au fait, ça avance avec la fille que vous avez rencontrée sur le Net ?

— On a pris un café ensemble, mais maintenant elle ne répond plus à mes messages, expliqua Sniff. Je lui ai décoché au moins trois clins d'œil, mais elle n'a pas relevé.

— Allez, il faut voir le bon côté des choses : c'est toujours mieux que cette fille soi-disant de Ridgefield, dans le Connecticut, qui s'est révélée être une prostituée slovène, fit Whitely. À part ça, quel est le problème ?

— C'est…, c'est l'appel de marge de Fulcher.

— Eh bien, quoi ? On est prêts à lui remettre l'argent ? Il l'attend pour quinze heures.

— Oui, alors, justement..., commença Sniff avant de ne plus pouvoir regarder son patron.

Tout à coup, le tapis devant lui était devenu beaucoup plus intéressant.

— Quoi, Teddy ?

— On ne l'a pas.

— Comment c'est possible ?

— Eh bien, cette donation que vous venez de faire, ça n'a pas aidé, déclara Sniff.

— Quand même, je…, je ne comprends pas : je fais de bonnes opérations. De très bonnes opérations. Celles qui se passent mal sur un mois peuvent se compter sur les doigts de la main. Je dois détenir l'un des meilleurs rapports gains-pertes de la profession. Comment est-il possible qu'on n'ait pas cet argent ?

— Je vous livre les comptes, affirma Sniff. Les chiffres ne mentent pas.

— Ouais, bon..., fit Whitely en se passant les mains dans les cheveux, ébouriffant même un peu sa chevelure parfaite.

— Alors, que fait-on pour Fulcher ?

Whitely regarda dans le vide. Il joignit les mains et les porta à ses lèvres, où elles restèrent posées une dizaine de secondes.

— L'appel de marge se fait à la First National, finit-il

par reprendre. On y connaît du monde. Il faut les appeler et les convaincre de reporter l'appel d'une semaine ou deux. On veille à faire savoir à Fulcher qu'on lui a rendu ce service et on l'assure qu'on aura l'argent le moment venu. D'ici là, on l'aura.

Sniff marmonna quelques mots qui échappèrent à Whitely, mais pas aux micros particulièrement sensibles chargés de les retransmettre en direct au quatre-vingt-troisième étage :

— J'en doute.

QUINZE

Washington

Donny Whitmer n'avait pas dormi de la nuit. D'ordinaire, cela lui arrivait quand il avait abusé de l'alcool et des femmes, passe-temps préférés des puissants de par le monde.

Mais cette fois, c'était différent. Donny Whitmer avait découvert, un peu à sa surprise d'ailleurs, que, même après toutes ces années passées à Washington, il avait encore une conscience. Et même une crise de conscience.

Ce qu'il avait fait le rongeait. Menacer son plus gros donateur de lâcher les chiens sur lui. Il en avait des haut-le-cœur : descendre aussi bas après toute une vie de bons et loyaux services. C'était indigne d'un sénateur. Il avait tourné et viré dans le lit jusqu'à ce que Sissy l'envoie dormir dans la chambre d'amis.

Un peu après minuit, il lui était venu une idée : au matin, il appellerait le type pour lui dire qu'il ne pensait pas vraiment ce qu'il avait dit. Que c'était du bluff. Qu'il avait parlé sous le coup de la colère ou de la peur.

Non, mieux, que c'était une blague. Ha ! ha ! Elle était bien bonne, non ? Parce que le bon vieux Donny ne ferait jamais une chose pareille.

Le lendemain matin, avant même que le sénateur ait eu terminé son café, Jack Porter était de retour dans son bureau. D'autres sondages avaient été menés. On disposait de nouveaux tableaux et graphiques.

Cet enfoiré du Tea Party était encore plus connu qu'on ne l'avait imaginé ; les valeurs négatives tombaient beaucoup plus bas que prévu, mais, surtout, les indécis étaient beaucoup moins nombreux qu'ils n'auraient dû l'être après un mois et demi de campagne.

La situation était donc pire que ne le pensait Donny. La veille, il avait eu l'impression de vivre un rêve – ou plutôt un cauchemar –, mais voilà que la réalité s'imposait. C'en était peut-être fini de sa vie politique.

Sans prêter attention à Porter, il se mit à contempler autour de lui, la vue sur le Capitole qu'il dominait depuis son bureau, tous les souvenirs, les plaques et les décorations qu'il avait récoltés au fil des ans. Pas question de tout remballer. Il n'était pas prêt à dire adieu à tout cela.

De toute façon, la population de l'Alabama ne pouvait pas se permettre de le perdre. Toutes ses magouilles électoralistes représentaient des emplois. L'emploi, c'était ce qui primait. Ce néophyte du Tea Party n'avait pas la moindre idée des ficelles qu'il fallait tirer pour obtenir ce genre de choses. Ce salaud vendrait sans doute son âme pour soutenir le premier qui promettrait de casser l'arrêt de la Cour suprême sur le droit à l'avortement. Combien de réfections de route cela rapporterait-il aux administrés ? Aucune. Cette pensée le perturbait bien plus que celle de perdre sa mainmise sur les groupes de pression.

Pour finir, il chassa Porter de son bureau, ferma la porte derrière lui et demanda qu'on ne le dérange pas. Il avait besoin de réfléchir.

Cinq millions de dollars. Il ne les trouverait pas ailleurs. Tous ses autres gros donateurs avaient des liens en Alabama. Ils flaireraient les ennuis, sentirait Donny aux abois et ne lui accorderaient pas un centime. Le *Birmingham News* n'avait pas encore publié de sondage, seulement quelques articles flatteurs sur son opposant et la popularité qu'il semblait acquérir.

Il ne restait d'autre choix à Donny que d'accentuer la pression sur son meilleur donateur. Lui seul pouvait accomplir un miracle. Le menacer de révéler l'histoire de l'amendement était un bon début. Pourquoi ne pas aussi… ?

Le téléphone sonna.

C'était son donateur.

La dernière chance du sénateur de changer tout ce rouge sur les graphiques de Jack Porter en un beau vert lumineux.

— Bonjour, jeune homme, dit-il.

Il écouta.

— Non, non, vous ne me dérangez nullement. Et c'est toujours un plaisir de vous entendre. Toujours.

Comme s'il n'avait pas menacé son interlocuteur la veille. Néanmoins, Donny retint son souffle. Le type parlait, parlait sans en venir au fait. Pourquoi ne pas en finir et lui dire simplement qu'il allait lui remettre l'argent ? Ou pas ? Donny se résignerait… Une petite minute. Avait-il bien entendu ? Mais oui. Parfaitement.

— C'est vraiment très généreux de votre part, fit Whitmer. Le Fonds pour l'avenir de l'Alabama. Ça me paraît tout indiqué.

Donny se leva de son bureau et gagna la fenêtre pour admirer le Capitole. Peut-être pourrait-il continuer à profiter de la vue, finalement.

— Oui, bien sûr qu'on peut nommer quelqu'un d'autre à la tête du comité d'action politique. Qui vous voulez. Ça n'a pas d'importance pour nous, tant que...

Donny écouta un instant.

— Oui, oui. Le CAP doit publier la liste de ses donateurs, mais...

Donny chercha des yeux son putter. Il avait besoin de s'occuper les mains.

— En fait, vous pouvez toujours vous arranger de votre côté pour masquer l'origine de cet argent, si vous le souhaitez. Ce n'est pas difficile. Sinon, on peut le faire de notre côté. Je peux en charger mes avocats, si vous voulez. C'est le moins que je puisse...

Peu importait le putter. Ses mains tremblaient trop. Cinq millions de dollars. L'Alabama allait recevoir une bonne dose de Donny Whitmer.

— Oh non ! Ne vous inquiétez pas. Il n'y a pas le moindre risque qu'on remonte jusqu'à vous. On peut même répartir la somme de façon à laisser penser qu'elle provient de cinq endroits différents. Vous pouvez faire confiance au bon vieux Donny. Il vous suffit de nous transférer l'argent et on s'occupe de tout.

Donny était si excité – et si soucieux de ne rien oublier – qu'il s'empara de son bloc-notes et, sur une page vierge, inscrivit FONDS POUR L'AVENIR DE L'ALABAMA, CINQ MILLIONS DE DOLLARS et RÉPARTIS SUR CINQ SOCIÉTÉS. Puis il ajouta MERCI ainsi que le nom du donateur, qu'il souligna trois fois afin de ne pas oublier de lui adresser une jolie carte de remerciement. Il connaissait les bonnes manières.

— Écoutez, sachez que j'apprécie vraiment ce que vous faites. Et vous pourrez toujours compter sur moi. Si vous avez besoin de quoi que ce soit, n'hésitez pas à appeler le bon vieux Donny, d'accord ?

Bon, ce n'était peut-être pas de l'extorsion, en fin de compte. Juste un service rendu parmi tant d'autres dans une ville où cette pratique était monnaie courante.

L'appel terminé, Donny en tremblait encore. Tout se mettait en place. Avec ces cinq millions, l'équipe allait pouvoir lancer une campagne dès la semaine suivante. On verrait alors la couleur que prendraient ces satanés pronostics de Jack Porter.

SEIZE

Ames, Iowa

À Florence, Derrick Storm aurait eu le choix entre au moins trois adresses sublimes : deux restaurants avec vue sur le Ponte Vecchio et une perle nichée dans les collines près de la basilique San Miniato al Monte.

Dans sa guinguette préférée à Jakarta, il aurait subjugué son invitée par un *nasi goreng* aux crevettes commandé sans même consulter le menu. À San Francisco, il avait sa table réservée dans un endroit où on lui servait une bouteille d'Insignia, du domaine Joseph Phelp, sans même qu'il ait à demander quoi que ce soit.

À Ames, dans l'Iowa, il lui fallut tourner un bon moment en voiture avant de dégoter un simple Buffalo Wild Wings.

Ce grill franchisé, coincé entre un supermarché Target et un Pizza Hut, était sans doute le dernier endroit où l'on s'attendait à voir dîner deux agents internationaux en pleine enquête sur un complot visant à paralyser l'économie mondiale, mais, après plusieurs plateaux-repas servis dans l'avion, ils auraient dévoré n'importe quoi.

En plus, la bière était fraîche. Et puis, rien ne valait une bonne assiette d'ailes de poulet bien épicées pour se libérer l'esprit, sans compter les sinus. L'après-midi passé chez le Dr Rodney Click s'était révélé fructueux. Storm et Xi Bang avaient approfondi leur connaissance des marchés de change.

On leur avait présenté le fonctionnement du MonEx 4000, même si cela ne leur servirait pas à grand-chose. Ils avaient testé divers scénarios sur le modèle de dépréciation brusque de la monnaie.

Puis Storm avait mis Click au travail : maintenant qu'il savait que sa théorie était mise en pratique, le modèle pouvait-il prédire quelles seraient les prochaines victimes ? Quels banquiers étaient les plus susceptibles de déclencher l'apocalypse ?

Click avait indiqué qu'il allait y passer la nuit et qu'avec un peu de chance, il leur ferait signe le lendemain. Ou d'ici deux jours. Puis il avait chassé Storm et Xi Bang. Le Buffalo Wild Wings était leur première escale.

— J'avoue que je me sens toujours un peu coupable de manger dans un Buffalo Wild Wings, déclara Storm, une fois rassasié.

— Pourquoi ? demanda Xi Bang en s'essuyant le menton.

— Quand je pense à tous ces pauvres bisons sans ailes errant au sol à tout jamais dans les grandes plaines.

— Oh ! arrête !

— Mais c'est sérieux : as-tu seulement déjà vu un bison sans ailes ? demanda Storm.

Elle leva les yeux vers l'enseigne au bison ailé du grill, vida d'un trait le reste de sa bière et fit signe à la serveuse de lui en apporter une autre.

— Rattrape donc ton retard. Infirmière, s'il vous plaît, dit-elle en indiquant de la tête le verre à moitié vide de Storm.

— Comment être sûr que tu n'as pas versé quelque chose dans ma bière pendant que j'avais le dos tourné ? Elle est peut-être pleine de Rohypnol, et qui sait si tu ne vas pas me conduire maintenant dans une chambre d'hôtel pour profiter de moi.

— Qui sait, en effet ?

En guise de réponse, Storm vida son verre à son tour. Xi Bang se contenta de rire. Ayant laissé ses robes en soie et ses jupes pousse-au-crime en Europe, elle arborait une tenue beaucoup moins voyante. Elle n'en restait pas moins éblouissante dans son pantalon noir, son pull moulant à col roulé anthracite et ses talons de dix centimètres à peine. Rien n'aurait pu dissimuler sa beauté, sauf peut-être un drap, mais au moins elle attirait un peu moins l'attention.

Storm, lui aussi en tenue plus décontractée, portait une veste en cachemire sur une chemise à col ouvert et un jean à la mode. L'hôtesse et la serveuse lui avaient adressé moult sourires dragueurs (sans doute à cause de son charme voyou), mais il n'y avait pas répondu. Il avait connu et connaîtrait sans doute encore nombre de serveuses et d'hôtesses, mais les femmes comme Ling Xi Bang – intelligentes, raffinées, mystérieuses – l'intéressaient bien davantage.

— D'accord, alors, sérieusement, quand m'as-tu percée à jour ?

— Eh bien, ma curiosité a été piquée dès le départ, car, malgré la quantité d'événements médiatiques auxquels j'ai pu assister, jamais je n'avais croisé une attachée de presse aussi craquante, avoua Storm.

Gênée, elle baissa les yeux.

— Mais c'est surtout quand je t'ai demandé si tu préférais Roma ou Geno.

— Les pizzerias. Une invention de ta part, dit-elle. J'aurais dû m'en douter. Ils m'ont balancé mes antécédents à la dernière minute, et je n'ai pas eu le temps de creuser comme à l'habitude. En règle générale, je ne travaille pas sous couverture. Je suis avant tout une analyste. C'est parce que je suis experte en finance qu'ils m'ont envoyée sur le terrain, cette fois.

— Donc, toute l'histoire de la pauvre petite Ling de Qinghai, c'étaient des salades, c'est ça ?

— Littéralement, confirma-t-elle.

— Tu les as bien vendues. J'étais prêt à y croire.

— Merci.

— Alors, où as-tu si bien appris l'anglais ? Tu as dû séjourner aux États-Unis, vu les tournures typiquement américaines que tu utilises.

— Mes parents m'ont envoyée en pension en Virginie, expliqua-t-elle. Pas du côté de Washington, où toi tu as grandi, mais tout au sud de l'État. J'y ai surtout appris à faire le mur pour retrouver les garçons derrière le gymnase. Ça et cacher des cigarettes, voilà mon initiation en matière d'espionnage.

— La pension ? Tu dois avoir des parents aisés dans ce cas.

Elle acquiesça de la tête.

— Mon grand-père paternel était assez haut placé dans le parti. Il a usé de son influence pour marier ma mère à un riche homme d'affaires de Shanghai. C'est là que j'ai grandi, en réalité. Toutefois, je n'ai pas menti au sujet de l'Université de Pékin. J'ai réellement terminé mes études parmi les meilleurs de ma promotion. Mon père voulait me faire entrer dans son entreprise, mais je savais que ce n'était que pour quelques années, en attendant qu'il me marie au vice-président qui prendrait sa suite quand il partirait à la retraite. Il n'en était pas question.

— Et comment as-tu atterri au ministère de la Sécurité de l'État ?

— Qui te dit que je travaille au ministère de la Sécurité ? fit-elle, un petit sourire aux lèvres.

— Nous zaffon les moyens dé fous faire barler, agent Xi Bang, fit Storm en se moquant de l'accent allemand.

— Mon grand-père connaît encore du monde au parti, continua-t-elle. Il m'a obtenu un stage au ministère. Cela me semblait beaucoup plus intéressant que de devenir une épouse.

— Mais tu envisages de te marier un jour ? demanda-t-il.

— Pourquoi, agent Storm ? Me demanderiez-vous donc en mariage ?

— Il me semble que c'est déjà fait. On dansera une valse de Vienne à notre mariage, tu te souviens ?

On leur apporta de nouvelles bières. Une Drifter Pale Ale de chez Widmer Brothers pour elle. Une Arrogant Bastard Ale, de Californie, pour lui.

— Bon, à ton tour, reprit-il. Quand m'as-tu démasqué ?

— Santé, encore une fois, dit-elle en trinquant.

— Santé, répondit Storm. Mais inutile d'essayer de gagner du temps. J'ai joué cartes sur table. À toi d'abattre ton jeu. Quand as-tu compris qui j'étais ?

— J'ai eu des soupçons dès l'instant où j'ai posé les yeux sur toi, déclara Xi Bang. À la manière dont les autres correspondants te regardaient, il était évident que tu ne faisais pas partie de la troupe habituelle. Et puis cette veste ! Épouvantable. Les journalistes ont tout de même meilleur goût de nos jours.

— Sache que les correspondants du *Soy Trader Weekly* sont connus pour leur sens pratique, contesta Storm.

— Ah oui ! Le *Soy Trader Weekly*. Joli site Internet, au fait, mais c'est justement ce qui t'a trahi.

— Comment ça ? Ce site est parfait ?

— Oui, trop, rétorqua Xi Bang. Nos techniciens ne sont même pas parvenus à le pirater. Tout indiquait qu'il avait été encodé par la CIA. Tu ne vas quand même pas me faire croire que le *Soy Trader Weekly* aurait accès à ce genre de technologie ?

— Erreur de débutant, reconnut Storm en prenant note de faire part de ce défaut à Jedediah Jones.

Ils se concentrèrent de nouveau sur leur assiette et s'appliquèrent à descendre la pile d'ailes de poulet, faisant montre d'une efficacité redoutable en dépit d'une méthode quelque peu salissante. À son habitude, Storm dévora comme si on allait lui enlever le pain de la bouche, ce que Xi Bang semblait d'ailleurs prête à faire. Quand la serveuse revint leur demander s'ils voulaient autre chose, il leur suffit d'un regard pour en recommander une fournée.

— Tu sais que ta réputation te précède dans les services de renseignements chinois, l'informa Xi Bang pendant qu'ils attendaient la seconde assiette. D'après les rumeurs, je croyais que « Derrick Storm » était l'amalgame de plusieurs agents.

— Eh non. Il n'y a que moi. Qu'est-ce qui te faisait croire ça ?

— Je ne sais pas. Je me disais juste que tout ce qu'on racontait ne pouvait être vrai. Ou que, si ça l'était, il s'agissait forcément de différents agents alimentant une seule et même légende.

— Tout dépend de ce qu'on raconte.

— Tu étais au Maroc il y a quelques années ? demanda-t-elle.

Storm se contenta d'un haussement d'épaules.

— Et la « Bête noire » ? Tu l'as vraiment éliminée ?

En dépit du silence de Storm, Xi Bang comprit, car un fin sourire retroussa la commissure de ses lèvres.

— Tu aurais aussi tué un jour un agent ennemi d'une cuillère à pomme parisienne.

— Les gens exagèrent, finit par lâcher Storm en secouant la tête. C'était une cuillère à glace.

Elle se demanda s'il plaisantait. Pas du tout. Elle s'abstint donc d'entrer dans les détails.

— Alors, fit-il d'un ton indiquant qu'il souhaitait changer de sujet. On dirait que nos intérêts se rejoignent dans cette affaire.

— Étonnant, non, pour deux pays d'ordinaire ennemis ? Mais, en effet, mon pays tient autant que le tien à arrêter Volkov, confirma-t-elle.

— Quels sont tes ordres, si je peux me permettre ?

— Sans doute les mêmes que les tiens : si je vois Volkov, je l'abats, dit-elle. Mon pays a beau continuer à vanter le communisme, le fait est que les puissants exercent une très forte influence sur le parti. Ils ont clairement fait savoir que leur priorité est d'avoir un dollar fort. C'est pourquoi mes patrons m'ont bien fait comprendre que Volkov est ma priorité. Je suis surtout censé enquêter, mais si l'occasion se présente de le tuer...

— Je vois. On devrait travailler ensemble, alors, suggéra Storm.

— Travailler ensemble ?

— On pourra toujours redevenir ennemis après, promit Storm. Je te laisserai même me ligoter.

— Ça fait envie, mais... tu crois qu'on peut ?

— Bien sûr. Il suffit de te procurer des liens et...

— Mais non, enfin, je parle de travailler ensemble ! Officieusement, car je ne suis pas sûre qu'officiellement...

— Peu importe que ce soit officiel ou non, objecta Storm en chassant cette idée du revers de la main.

C'est sûr que, si Jones et sa hiérarchie apprenaient que Storm faisait corps – au propre comme au figuré – avec un agent chinois, ils piqueraient une crise, mais ce n'était pas la première fois que Storm nouait une alliance réprouvée par la CIA.

De plus, n'était-ce pas ce pour quoi Jones l'avait engagé ? Pour faire ce dont Jones et les gars de la maison ne pouvaient se charger eux-mêmes ? Leur laisser la possibilité d'opposer un démenti si les choses tournaient mal ?

— Le seul souci de ton gouvernement, c'est que le boulot soit fait, continua Storm. Idem pour moi. Il faut qu'on découvre qui a engagé Volkov et qu'on arrête celui qui est derrière tout ça. On a davantage de chances d'y parvenir en unissant nos efforts et en partageant nos informations. Et puis, ajouta-t-il. Je n'ai plus envie de te courir après au sommet des gratte-ciel.

— Quoi ? Une fille n'a pas le droit de se faire désirer ?

— J'espère que non, agent Xi Bang, dit-il avec un large sourire. J'espère bien que non.

***

Il y avait cinq vols par jour au départ de l'aéroport d'Ames, mais aucun avion ne décollait après le coucher du soleil. Certes, il suffisait d'un coup de fil à Jedediah Jones pour y remédier, mais il y avait aussi d'autres moyens de quitter l'Iowa.

Cependant, Derrick Storm et Ling Xi Bang préférèrent se considérer seuls et abandonnés, coincés sur place jusqu'au matin. De toute façon, ils n'avaient nulle part où aller – du moins pas avant que le modèle de Click ne leur apporte quelques réponses ou qu'un cinquième banquier ne trouve, hélas, la mort.

Aussi se retrouvèrent-ils au Days Inn, un peu plus loin dans la rue. Installés dans la chambre 214, ils imposèrent aux malheureux occupants des chambres 212 et 216 une séance digne d'un documentaire animalier diffusé à plein volume.

Puis, après un court répit, ils recommencèrent.

Plus tard, allongés nus sur le lit, les draps roulés en boule à leurs pieds, Storm, appuyé sur un coude, promenait ses doigts sur le buste, le ventre et les cuisses de Xi Bang. À plat sur le dos, elle savourait ses caresses en fixant un point dans le noir. Tout à coup, elle rompit le silence.

— Et cette histoire de gâteau, c'était vrai ?

— Oui, absolument, dit Storm. De bout en bout.

— Tu te souviens de ta mère ?

— Pas vraiment.

— Tu as donc grandi seul avec ton père ?

— Ouais, mais je n'ai jamais manqué de rien, répondit-il. Ce que tu n'as pas connu ne peut te manquer, en fait. Mon père est génial. Ça m'a suffi.

— C'est incroyable qu'il ne se soit jamais remarié.

— Tu sais, il n'a même jamais fréquenté personne, expliqua Storm. Chercher à la remplacer d'une manière ou d'une autre aurait constitué une véritable trahison à ses yeux. En gros, je crois qu'elle était l'amour de sa vie, le seul et unique, et que, d'une certaine manière, il aurait eu l'impression de ne pas être à la hauteur s'il s'était conduit autrement.

— Je ne saurais dire si c'est romantique ou juste triste.

— Un peu les deux, je suppose, dit Storm.

— Et toi, tu crois à l'amour unique ?

— Je ne crois pas qu'on ait droit qu'à un coup pour rencontrer l'amour.

— Ah ! c'est comme ça que ça marche, selon toi ? On fait comme avec une arme automatique ? On charge et on mitraille ?

— Je n'ai jamais dit ça, objecta Storm. Mais l'amour, pour moi, c'est comme une balle. Tu sais tout de suite si tu as été touché. Et même si c'est juste un coup oblique, rien n'est plus jamais pareil ensuite. Soit la balle te reste logée dans le corps, soit elle arrache une partie de toi au passage.

En disant cela, il pensait à Clara Strike. Combien de fois lui avait-elle arraché de la chair au fil des ans ? Et combien de fois était-il néanmoins revenu affronter le peloton d'exécution ?

— Je vois que Derrick Storm ne manque pas de cicatrices, constata Xi Bang en suivant du doigt les traces de chairs meurtries sur son ventre.

Si elle savait à quel point certaines étaient profondes...

— Et toi ? demanda-t-il. Tu as déjà été amoureuse ?

— J'ai eu des petits amis, dit-elle.

— Ce n'est pas ce que je demandais. Je parle d'amour. Du grand amour. De quelqu'un qui ne te quitte jamais, même si ta vie te porte dans la direction opposée.

— Peut-être, dit-elle.

— Ça veut dire quoi ?

En guise de réponse, elle ferma les yeux et fredonna une valse de Vienne.

— On devrait danser encore une fois, dit-elle.

— Tu peux...

Storm fut interrompu par la sonnerie de son téléphone satellite.

— Il faut que tu répondes, dit-elle.

— Non. Je vais laisser sonner.

— Si tu ne réponds pas, je m'en charge. Mais, à mon avis, tu devras répondre à un tas de questions.

— Tu es dure, Ling Xi Bang.

— Tu n'imagines même pas !

Storm roula sur le flanc, tâtonna à la recherche de son pantalon par terre et sortit le téléphone de sa poche. NUMÉRO PRIVÉ, indiquait l'écran. C'était Langley, en Virginie.

— J'espère que vous avez quelque chose d'intéressant, dit Storm en décrochant.

— C'est le cas, l'informa Jedediah Jones de sa voix râpeuse.

— Alors, je vous écoute, dit Storm en se retournant pour que Xi Bang puisse entendre.

— Vous n'êtes pas seul ? s'enquit Jones.

Storm était parfois convaincu qu'une caméra était cachée dans son téléphone, mais il ne l'avait encore jamais trouvée.

— Non. Il n'y a que moi.

— À propos de savoir si quelqu'un pouvait s'amuser à vendre des obligations d'État à la Réserve fédérale ?

— Ouais ?

— Eh bien, vous étiez sur la bonne piste, mais pas au bon endroit.

— Oh ?

— Donald Whitmer, sénateur de l'Alabama, ça vous dit quelque chose ?

— Donny Whitmer ? Oui, bien sûr. Et alors ?

— Il y a trois semaines, il a glissé dans un projet de loi

de crédits un amendement limitant les possibilités pour la Réserve fédérale de vendre ses obligations.

— Autrement dit, il a éliminé le dernier rempart contre la déstabilisation de la monnaie annoncée par la théorie de Click.

— Exactement. On ignore pourquoi ou pour qui il a fait cela, mais c'est trop énorme pour qu'il s'agisse d'une simple coïncidence. Habituellement, Whitmer use de son influence pour arroser ses administrés, pas pour modifier d'obscures procédures.

— Quelle est votre hypothèse ? demanda Storm.

— Eh bien, petit fait intéressant, le sénateur Whitmer se trouverait en pleine bataille électorale dans une primaire qui ne semble pas le favoriser. Or, alors que les donateurs quittaient le navire comme s'ils avaient conscience du naufrage, voilà que quelqu'un vient de constituer un comité d'action politique pour venir à sa rescousse. Et ce « Fonds pour l'avenir de l'Alabama » dispose déjà de cinq millions de dollars.

— Vous pensez qu'il s'agit de corruption ? demanda Storm. Whitmer aurait ajouté l'amendement en échange de cinq millions de dollars ?

— Ou lancé une collecte quand il s'est senti en difficulté.

— Quoi qu'il en soit, cela mérite qu'on y regarde de plus près. De très près, car celui qui a versé un tel écot a sans doute aussi engagé Volkov, affirma Storm.

— Peut-être s'agit-il d'un groupe, mais tu as raison. Le seul problème, c'est qu'on ignore qui c'est.

— Un comité d'action politique ne doit-il pas fournir la liste de ses donateurs ?

— Au final, oui, mais il peut opter pour une publication trimestrielle. Et le trimestre n'est pas encore terminé.

— Les as de l'informatique ne peuvent-ils donc pas trouver une solution ?

— Si, mais cela ne nous avancera pas beaucoup. Pour

dissimuler l'origine des fonds, il suffit de créer une société à responsabilité limitée. Je te parie une caisse de scotch que le fameux donateur de ce CAP se révélera être une quelconque entreprise domiciliée dans le Delaware.

— Sans moi, dit Storm, sachant que Jones avait raison. Vous proposez quoi ?

— Je vais rencontrer le sénateur Whitmer et trouver un moyen subtil de me renseigner sur l'identité de son papa-gâteau, répondit Jones. Mais comme on doit faire les choses comme il faut, passer par la filière officielle, consulter des avocats, cela risque de prendre un peu de temps.

— On n'en a pas, objecta Storm.

— C'est le seul moyen, Storm.

— On a déjà quatre banquiers morts. Qui sait quand le cinquième et le sixième vont tomber ? Ces gens ont une famille. On ne peut pas les sacrifier juste parce que vous devez rester poli. Si vous n'avez pas le cran de le faire, je m'en charge. C'est moi qui irai lui poser la question à Washington.

— Storm, en aucun cas tu n'approches le sénateur, compris ? C'est un ordre.

— Pourquoi jouer la montre ? s'agaça Storm.

Mais déjà il répondait à sa propre question. Donny Whitmer présidait la Commission sénatoriale des attributions budgétaires ; c'était un homme puissant qui tenait les cordons de la bourse du gouvernement. Jones ne voulait pas prendre le risque de se faire taper sur les doigts. Il n'en avait que pour son propre budget ; seul lui importait de préserver son petit territoire.

— Ne touchez pas au sénateur ! s'écria Jones. Je m'en occupe.

— Très bien, dit Storm avant de raccrocher.

— Que se passe-t-il ? s'enquit Xi Bang.

Il l'informa de ce qu'elle avait manqué de la conversation.

— Que fait-on alors ? demanda-t-elle.

— Jones ne veut pas que j'interroge le sénateur, dit Storm, mais il n'a rien dit pour toi. Or il s'avère que Whitmer est réputé pour son... penchant pour les dames. Tu crois que tu pourrais aller à Washington et, euh, parler au sénateur ? Et peut-être découvrir qui est ce donateur ?

Xi Bang leva les yeux au ciel.

— Finalement, malgré les divergences entre Washington et Pékin, entre capitalistes et communistes, entre bipartisme et parti unique, entre Américains et Hans, tous les mêmes : une bande de vieux pervers.

— Il existe des vieux pervers dans toutes les cultures, confirma Storm. Alors, je compte sur toi ?

Un sourire entendu éclaira le visage de Ling Xi Bang. Puis, aussitôt entrée dans la peau de son personnage, elle imita à la perfection l'accent du Sud profond.

— Oh ! ce que j'adorerais une petite entrevue avec monsieur le sénateur ! fit-elle.

— C'est bien l'idée.

— Une petite question quand même, comment je fais pour arriver jusque dans son bureau ? On n'entre pas comme dans un moulin dans ce genre d'immeuble, fit-elle remarquer.

— Si, quand on connaît les gens qu'il faut, assura Storm. Débrouille-toi juste pour te rendre à Washington, je m'occupe du reste.

DIX-SEPT

Johannesburg, Afrique du Sud

Tout partait à vau-l'eau, en vrille, en quenouille. C'était la débâcle.

Volkov avait lancé l'opération avec un homme en moins. Certes, Youri n'était pas d'une grande aide quand il fallait se mouiller, mais c'était une bonne gâchette. Il avait son utilité.

Quoi qu'il en soit, Volkov avait décidé de ne pas engager d'autochtones en renfort. Il n'avait pas confiance en eux et, de toute façon, cinq hommes – surtout tels que les siens – suffiraient pour ce boulot.

Bien sûr, ils seraient confrontés à la présence de vigiles. Volkov en avait bien conscience, car, en Afrique du Sud, le moindre Blanc possédant quelques rands disposait d'une armée, et un riche banquier comme Jeff Diamant avait les moyens de s'offrir les meilleurs.

Aussi Volkov et ses hommes avaient-ils consacré une journée entière à étudier leurs habitudes, à identifier les points faibles de l'enceinte qui protégeait les quatre hectares de la propriété, à surveiller la routine des patrouilles de sécurité, à repérer l'emplacement des caméras, à localiser les dangers, à élaborer un plan.

Chacun connaissait son rôle. Ils s'approcheraient de la villa en se faufilant à travers les arbres, chacun arrivant d'une direction différente, et ils désactiveraient discrètement le dispositif de sécurité au passage.

Ensuite, ils prendraient par surprise et tueraient l'un après l'autre les sept gardes répartis aux abords de la résidence. Ils entreraient en silence et trouveraient Diamant et sa femme endormis dans leur lit. Là, ils feraient ce qu'ils avaient à faire, ce qu'ils faisaient chaque fois.

Le plan était parfait. Jamais Volkov ne s'en serait pris à une cible sans ce minimum de précautions.

Mais voilà que Nicolaï, chargé de couvrir le sud, avait oublié d'éliminer les pitbulls postés là. C'était la première chose qu'il était censé faire après avoir mis hors service la clôture électrique et escaladé le mur d'enceinte : trouver les chiens endormis à l'aide de ses jumelles à vision thermique, fixer le silencieux sur son arme et les abattre de deux balles dans la tête.

Au lieu de cela, Nicolaï avait simplement poursuivi sa route en oubliant complètement, de manière inexplicable, les molosses, qui s'étaient évidemment réveillés et avaient attaqué en hurlant.

Nicolaï avait réussi à tuer le premier alors qu'il était pratiquement sur lui, mais le second était parvenu à lui planter ses crocs dans la cuisse. Après un coup de crosse sur la gueule, Nicolaï avait fini par le descendre, mais le problème était déjà ailleurs.

Comme il n'avait pas eu le temps de mettre son silencieux en place, si les aboiements n'avaient pas alerté tout le monde, les coups de feu s'en étaient chargés. Le Russe essayait encore de se dégager la cuisse de la gueule du cerbère quand un des gardes lui colla une doublette entre les yeux.

Ensuite, cela avait viré au désastre. Une alarme s'était déclenchée. Les projecteurs installés tout autour de la résidence avaient brusquement illuminé la pelouse. Des lampes s'étaient aussi allumées à l'intérieur du pavillon des gardes et de la villa. Des gorilles avaient surgi de partout.

Avec une coordination étonnante, comme s'ils étaient entraînés à ce genre de choses et qu'il s'agît d'un simple exercice. Ils s'étaient déployés à travers la propriété et avaient aussitôt découvert deux des hommes de Volkov, qui approchaient respectivement par le sud-ouest et le sud-est. Une fusillade s'en était suivie.

Certes, les hommes de Volkov s'étaient plutôt bien débrouillés puisqu'ils avaient réussi à tuer un garde et à en blesser un autre, mais ils n'avaient pas fait long feu.

Tout à coup, ils s'étaient retrouvés à deux contre cinq. Ne restaient plus que Volkov, arrivant par le nord-ouest, et Viktor, à l'est.

Puis Viktor, repéré à son tour, s'était défendu en en éliminant deux de plus, mais il avait fini par se laisser déborder et par prendre une balle dans la tempe. Volkov n'en savait encore rien – du moins n'avait-il pas une connaissance précise de la situation.

Il avait uniquement entendu de nombreux coups de feu et avait conscience que ses hommes ne répondaient plus à ses appels radio. C'était suffisant pour savoir que son beau plan minutieux avait volé en éclats.

Un autre aurait peut-être envisagé d'abandonner la mission, mais pas Volkov. Il se replia parmi les branches épaisses d'un baobab, d'où il dominait l'ensemble de la propriété, le temps d'évaluer la situation. Rien n'était encore vraiment perdu. Ce n'était qu'un contretemps.

En inspectant les lieux avec ses jumelles, il localisa les corps de ses quatre hommes, ce qui lui confirma qu'il était désormais seul. Le zoom lui permit également de situer les trois gardes morts et de voir les trois valides rejoindre le blessé pour le ramener à l'intérieur de la grande maison.

Volkov savait que, malgré leur entraînement, ils devaient être terrifiés et indécis. Avec un peu de patience, ils finiraient peut-être par croire l'attaque terminée ; alors, il pourrait avancer et les liquider dans la maison. À quatre contre un – ou plutôt trois et demi contre un –, ce n'était pas la mer à boire pour un homme de sa trempe.

Tout changea cependant avec l'arrivée des forces de police sud-africaines. Pas moins de cinq véhicules de patrouille et trois voitures banalisées franchirent le portail et vinrent se garer dans la large allée circulaire devant le perron. Volkov vit quatorze flics en descendre.

Quatorze flics plus trois gardes valides. À quatre contre un, Volkov pouvait s'en sortir, mais dix-sept contre un, c'était un peu trop, même pour lui.

Et ce n'était pas fini. Arrivèrent à leur suite les techniciens de la police scientifique. Et puis d'autres flics, dont il ne comprenait pas encore la fonction. Certains portaient l'uniforme, mais pas tous. Cela faisait une véritable armée contre un seul homme.

Il ne pouvait compter que sur l'effet de surprise. N'ayant pas conscience de sa présence, ils supposeraient sans doute que tous les intrus avaient été tués ou que ceux qui restaient avaient pris la fuite quand la fusillade avait mal tourné pour eux.

Bien entendu, les flics ne tardèrent pas à prendre possession des lieux comme s'ils n'avaient rien à craindre. La plupart s'activèrent autour des corps des équipiers de Volkov, qu'ils balayèrent de leurs lampes avant de s'affairer aux photos et au ramassage des douilles.

Pendant ce temps, quatre agents en uniforme munis de torches entreprirent de passer la propriété au peigne fin, sans doute à la recherche d'autres indices.

Pour mieux couvrir les quatre hectares de terrain, ils se dispersèrent et commirent l'irréparable impair de ne pas travailler en binômes. Volkov remarqua aussitôt leur vulnérabilité, mais il calculait encore comment optimiser ce paramètre quand arriva le fourgon du médecin-légiste. Tout en observant l'enlèvement du corps de Nicolaï, il échafauda un nouveau plan.

Le Russe attendit que l'un des agents, un jeune gardien de la paix, se trouve directement sous son arbre. Il lui tomba alors dessus de tout son poids.

Compte tenu de la hauteur, l'homme fut aussitôt écrasé au sol. En s'affalant, il laissa échapper un grognement étouffé. Sans lui laisser la moindre chance d'émettre un autre bruit, Volkov lui plaqua une main sur la bouche, puis lui passa un bras autour du cou.

Le jeune policier – à peine sorti de l'enfance – se débattit brièvement avant d'étouffer. Face à Volkov, la lutte était inégale. Une fois certain de sa mort, Volkov relâcha son étreinte et entreprit de lui retirer son uniforme, à commencer par la casquette, pour l'enfiler à son tour.

Certes, ce n'était pas la bonne taille, mais Volkov n'était pas là pour un défilé de mode. Le plus important était la couleur. Il releva les manches de la chemise et, d'un geste rapide et barbare, raccourcit le pantalon à coups de couteau.

Puis, il endossa la ceinture et l'arme du gardien de la paix. Dans la poche de devant, il sentit peser des clés de voiture et, dans la poche arrière, un portefeuille.

Conscient de ne pas avoir le temps de se débarrasser correctement du corps, Volkov improvisa. Il l'appuya contre le tronc de l'arbre du côté opposé à la maison, où il resterait dans l'obscurité jusqu'au matin. Cela suffirait. Puis il se mit en route à travers les arbres.

Restait la partie délicate : parcourir les soixante derniers mètres à découvert jusqu'à la maison. Après avoir baissé la visière de la casquette sur ses yeux, il passa près des équipes de la police scientifique, qui ne lui accordèrent pas un regard. Volkov franchit la porte d'entrée sans rencontrer la moindre résistance.

À l'intérieur, il fut soulagé de constater qu'il n'y avait pas le moindre policier. Selon les enquêteurs, les agresseurs ne devaient pas avoir réussi à pénétrer dans la maison. Volkov traversa différentes pièces d'un pas assuré, jusqu'à ce qu'il croise un des gardes, assis sur une chaise devant une porte close. De la musique classique lui parvenait de l'intérieur. Il se planta devant le vigile.

— Je peux vous aider ? demanda celui-ci.

— Oui, dit Volkov. Vous auriez l'heure ?

Dès qu'il eut baissé les yeux sur sa montre, Volkov l'attrapa en même temps par le menton et la nuque et lui tourna la tête d'un geste brusque. Cela ne lui demanda guère plus d'effort que de dévisser le bouchon d'un gros tube de dentifrice.

Le cou de l'homme céda facilement. Le seul bruit qu'on entendit fut celui des vertèbres qui craquaient. Volkov le tira de sa chaise jusqu'à un placard, où il l'abandonna sans savoir s'il était vraiment mort, mais peu importait : il était inconscient et, s'il reprenait ses esprits, il ne serait de toute façon pas en mesure de sortir, même en rampant. Et Volkov serait déjà loin.

Le Russe revint vers la pièce que l'homme gardait et en ouvrit la porte. Il s'avança d'un pas rapide, l'air de savoir exactement ce qu'il faisait et pourquoi il était là.

Diamant, assis à son bureau, écoutait du Rachmaninov. Volkov ne put s'empêcher d'approuver ce choix en silence et faillit – mais faillit seulement – éprouver quelque remords à l'idée de tuer un homme de goût, le compositeur faisant honneur à sa culture natale.

À l'approche de Volkov, Diamant leva les yeux.

— Monsieur Diamant, je suis l'agent Gregor Volkov, annonça-t-il sans prendre la peine de changer de nom.

Au moins, cela expliquait l'accent russe.

— Que puis-je pour vous, agent Volkov ?

Diamant avait l'air fatigué, semblait avoir l'esprit embrouillé. C'était à l'avantage de Volkov. De même que sa propre infirmité.

Il vit Diamant fixer brièvement son cache-œil et les cicatrices sur son visage, puis vivement détourner le regard.

Comme beaucoup, Diamant était trop poli pour le dévisager. Cela aussi constituait un avantage.

— Nous avons installé une morgue temporaire à environ un kilomètre sur la route, indiqua-t-il. Le premier agresseur y a été amené, et cela nous aiderait beaucoup si vous pouviez venir jeter un œil.

— Mais l'inspecteur m'a déjà montré des photos. Je lui ai dit que je n'en connaissais aucun.

— Je sais, mentit Volkov sans ambages, mais parfois le fait de voir le corps, ça change tout. Vous reconnaîtrez peut-être un tatouage.

— Ça ne pourrait… pas attendre ? Je ne sais pas si…

— L'inspecteur dit que le temps presse, coupa Volkov. Peut-être connaissez-vous les suspects, peut-être pas. Pour être franc, monsieur, je suis simplement les ordres. Et l'inspecteur m'a demandé de vous emmener à la morgue.

— Très bien, fit Diamant en secouant la tête.

Docilement, le banquier suivit Volkov, qui sortit de la maison. Dans l'allée, Volkov se trouva face à la dernière étape délicate de l'opération : certes, il disposait de clés de voiture, mais il ne savait pas à quel véhicule elles correspondaient.

Il les sortit de sa poche et appuya sur le bouton de déverrouillage pour voir s'il se produisait quelque chose tout en espérant ne pas déclencher l'alarme.

Quelques instants plus tard, les phares de l'une des voitures de patrouille clignotèrent brièvement. Volkov s'accorda un petit sourire suffisant en ouvrant la portière arrière à Diamant.

Une fois à l'intérieur, l'homme ne pourrait plus lui échapper. C'était l'avantage des voitures de police.

— Merci de votre coopération, monsieur, dit Volkov. Oh ! et bravo pour votre manucure.

Il referma la porte. Le code du cinquième MonEx serait bientôt à lui. Alors, il pourrait engager une nouvelle équipe – ce ne serait pas bien difficile avec ses relations –

et se mettre en chasse du dernier nom sur la liste. C'était le plus important. Il se trouvait à New York.

***

Environ deux heures plus tard, l'inspecteur de la police sud-africaine apprit avec consternation que cela faisait un moment que le jeune gardien de la paix envoyé au nord-ouest de la propriété n'avait pas donné signe de vie.

On tenta de joindre le policier par radio, mais en vain. Puis, quelqu'un remarqua l'absence de sa voiture. On émit alors un avis de recherche, pensant qu'il s'agissait d'un acte d'insubordination, même si cela paraissait bizarre de la part d'un jeune assez intelligent pour savoir qu'on n'abandonnait pas ainsi une scène de crime aussi importante.

Puis, un membre des services de sécurité de Diamant se rendit au bureau du banquier pour prendre la relève du garde posté devant sa porte et découvrit la chaise vide. Il frappa et, comme il n'obtenait aucune réponse, il entra. Diamant n'était plus là.

Ni dans sa chambre. Ni dans la cuisine. Ni ailleurs, apparemment.

Le vigile alla en informer l'inspecteur, qui se creusait déjà la tête au sujet de la désertion de son agent.

Un moment plus tard, sur une petite route à l'écart, on repéra le pare-chocs arrière d'une voiture de police ayant à moitié sombré dans un marais.

Peu après, à l'approche de l'aube, on trouva le corps de l'agent affalé contre un tronc d'arbre dans le jardin de Diamant. Le garde à la nuque brisée fut découvert dans le placard dans l'heure qui suivit.

Enfin, sur le chemin de l'école, un enfant fit une autre macabre découverte : un corps attaché à un plaqueminier par des menottes de police. Tous les ongles manquaient à la main droite. L'identification permit rapidement de conclure qu'il s'agissait de Jeff Diamant, de la Standard Rand Bank.

Il fallut encore une heure environ aux autorités pour démêler toute l'affaire et une autre pour transmettre le tout à Interpol. Ensuite, l'alerte fut donnée, et Interpol s'empressa de diffuser une notice.

Aux États-Unis, Jedediah Jones reçut l'appel vers 5 heures du matin, heure de la côte est, au moment où il rentrait de son jogging quotidien.

Il patienta pour joindre Derrick Storm à une heure un peu plus décente et l'informer de la mort du cinquième banquier. Les avis de recherche étaient déjà lancés, mais c'était superflu, car Gregor Volkov figurait déjà sur toutes les listes internationales de fugitifs et de passagers interdits de vol. Pourtant, une fois de plus, il s'était évaporé dans la nature.

DIX-HUIT

Ames, Iowa

Les cernes sous ses yeux bouffis étaient si creusés que ses petites lunettes rondes ne parvenaient pas à les masquer. La tasse posée à côté de lui était tachée à force d'être sans cesse remplie de café. Sa main qui tenait la souris tremblait légèrement. Ce n'était pas un hasard si Rodney Click avait l'air de ne pas s'être couché de la nuit. C'était le cas.

Derrick Storm n'avait guère dormi non plus, mais pour une tout autre raison, raison qu'il avait fini par mettre dans l'avion.

Après un premier vol pour Des Moines, Ling Xi Bang était en partance pour Washington. C'est vers 9 heures que Storm avait fait son apparition dans le minuscule bureau.

Storm n'avait pas souvenir d'avoir jamais vu un homme de cette carrure au bord des larmes. Click marmonnait tout seul. Parmi tout un tas de formules sans queue ni tête, Storm saisit que le professeur était « incapable de déterminer la calculabilité effective » pour des raisons de « données trop variables » et de « points pas assez stables ».

Comme son dernier cours de maths remontait à celui de Mme Beauregard, en dernière année de lycée, Storm avait la sensation de se trouver devant le cerveau ouvert d'un savant d'où jaillissaient, telles des bulles, des propos totalement incohérents.

Il passa derrière l'économiste désemparé, lui posa la main sur l'épaule et s'adressa à lui d'une voix calme, digne d'un instituteur.

— Docteur. Pourriez-vous m'exposer le problème plus… clairement ?

— C'est juste impossible… Je n'arrive à rien avec l'algorithme, commença Click. Du moins, à rien de fiable. Pour faire simple, le MDBM ne marche que dans un sens. On lui indique quelles opérations ont été faites, où et par qui, et il prévoit l'effet de la transaction sur les valeurs des devises concernées. J'ai passé quatre ans à parfaire cette fonction, mais jamais je n'avais essayé de procéder en sens inverse, de partir d'un résultat pour remonter à la source potentielle. Hier, je pensais pouvoir le faire après quelques petites modifications, mais maintenant...

Il se lança dans la longue description de ses tentatives, un discours en grande partie obscur pour Storm, qui écouta néanmoins. Par expérience, il savait en effet que c'était parfois le plus important pour l'interlocuteur, qu'on comprenne ou non ses propos.

Il émit donc tous les sons appropriés, puis, quand il fut certain que Click avait terminé, il lui tapota de nouveau l'épaule. Ensuite, il fit le tour du bureau pour aller s'asseoir. Une idée avait germé dans son esprit. Il regarda les livres alignés aux murs, le campus en contrebas par l'étroite fenêtre, puis de nouveau le professeur.

— Et si on prenait un autre point de départ ? Vous demandez un sacré effort à votre modèle alors qu'en l'occurrence, un truand a déjà fait une bonne part du travail pour nous. Cinq sixièmes, pour être exact. On connaît déjà cinq des victimes.

— Je croyais qu'il n'y en avait que quatre, fit remarquer Click.

— La cinquième date d'hier soir. Un certain Jeff Diamant, en Afrique du Sud.

— Diamant, répéta gravement Click. Je l'ai croisé à un congrès, une fois. Un homme de qualité. Pas du tout comme les autres dans ce domaine. Aucun problème d'ego chez lui. Il dégageait une certaine douceur, même. C'est... terrible.

Les deux hommes partagèrent une minute de silence improvisée.

— Donc, comme je le disais, pourquoi ne pas partir de ce qu'on sait sur nos cinq banquiers ? On entre tout ça dans le modèle et on lui demande de nous sortir un profil similaire ? Partons de ce qu'on connaît au lieu de partir de zéro, suggéra Storm, qui commença à compter sur ses doigts. Dieter Kornblum. Joji Motoshige. Willhelm Sorenson. Nigel Wormsley. Et maintenant Jeff Diamant. Qu'ont-ils en commun ? Que peut-on glaner à leur sujet qui nous permette de découvrir le nom du malheureux numéro six avant qu'il ne soit trop tard ?

Click tira sur sa longue barbe.

— C'est bien joli en théorie, mais il nous manque les données, objecta-t-il. La seule information dont je dispose, ce sont les échanges qu'ils ont effectués. Il me faudrait beaucoup plus que ça. Il faudrait quasiment pirater le FX ; alors, bonne chance ! Dire qu'au niveau encodage, c'est l'équivalent de Fort Knox, ce serait une insulte. Fort Knox, c'est rien comparé au FX. Personne ne peut pénétrer dans ce truc.

— Vous voulez parier ? fit Storm avec un large sourire.

Il sortit son téléphone et appela le cagibi. L'agent Rodriguez lui répondit.

— Javier, c'est Storm. Les as de l'informatique sont-ils occupés, là, tout de suite ?

— Oui, mais je peux les désoccuper en le leur demandant poliment, rétorqua Rodriguez.

— Tu peux même en rajouter une couche parce que

j'ai besoin qu'ils entrent dans le système du marché des changes pour nous fournir quelques renseignements. Tu crois qu'ils peuvent faire ça ?

— Tu conduis bien une horrible Ford Taurus, toi.

— Hé ! pas touche au plus grand constructeur automobile au monde ou je te dénonce à la Commission de la Chambre sur les activités antiaméricaines.

— Il faut que tu arrêtes de lire ces vieux romans d'espionnage, Storm. La guerre froide, c'est terminé, vieux. Attends, je vais te passer directement un des petits génies.

Après un instant de silence, Storm se trouva en communication avec une jeune femme pour qui pirater le système du Forex avait l'air de présenter à peu près autant de difficulté que de commander une pizza. Storm s'attendait à moitié à ce qu'elle lui demande s'il voulait un supplément de fromage.

Après avoir informé Storm qu'elle le reprenait peu après (*Livraison gratuite au-delà d'une demi-heure ?* se demanda-t-il), elle le mit en attente. Storm en profita pour mettre Click au courant.

— Vous êtes sûr que c'est légal ? demanda le professeur.

Storm se contenta d'un haussement d'épaules.

— C'est le problème des juristes. Heureusement, je n'en suis pas un. Pourquoi ne pas simplement me dire ce qu'il faut chercher une fois qu'on sera à l'intérieur ?

Fidèle à lui-même, le professeur se lança dans un véritable cours. Storm se dit qu'il ferait peut-être mieux de se munir d'un calepin, mais fit de son mieux pour digérer les informations tout en gardant l'oreille collée au téléphone. Un quart d'heure plus tard, la ligne reprit vie.

— Bon, j'y suis, dit-elle. Qu'est-ce qu'il vous faut ?

— Commençons par Dieter Kornblum, proposa Storm.

En quatre heures, ils parvinrent lentement à établir le profil de chaque banquier à partir de tous les renseignements dont Click pensait avoir besoin, voire dont il n'envisagea le besoin que lorsqu'ils lui furent subitement disponibles. Rapidement, ils tombèrent dans une routine où Click posait des questions que Storm relayait à l'informaticienne, qui fournissait alors l'information à Storm, qui la dictait à Click, qui l'entrait dans son modèle. Un processus quelque peu laborieux, mais qui leur permit d'avancer. Storm n'en revenait pas des sommes brassées par ces banquiers et il commença à comprendre pourquoi ils leur appliquaient la théorie des jeux : en quantités pareilles, l'argent ne paraissait pas réel.

Enfin, Click annonça disposer de tous les points qui lui semblaient nécessaires. Storm remercia l'informaticienne de sa patience et de son aide ; il lui demanda de rester disponible pour le cas où ils auraient encore besoin de ses services, puis il raccrocha.

— Bon, finie la récréation. Au travail ! s'exclama Click.

Ce travail, qui dura encore plusieurs heures, cantonna Storm dans le rôle de larbin. Il fut chargé d'approvisionner Click en café, d'aller leur chercher des sandwichs, puis Click lui demanda de courir lui acheter des petits gâteaux, ce qui expliquait du moins en partie sa carrure.

Entre deux courses, Storm passa quelques coups de fil à ses contacts à Washington, afin de faciliter la voie à Ling Xi Bang auprès du sénateur Whitmer. Naturellement, ces contacts pensaient que Storm agissait sur ordre (ou avec l'accord implicite) de Jedediah Jones et de la CIA.

Storm ne prit pas la peine de les détromper. Ni de leur préciser que la femme qu'ils aidaient était en fait un agent chinois. Il ne semblait pas opportun de s'embarrasser de pareils détails.

Ce n'est que quand il revint avec le cinquième café, au moins, que Storm eut enfin droit à un sourire rayonnant de la part de Click.

— J'y suis, dit-il. Maintenant, n'oubliez pas, un modèle comme celui-ci ne traite que de probabilités, pas de certitudes. Néanmoins, il y a forcément un sixième banquier ;

alors, j'ai exécuté le modèle plusieurs fois en pratiquant quelques petits ajustements différents chaque fois, histoire d'être sûr, et il me donne toujours la même réponse. Comme vous pouvez le voir, il y a d'autres noms, mais aucun ne dépasse les vingt pour cent de probabilité. Si l'on en croit le modèle, il y a quatre-vingt-sept pour cent de chances que ce soit le sixième banquier.

Click fit pivoter son écran d'ordinateur vers Storm, qui resta un instant bouche bée. C'était la dernière pièce du puzzle, le dernier rempart contre l'apocalypse. Storm sortit son téléphone pour appeler Jones, puis se ravisa. Une fois de plus, il avait le sentiment que moins Jones en saurait, mieux ce serait.

À la place, il envoya un bref message à sa « police d'assurance ». Il préférait toujours laisser à son père quelque chose lui permettant de retrouver sa piste.

Puis Storm sollicita l'une de ses applications et, peu de temps après, il obtint les coordonnées, au bureau comme au domicile, de l'homme en question. Son téléphone lui indiqua ensuite qu'il était 15 h 06. Volkov avait certes frappé la veille, mais en Afrique du Sud. Il lui faudrait au moins un jour de plus avant de pouvoir tout mettre en place pour recommencer.

Storm devait donc être en mesure d'arriver avant lui, mais il n'y avait pas de temps à perdre, s'il voulait protéger l'homme dont le nom apparaissait en haut de l'écran de Click : le PDG et principal actionnaire de la Société new-yorkaise d'opérations en Bourse, G. Whitely Cracker cinquième du nom.

DIX-NEUF

Fairfax, Virginie

Les anciens agents du FBI ne meurent pas. Ils enfilent juste des vêtements plus confortables.

Du moins, c'est ainsi que Carl Storm le voyait.

Dès qu'il eut reçu l'e-mail de son fils, il se mit au travail. Enfin, une affaire nationale à laquelle il pouvait participer. C'était plus difficile quand Derrick travaillait sur un dossier étranger.

L'étranger relevait de la CIA, et Carl avait à peu près autant confiance en la CIA qu'en un hamburger saignant. En outre, il avait peu de contacts dans la maison. Tout ce qui était national, en revanche, relevait du Bureau. Or le Bureau ne le laisserait jamais tomber.

Et le père ne laisserait jamais tomber son fils.

Alors, juste pour assurer les arrières de Derrick, Carl entreprit quelques recherches. Il commença par ses anciens potes, qui promirent de passer quelques coups de fil pour lui. Ces potes en appelèrent d'autres à leur tour.

Le FBI comptait environ quatorze mille agents, mais, avec les bonnes relations, on n'était jamais à plus de quelques coups de fil de la personne qui savait quelque chose sur ce que vous cherchiez.

Il ne fallut pas deux heures pour qu'on le rappelle.

— Carl Storm ! explosa une voix que le père de Derrick n'avait pas entendue depuis des années. Bon sang, que deviens-tu ?

— Je suis fatigué et malade, malade et fatigué. Je t'ennuierais volontiers avec tout ça, mais je ne serais alors plus qu'un de ces vieux barbons qui passent leurs journées à se plaindre, assis dans leur fauteuil.

— Je vois et je compatis. Ça fait combien de temps que tu es parti maintenant ?

— Six ans.

— Alors, cette cage dorée ? Aussi agréable qu'on le dit ?

— Il paraît que tu ne vas pas tarder à le découvrir par toi-même.

— Ouais. À moins qu'Emma ne décide de poursuivre ses études, auquel cas j'en ai encore pour quelques années, répondit son interlocuteur. Comment va ton fils ?

— Bien. Toujours célibataire ; donc, pas de petits-enfants à l'horizon.

— Beau garçon et intelligent, avec ça. Jamais compris que tu aies quelque chose à voir là-dedans.

— Il tient de sa mère, rétorqua Carl. C'était un sacré bout de femme.

— Je sais. Je sais, fit l'homme qui connaissait la chanson et préférait changer de sujet. Tiens, j'ai pensé à toi, l'autre jour. Tu te souviens de Malibu Marv ?

— Bien sûr, dit Carl.

C'était un gars qu'il avait arrêté.

— Apparemment, ils l'ont relâché, s'esclaffa l'agent. Après vingt ans de cabane, l'enfant de salaud aurait trouvé Jésus et tourné la page, décidé de vouer sa vie à Dieu ; bref, il a servi au comité de probation toutes les conneries qu'ils adorent. Il est retourné à la banque où tu l'avais chopé il y a des lustres, et il s'est installé au coin de la rue.

Là, il s'est mis à prêcher cinq jours par semaine. Avec les dons récoltés, il a créé une petite église qui marchait bien. Il recevait quelques centaines de personnes par semaine. Une vraie réussite… jusqu'à ce qu'il se fasse prendre la main dans le tronc.

— Ouais, c'est tout Marv, ça, gloussa Carl. Au moins, il ne sera pas perdu à San Quentin.

— Ça, c'est vrai. Hé ! Tu sais que je t'en dois toujours une depuis Tucson. T'inquiète, j'ai pas oublié.

— Mais non, voyons.

— Si, si, je te t'assure. Tu m'as sauvé la mise, Carl.

Le père de Derrick émit juste un grognement. Encore un truc chez les anciens du FBI : jamais ils n'oubliaient. Et Carl Storm aurait beau laisser entendre que l'ardoise était effacée, son ancien collègue n'aurait de cesse d'insister que, non, la dette était toujours due.

Ce qui allait suivre en était une forme de remboursement.

— Bref, j'ai quelque chose pour ce nom qui te fait fureter partout. Je peux peut-être te mettre en rapport avec quelqu'un qui serait au courant d'une soi-disant « opération Hostie ».

— Opération Hostie. Bon sang, d'où ils sortent, ces noms ? De quoi s'agit-il ?

— Un truc mis au point par les bureaucrates du New Jersey. Je ne connais pas les détails, juste qu'il est question de malversation et du type sur lequel tu te renseignes. Apparemment, c'est du lourd et ça prend de sacrées proportions. Qu'est-ce qu'il mijote, ton gamin ?

— Je n'en ai pas la moindre idée, affirma Carl, pas tout à fait honnêtement. J'essaie juste de m'assurer qu'il n'aggrave pas son cas.

— Bon, je te rappelle d'ici un jour ou deux. Je te mettrai en contact avec le type qui dirige l'enquête. Ça peut attendre ?

— Pas de problème, assura Carl. Merci d'avoir appelé.

Ils raccrochèrent. Carl Storm fixa le mur une seconde en essayant de se convaincre qu'il ne se ferait pas de souci, mais il savait combien c'était vain.

Un père s'inquiète toujours pour ses enfants. Peu importe leur âge.

VINGT

Quelque part au-dessus de l'Illinois

Il y avait plusieurs avantages à être Derrick Storm : on avait des amis qui vous prêtaient volontiers leur jet privé, on n'était pas obligé d'éteindre son téléphone portable ou tout autre appareil électronique à la fermeture des portes de l'avion et on avait un téléphone satellite qui fonctionnait à trente-sept mille pieds.

Quand le pilote eut atteint son altitude de croisière, Storm appela Ling Xi Bang, qui avait déjà atterri à Washington depuis plusieurs heures.

— Bon après-midi, dit-il, enjoué. Comment s'est passé le rendez-vous ?

Storm s'était arrangé pour que Xi Bang rencontre l'un de ses informateurs. En échange du mot de passe, il lui avait remis un badge d'employé du Sénat, un permis de conduire délivré en Virginie et une carte bancaire.

Tous ces documents établis au nom de Jenny Chang étaient munis de sa photo. Il lui avait également confié une pochette renfermant « un cachet et une poudre » en lui exposant brièvement les pouvoirs de ces deux drogues.

— Très bien, dit Xi Bang. Joli mot de passe, au fait. Tu es sûr de ne pas être un fétichiste des légumes ?

Le mot de passe était « soja ».

— Au moins, c'est une saine obsession, rétorqua-t-il.

— Où es-tu ?

— Je ne sais pas, répondit Storm en se penchant vers le hublot. À Bloomington, dans l'Illinois..., ou peut-être Bloomington, dans l'Indiana. À cette altitude, toutes les villes du Midwest se ressemblent. En général, on ne fait que survoler ces régions pour aller d'une côte à l'autre du pays, tu sais. Et toi ?

— À Washington.

— Je sais, mais où précisément ?

— Je suis précisément assise sur un banc au nord-est du parc du National Mall. Je compte aller visiter le Musée de l'air et de l'espace et voir si je peux séduire un des guides pour lui soutirer des renseignements secrets sur le programme spatial de ton pays.

— Tu n'auras sans doute même pas besoin de coucher. Un peu de crème glacée lyophilisée, et il sera tout à toi. Tu apprendras tout ce que tu as toujours voulu savoir sur Apollo 11. Mais gare : le réservoir est vide ; alors, ne compte pas là-dessus pour nous devancer dans la course à l'espace.

— Ouais, tu sais, on l'a déjà remportée, celle-là. Nous, les communistes, on a réussi à envoyer un homme dans l'espace pendant que vous autres, capitalistes, vous vous amusiez encore à y envoyer des singes.

— Peut-être. N'empêche que les singes ont bien rigolé, eux.

Elle éclata de rire. Pour le plus grand plaisir de Storm.

— Bon, tout est prêt pour ton entrevue avec le sénateur Whitmer à vingt heures ce soir ? annonça Storm. Son personnel devrait être parti. Il pense avoir un important tête-à-tête avec Diane Feinstein, mais, à la dernière seconde, le bureau de la sénatrice appellera pour annuler. Et tu feras ton entrée.

— Compris.

— Ensuite, à toi d'user de tes charmes. On a besoin de savoir qui a voulu l'amendement sur les crédits et qui est le mystérieux donateur derrière le Fonds pour l'avenir de l'Alabama. Même s'il s'agit sans doute d'une seule et même personne.

— Entendu.

— Bon.

Storm marqua une pause.

— Qu'est-ce que tu portes ?

— Tu ne veux quand même pas jouer à ça ? Enfin, je suis en public.

— Non, non, ce n'est pas ce que tu crois. Qu'est-ce que tu portes ? Ou plutôt que porte Jenny Chang ?

— La même chose qu'hier, malheureusement. Peut-être as-tu oublié que je n'ai pas vraiment eu le temps de faire mes bagages en quittant Paris ?

Storm visualisa la dernière tenue dans laquelle il avait vu Xi Bang. C'était joli, mais… dans ce pantalon, ses jambes devenaient un secret trop bien gardé. Quant au col roulé…

— Hmm, ça ne va pas vraiment le faire pour Jenny Chang. Il lui faut quelque chose d'un peu plus… jeune. Quelque chose qui joue davantage sur l'innocence, le naturel et surtout la disponibilité. Tu disais que tu te trouves au nord-est du parc ? Près du Musée national d'histoire américaine ?

— Ouais.

— D'accord. Dirige-toi vers le nord. J'ai une idée.

Xi Bang suivit ses instructions, ce que Storm admit sans problème savourer.

C'était comme avoir sa propre espionne télécommandée. Le plus génial des joujoux qui soit.

Storm la guida du parc vers une galerie marchande. Il s'y trouvait une boutique spécialisée dans la transformation des jeunes filles de seize ans en jeunes femmes de vingt-cinq ans, même si elles ne trompaient qu'elles-mêmes –

et les vieux messieurs qui ne faisaient plus la différence. C'était donc parfait pour ce que Storm avait en tête.

— J'y suis, annonça Xi Bang.

— D'accord. Alors, d'abord : la jupe. C'est la clé. Il faut du plissé. Et du court. Tu vois le topo ?

— Tu me vois en pom-pom girl ?

— Seulement si les pompons sont en solde. N'oublie pas que c'est l'Oncle Sam qui paie la note.

Storm entendit les cintres grincer sur les tringles.

— Voilà. Une jupe plissée. Ensuite ? fit-elle.

— Un haut maintenant. Quelque chose de simple. Avec des boutons. Très importants, les boutons.

— Bien sûr, dit-elle. Voyons… Que penses-tu d'un coton blanc avec une pointe d'élasthanne ?

— Quel genre de coupe ? Moulante ?

— Oui. Avec des petites manches courtes.

— Parfait. Ils font les chaussures aussi ?

— Il se trouve que oui.

— Est-ce qu'ils ont des vernies noires ?

— Sale pervers !

— Sale, peut-être, mais pas encore pervers, même si j'y aspire.

— Très bien. Euh, oui, j'aperçois une paire de vernies noires. De vraies babies pour adultes.

— Génial ! Achète.

Puis, Storm entendit Xi Bang demander à une vendeuse une taille trente-huit.

— Pendant qu'elle va les chercher, regarde s'ils vendent des collants aussi, suggéra-t-il.

— Oui. Noirs, blancs ou gris ?

— Va pour gris. Blancs, ça ferait un peu trop catéchisme.

— Je n'arrive pas à y croire ! s'exclama Xi Bang.

— Allez, c'est plutôt rigolo, non ? Imagine-toi que tu fais des courses avec ton coach privé.

— Je ne te voyais pas si métrosexuel.

— Je ne le suis pas, crois-moi, mais j'en connais et j'ai beaucoup appris en me moquant d'eux.

Xi Bang discutait de nouveau avec la vendeuse. Les chaussures étaient arrivées. Storm écouta Xi Bang confirmer que la pointure convenait.

— D'accord, j'ai les chaussures, les collants, la jupe et le haut. Ensuite ?

— Tu as des sous-vêtements ?

— Les mêmes qu'hier.

Aussitôt, Storm revit le soutien-gorge en dentelle noire et la culotte assortie que portait Xi Bang.

— Oui, cela fera parfaitement l'affaire. Trouve une cabine, maintenant. Il faut que tu essaies le tout.

— C'est toi le patron.

— Ça fait plaisir à entendre.

— Ne t'y habitue pas trop. Attends, il faut que je pose le téléphone.

Storm regarda de nouveau par le hublot. Ils survolaient Toledo maintenant. Ou peut-être Cleveland. Qui aurait pu faire la différence, à part les habitants de ces deux villes de l'Ohio ?

— Me revoilà, fit Xi Bang.

— Ça donne quoi ?

— Une écolière coquine prête à auditionner pour son premier film porno. C'est bien ce que tu voulais, non ?

— Tout à fait. Maintenant, prends une photo et envoie-la-moi par téléphone, tu veux ? J'ai besoin de m'assurer que ça a l'air authentique. On ne voudrait pas risquer de vous faire de nouveau démasquer, agent Xi Bang.

— Tu prends ton pied, là, avoue !

— Un peu, dit-il. Bon, d'accord, carrément.

Storm attendit l'arrivée de la photo. Trente secondes plus tard, son téléphone afficha une image qui éveilla certains désirs en lui. S'il en conçut un peu de honte, il s'affirma que n'importe quel autre homme ayant dépassé l'âge de la puberté aurait sans doute éprouvé la même chose.

— Formidable, commenta Storm. Une dernière petite touche : attache tes cheveux en queue de cheval.

— Tu es un grand malade, tu sais !?

— C'est important, les détails. C'est bon ?

— Oui.

— Très bien. Maintenant, désolé, mais il faut que tu déboutonnes un peu le haut. Qu'il puisse jeter un petit coup d'œil à ton joli décolleté, mais que ça ait l'air d'un incident de garde-robe, comme si tu ne savais pas que le bouton était défait.

— Ça va un peu trop loin, se plaignit Xi Bang.

— C'est ça, l'Amérique. Les femmes y sont victimes d'incidents de garde-robe.

— OK, mais j'ai quand même l'impression d'être une traînée.

— Renvoie une photo, s'il te plaît.

— D'accord, mais si tu t'imagines pouvoir mettre tout ça sur Internet, je te rappelle qu'il me suffit d'un coup de fil pour t'infliger la plus humiliante des morts. Et histoire que tu comprennes bien : oui, cela impliquera des moutons.

— Mêêêêêh ! tu ne ferais pas ça ! bêla Storm.

Xi Bang grogna. La photo de la nouvelle Jenny Chang, encore plus vulgaire, apparut sur l'écran du téléphone de Storm.

— Reçu cinq sur cinq. Cette fois, j'ai bien affaire à Jenny Chang. Parfait. Si tu passais à la caisse, qu'on aborde maintenant le parcours de ton personnage.

Tandis que Storm terminait sa traversée du pays, tels deux menteurs invétérés, ils s'appliquèrent à donner vie à Jenny Chang et à lui créer un passé. Storm s'amusait bien avec Xi Bang.

Son savant mélange de sérieux et de rigolade, son sens de l'aventure, tout cela lui rappelait Clara Strike, sauf que là, Storm n'avait pas la sensation permanente que Xi Bang dissimulait un couperet derrière son dos. Pour une raison qu'il ne parvenait pas à s'expliquer, il lui faisait confiance.

Comme son avion allait atterrir à l'aéroport du comté de Westchester, il était temps de raccrocher. Il devait encore joindre G. Whitely Cracker cinquième du nom, et elle avait du pain sur la planche. Ils auraient cependant aimé qu'il en soit autrement. Alors qu'ils se disaient au revoir, elle s'interrompit brusquement.

— Tu sais quoi, Storm ? C'est super de travailler avec toi. Merci pour ton aide.

— Avec plaisir, se contenta de répondre Storm, tout sourire.

VINGT-ET-UN

Chappaqua, état de New York

Il avait réussi à louer une Mustang, ce qui compensait un peu tous ces émois. S'il y avait une chose sur laquelle Storm pouvait compter en ce bas monde, c'était bien ce bon vieux V8 de fabrication américaine.

Il n'était pas tout à fait 20 heures quand son GPS le somma de quitter la grande rue, King Street, pour prendre la direction du golf très huppé du Whippoorwill Country Club. Docilement, il bifurqua, en rétrogradant au lieu de freiner, et commençait à savourer les virages de la petite route de campagne, quand le GPS l'informa qu'il se trouvait à deux cent cinquante mètres de sa destination. Il ralentit, regarda à gauche, mais ne vit rien. À droite, en revanche, il distingua un étroit sentier disparaissant sous les arbres à flanc de colline. Il donna donc un coup de volant à droite.

À mi-chemin se dressait un portail doté d'un interphone. Comme Storm n'était pas d'humeur à faire la conversation à un boîtier en plastique, il baissa sa vitre, arracha le couvercle de l'appareil et ouvrit le portail en bidouillant les fils.

— Sésame, ouvre-toi, fit-il, tandis que les portes s'écartaient sur son passage.

Il poursuivit sa route jusqu'à l'allée circulaire devant laquelle se dressait la façade de pierre assez guindée d'une demeure de style georgien de l'époque coloniale.

La propriété autour semblait s'étendre sur au moins cinq hectares. Si Storm avait dû énoncer un prix pour l'ensemble, il aurait dit sept millions. Ce qui n'était rien pour le porte-monnaie d'un Cracker. Il devait faire partie de ces riches qui n'aimaient pas trop faire étalage de leur fortune. Ou peut-être sa femme refusait-elle de passer à quelque chose de plus moderne.

Storm gara la Mustang devant un garage indépendant qui semblait pouvoir accueillir au moins cinq véhicules. Il jeta un dernier regard plein d'envie à sa propre voiture, puis gravit les marches du perron. Il sonna. Bien entendu, les Cracker possédaient une de ces sonnettes à laquelle on s'attend à voir un majordome répondre.

Pourtant, c'est bien le maître des lieux qui ouvrit la large porte de bois, laissant toutefois la moustiquaire extérieure fermée.

Il portait encore son pantalon de costume et une chemise bleue à col boutonné, mais il avait remplacé sa veste par un cardigan.

— Vous désirez ? demanda-t-il à travers la moustiquaire, un peu sidéré (à raison devant ce gros costaud qui frappait à l'improviste et si tard à sa porte).

Storm avait longuement pesé ce qu'il convenait de dire à Cracker. Il prit cependant le temps de le jauger. Peut-être à cause de sa blondeur ou de son gilet, sa première impression fut qu'il avait affaire à un poids léger.

À y regarder de plus près, quelque chose lui dit cependant que Cracker en avait assez dans le ventre pour encaisser la vérité. Voire, pour insister qu'on ne la lui cache pas.

— Monsieur Cracker, je m'appelle Derrick Storm. Je travaille pour la CIA sur une affaire qui pourrait vous concerner. Pourrions-nous parler de ce sujet délicat ?

Cracker le dévisagea encore un instant.

— Mais... comment êtes-vous arrivé jusqu'ici ? Il y a un portail.

— Vous n'avez pas entendu ce que j'ai dit à propos de la CIA ?

— Si, si… Bien sûr. Désolé. Entrez. Entrez.

Cracker ouvrit plus largement la porte à Storm, qui pénétra dans la maison et balaya aussitôt du regard l'entrée, le couloir, puis le moindre recoin. C'était pour lui presque aussi automatique que de respirer, comme un réflexe de remarquer ce qui n'était pas à sa place. En l'occurrence, dès le premier coup d'œil, certaines choses lui firent douter que l'intimité de Whitely Cracker fût aussi protégée qu'il le pensait. Dans le salon, il lui suffit de passer la main sous la table basse pour confirmer ses soupçons : on y avait posé un micro pas plus gros que la plume d'un stylo.

Cracker, qui n'en avait aucunement conscience, s'efforçait de faire honneur à son hôte.

— Je peux vous offrir quelque chose à boire, monsieur… ? Désolé. J'ai l'esprit un peu absent. Quel nom m'avez-vous dit ?

— Dunkel… Elder Steve Dunkel… C'est vraiment très aimable à vous de me recevoir ainsi pour vous parler de l'Église de Jésus-Christ des saints des derniers jours. J'aimerais vous faire part des grands projets de Dieu à votre égard. Il suffit pour vous et vos proches de suivre quelques simples étapes pour trouver une grande protection spirituelle. Avez-vous déjà entendu parler de Joseph Smith[1] ?

Tout en parlant, Storm avait sorti un morceau de papier de sa poche pour y griffonner quelque chose. Whitely Cracker avait de sérieux ennuis. Si le modèle de Click le donnait comme la prochaine cible à quatre-vingt-sept contre un, celui de Storm venait de grimper à cent contre un. Quand il eut fini décrire, il tendit son mot à Cracker, qui lut : *« Mettez-moi à la porte. Puis sortez dehors. »*

1. Fondateur du mormonisme. (NDT)

Percutant enfin, Cracker joua son rôle à merveille.

— Désolé, jeune homme, mais nous fréquentons déjà une église, dit-il. Laissez-moi néanmoins votre brochure ; je la lirai à tête reposée. Je vous souhaite bonne chance pour votre mission. Bonne soirée.

— Merci pour votre accueil, monsieur, fit Storm en poussant la moustiquaire pour sortir.

Cracker le suivait trois mètres derrière. Storm continua d'avancer jusqu'au milieu de la vaste pelouse, mais s'arrêta avant les arbres qui bordaient la propriété.

— Désolé, je n'ai toujours pas compris votre nom.

— Derrick Storm.

— Ah oui, c'est vrai. Et vous êtes de la CIA. J'imagine qu'il n'y a aucun moyen pour moi de le vérifier ?

— Je peux faire atterrir une brigade d'intervention spéciale dans la cour pour encercler votre maison, si vous voulez, dit Storm.

Cracker le scruta du regard pour voir s'il plaisantait. Ce n'était pas du tout le cas.

— D'accord, on va faire comme si vous étiez de la CIA, accepta-t-il.

— C'est sans doute le mieux, en effet. Surtout que votre maison est sur écoute.

— C'est un micro que vous avez trouvé sous la table ?

— Oui. Votre maison en est truffée. Je n'ai pas vu de caméra, mais vous êtes surveillé.

Jamais, à la connaissance de Storm, Volkov n'avait pris la peine d'un dispositif aussi élaboré. D'ordinaire, il se contentait d'une reconnaissance à l'ancienne. De plus, le micro que Storm avait trouvé sous la table basse n'avait rien à voir avec le matériel bon marché qu'il utilisait à l'époque où il était détective privé. C'était du haut de gamme. Peut-être était-ce en raison de la situation de la maison, de tous ces arbres et de tout cet espace autour. Peut-être Volkov était-il simplement en train d'évoluer, de se sophistiquer.

Cracker s'évertuait à suivre.

— Alors, comment avez-vous… Enfin, vous êtes juste entré chez moi et… vous les avez flairés ou quoi ?

— J'ai remarqué une ou deux choses qui m'ont alerté en entrant. Il m'est arrivé de poser des micros chez les gens. Il suffit de savoir ce qu'on cherche. Celui qui a opéré ici a fait du bon boulot, mais pas parfait. Par exemple, il ne m'a pas échappé qu'un endroit du papier peint avait été récemment décollé, puis recollé, mais un peu à la va-vite, de sorte que la colle n'a pas bien tenu. Ma main à couper que vous trouveriez un micro là-dessous. Il y en a probablement des dizaines d'autres, rien qu'au rez-de-chaussée. Sous les meubles. Dans les luminaires. Partout. Ils sont tout petits, donc peu puissants ; c'est pourquoi il en faut beaucoup. Ils doivent transmettre vers une unité cachée quelque part dans la maison. Si nous allions au grenier, nous la découvririons sans doute sous l'isolation. C'est là où je l'installerais, moi, en tout cas. Selon ce qu'ils utilisent, un transmetteur à peine plus gros que le poing suffit pour envoyer le signal n'importe où à plus d'un kilomètre d'ici.

— Mais comment se fait-il… ? Qui a posé des micros chez moi ?

— Très probablement celui qui essaie de vous tuer, dit Storm.

— Quoi ?!? explosa Cracker.

— Monsieur Cracker, vous avez des enfants à l'intérieur ?

— Oui, à l'étage. Leur mère…, ma femme, Melissa…, est en train de les coucher, mais...

— Veuillez excuser ma question, mais je n'ai pas le temps de prendre des gants : votre femme, elle peut se débrouiller ou c'est une potiche ?

— Oh non ! Elle est très futée, fit Cracker. Plus que moi.

— Alors, faites-la venir ici et expliquez-lui qu'il faut partir. En emmenant les gosses, évidemment, déclara Storm.

— Oui, bien sûr, mais… Désolé, vous pourriez revenir sur ce que vous disiez à propos de ce quelqu'un qui veut me tuer ? Je n'ai pas très bien suivi.

— Je vais vous dire simplement ce que je sais : nous avons de bonnes raisons de croire que votre vie est en danger. Un assassin russe, un certain Gregor Volkov, est en route pour venir vous tuer ici, mais, avant de vous tuer, il vous torturera afin de vous extorquer le mot de passe de votre MonEx 4000, qu'il doit remettre à celui qui veut déclencher une catastrophe financière mondiale.

Storm s'attendait à un minimum de réaction à cette nouvelle, mais Cracker ne trahit pas la moindre émotion.

— Je vois, dit-il. Et vous voudriez que je vous croie… Pourquoi ?

— Réfléchissez bien, monsieur Cracker. Avez-vous remarqué quoi que ce soit d'inhabituel ces derniers jours ? On vous a suivi, peut-être ? J'ai déjà eu maille à partir avec Volkov. C'est le meilleur, il ne laisse rien au hasard. Normalement, il ne se sert pas de micros, mais ils sont la preuve de sa présence. D'ordinaire, il envoie des équipes un jour à une semaine à l'avance pour inspecter les lieux. Peut-être avez-vous remarqué la présence d'une voiture derrière vous en vous rendant au travail ?

— Non, non, rien de tout ça. Vous disiez qu'il se nomme Vol-Koff ? répéta Cracker en insistant sur la prononciation. Un Russe ?

— C'est cela. Inutile de chercher à le remettre. Vous ne le connaissez pas. Volkov travaille pour quelqu'un que nous n'avons pas encore identifié.

— Ah, fit Cracker.

« Ah » ; c'est tout. Storm supposa que son interlocuteur était sous le choc. Un parfait étranger venait de débouler chez lui pour lui annoncer que toute sa famille allait se faire trucider. Il n'avait pas encore encaissé.

— C'est très sérieux, monsieur Cracker. Volkov est un tueur féroce. Cinq banquiers d'investissement ont déjà trouvé la mort. Nous avons des raisons de penser que vous allez être le sixième.

— Et pourquoi donc ?

— Connaissez-vous la théorie de Click ?

Cracker inclina la tête, l'air de se concentrer.

— Non. De quoi s'agit-il ?

— Un certain Rodney Click, spécialiste d'économie quantitative, a modélisé le marché des changes à l'aide d'un superordinateur. Cela lui a permis de pronostiquer que six cambistes, placés au bon endroit dans les bonnes institutions à travers le monde, pouvaient déclencher une chute brutale du dollar américain s'ils le lâchaient tous en même temps.

— Intéressant, dit Cracker. Et pourquoi ce Volkov chercherait-il à provoquer cela ?

— Encore une fois, Volkov n'est qu'un homme de main. Il remet les codes MonEx à quelqu'un d'autre. Tant qu'on ignore de qui il s'agit, il est pratiquement impossible de cerner la motivation de la personne ou du groupe en question – à part la volonté de provoquer un désastre financier.

— Et Volkov a déjà tué cinq personnes ?

— Exactement.

— C'est affreux, commenta Cracker, mais pour quelle raison pensez-vous que je sois le sixième ?

— Le professeur Click a modifié son modèle afin d'établir un pronostic concernant l'identité du sixième banquier. Or, il indique qu'il y a quatre-vingt-sept pour cent de chances que ce soit vous.

— Je vois, fit Cracker comme s'il ruminait ses propres probabilités. Dans ce cas, félicitons-nous du système de sécurité mis en place dans ma société. Le responsable se nomme Chip. Il excelle dans son domaine. Je vais le prévenir de cette menace et veiller à ce qu'elle soit traitée avec le plus grand sérieux. Merci, monsieur Storm. Jc vous suis infiniment reconnaissant d'être venu m'en informer.

— Vous ne me croyez pas, constata Storm.

— Non, non. Enfin, si. Bien sûr que je vous crois. C'est juste que Chip saura garder un œil sur moi.

— Il est si bon que ça, ce Chip ?

— Oh oui !

— Si bon qu'il s'était bien sûr aperçu que votre résidence – comme sans doute votre voiture et votre bureau – avait été mise sur écoute.

— Un point pour vous, concéda Cracker. Que proposez-vous ?

Storm avait déjà réfléchi à différentes options. Il était possible que Volkov ait quitté l'Afrique du Sud le matin et se trouve maintenant dans les environs de New York. S'il lui avait suffi d'une équipe en place pour poser autant de micros chez Cracker, il ne lui en faudrait pas davantage pour passer à l'action.

Storm envisagea donc de demander à Jones de faire jouer ses relations pour que les services de police de Chappaqua postent une patrouille devant la propriété en guise de dissuasion, puis il se ravisa. Ce n'était certainement pas la police municipale qui allait pouvoir arrêter quelqu'un comme Volkov. Il n'en mettrait que davantage de monde en danger.

Finalement, la tactique de défense pourrait toujours servir plus tard. Pour l'instant, il préférait passer à l'attaque.

— Tenez, voici mon numéro, dit-il en tendant sa carte de visite à Cracker. Si vous craignez pour votre vie, n'hésitez pas à m'appeler. Mais n'oubliez pas que si vous m'appelez de votre téléphone portable, de chez vous, de votre bureau ou de n'importe quel autre téléphone qu'une cabine au milieu de nulle part, quelqu'un sera probablement à l'écoute.

— C'est noté, dit Cracker en créant un contact dans le répertoire de son téléphone.

— Maintenant, voici le plan : on va les obliger à sortir du bois, dit Storm. Pour voir qui « ils » sont. Frapper avant qu'ils ne frappent.

— Comment on s'y prend ?

— Monsieur Cracker, à quelle vitesse avez-vous l'habitude de conduire ?

— Je ne sais pas. Peut-être de dix à vingt-cinq kilomètres au-dessus de la limitation de vitesse. Je ne suis pas un fou du volant, mais on se fait écraser par ici, si on ne roule pas assez vite.

— Quel trajet empruntez-vous pour vous rendre au bureau ?

— Pourquoi toutes ces questions ? s'enquit Cracker après lui avoir indiqué la route.

— Parce que, dit Storm, il faut que je vous emprunte votre voiture.

***

Un quart d'heure plus tard, la casquette de Whitely Cracker sur la tête, Derrick Storm s'installa au volant de la Maserati du banquier, descendit l'allée de la propriété et franchit le portail. Afin de paraître un peu moins grand, il se tassa au fond du siège. Il comptait sur l'obscurité pour dissimuler ce qui le distinguait encore de Whitely Cracker.

Cracker devait rentrer expliquer à Melissa qu'il lui fallait retourner au bureau. Cette manœuvre avait pour but d'une part d'attirer l'attention des hommes de Volkov sur le fait que ça bougeait chez les Cracker et de protéger toute la famille en leur faisant croire que leur cible se trouvait au volant de la Maserati et non chez lui.

Tant pis si cela mettait Storm en danger. C'était toujours mieux que le directeur d'un fonds spéculatif, une femme au foyer et deux enfants.

Il ne prit même pas la peine de vérifier la présence de micros dans la voiture ; il supposa simplement qu'il y en avait au moins un et que, donc, quelqu'un l'écoutait. Afin que tout ait l'air normal, il alluma la radio, prêt à se faire écorcher les oreilles. Cracker lui semblait du genre à écouter de la world music ; Storm détestait au plus haut point cette daube avec ses flûtes et ses bongos. Heureusement, la station présélectionnée cracha les dernières actualités économiques et financières par les haut-parleurs.

Comme Storm s'y attendait, personne ne le guettait à la sortie de la propriété. Outre qu'il était impossible de se cacher dans les environs, il n'y avait qu'une seule issue pour quitter le quartier. Ils pouvaient cependant s'être nichés quelque part sur la route. Storm resta seul sur la première partie, sinueuse, du trajet.

C'est une fois arrivé dans King Street qu'il repéra le véhicule : une camionnette blanche, sans doute bourrée d'équipements de surveillance à l'arrière. Storm sourit. Trop facile. Une camionnette blanche n'était pas ce qu'il y avait de plus discret pour une filature. Il pourrait sans mal les garder à l'œil.

Storm s'engagea sur le Saw Mill River Parkway, une ancienne voie express totalement obsolète, antérieure au réseau d'Interstates mis en place par Eisenhower.

Malgré son tracé étroit et ses virages sans visibilité, certaines voitures y circulaient à plus de cent trente-cinq kilomètres-heure, comme sur une autoroute large et rectiligne. Certes, Derrick Storm était un espion international régulièrement pourchassé par des assassins, il avait trompé la mort des dizaines de fois, mais de là à aller jouer sa vie sur le Saw Mill River Parkway ?

Au bout d'une dizaine de minutes, il décida de passer à l'action. Il retira sa veste, l'attacha au volant, puis coinça l'autre extrémité en refermant sa vitre dessus.

Le but consistait à vérifier que la voiture pouvait continuer à rouler à peu près droit sans ses mains sur le volant. Il lui fallait néanmoins pouvoir encore tourner à gauche. Après quelques tripatouillages, il fut satisfait du résultat. Ensuite, il décida de patienter.

Il fallait faire croire à ses poursuivants qu'il se rendait simplement au bureau comme n'importe quel type surinvesti dans son travail. Il ne fallait surtout pas éveiller leurs soupçons. Le temps jouait en sa faveur. Cela faisait probablement des jours qu'ils planquaient près de la maison et devaient en avoir marre. En fin de parcours, il les aurait endormis.

Il enchaîna donc par le Henry Hudson Parkway (Hudson devait se retourner dans sa tombe à l'idée qu'on ait donné son nom à cette route) et continua sans ralentir vers Manhattan. La camionnette blanche se tenait à distance respectable derrière lui, parfois à près de cinquante mètres. Ce n'était manifestement pas sa première filature sur ce trajet. Sachant où ils allaient, ces hommes ne se souciaient aucunement de se laisser semer.

Storm franchit le pont George Washington et poursuivit son chemin sur le West Side Highway, qui portait désormais le nom de Joe DiMaggio (la star du base-ball ne devait guère plus apprécier cet honneur que l'explorateur anglais). Arrivés sous la 42e Rue, ils commencèrent à rencontrer des feux de circulation. À la surprise de Storm, la camionnette resta coincée derrière l'un d'eux. Or il fallait qu'elle se trouve juste derrière lui pour que son idée fonctionne. Il se détendit en la voyant le rattraper.

Pour rejoindre l'immeuble Marlowe, Storm tourna au niveau de Warren Street. Il existait plusieurs possibilités pour se rendre au bureau de Cracker, mais c'était le trajet que le banquier lui avait indiqué. Ensuite, il tourna à droite dans Broadway. Bien avant Liberty Street, il mit son clignotant pour signaler qu'il allait tourner. Comme précédemment, il fixa sa veste au volant.

Storm jeta un dernier coup d'œil à la camionnette. Elle le suivait toujours à distance, franchissant tous les feux synchronisés au vert. Parfait.

Il prit donc à gauche dans Liberty Street, à l'angle de laquelle se trouvaient un magasin Sephora et une agence de la Bank of America. Dès que la camionnette eut disparu de son champ de vision, Storm enclencha le régulateur de vitesse sur un petit quarante kilomètres-heure.

D'un bond, il passa sur le siège du passager, puis sauta sur la chaussée. La voiture accélérait, mais ne dépassait pas encore les trente kilomètres-heure. Il se faufila aisément entre deux voitures en stationnement.

Huit secondes plus tard, la camionnette passa devant lui, après avoir tourné à son tour. Une autre voiture, une Honda rouge, suivit dix secondes plus tard.

Loin devant, Storm entendit un bruit de tôle froissé quand la Maserati érafla des voitures en stationnement. Mauvais réglage du parallélisme, sans doute.

Au moment où il jetait un coup d'œil, la Maserati percutait un taxi jaune arrêté au feu, au carrefour de Nassau Street. La camionnette s'immobilisa derrière elle. Et la Honda, derrière la camionnette.

Le chauffeur de taxi avait jailli de son véhicule et gesticulait en criant dans une langue que même Storm ne comprenait pas. Le chauffeur de la Honda rouge – qui ne voyait rien à cause de la camionnette – se mit à klaxonner d'impatience quand le feu passa au vert.

Couverture parfaite. Storm se précipita du côté passager de la camionnette. À son avis, il y avait deux occupants : le conducteur et un passager à l'arrière, chargé de l'équipement. Son plan, vieux comme Hérode, était simple : abattre le chauffeur, contraindre le type à l'arrière de prendre le volant et trouver un endroit à l'écart pour avoir une petite conversation.

Storm ouvrit la portière d'un geste brusque ; il allait appuyer sur la détente quand il se rendit compte que le canon de son arme était braqué sur Clara Strike.

VINGT-DEUX

Washington

Installée non loin de l'immeuble du Sénat, Ling Xi Bang occupait les dernières minutes avant son rendez-vous à surveiller les allées et venues dans la suite de Donald Whitmer. Tout le monde commençait à partir.

Vers 19 h 40, les derniers employés du sénateur rentrèrent chez eux, le laissant seul. À 19 h 57, comme prévu, elle le vit répondre à l'appel émanant du bureau de la fausse sénatrice Feinstein. C'était le signal pour que Jenny Chang fasse son entrée.

Alors, elle plongea la main dans sa pochette et en sortit le cachet qu'on lui avait remis. Il s'agissait de benzotripapine, un produit qui annulait les effets enivrants de l'alcool. La CIA en fournissait toujours en cas de besoin. Apparemment, c'était terrible pour les reins ; alors, mieux valait ne pas en abuser, mais Storm l'avait prévenue qu'elle devrait tenir le rythme de gros buveur du sénateur Whitmer, et il ne fallait pas que son jugement en soit altéré.

Ainsi préparée, Jenny Chang franchit la sécurité, pénétra dans l'immeuble, prit l'ascenseur, traversa le hall d'accueil du bureau du sénateur Whitmer et gagna le saint des saints sans difficulté.

Elle frappa doucement à la porte.

— Qu'y a-t-il ? fit Whitmer avec l'air ennuyé de quelqu'un qu'on a contraint à rester plus tard et qu'on a laissé en plan à la dernière minute.

C'est alors que la jeune Jenny Chang apparut sur le seuil, un dossier serré contre sa poitrine.

— Mais bonjour, jeune demoiselle, dit-il, la voix déjà nettement plus chaleureuse.

— Oh ! mon Dieu, je suis désolée ! Je croyais que c'était le bureau du sénateur Sessions. Je dois lui remettre ceci. Oh ! mon Dieu ! fit-elle avec effusion.

Donny Whitmer éclata de rire.

— J'ai bien peur que vous ne vous soyez égarée, ma jolie. Le sénateur Sessions est sénateur junior de l'Alabama ; il se trouve dans l'immeuble Russell. Je suis Donald Whitmer, le sénateur sénior de l'Alabama. Mais il paraît qu'on me donne cinq ans de moins que lui.

Donny passa la main dans sa chevelure argentée. Rien de tel qu'une écolière pour faire jaillir l'écolier en chaque homme, peu importe son âge ou sa fonction dans la vie.

— Je suis sincèrement navrée de vous déranger, sénateur, bredouilla-t-elle. Je vais...

C'est alors que, dans son agitation, Jenny Chang laissa tomber son dossier. Aussitôt, elle se pencha pour ramasser tout le contenu renversé par terre, veillant à offrir une jolie vue à Whitmer.

— Oh ! mon Dieu, quelle empotée ! gémit-elle.

— Allons, allons, laissez-moi vous aider, intervint le sénateur.

D'une agilité étonnante pour un septuagénaire, il bondit de son fauteuil pour venir s'accroupir à ses pieds. Tout près d'elle.

— Je m'en occupe. Je vous en prie. S'il vous plaît. Je ne voulais pas vous déranger.

— Mais non, voyons, vous ne me dérangez pas du tout, assura-t-il chaleureusement. Par contre, vous allez devoir me dire à qui j'ai l'honneur. Vous ne pouvez pas venir tout bouleverser comme ça dans mon bureau sans que je sache votre nom.

— Je suis vraiment confuse, dit-elle en se relevant.

Puis elle tendit le bras avec raideur pour lui serrer la main.

— Je m'appelle Jenny Chang. Je suis stagiaire chez Jordan Shaw, la sénatrice du Connecticut. Excusez-moi. Je suis nouvelle.

— Ça ne se voit pas du tout, déclara Donny en lui prenant doucement la main.

— J'adore travailler pour elle, en tout cas. C'est la meilleure. Vous ne trouvez pas qu'elle est super ?

Jordan Shaw, démocrate, était l'une des plus brillantes personnalités de l'hémicycle et, pourtant, de l'avis de Donny, une sale conne, l'une de ces sénatrices qui refusaient de coopérer. Il la détestait.

— Qui ne l'apprécie pas ? roucoula-t-il. C'est un grand serviteur de l'État. Vous apprendrez beaucoup auprès d'elle.

— Oh ! je sais. Je sais. J'ai vraiment de la chance d'avoir obtenu ce stage. Dommage qu'il ne dure que six mois.

— Eh bien, mais… il y a toujours d'autres opportunités au Capitole, affirma Donny. Je pourrais peut-être trouver quelque chose pour une… jeune femme aussi dynamique. Si cela vous intéresse.

— C'est vrai ? Oh ! mon Dieu, ce serait fantastique ! Mais ne faudrait-il pas d'abord, je ne sais pas, me faire passer une entrevue ou quelque chose ?

— Excellente idée. Pourquoi pas maintenant ? suggéra le sénateur.

— Vous êtes sérieux ? C'est vrai ?

— Rien ne vaut le moment présent. Si cela vous convient, bien sûr. Prenez donc un siège.

— Oh ! mon Dieu, c'est génial ! s'écria-t-elle en se dirigeant vers l'une des chaises faisant face au bureau.

— Non, là ce n'est pas très… démocratique, s'empressa-t-il de faire remarquer. Prenez donc plutôt place par ici. Ce sera plus confortable et moins solennel pour faire connaissance.

D'un geste de la main, il indiqua le coin salon. Elle choisit le canapé.

— Ici, vous voulez dire ?

— Très bien. Parfait. Et si je vous servais un verre ? Vous ne pouvez pas travailler pour un sénateur de l'Alabama sans avoir appris à savourer un vrai whisky de chez nous.

— Ce n'est pas… interdit ? demanda-t-elle, les yeux écarquillés.

— Eh bien, tout dépend. Quel âge avez-vous ?

— Vingt-deux ans, mais...

Il sentit sa gorge se serrer.

— Dans ce cas, cela ne pose aucun problème.

***

Un verre en entraîna un autre. Et encore un autre.

D'un charme pétillant, Jenny Chang cambrait le dos, croisait et décroisait les jambes, se penchait en avant, puis se calait de nouveau au fond du canapé.

Indubitablement, cela avait l'effet désiré. Donny était conquis. Il avait terriblement envie d'elle. Assez du moins pour qu'elle soit sûre que ce n'était plus son cerveau qui le guidait.

Certes, il demeurait galant et poli. Il résistait à l'envie de se glisser près d'elle sur le canapé.

Il restait prévenant dans ses questions et faisait mine de s'intéresser à ses réponses – un véritable exploit, car même Xi Bang se demandait parfois d'où Jenny Chang sortait pareilles mièvreries.

Ses yeux restaient rivés aux siens. Sauf, bien sûr, chaque fois qu'elle détournait le regard. Du coin de l'œil, elle voyait bien son regard descendre sur sa poitrine et ses jambes.

Rapidement, elle orienta la conversation sur la politique, un sujet que Jenny abordait toujours avec plaisir, même si, en fait, il fallait bien l'avouer, elle n'était pas une experte. Alors, elle avait beaucoup de choses à se faire expliquer. Requête qu'il s'employait à satisfaire en buvant davantage.

Quand il eut terminé de lui vanter une de ses victoires lors d'une lutte partisane, elle leva les bras au ciel.

— On a vraiment l'impression qu'il faut se donner beaucoup de mal par ici pour obtenir ce qu'on veut ! s'exclama-t-elle. Tout ce qui importe, c'est de savoir si on est républicain ou démocrate, et on passe son temps à se battre contre l'autre. Alors qu'il y a des lois à voter et tout, et tout.

— Attendez, non, mon chou. Il faut avoir foi dans le système.

— C'est quand même difficile quand on voit qu'on n'obtient plus rien dans cette ville, si ce n'est sous la menace d'une arme.

— Ce n'est pas toujours vrai. On peut…, on peut encore obtenir certaines choses si on… s'y prend bien, glissa Donny d'un air suffisant, un sourire en coin aux lèvres.

Le Conecuh Ridge Alabama Fine Whiskey s'était chargé d'effacer toutes ses douleurs.

— Ah oui ? Donnez-moi un seul exemple, relança-t-elle. Une seule fois où le vote d'une loi n'a pas déclenché la Quatrième Guerre mondiale entre les rouges et les bleus.

— Bon, d'accord, eh bien... Voyons, il y a quelques semaines, par exemple, un ami…, un de mes amis m'a appelé. Il avait besoin d'un service. De faire voter un petit truc. Alors, c'est ce que j'ai fait. Je l'ai glissé dans un pro…, un projet..., bredouilla-t-il sous l'effet de l'alcool. Un projet de loi de crédits qui est passé sans encombre.

— Comme ça ?

— Oui, comme ça.

— Ce doit être un très bon ami, fit-elle remarquer en se décalant vers lui.

Du coup, sa jupe remonta un peu plus haut sur ses cuisses.

— Et comment devient-on aussi proche d'un important sénateur comme vous ?

— Ah !... Il faut se montrer gén..., gén..., généreux.

— Je pourrais peut-être demander à cet ami quelques conseils en générosité, dit-elle en se penchant légèrement pour lui offrir une meilleure vue. Comment s'appelle-t-il ?

Ce fut plus fort que lui. Bien qu'elle en eût parfaitement conscience, Donny ne put s'empêcher de lorgner son soutien-gorge noir qu'il lui avait déjà retiré cent fois en pensée.

— Je ne peux rien vous dire ; c'est bien pour ça qu'on est amis, marmonna-t-il.

— Allez, vous pouvez bien me le dire. Je suis une amie, non ? Je ne le répéterai à personne.

Elle se glissa près de lui. Il se lécha les lèvres. Il n'avait pas l'air d'avoir remarqué qu'elle n'était pas du tout ivre. Son esprit était trop occupé ailleurs.

— Mais bien sûr que vous êtes une amie, murmura-t-il.

— Pourquoi ne pas me le chuchoter à l'oreille, ronronna-t-elle en se penchant pour coller son oreille près de sa bouche.

Certes, n'importe quel homme à la place de Whitmer aurait eu l'esprit tout embrouillé à l'instant où elle lui posa délicatement la main sur la cuisse.

Néanmoins, dans le tréfonds de son âme, là où même le Conecuh Ridge ne pouvait parvenir, une petite voix souffla au sénateur qu'il valait mieux se taire.

— Bien, bien, fit-il.

Et, dans un sursaut de volonté, il se leva.

— Si vous voulez bien m'excuser un instant, il faut vraiment que je m'éclipse. Ne bougez surtout pas, je reviens tout de suite… Et nous… porterons un toast au grand État de…, d'Al-bama !

— Absolument, dit-elle.

Dès qu'il eut quitté la pièce, elle soupira. Cela n'en finissait pas. Si le Conecuh Ridge ne l'étourdissait pas, il lui brûlait l'œsophage à chaque gorgée. Et elle en avait assez de se faire reluquer.

Tout cela avait assez duré. Elle avait fait de son mieux pour lui soutirer ses renseignements. En vain. Il était temps de se faire aider. Elle retira le petit sachet de poudre coincé dans sa chaussure, le déchira, puis en versa le contenu dans le verre du sénateur.

Un excès de pentobarbital tuerait ce bon vieux Donny, mais avec la bonne dose, il lui faudrait moins de quinze secondes pour sombrer dans un profond sommeil pendant quatre heures. Elle remua le mélange jusqu'à ce que la poudre ambrée se soit dissoute.

Quand il revint, ils trinquèrent à l'Al-bama, qui avait perdu une syllabe au cours de la soirée. Puis Xi Bang compta à rebours à partir de dix. Le temps qu'elle parvienne à deux, Donny Whitmer piquait déjà du nez.

Pour le cas où elle aurait besoin de recourir au chantage – et parce qu'elle pensait que cela amuserait Storm –, elle se dirigea vers le sénateur endormi pour se prendre en photo avec lui dans des poses suggestives. Puis, une fois sa petite assurance envoyée par e-mail à Storm, elle se mit au travail.

Quatre heures devaient amplement lui suffire, mais il n'était pas question de tester les limites de la drogue. Elle se hâta d'allonger le sénateur sur le canapé, où il penserait s'être assoupi. Il se réveillerait certainement avec une mémorable gueule de bois le lendemain matin.

Elle lui déposa un léger baiser sur la joue, parce qu'elle regrettait de ne pas mieux récompenser tous ses efforts. Puis elle entama la fouille de ses dossiers.

En commençant par ceux rangés sur le bureau, elle s'efforça de procéder systématiquement, sans perdre l'heure de vue. Dès qu'un dossier ne lui paraissait pas pertinent (pour le Fonds pour l'avenir de l'Alabama ou l'amendement au projet de loi de crédits), elle passait au suivant.

Une heure plus tard, elle n'avait toujours rien. Elle avait pourtant parcouru le fichier des donateurs avant de passer à d'autres classeurs. Elle avait beau chercher des dossiers sans étiquette ou de fausses façades sur les meubles de classement, tout était en règle. Assommant. Et surtout légal. C'était frustrant.

Au bout de deux heures, un sentiment de panique s'empara d'elle. Et si elle appelait Storm ? Mais que pourrait-il lui dire, il n'était pas sur place. Il ne verrait pas ce qu'elle voyait. Il lui faudrait encore plus deviner.

Pour essayer de s'éclaircir les idées, elle prit place dans le fauteuil de direction. Or, en parcourant des yeux le bureau devant elle, elle aperçut le bloc-notes jaune sur lequel figuraient les seuls mots CAP ROLL TIDE. Curieuse, elle se mit à feuilleter le bloc. Les quatre pages suivantes ne présentaient que des notes indéchiffrables ou sans pertinence.

Enfin, sur la sixième, elle tomba sur une pépite. Les mots FONDS POUR L'AVENIR DE L'ALABAMA se détachaient en haut de la page. Dessous, elle lut CINQ MILLIONS DE DOLLARS et RÉPARTIS SUR CINQ SOCIÉTÉS.

Puis venait ce pour quoi elle et Storm avaient parcouru la moitié de la planète. Le nom de l'homme qui avait financé le comité d'action politique, l'homme qui avait engagé Gregor Volkov, celui dont les ordres avaient directement causé la mort de cinq banquiers et de leur famille, celui qui planifiait de plonger le monde dans la crise financière.

Le sénateur l'avait écrit en toutes lettres et souligné trois fois : MERCI, WHITELY CRACKER.

VINGT-TROIS

New York

Clara Strike parut aussi surprise, si ce n'est plus, que Derrick Storm. Après tout, il était censé être mort. Toutefois, avant de pouvoir aborder ce sujet, il fallait remettre un peu d'ordre dans cette pagaille. Clara Strike semait toujours la pagaille autour d'elle.

D'abord, il fallait dédommager le chauffeur du taxi. Ensuite, faire remorquer la Maserati. (Storm ne voulait même pas savoir à combien se monteraient les réparations. Heureusement que Whitely Cracker ne semblait pas du genre à pinailler.) Dernier point, mais non le moindre : il fallait calmer la police de New York.

Storm n'était pas du tout content. D'abord parce qu'on lui avait menti sur la participation de Strike à l'affaire. Ensuite parce que, à son habitude, Jones ne lui avait manifestement pas tout dit.

Et par-dessus tout, parce que, malgré tout cela, il ne pouvait s'empêcher de regarder Clara à la dérobée et d'éprouver encore du désir. Pour ses boucles brunes.

Ses yeux bruns étincelants. Ces petites bouffées de parfum qui lui effleuraient les narines. Bon sang ! Quelle emprise ce parfum pouvait avoir sur lui !

Durant ces quatre années où il avait été officiellement mort, Storm ne l'avait pas revue une seule fois. Elle ne lui avait même pas manqué. Il ne s'était pas non plus senti coupable de lui avoir fait croire à sa mort. À ses yeux, elle l'avait bien cherché.

Clara Strike lui avait aussi fait croire à sa mort une fois (elle était même morte dans ses bras). Elle n'avait pas cherché à le joindre ni trouvé le moindre moyen de lui faire savoir qu'il ne s'agissait que d'un tour de passe-passe de la part de Jedediah Jones. Elle l'avait laissé assister à son enterrement, l'avait laissé pleurer la femme qu'il aimait et laissé l'âme en peine. Il était jeune. Encore naïf. Vulnérable. Il souffrait facilement à l'époque.

Pour elle, feindre la mort faisait partie du boulot ; c'était un risque du métier. Pour lui, cela avait été une torture. Quand il avait découvert qu'elle était bel et bien en vie et qu'un seul coup de fil de sa part lui aurait épargné tant de souffrance, il s'était juré de ne jamais lui pardonner. Promesse tenue.

Et pourtant, voilà qu'ils se retrouvaient face à face.

C'était plus fort que lui. Il ne pouvait s'empêcher de repenser à tout ce chemin parcouru ensemble. À tous ces mauvais moments, certes, mais aux bons, aussi.

À Jefferson Grout, l'homme qui avait eu le malheur de les présenter. À l'époque où il était détective privé, Storm avait passé quatre mois à le pister, croyant qu'il menait simplement une double vie.

En fait, Grout était un agent de la CIA qui s'était égaré. Sans l'aide de personne, Derrick Storm avait réussi là où la CIA, en dépit de ses ressources, échouait depuis un an. Clara l'avait recruté le lendemain pour le compte de la « Compagnie ». Ensuite ils avaient eu leur part de succès.

C'est pourquoi, quand le chauffeur de taxi, la Maserati et la camionnette furent partis et que Clara proposa à Storm d'aller boire un verre, c'est un peu par réflexe qu'il accepta.

— Désolé de te dévisager de la sorte, dit-elle quand ils se furent attablés dans un coin d'un petit bar intimiste de l'East Village. J'ai l'impression de voir une apparition. Je n'en reviens pas...

— Je suis passé par là, la coupa Storm.

— J'irais presque jusqu'à te demander depuis quand tu as ressuscité. J'oublie toujours que tu étais...

— ... en vie tout ce temps, compléta Storm.

— Ouais, c'est juste que...

Elle fut de nouveau interrompue, par le serveur, cette fois, qui leur apportait leur commande.

Storm en profita pour changer de sujet.

— On m'avait pourtant dit que tu n'étais pas sur cette affaire.

— Et moi, on m'a dit que tu ne l'étais pas, toi, rétorqua-t-elle.

— Et tu veux me faire croire ça ?

Elle haussa les épaules.

— J'imagine que le prince Hashim en vaut la peine.

— Minute, qui ça ?

— Le prince Hashim, répéta Clara. Ne fais pas l'idiot, Storm. Ça ne te va pas du tout.

— Je suis sérieux. Qui est ce prince Hashim ?

Clara marqua une pause et l'observa. Elle avait parfois l'impression de pouvoir lire en Storm comme dans un livre ouvert.

— Tu ne me fais pas marcher ? Tu n'es réellement pas sur cette affaire ?

— Ça dépend, fit Storm avec une perplexité que seule Clara Strike engendrait chez lui. De quelle affaire parles-tu ?

— Toi d'abord.

— Non, toi, insista Storm. D'abord, ces micros que j'ai trouvés chez Cracker. J'aurais dû m'en douter. C'était toi, pas Volkov.

— Volkov ? Tu veux dire Gregor Volkov ? Quel rapport ? Il est mort.

Ce fut au tour de Storm de scruter son visage. Même s'il ne pouvait prétendre déjouer tous ses mensonges, il ne décelait aucune trace de duplicité en elle.

— Mais enfin, c'est quoi, toutes ces histoires. Tu n'es vraiment pas au courant ?

— Je crois qu'on parle de deux choses différentes, conclut Clara. Pour éviter toute confusion : oui, on surveille Whitely Cracker de près, depuis maintenant deux mois.

— Deux mois ? Mais cet amendement sur le projet de loi de crédits n'était même pas encore passé il y a trois semaines. C'est pourtant ce qui a tout déclenché.

— J'ignore totalement de quoi tu parles, là.

En effet, il voyait qu'elle disait la vérité.

— Vous lui voulez quoi, à Cracker, alors ?

— C'est à cause du prince Hashim, dit-elle.

De nouveau, Storm la regarda d'un air interdit. Soulignant son ignorance, il secoua la tête. Clara lui fit alors la leçon.

— Le prince Hashim est le cinquième fils du roi Hussein de Jordanie. L'un des héritiers au trône d'un des pays les plus importants du Moyen-Orient d'un point de vue stratégique. Pas question qu'on se mette à dos un tel homme si on veut conserver de bonnes relations avec la Jordanie. Ça te parle mieux, là ?

— Pas du tout.

Clara poussa un soupir, puis poursuivit ses explications :

— Le prince Hashim est l'un des plus gros investisseurs de Whitely Cracker. Il a confié sept cents millions de dollars à la New-Yorkaise d'opérations en Bourse. C'est beaucoup d'argent, même pour un prince de Jordanie. Ça représente la plus grande partie de sa fortune, en fait. Tu n'es sans doute pas sans savoir que la Société new-yorkaise d'opérations en Bourse est actuellement au bord de la faillite.

— Première nouvelle, à dire vrai. Il y a très peu de temps que Whitely Cracker est entré dans ma ligne de mire, expliqua Storm sans préciser qu'il n'avait pas touché mot de Cracker à Jones et n'avait par conséquent pas sollicité les as de l'informatique pour l'habituel bilan financier de Cracker, qui lui aurait révélé sa situation apparemment désastreuse.

— Crois-moi, Whitely est en très mauvaise posture. Il est au bord de l'abîme. C'est un genre de Bernard Madoff. On parle de milliards, là. Il n'arrête pas d'emprunter, et, bien sûr, tout le monde lui prête vu que c'est Whitely Cracker, mais ça l'enfonce encore plus. On cherche un moyen d'intervenir pour sauver la mise au prince, mais la CIA ne peut évidemment rien faire contre un citoyen américain. Il faut attendre qu'il commette un acte illégal, et là, on pourra envoyer les autorités compétentes. Malheureusement pour nous, la perte de milliards de dollars n'est pas illégale. Alors, tout ce qu'on peut faire pour l'instant, c'est observer, attendre et espérer.

— Ensuite, la cavalerie débarque, sauve les meubles et veille à faire savoir au prince Hashim que l'Oncle Sam surveillait ses arrières depuis le début, en lui rappelant gentiment que ni l'Iran ni le Hamas n'en auraient fait autant.

— Ouais, en gros, c'est ça, confirma Clara. Maintenant, que vient faire Volkov là-dedans ?

Ne perdant pas de vue qu'elle travaillait toujours pour Jones, Storm l'informa sans trop lui en dire, car lui faire davantage confiance qu'à son employeur, c'était comme faire davantage confiance à un joueur de bonneteau qu'à un arracheur de dents.

Quoi qu'il en soit, il lui résuma la théorie de Click et le rôle de Cracker dans l'affaire. À voir sa réaction, il était manifeste qu'elle ne savait rien. Pour une fois, Clara Strike n'avait pas l'air de chercher à l'arnaquer.

— Si cela peut t'aider, on n'a pas vu signe de Volkov ou de ses hommes, dit-elle. Et, crois-moi, on surveille. Tu connais mieux que personne les habitudes de Volkov. C'est le genre à traverser la rue sans regarder. Jamais il ne s'en prendrait à Cracker sans avoir mené sa petite enquête. À mon avis, il n'est pas encore dans les parages.

— Ou alors, ce qui est plus probable, le modèle de Click est erroné, dit Storm. Cracker n'est pas le sixième banquier. Vous avez encore du monde sur place ?

Clara opina du chef.

— Bon, donc, si Volkov vient fureter, on le saura. Mais je commence à penser qu'il faut que je demande au docteur Click de revoir sa copie. Je n'ai pas l'impression que Cracker est la prochaine victime.

Storm éprouva un certain soulagement à l'idée de savoir Cracker et sa famille à l'abri. D'un autre côté, cela signifiait qu'un autre banquier (lui aussi sans doute marié et père de plusieurs enfants) était en danger. Or Storm n'avait pas la moindre idée de qui il pouvait s'agir. Il se sentait réduit à une frustrante impuissance.

— Eh bien, je suis ravie que le sort nous ait réunis, dit-elle quand il eut terminé. Ça me fait très plaisir de te voir, tu sais. Je pensais que tu étais… Enfin, avec Jones, peut-on jamais savoir ? Il y a quand même eu des moments où j'ai vraiment cru que tu étais mort. Je tergiversais. Parfois, je me disais que, non, ce n'était pas possible. Qu'il faudrait une arme nucléaire pour le tuer, mon enfoiré. Et puis, à d'autres, je repensais à la fois où j'avais failli te perdre et je me disais qu'ils avaient peut-être fini par t'avoir...

— Eh ouais..., fit Storm calmement. Désolé de ne pas avoir donné signe de vie.

— J'aurais fait pareil.

— Tu as fait pareil, ne put-il s'empêcher de répliquer.

— Je sais, mais... Enfin, quoi, ce sont des excuses que

tu veux ? Tu sais très bien à quel jeu on joue. Ça ne me plaît pas plus qu'à toi parfois, mais je l'accepte ; ça fait partie du monde qu'on s'est choisi. Ou peut-être du monde qui nous a choisis. Mais ce n'est pas si important, finalement. Tu peux râler et bouder tant que tu veux, mais on sait très bien tous les deux qu'on ne changerait rien à tout ça, même si on le pouvait. On est comme ça.

— Ouais, se contenta de répondre Storm.

Parfois, il valait mieux ne pas en rajouter avec Clara. Elle posa la main sur la sienne. Dans la pénombre, l'alcool commençait à dissiper l'adrénaline qui faisait tenir Storm depuis plusieurs jours.

— Tu te souviens quand on a découvert ce bar ? fit-elle.

— Bien sûr. C'était après l'affaire Marco Juarez, dit Storm, le cœur réchauffé par ce souvenir.

Juarez était un baron de la drogue panaméen. « Était ». Heureux et surpris d'avoir survécu à cette expérience, Derrick et Clara avaient fêté sa mort à Manhattan en passant une semaine intense à faire l'amour, manger et boire, à peu près dans cet ordre. Et en boucle. Même s'il ne l'avouerait jamais à haute voix, s'il devait un jour revivre une seule semaine de sa vie, Storm choisirait celle-là.

— Là encore, j'ai bien cru te perdre, commenta-t-elle.

— Oh ! ça ? C'était juste un bobo.

Elle entrelaça ses doigts dans les siens.

— Tu m'as tellement manqué, dit-elle, les yeux humides et brillants. Parfois, tu sais, je pense à nous et...

Elle s'interrompit. Storm avait tourné la tête ailleurs.

— Je n'ai pas très envie de parler de ça, dit-il.

— En ce moment, ou jamais ? demanda-t-elle.

— Je ne sais pas.

Subitement, elle tourna la tête à son tour. Puis elle se leva et se tamponna le visage à l'aide d'un mouchoir en papier.

— Fais gaffe : le présent a vite fait de se transformer en éternité, lâcha-t-elle en quittant le bar.

En la regardant franchir la porte, il ne put s'empêcher de se demander si ses larmes étaient sincères.

***

Storm régla l'addition, puis partit à son tour. Décidément, rien ne lui avait plu dans ce moment partagé avec Clara Strike. Il ne fallait pas s'acharner à rouvrir de vieilles blessures et certainement pas celle-là. En tout cas, pas maintenant. Peut-être à cause de ses sentiments pour Ling Xi Bang. Peut-être parce qu'il sentait qu'un inconnu attendait qu'il lui sauve la vie.

Storm se réfugia dans un café pour boire un petit noir afin de dissiper les vapeurs d'alcool et envoya un bref e-mail à Rodney Click. L'informant que Whitely Cracker était apparemment une impasse, il lui demanda s'il avait d'autres pistes.

Storm venait d'appuyer sur envoi, quand son téléphone sonna.

— Agence Storm.

— Derrick, c'est Ling. On peut parler ?

— Vas-y, dit-il, heureux d'entendre le son de sa voix.

— Je sors du bureau du sénateur. Le donateur est un certain Whitely Cracker.

— Quoi ?! s'exclama Storm, qui avait parfaitement entendu.

— Après avoir fait boire Whitmer, j'ai réussi à mettre l'amendement sur le tapis. Il a reconnu l'avoir fait pour le compte d'un « ami très généreux », dont il n'a pas voulu me donner le nom, mais, plus tard, une fois qu'il s'est écroulé, j'ai trouvé un bloc-notes sur son bureau avec tous les renseignements. Les cinq millions sont censés provenir de cinq sociétés, mais il semble bien que tout l'argent soit fourni par ce Cracker. Ça te dit quelque chose ?

— Ouais, je sors de chez lui, en fait, dit Storm. D'après le modèle de Rodney Click, Cracker devait être le sixième banquier. À mon avis, le modèle s'est un peu emmêlé les pinceaux. Au lieu de nous trouver la victime, il nous a trouvé le suspect.

Storm bouillait en repensant à ses échanges avec Cracker. Le banquier avait laissé Storm entrer chez lui et s'était comporté comme s'il était l'agneau, non le loup.

Il avait fait comme si de rien n'était, si bien caché son jeu que, lorsque Storm avait mentionné le nom de Volkov, il en avait même vérifié la prononciation russe, alors que c'était lui qui l'avait engagé.

D'abord, Storm s'en voulut : il était à deux doigts de terminer sa mission et il ne s'en était même pas aperçu. Puis sa colère se retourna contre Cracker, l'homme qui avait déjà causé tant de mal et qui comptait continuer sans se préoccuper du sort de ses victimes. Tout cela au nom du sacro-saint billet vert.

Enfin, Storm se calma. Il ne servait à rien de s'énerver. De plus, il pouvait tirer parti de sa propre erreur en laissant Cracker se croire sous sa protection. Aussi ne le verrait-il pas venir.

Là, pas de doute : Storm lui tomberait dessus. Tout seul. Sans faire appel à Jedediah Jones. Tout ce qu'il avait, c'était le feu vert d'un agent chinois – quelqu'un avec qui il n'avait même pas reçu l'autorisation de travailler.

Jones allait hurler quand il apprendrait cette violation de la sécurité. Et pourtant, Storm ne doutait pas d'elle un seul instant. L'ironie de la situation le faisait sourire : dans toute cette histoire, la seule personne à laquelle il pouvait se fier était un agent ennemi.

Dans sa distraction, Storm traversa la 9e Rue sans regarder. Une Nissan Maxima le klaxonna. Il s'excusa d'un signe de la main.

— Tout va bien ? s'enquit Xi Bang. Qu'est-ce que tu fais ?

— Je joue avec les voitures, dit-il. Et je réfléchis.

— Ah ! Et à quoi ?

— Je pense qu'on devrait rendre une petite visite à Whitely Cracker, toi et moi, demain matin, dit Storm.

— Et ?

— On lui raconte ce qu'on sait et on le pousse aux aveux. S'il n'avoue pas, on l'embarque et on le retient jusqu'à ce qu'on puisse prouver tout ça. Au moins, il sera hors circuit et dans l'impossibilité de jouer avec son MonEx. Tu n'as qu'à venir me rejoindre à New York. Il y a une navette au départ de Reagan National à six heures. Ça te fait atterrir à LaGuardia à sept heures. Je passe t'y prendre.

— Dites-moi, agent Storm, c'est un rendez-vous ou je me trompe ?

— Non. C'est Jenny Chang que je viens chercher. D'après les photos que j'ai vues sur Internet, c'est une vraie bombe, tu sais.

***

Storm se dirigeait, à pied, vers l'un de ses hôtels préférés – le W sur Union Square – quand son téléphone le prévint qu'il venait de recevoir un e-mail.

Click, qui n'avait pas encore réussi à s'arracher à son clavier d'ordinateur après avoir passé la journée à modifier son modèle, expliquait, sur deux longs paragraphes, le détail des changements de variables qu'il y avait apporté. L'ordinateur considérait toujours Cracker comme le premier choix de Volkov, mais, quand on lui demandait de ne pas tenir compte de cette option, il proposait un autre candidat.

Un certain Timothy Demming, chef cambiste à la NationBank. Selon le modèle, les probabilités s'élevaient à soixante-treize pour cent.

« Je l'ai rencontré à un congrès. C'est un trader à la con comme tant d'autres, écrivait Click, *mais que je ne vois absolument pas procéder au genre d'opérations dont nous avons parlé. Disons néanmoins que c'est possible. »*

Sans hésitation, Storm chercha l'adresse de Demming sur son application, qui le localisa à deux pas, dans le quartier financier. Storm monta dans le premier taxi se dirigeant vers le sud et, sans crainte du ridicule, demanda au chauffeur de se dépêcher.

La 2e Avenue défila par la vitre, puis Houston Street. Certes, New York ne dormait jamais, mais, comme minuit avait déjà sonné, ceux qui ne dormaient pas avaient au moins le bon sens de ne pas venir encombrer les rues.

Le temps du court trajet, Storm fit une recherche sur Demming dans Google. C'était bien une star à la NationBank. On parlait de lui dans plusieurs blogs et, d'après les photos, il était plutôt bel homme, mais il avait quand même l'air un peu glauque. Du genre à casser la tirelire d'un gamin pour ne pas laisser échapper la moindre piécette.

Arrivé à destination, Storm se trouva au pied d'une résidence de standing, un immeuble comme il avait commencé d'en surgir dans les années 1990 dans le bas du West Side. Demming habitait au dernier étage. Storm régla son taxi et franchit les portes à tambour de l'immeuble.

— Vous pourriez m'annoncer à monsieur Demming au 52 J, s'il vous plaît ? demanda Storm au concierge à l'accueil.

— Il est un peu tard, fit remarquer l'homme d'âge mûr et bedonnant, dont l'étiquette de l'uniforme à dorures indiquait Clark Laster en lettres majuscules.

— Oui, mais c'est une urgence.

Laster soupira et, avec force simagrées, ouvrit le registre posé devant lui.

— Désolé, mais monsieur Demming a laissé pour instruction de ne pas le déranger après vingt-deux heures. C'est écrit noir sur blanc.

Laster tourna le livre, afin que Storm puisse lire par lui-même. Storm fit mine de se pencher pour examiner le document de plus près, mais, au lieu de cela, il attrapa Laster par la peau du cou, juste au-dessus de la clavicule.

L'homme tenta de lui échapper, mais Storm resserra sa prise.

— Aïe ! Mais qu'est-ce que vous... ?

Avant d'avoir pu achever sa phrase, Laster tomba dans les vapes.

— Désolé, l'ami, mais je n'ai pas le temps de prendre des pincettes, s'excusa Storm.

Storm appela l'ascenseur qui le déposa au cinquante-deuxième étage. L'ambiance y était feutrée comme dans un hôtel. Il gagna rapidement l'unité J, tout au bout du couloir, et appuya sur la sonnette. Pas de réponse. Il sonna de nouveau. Toujours pas de réponse.

Demming devait être sorti. Les gars de Wall Street avaient la réputation de divertir leurs clients jusqu'au petit matin. Storm décida que le mieux était d'attendre Demming à l'intérieur.

Il recula pour mieux évaluer la situation. La porte était blindée, du genre bruyant à fracturer ; en revanche, la serrure fonctionnait à l'aide d'un bon vieux pavé numérique analogique.

Il fallut à Storm vingt-huit secondes exactement pour l'ouvrir. Il y avait certains avantages à avoir un père au FBI, spécialisé un temps dans le braquage des banques. Apprendre à ouvrir un coffre en faisait partie.

Content de lui, Storm ouvrit la porte… sur une mare de sang. Il y en avait partout. Sur les murs. Par terre. Sur le canapé. Même sur les tableaux. On aurait dit qu'on en avait arrosé l'appartement à l'aide d'un tuyau.

Bien que se sachant arrivé trop tard (Volkov avait été plus rapide, une fois de plus), Storm dégaina son arme. Il entra avec précaution, veillant à éviter les flaques de sang et regardant droit devant lui, pour le cas où Volkov et ses hommes seraient encore là pour une raison ou une autre.

Ce n'était pas le cas. En revanche, Demming, si. Son corps dépassait derrière le canapé. On lui avait apparemment fourré dans la bouche une culotte de femme qu'on avait ensuite maintenue en place par un collant. Un bout de volant rose s'échappait par un côté du bâillon.

Son torse nu couvert de contusions indiquait qu'il avait été tabassé avant de mourir. Plusieurs de ses côtes, présentant de multiples fractures, lui transperçaient la peau en plusieurs endroits.

Il portait des brûlures de cigarette sur les deux bras. Les marques de part et d'autre de ses mamelons laissaient supposer qu'on lui avait posé des électrodes pour lui envoyer des décharges électriques à travers le corps. Et, bien sûr, il n'avait plus un ongle à la main droite.

On s'était appliqué à torturer Demming. On avait manifestement voulu lui faire mal. Très mal. Il avait beaucoup souffert avant de mourir, beaucoup plus que les autres victimes.

Néanmoins, sa mort n'avait rien à voir avec tout cela. La cause du décès était en effet sans équivoque : on l'avait pratiquement décapité en lui tranchant la gorge. Ce qui expliquait ce bain de sang.

Storm se baissa pour lui toucher l'épaule. Le corps était froid. Aucun indice, donc, révélant où Volkov était maintenant parti se terrer.

Sachant qu'il ne trouverait rien d'utile, Storm balaya rapidement le reste de l'appartement. Sur les autres scènes de crime, rien n'avait été laissé au hasard ; cependant, il devait s'en assurer. Avec méthode, il vérifia donc une pièce après l'autre, se forçant à rester concentré. Mais son esprit vagabondait.

Volkov avait désormais entre les mains les six codes. S'il savait se servir d'un MonEx ou s'il avait remis les codes à quelqu'un sachant le faire, Wall Street risquait à tout moment un tsunami financier. Car, en semaine, le Forex restait ouvert jour et nuit. C'était comme ne pas savoir comment évacuer le bas d'une montagne sur le point de subir un glissement de terrain. Conformément à son attente, l'appartement ne révélait rien de plus. Storm allait donc s'en aller, quand deux policiers en uniforme franchirent la porte d'entrée.

— Ne vous emballez pas, je suis de la CIA et ce n'est pas mon œuvre, déclara-t-il aussitôt.

Le responsable contempla la mare de sang, jeta un œil à Storm, puis dégaina son arme et la braqua sur lui.

— Police de New York ! Les mains en l'air ! s'écria-t-il.

***

Storm se laissa passer les menottes tout en expliquant à l'agent qu'il s'agissait d'un malentendu. Comme si le flic n'avait jamais entendu cela de sa vie…

On le fit allonger face contre terre dans le couloir en attendant les renforts demandés par radio. Très vite, il lui sembla entendre débarquer la moitié du 20e commissariat de la ville.

Dans l'heure qui suivit, Storm fut autorisé à s'asseoir, puis on le conduisit dans la cuisine. Le fait d'indiquer qu'il faisait partie de la CIA lui avait certes épargné d'être embarqué au poste et placé en garde à vue, mais cela ne lui avait pas exactement fait gagner le cœur de ces hommes en uniforme. De la cuisine, il les entendait très bien bavarder entre eux. Quand Clark Laster avait repris ses esprits, il était un peu secoué, mais surtout très énervé. Il avait appelé la police qui, avec perspicacité, avait déduit que l'homme ayant demandé M. Demming s'était probablement rendu… chez M. Demming.

De prime abord, Storm risquait entre vingt-cinq ans de prison et la perpétuité, CIA ou pas CIA. Puis l'arrivée de la légiste, une Noire très séduisante, vint troubler leur petite fête : la mort remontant à plusieurs heures, l'inconnu aux gros biscoteaux qui venait d'arriver ne pouvait pas y être mêlé.

Ensuite, la légiste rendit les choses encore plus intéressantes. Demming était en fait hermaphrodite. Sous son apparence masculine, il cachait les organes sexuels à la fois d'un homme et d'une femme. Personne ne s'étonna donc lorsque les enquêteurs en civil chargés de la fouille de l'appartement découvrirent des vêtements pour homme et pour femme, bien qu'à l'évidence, une seule personne occupât l'appartement.

On en conclut alors que Demming devait aimer être un homme le jour, car il était ainsi plus commode de faire partie de la bande de ces messieurs de Wall Street, mais qu'il s'autorisait parfois à céder à son côté féminin la nuit. Cela expliquait en tout cas la lingerie et le collant utilisés pour le bâillonner.

Storm resta simple spectateur devant les spéculations des enquêteurs. Ce n'est qu'une heure plus tard qu'une brune aux yeux noirs vint lui présenter son badge dans la cuisine. C'était de loin la plus jolie enquêtrice qu'il ait jamais vue.

— Bonjour, monsieur Storm. Nikki Heat, police de New York.

— Nikki Heat..., répondit Storm avec amabilité. Je n'aurais pas entendu parler de vous dans un magazine, par hasard ?

— Si, mais si vous ne voulez pas d'ennuis, je vous conseille d'éviter le sujet.

— C'est bien noté, rétorqua Storm.

Puis, d'un signe de tête, il désigna un homme qui avait surgi derrière elle, hors de portée de voix.

— Qui est-ce ?

— Jameson Rook. C'est... Cela ne vous regarde pas.

— Rook, le reporter ?

— Oui, confirma-t-elle, l'air manifestement agacé.

— J'ignorais qu'il était si bel homme, commenta Storm.

— Décidément, vous cherchez les ennuis.

Storm haussa les épaules, tandis que Rook s'approchait.

— Excusez-moi, inspecteur Heat. Qui est-ce ?

— Notre suspect, annonça-t-elle.

Rook jaugea Storm un instant.

— Un beau gosse pareil ? Impossible.

— Hé ! Ça vous dérangerait que je lui pose quelques questions, mesdemoiselles, les interrompit Nikki Heat, avant que vous ne partiez vous chercher une chambre ?

— Désolé, fit Rook.

L'inspecteur Heat se tourna vers Storm.

— Pourriez-vous m'expliquer, s'il vous plaît, ce que vous faisiez dans cet appartement en compagnie du corps de monsieur Demming ?

— Je doute fort que cela vous plaise, mais je peux vous dire qui est le tueur.

— Génial, commenta l'enquêtrice avec sarcasme. Alors, vous allez aussi pouvoir me dire où il est, obtenir un mandat d'arrestation et lui mettre le grappin dessus, que je puisse rentrer me coucher ?

Storm soupira.

— C'est là que ça se complique, dit-il.

VINGT-QUATRE

Queens, New York

Le terminal de Delta Airlines à l'aéroport de LaGuardia était en travaux depuis si longtemps que Storm aurait juré qu'on l'avait déjà reconstruit au moins trois fois. Les échafaudages encore en place semblaient faire désormais partie des meubles.

Storm arriva à 6 h 45, la mine fripée et se sentant encore plus mal. La nuit passée au poste avait été longue. Grâce à l'intervention d'un agent de la CIA qui s'était porté garant pour lui, Storm avait certes été relâché, mais cela compliquait davantage la situation, car cet agent ne manquerait pas d'informer un journaliste qui joindrait son employeur dans les vingt-quatre heures, voire moins, et Storm devrait répondre tout en finesse aux questions de Jedediah Jones.

Le dernier obstacle à franchir avait été Laster, le concierge, qui voulait porter plainte pour voies de fait. Il avait également fait allusion à une procédure civile pour demander des dizaines, voire des centaines de milliers de dollars de dédommagement pour préjudice matériel et moral. Alors, Jameson Rook lui avait promis, s'il abandonnait les poursuites, une invitation à l'une des fêtes organisées pendant la semaine de la mode et fréquentées par les plus beaux mannequins de la planète. Cela s'était finalement révélé suffisant pour compenser le préjudice.

Storm avait chaleureusement remercié Rook pour son aidc. Les deux hommes s'étaient une dernière fois complimentés l'un l'autre pour leur charme voyou, ce qui leur avait valu un commentaire désobligeant de l'inspecteur Heat, puis Storm était parti s'octroyer quelques heures de sommeil au W tout en regrettant amèrement de ne pouvoir profiter pleinement de sa chambre Spectaculaire.

Pour se rendre à l'aéroport, il avait pris un taxi qui l'avait déposé au garage, où il laissait sa Mustang Shelby GT500 – et surtout des armes. Il avait alors songé à donner congé au chauffeur, mais s'était ravisé, car il avait déjà laissé en plan une Mustang – la voiture qu'il avait louée pour se rendre chez Cracker et dont il devrait s'occuper plus tard. Il avait donc terminé le trajet en taxi.

Maintenant, il attendait dans le hall des arrivées de LaGuardia. Alors qu'il se réjouissait à la perspective de ses spectaculaires retrouvailles avec Ling Xi Bang, son téléphone satellite sonna. L'indicatif lui révéla que l'appel provenait de Roumanie. Il ne pouvait s'agir que d'une personne.

— Sœur Rose. Vous avez changé d'avis au sujet de ma proposition ?

— Oh ! Derrick, si seulement je t'appelais pour une raison si agréable, se lamenta Sœur McAvoy avec son inimitable accent irlandais.

— Que se passe-t-il ? demanda Storm.

— Navrée de te déranger. Si tu es en train de sauver le monde, tu n'as qu'à envoyer paître la vieille nonne que je suis.

— Vous savez bien que j'ai toujours le temps pour vous, Sœur Rose.

— Derrick Storm, tu es un véritable don du ciel ! s'exclama-t-elle. Mais j'ai bien peur que nous ayons surtout besoin d'un miracle.

— Que se passe-t-il ?

— Le diocèse a décidé de fermer l'orphelinat.

Aussitôt, Storm se transporta en esprit à des milliers de kilomètres, à l'orphelinat du Saint-Nom, ce petit paradis dans la grisaille de Bacău. Il revit les yeux des enfants sauvés par ses soins. Il se souvint en particulier de Katya Beckescu, la fillette qui chassait les papillons en serrant son ours en peluche tout abîmé contre son cœur.

— Mais pourquoi diable feraient-ils une chose pareille ? Sans vouloir prétendre m'y connaître, qui d'autre que vous se chargerait mieux de réaliser l'œuvre de Dieu ?

— Ce n'est pas le problème, Derrick. C'est une question d'argent. L'abbaye qui nous accueille a une grande valeur. Comme le diocèse est en train de faire faillite, l'évêque se dit qu'il pourrait tirer dix-sept millions de lei de sa vente. Soit l'équivalent de cinq millions de dollars. Apparemment, si la vente de l'abbaye peut sauver le diocèse, mieux vaut garder le diocèse que juste un orphelinat.

— D'accord, mais... pourquoi ne pas simplement vous déménager ailleurs ?

— Nous n'avons nulle part où aller. L'abbaye est le seul endroit assez spacieux pour nous accueillir tous. C'est aussi ce qui fait sa valeur. Et puis...

La suite se perdit dans un sanglot étouffé. Storm appuya le téléphone contre son oreille.

— Qu'y a-t-il, Sœur Rose ?

— L'évêque dit qu'une fois l'abbaye vendue, il sera temps pour moi de prendre ma retraite, expliqua-t-elle.

Storm entendit presque les larmes lui couler le long des joues.

— Ils me mettent au rebut, Derrick. Je ne suis qu'un vieux débris dont plus personne ne veut. Je vais aller rejoindre les vieilles biques gagas dans une de ces maisons de retraite pour nonnes, et me heurter aux murs et baver mon porridge comme elles. Oh ! je sais que je devrais accepter mon sort si c'est celui que Dieu me réserve. Dieu sait que je suis vieille, maintenant, mais les enfants... Qui va s'occuper de ces malheureux ?

— Vous, Sœur Rose. Il y doit bien y avoir moyen de convaincre l'évêque de l'absurdité de la chose.

— Je crains, hélas, que non, protesta-t-elle d'une voix étranglée. Que Dieu me pardonne de parler ainsi de l'un de Ses serviteurs. J'ai pourtant vu passer bien des évêques, mais celui-là est une vraie mule. Aussi bête que méchant. La seule chose qui le fasse réagir, c'est l'argent.

— Donc, il vous faut cinq millions de dollars, dit Storm.

Si elle avait dit un million, il aurait pu lui signer un chèque sur-le-champ, mais cinq millions, c'était plus qu'il ne pouvait se permettre.

— Je suis désolée de t'ennuyer avec ça, Derrick. Je ne savais vraiment pas vers qui me tourner. J'ai bien un petit réseau d'âmes charitables comme toi qui m'aide à nourrir ces enfants, mais cinq millions de dollars ? Je ne vois pas du tout où je vais pouvoir trouver autant d'argent ; seulement, je sais que tu es capable…, que tu accomplis parfois des prodiges. Alors, je me disais que peut-être...

— N'en dites pas plus. Je m'en charge.

— Mais, Derrick, comment...

— Ne vous inquiétez pas, dit Storm en apercevant Xi Bang qui franchissait le contrôle de sécurité. Je m'occupe de l'argent, Sœur Rose. Vous, prenez soin des enfants, d'accord ?

— Dieu te bénisse, Derrick. Je dirai une prière pour toi ce soir, comme tous les soirs.

Je risque d'en avoir besoin, pensa Storm.

— Puisque vous dites toujours que Dieu écoute vos prières, peut-être pourriez-vous aussi en dire une pour vous, suggéra-t-il.

— C'est bien mon intention, crois-moi.

— À très bientôt, Sœur Rose. Prenez soin de vous.

Il raccrocha au moment où Xi Bang se glissait près de lui et lui plantait un baiser enthousiaste sur les lèvres. Elle portait encore sa « tenue de travail », pour le plus grand plaisir des voyageurs qui avaient partagé son vol en classe affaires.

— J'ai un petit cadeau pour toi, annonça-t-elle.

— Je croyais que c'était ça, mon cadeau, dit Storm en indiquant sa tenue.

— Non, mieux que ça, dit-elle en lui remettant avec cérémonie le sachet en plastique qu'elle cachait jusque-là derrière son dos.

Storm reconnut le logo d'une boutique de l'aéroport Reagan National. Il ouvrit le sac. À l'intérieur se trouvaient deux montres talkie-walkie SuperSpy fabriquées par Intelligence Enterprises. POUR ÉCHANGER DES MESSAGES SECRETS COMME DE PARFAITS ESPIONS ! pouvait-on lire sur le carton d'emballage. PLUSIEURS CANAUX DISPONIBLES PAR RÉGLAGE DE LA FRÉQUENCE ! PORTÉE EFFECTIVE DE MILLE MÈTRES !

— Je me suis dit que, dans un esprit de coopération internationale, il nous fallait être sur la même longueur d'onde ! lança-t-elle. Comme ça, on pourra rester en contact.

Storm déchira l'emballage, enfila la montre à son poignet gauche et la contempla un instant.

— C'est le plus chouette joujou qu'on m'ait jamais offert, s'émerveilla-t-il.

VINGT-CINQ

New York

L'ascenseur de la tour Marlowe propulsa ses occupants au quatre-vingt-septième étage, où les attendait le terrain de jeux de cinq cent cinquante mètres carrés de la Société new-yorkaise d'opérations en Bourse.

— Enfin, personne n'y a jamais réfléchi ? S-N-O-B. Le sigle du nom de la société donne « snob », dit Xi Bang. Ce n'est même pas ma langue maternelle et, pourtant, je l'ai remarqué.

— C'est peut-être voulu, suggéra Storm.

— Dans quel but ? Par pur élitisme ?

— Tu ne vas quand même pas nous refaire le chapitre sur le capitalisme ?! protesta Storm.

Pas du tout. Pas après la petite escale qu'ils s'étaient accordée au grand magasin Barney's avant d'arriver au bureau de Whitely Cracker. Storm faisait partie de ces clients particuliers qui bénéficiaient de créneaux horaires privés et qui en profitaient largement. Ils avaient parcouru les rayons à toute allure, comme des enfants impétueux, en bavardant par le biais de leurs montres talkie-walkie. Xi Bang était repartie avec une robe noire décolletée de chez Balenciaga, une pièce d'une éblouissante sobriété qui lui avait permis de se débarrasser avec joie de sa tenue d'écolière. Pour l'accessoiriser, elle avait choisi une pochette Delvaux juste assez grande pour loger l'élégant Taurus PT709 calibre 9 mm que Storm lui avait confié.

Lui-même avait opté pour un costume Andrea Campagna à larges rayures, qui lui permettrait de se fondre dans le décor. Heureusement, il était coupé assez large pour couvrir à la fois ses pectoraux et l'étui de son Smith & Wesson modèle 629 Stealth Hunter, l'une de ses armes préférées, une version modernisée et légèrement plus discrète du .44 Magnum immortalisé par Clint Eastwood dans *L'Inspecteur Harry*.

La tactique dont ils avaient débattu durant le reste du trajet pour aborder Cracker était simple : ils se frayeraient un chemin jusqu'à son bureau à coups de bluff, puis le mettraient au pied du mur. S'ils obtenaient des aveux, tant mieux. Dans le cas contraire, ils l'appréhenderaient de gré ou de force. Pour l'aspect légal, ils verraient plus tard.

Une fois sortis de l'ascenseur, ils franchirent les portes en verre dépoli de la S. N. O. B. et se retrouvèrent face à une standardiste zélée. Elle savait pertinemment que ces deux inconnus sur leur trente-et-un n'avaient pas rendez-vous. Storm ne s'en faisait pas. Grâce à Clara Strike, il savait exactement quoi dire.

— Bonjour, dit Storm sur un ton autoritaire en feignant un accent du Moyen-Orient. Je suis Mustafa Mattar et voici mon assistante, Fatima al-Fayez. Nous sommes envoyés par Son Altesse Royale le prince Hashim et nous exigeons d'être immédiatement reçus par monsieur Whitely Cracker ou nous serons forcés de retirer tout l'argent de nos comptes.

Peu importait à la secrétaire, du moins pour l'instant, que ni Storm ni Xi Bang ne semblent en rien arabes. Ce qui retint en revanche son attention fut la menace de voir disparaître du fonds d'investissement de son patron les trois quarts ou presque d'un milliard de dollars.

— Oui, oui, bien sûr, monsieur Mattar. Monsieur Cracker est...

— Pourquoi suis-je encore là à attendre ? s'agaça Storm en redressant le menton. Le prince m'envoie avec un ordre royal. En Jordanie, la coutume et la loi veulent qu'un émissaire du prince soit traité comme le prince en personne. Me suis-je bien fait comprendre ?

— Oui, mais monsieur Cracker s'est absenté une minute. Si vous vouliez bien, s'il vous plaît, prendre un siè...

— Certainement pas. Il est hors de question que j'attende. J'exige de savoir où il se trouve en cet instant précis.

— Je vous en prie, asseyez-vous, je vais l'appeler. Il s'est simplement rendu chez le traiteur en face. Si je l'appelle, il sera de retour...

— Le traiteur en face ? répéta Storm. Très bien. Miss al-Fayez ? Allons-y.

Storm fit vivement demi-tour, Xi Bang sur ses talons.

— Bien joué, Mustafa, fit Xi Bang, dès que les portes vitrées se furent refermées derrière eux. Le traiteur ?

— Le traiteur, confirma Storm.

Ils redescendirent en silence en se tenant la main dans l'ascenseur. Un manque certain de professionnalisme pour deux représentants d'un prince, mais Storm était relativement sûr qu'ils n'auraient plus jamais besoin de cette couverture. Au rez-de-chaussée, ils repassèrent les portes à tambour de la tour Marlowe et s'apprêtaient à traverser la rue pour rejoindre la devanture dont l'enseigne indiquait TRAITEUR, comme il se devait, quand Storm aperçut deux hommes assis derrière la vitre.

Ils étaient en grande conversation. L'un avait les cheveux blond cendré et l'air d'être né avec une cuillère en argent dans la bouche, l'autre présentait de vilaines cicatrices sur le visage et portait un cache-œil.

La main de Storm se resserra comme un étau sur celle de Xi Bang.

— Qu'y a-t-il ? demanda-t-elle.

— C'est Cracker, répondit-il. Attablé avec Gregor Volkov.

Storm lâcha Xi Bang. Sa main chercha le Smith & Wesson de l'inspecteur Harry.

— Attends, fit Xi Bang en lui saisissant le bras. Ne fonce pas sans réfléchir. Il nous faut d'abord un plan.

— On n'a pas le temps pour ça, objecta-t-il en se dégageant. Volkov m'a déjà trop souvent échappé.

Et inutile d'ajouter qu'il n'était pas question pour Storm que cela se reproduise. Cette fois, Volkov ne s'en sortirait pas avec quelques brûlures.

Cette fois, il n'y aurait ni deuxième ni troisième ou quatrième acte. Cette fois, il ne cesserait de lui tirer dans la tête que lorsqu'il serait mort et enterré.

Storm avait tout de même peine à en croire ses yeux. Cela faisait des années qu'il traquait Volkov aux quatre coins du monde, et voilà qu'il se trouvait là, devant lui, assis chez le traiteur comme n'importe quel autre New-Yorkais, au vu et au su de tous. Les passants qui s'arrêtaient prendre un café et un bagel sur le chemin du bureau étaient sans doute loin d'imaginer que l'un de ces deux hommes était un terroriste international et que l'autre planifiait une catastrophe financière qui ferait passer la crise de 2008 pour un simple mouvement baissier du marché.

Storm leva son arme et visa.

— Derrick, pour l'amour du ciel, attends ! cria Xi Bang.

Mais Storm traversait déjà la rue à grands pas, l'arme au poing, sans prêter attention à la circulation. Les yeux et le canon braqués sur Volkov. Dès qu'il aurait l'assurance d'avoir une ligne de mire dégagée, il tirerait. Le .44 Magnum lui permettait de transpercer la vitre et d'avoir encore amplement de quoi achever le travail.

Un camion de propane évita Storm et le gratifia d'un grand coup de klaxon.

***

Gregor Volkov était aux anges. Il savourait la situation. Whitely Cracker, le pire de ces chiens de capitalistes américains, l'avait appelé – non, convoqué comme un simple domestique –, persuadé qu'il serait ravi et honoré d'accepter ses six millions de dollars en échange des six codes MonEx.

Qui était Gregor Volkov pour Whitely Cracker ? Une paire de gros bras sans rien dans le ciboulot, pas assez évolué pour assister aux mêmes opéras ; un malfrat débile, dont Cracker ne voulait même pas dans son bureau ; un malheureux de Russe qui se contenterait des miettes qu'on daignerait lui laisser sur un coin de table ?

Le banquier était loin du compte. Mais il n'allait pas tarder à s'en rendre compte.

Volkov avait entrepris de lui exposer les choses. Désormais, c'était lui le maître et Cracker le larbin. Les codes MonEx serviraient à faire ce que lui déciderait – quand et comme il le dirait.

Le Russe se délectait tant qu'il alla jusqu'à expliquer le pourquoi de ce revirement. Plusieurs de ses compatriotes oligarques, avec lesquels il était en relation, s'étaient empressés d'accepter de lui reverser une part des gains inattendus que leur rapporterait l'accomplissement de la théorie de Click. Assuré de ces fonds, le général Volkov pourrait perpétrer le coup d'État qu'il préparait contre la bande de voleurs en place à Moscou, ces escrocs dont la corruption généralisée sapait les forces de la mère Russie. Finis les dégâts de la guerre froide, l'absurdité de l'Union soviétique et ce gouvernement de polichinelles.

Au détriment des économies du reste du monde, avec Volkov à sa tête en dictateur soutenu par les militaires, la Russie se relèverait enfin, sans ces filous ni toutes ces personnes à charge qui l'affaiblissaient.

Bien sûr, Cracker aurait son rôle à jouer. Pas seulement à cause du Ruger que Volkov tenait dissimulé sous la serviette sur ses genoux, tandis qu'ils bavardaient, mais parce que toute forme de désobéissance lui coûterait beaucoup plus cher ; or ce prix, ce ne serait pas directement à lui de le payer – du moins pas dans l'immédiat –, mais à sa famille. À sa jolie femme. À son gentil garçon. À sa fille si parfaite.

Volkov en était là quand il sentit subitement ses cheveux se dresser sur sa nuque. S'il était encore en ce bas monde, c'était grâce à certains instincts, et la perception aiguë de son environnement n'était pas le moindre.

Aussi remarquait-il certaines choses. Certains mouvements. Les formes inhabituelles. Un coup de klaxon non pas destiné à attirer l'attention, mais à manifester son mécontentement. Quand toutes ces choses émergèrent au bord de sa conscience, Volkov coupa court à sa conversation avec Cracker et regarda dans la rue, où il vit Storm foncer droit sur eux.

Il ne fallut pas plus d'une demi-seconde au Russe pour étudier calmement ses options. Il retira le Ruger de sa serviette et tira deux coups parfaitement ciblés.

Pas sur Storm.

Sur le camion de propane.

***

La boule de feu créée par l'explosion s'éleva entre les gratte-ciel de la rue en formant un champignon au-dessus de Lower Manhattan. Dans un premier temps, le camion se comprima sous l'effet de la déflagration, puis il se souleva une fraction de seconde dans les airs avant d'être propulsé sur le flanc contre les vitrines du trottoir d'en face. Une trentaine de voitures furent projetées en l'air ; elles retombèrent de manière désordonnée comme des jouets d'enfant, certaines sur le côté, d'autres sur le toit. Une moto se retrouva même à cheval sur un feu de circulation.

Des corps gisaient également un peu partout. Storm, Xi Bang et des dizaines d'autres piétons avaient été jetés à terre et contre les murs. Des automobilistes étaient écrasés à l'intérieur de leur véhicule. Par miracle, le chauffeur du poids lourd avait été éjecté de sa cabine et il ne souffrait d'aucune blessure fatale. D'autres n'avaient pas eu cette chance. Comme le souffle avait fait voler en éclats toutes les vitres des immeubles d'alentour jusqu'au dixième étage, il pleuvait des débris de verre qui obligeaient Storm à garder la tête baissée.

Le temps qu'il relève les yeux, Volkov et Cracker avaient disparu. Xi Bang se redressait déjà. Il lui fallait se décider rapidement : courir après Volkov ou courir après Cracker. Impossible de prendre en chasse les deux.

Cracker était un New-Yorkais, un homme qui n'avait ni l'entraînement pour disparaître ni aucun endroit où se cacher. Volkov, en revanche, était un fantôme connu depuis longtemps pour être capable de passer entre les gouttes sans jamais se faire mouiller. Finalement, il n'y avait pas à tergiverser : ce serait la chasse au fantôme.

— Couvre l'entrée ! cria Storm pour se faire entendre dans la cacophonie des alarmes de voiture. Je fais le tour par-derrière.

— Storm, attends ! cria Xi Bang en réponse, mais autant pisser dans un violon.

Storm fonça dans la ruelle à gauche du traiteur, le révolver toujours serré dans la main droite. L'explosion présentait au moins l'avantage de lui avoir entièrement dégagé la route. Il fit le tour de l'immeuble. La porte de derrière était encore ouverte ; elle battait sur ses charnières comme si quelqu'un venait de la franchir à vive allure.

La ruelle en « L » se terminait en impasse. Pas le moindre signe de Volkov. Il n'y avait aucune autre porte. Où pouvait-il bien… ?

Storm leva alors les yeux, juste au moment où Volkov accédait, par l'escalier de secours, au toit d'un bâtiment en briques de cinq étages. Storm pressa sur la détente, mais sa cible avait déjà disparu.

Storm évalua la situation en un instant. Derrière cet immeuble de briques se dressait un gratte-ciel dont les étages inférieurs abritaient un parking ouvert. Nécessité faisant loi, Volkov aurait peut-être l'audace de franchir d'un bond la ruelle entre les deux bâtiments pour atterrir par l'une des ouvertures du garage. C'était sa seule issue.

Le temps que Storm fasse le tour, il serait trop tard. Si seulement il pouvait prévenir Xi Bang, elle pourrait l'intercepter à la sortie du parking.

Storm baissa alors les yeux sur le petit gadget en plastique fixé à son poignet gauche. Malgré le ridicule de la chose, il appuya sur le bouton de sa montre talkie-walkie.

— Il a gagné le toit de l'immeuble juste au sud du traiteur, indiqua-t-il en courant vers l'escalier de secours. Il va sauter vers le parking de l'immeuble voisin. Tu peux...

— J'y vais, craquela la voix de Xi Bang.

— Je lui colle au train, ajouta Storm en attrapant d'un bond le bas de l'escalier de secours.

Il se hissa sur l'antiquité bringuebalante, puis en gravit les marches quatre à quatre en espérant pouvoir tirer une fois sur le toit. Il y arriva juste à temps pour voir Volkov se glisser par-dessus l'un des murets en béton du parking.

Sans prendre le temps de vérifier s'il pouvait gérer la distance, Storm rengaina son arme et prit son élan. Le toit mesurait une vingtaine de mètres de large, ce qui suffisait pour prendre de la vitesse – ou du moins celle que lui permettraient ses « chaussures italiennes de tapette », comme raillait son père. Au bord de l'immeuble, il s'élança.

L'écart était plus important qu'il ne le pensait. Pendant un horrible instant, il crut qu'il allait manquer d'élan pour le franchir. Il y parvint de justesse et heurta si fort le béton qu'il en eut le souffle coupé. Ignorant la douleur, il bascula par-dessus le muret et resta accroupi le temps de dégainer de nouveau son arme. Puis il se redressa et braqua la cible humaine la plus proche ; or, ce n'était pas Volkov, mais un homme d'âge mûr qui avait l'air bouleversé.

— Ne tirez pas ! Ne tirez pas ! cria-t-il, les mains en l'air.

— Où est-il passé ? demanda Storm.

— Je ne sais pas. Il m'a volé ma voiture !

— Que conduisez-vous ?

— Une Toyota Camry.

— De quelle couleur ?

— Gris métallisé. Vous êtes de...

Mais Storm était déjà loin. Il appuya sur le bouton de sa montre gadget.

— Dans une Toyota Camry gris métallisé qui va sortir d'une seconde à l'autre.

— Ça marche, répondit Xi Bang.

Plusieurs étages plus bas, Storm perçut le crissement des pneus de la voiture, Volkov virant en épingle à cheveux à pleine vitesse. Storm courut vers l'escalier au centre du garage. Certes, Volkov était motorisé, mais il devait négocier les virages, alors que Storm, lui, descendrait tout droit.

À l'avant-dernier étage, il entendit résonner des coups de feu. Apparemment, ils provenaient d'un 9 mm. Restait à espérer qu'ils trouvent leur cible. Des cris retentirent et vinrent se joindre au concert d'alarmes de voiture ; on aurait dit la bande-son d'un film catastrophe.

Arrivé au rez-de-chaussée, Storm se précipita dans la rue. Xi Bang s'approchait lentement de l'arrière de la Camry par la gauche. Accroupie, l'arme toujours au poing, elle avançait parmi des amas de verre brisé. La rue était jonchée de débris dus à l'explosion.

Plusieurs incendies s'étaient déclenchés, et les sirènes des camions de pompiers ricochaient sur les parois des canyons de béton du quartier. Une odeur âcre de fumée emplissait l'air. Des piétons blessés gémissaient, d'autres cherchaient à se mettre à l'abri où ils pouvaient.

Sans prêter la moindre attention à tout cela, Xi Bang était entièrement concentrée sur la Camry, stoppée net au beau milieu de la rue. Le véhicule était en travers de la chaussée, le pneu avant gauche déchiqueté. Il y avait des traces de balles dans les portières, et les vitres étaient cassées.

Storm braqua son arme, prêt à appuyer sur la détente au moindre mouvement. Il contourna la voiture immobilisée de manière à arriver par l'avant gauche.

— Tu l'as eu ? cria Storm en se rapprochant vivement.

— Je crois, répondit Xi Bang. Je ne vois pas comment j'aurais pu le rater.

— Il s'agit de Volkov. C'est comme tirer sur une ombre.

Ils arrivèrent à la voiture en même temps. Elle était vide. Aucune trace de sang. La portière côté passager était ouverte.

— Où a-t-il bien pu passer ? demanda Xi Bang.

— Comment le saurais-je ? J'étais dans le garage.

De l'autre côté de la voiture, la grille d'une bouche d'aération avait été repoussée. Ils avaient leur réponse.

— Il est parti dans les couloirs du métro. C'est la ligne deux-trois, dit Storm en apercevant la station de Wall Street, trois rues plus bas. S'il tente d'aller vers l'est, il n'aura pas d'autre arrêt avant d'avoir franchi l'East River. Il va opter pour le nord et remonter vers Midtown. Storm rengaina son arme. Ça veut dire qu'il ne peut ressortir que par là, dit-il en indiquant la station suivante d'un signe de tête. On va le pincer. Je te laisse le haut ; moi, je prends par le bas.

***

Le puits qui s'enfonçait sous terre était muni d'une échelle que Storm dévala aussi vite qu'il le put sans perdre prise dans l'obscurité. Sous Wall Street, le métro avait beau être moins profond qu'ailleurs, toute chute lui serait pourtant fatale.

Quelque part en contrebas, une rame approchait. Storm sentit le souffle d'air chaud remonter jusqu'à lui tandis qu'il poursuivait sa descente, un barreau à la fois.

Enfin, il arriva au fond du puits, à vingt mètres sous terre. Un faible rayon de lumière lui parvenait de la rue. Le tunnel, lui, n'était pas éclairé. Storm scruta l'obscurité. Il distinguait à peine la voie, à environ quatre mètres plus bas. Or l'échelle continuait sur le côté du tunnel. Il avait donc le choix entre descendre doucement ou sauter. Il opta pour la seconde solution.

Après avoir dégainé son arme, Storm lâcha l'échelle. Pour amortir sa chute, il fit une roulade, comme il était entraîné à le faire. Sitôt redressé, il brandit son arme, prêt à tirer sur tout ce qui bougeait. Il n'y avait pas le moindre rat ni le moindre rai de lumière ni même le moindre bruit.

Le tunnel était désert. Derrière lui, tout était noir. Devant, il percevait une faible lueur à l'endroit où le tunnel présentait un virage vers la droite.

Storm se mit à courir le long des voies en direction de la lumière. Tant pis si Volkov l'attendait au tournant. Grâce à son costume, il n'était qu'une cible noire sur fond noir. Autant prendre le risque d'une embuscade.

Mais, connaissant ce cafard, il était plus probable que Volkov essaye de décamper. Storm accéléra le pas en montant les genoux pour éviter de trébucher.

Il arriva au virage. Toujours aucun signe de Volkov. En revanche, la rame de la ligne deux arrivait derrière lui.

Cela n'inquiéta pas Storm. Il avait remarqué des renfoncements latéraux dans le tunnel, des recoins où les ouvriers pouvaient se mettre à l'abri quand passait une rame. Certain d'avoir le temps d'atteindre le suivant, il ne s'arrêta pas au premier, car il voulait gagner un maximum de terrain sur Volkov. La rame lui arrivait droit dessus.

Elle était passée sur la voie de droite. Il aperçut une encoignure sur la gauche, mais il était trop tard pour réagir. Le souffle indiquait que la rame se rapprochait. Toujours pas d'abri en vue sur la droite.

Il se força à accélérer sa course. Un jour, Storm avait couru le cent mètres en dix secondes et deux dixièmes, une performance de niveau mondial, certes, mais pas suffisante pour rivaliser avec un métro lancé à fond.

Devant lui, son ombre projetée par l'éclairage de la rame raccourcissait à vue d'œil. Le conducteur devait l'avoir repéré, car il klaxonna. Storm appuya sur ses bras et ses jambes. Que pouvait-il lui arriver de plus ignominieux, songeait-il, que de finir écrasé par le numéro deux ?

À la toute dernière seconde, une cavité se présenta sur la droite. Il s'aplatit au fond et enfonça les pieds dans le gravier pour éviter de se faire aspirer. Le train passa à quelques centimètres, sans même que ses passagers se rendent compte de la présence d'un homme, hors d'haleine, sur leur droite.

Dès que la rame fut passée, Storm repartit. Il l'entendit ralentir à l'approche de la station, puis ses freins grincèrent. Un autre bruit couvrit alors le tout.

Des coups de feu. Un gros calibre.

Storm se força à aller plus vite. Des cris s'élevaient du quai. Il y eut d'autres coups de feu. Storm en perdit le compte. Il pria pour que Ling Xi Bang figure parmi leurs auteurs. Et que ses balles atteignent leur cible. Mais il n'entendait pas son arme.

Il gagna l'arrière de la rame arrêtée à la station. Il n'y avait pas de place pour se hisser sur le quai en passant sur le côté. Storm lâcha un juron, mais ne ralentit pas. D'un bond, il grimpa à bord du wagon de queue et en ouvrit la porte arrière.

À l'intérieur de la voiture, il y avait des passagers allongés par terre, tapis sous les sièges. À la vue de cet homme armé, ils se recroquevillaient davantage encore. Apparemment, il n'y avait aucune trace de sang. Personne n'avait été touché. Storm traversa vivement la voiture et ressortit par les portes ouvertes sur le quai, l'arme au poing.

Sur le quai, c'était la pagaille. Les coups de feu s'étaient arrêtés, mais pas les cris. Des voyageurs couraient en tous sens pour se cacher derrière le premier abri disponible, un banc, un panneau ou autre. Certains gémissaient en se tenant une partie du corps. Trois au moins gisaient sur le ventre, morts ou à l'agonie.

Storm commençait tout juste à donner un sens à ce qu'il voyait, quand Volkov voulut le renverser par un croc-en-jambe. Par réflexe, Storm se raidit et résista. Volkov s'y était pris trop haut. Storm bascula légèrement, mais se redressa et envoya valdinguer Volkov sur le côté. Puis il se retourna, prêt à tirer sur son agresseur et en terminer.

Cependant, il ne s'agissait pas de Volkov, mais d'un chauve d'âge mûr en costume qui avait voulu jouer les héros. L'homme recula encore, même lorsque Storm eut baissé son arme.

— Restez à terre, maintenant, grogna Storm. Et lâchez-moi. Je suis le gentil.

Storm brandit de nouveau son arme pour balayer le quai tout en s'avançant parmi les blessés. Il y avait plus d'une dizaine de New-Yorkais en sang. Avec un pincement au cœur, il aperçut dans ce spectacle désolant une silhouette familière.

Ling Xi Bang. Un genou à terre, elle essayait de se relever en se tenant le ventre. Storm se précipita à son secours.

— Tu es touchée ? s'enquit-il, bien qu'il eût déjà la réponse. Une tache humide maculait sa robe noire.

— Rien de grave, dit-elle entre ses dents.

— Allonge-toi. Ça ne sert à rien de lutter.

— Aide-moi simplement à me relever, dit-elle. Il a pris l'escalier. On peut encore le rattraper.

Storm avait vu assez de plaies par balle pour savoir que sa blessure était sérieuse. Il avait déjà été victime d'un coup de feu dans le ventre. La douleur était indicible. L'insupportable souffrance se lisait sur le visage de Xi Bang.

— D'ailleurs, laisse-moi. Je ne ferai que te ralentir. Arrête Volkov, dit-elle en s'efforçant toujours de ramener son autre jambe.

Elle tenta de le repousser, mais n'en trouva pas la force.

Storm savait qu'il avait une chance de rattraper Volkov s'il abandonnait Xi Bang pour se lancer à sa poursuite. Le salopard avait peut-être une minute d'avance sur lui, mais il était sur une île présentant peu d'issues possibles. Storm pouvait le traquer et l'abattre enfin.

C'est alors qu'il se rendit compte que Xi Bang était aussi touchée à la jambe. Voilà pourquoi elle ne parvenait pas à se mettre debout. La flaque rouge qui s'était formée à ses pieds ne cessait de s'accroître.

— Tu perds trop de sang, dit Storm d'un ton mesuré, s'efforçant de ne pas laisser transparaître son affolement. Il faut stopper le saignement.

— Non, laisse-moi.

— Pas question, affirma Storm, qui lui avait déjà passé un bras autour de l'épaule.

Il glissa l'autre sous ses jambes, la souleva un instant, puis l'allongea par terre avec délicatesse. Promptement, il retira ensuite sa veste et sa chemise, dans laquelle il déchira une bande de tissu d'un coup sec. Il localisa la plaie sur la jambe de Xi Bang, au-dessus du genou, à l'intérieur de la cuisse. Cela expliquait tout ce sang. La balle avait dû toucher l'artère fémorale. Storm lui fit un garrot à mi-cuisse en serrant de toutes ses forces.

— Je n'ai pas pu tirer, murmura-t-elle en gémissant. Il y avait une femme derrière lui. Avec un enfant. Je risquais de toucher...

— Chut. Je sais.

— Il a pris une vieille dame et...

Un hurlement de douleur interrompit sa phrase.

— ... il se servait d'elle comme d'un bouclier.

Storm déchira une autre bande d'étoffe, puis chiffonna le reste pour en faire un pansement de fortune qu'il fixa avec la lanière. C'était le mieux qu'il pût faire avant l'arrivée des professionnels. Ensuite, il s'occupa de sa blessure au ventre. La balle avait percé un trou net dans la robe. Il fallait évaluer les dégâts dessous. Avec force précautions, il entreprit de déchirer le vêtement en partant de l'ourlet.

— Hé ! un peu de respect, protesta-t-elle d'une voix faible.

— Certains gars sont prêts à tout pour se rincer l'œil, tu sais.

Quand il lui découvrit enfin le ventre, il se félicita qu'elle ait les yeux au plafond et ne puisse pas le voir changer d'expression. La plaie n'était pas belle.

Pire que ce qu'il pensait. Après pénétration, la balle avait formé un cratère à l'intérieur. Et tout avait été déchiqueté autour de ce trou béant. Storm reconnaissait à peine les organes mutilés. Même si on la transportait rapidement au bloc dans l'hôpital le mieux équipé pour être opérée par les meilleurs chirurgiens au monde, Storm n'était pas sûr qu'on puisse la sauver.

Par terre, sur le quai du métro de la station Wall Street, c'était sans espoir. Ne restait plus qu'à savoir combien de minutes de souffrance il lui restait. Peut-être dix dans le pire des cas.

— J'ai froid, dit-elle.

— Je sais, dit Storm en l'enveloppant de sa veste.

Il glissa le bras droit sous elle pour la serrer dans ses bras. Tout ce qu'il pouvait faire maintenant, c'était essayer de lui apporter un peu de réconfort.

— C'est ce qu'on sent quand on meurt ? demanda-t-elle.

— Chut... Détends-toi. Tu ne vas pas mourir.

Il mentait. Il le savait. Il sentit qu'elle aussi.

— Je t'aime, dit-elle.

— Je sais. Moi aussi, je t'aime.

Même si c'était pour la réconforter, ce n'était pas dit sans sentiment. Quelque part, au fond de son cœur, là où il ne s'était pas totalement endurci malgré toutes ses missions et toutes ces années, il savait que c'était peut-être même vrai.

— Désolée, dit-elle.

— Chh.

Storm perçut le ronronnement d'un hélicoptère dans la rue. S'agissait-il d'une évacuation sanitaire ? Non. Impossible. Le survol de cette partie de la ville était interdit. De plus, il y avait assez d'hôpitaux dans les environs pour qu'on lui envoie une ambulance. Pourquoi un hélicoptère atterrissait-il donc dans les rues de Manhattan ? Storm réfléchit à la question un bref instant avant de se rendre compte que Xi Bang lui parlait.

— Tu vas l'avoir, hein ? Tu l'auras, Volkov, disait-elle.

— Oui, ma chérie. Bien sûr.

— Promis ?

— Promis.

— Je suis vraiment désolée, répéta-t-elle d'une voix encore plus faible.

Elle fut prise de spasmes. Le pansement sur sa jambe était déjà trempé de sang. C'était imminent : la perte de sang ou la défaillance de multiples organes allait entraîner la mort d'un instant à l'autre.

— Ce fameux soir, à Paris, où on a dansé dans la rue, reprit-il. J'étais sérieux à propos de danser avec toi sur cet air à notre mariage.

— Mmm...

Bien qu'elle ne pût en dire davantage, un large sourire illumina son visage. Alors, tandis que les dernières étincelles de vie la quittaient, Derrick Storm serra très fort Ling Xi Bang dans ses bras et lui fredonna la fameuse valse de Vienne.

Ce serait leur première et leur dernière danse.

VINGT-SIX

Langley, Virginie

Jedediah Jones se serait arraché les cheveux, s'il les avait eus assez longs. Tenant à la fois du directeur financier stressé et du chargé de clientèle courroucé, il parlait au téléphone avec un casque sans fil (pour épargner sa nuque, suivant les recommandations d'un ergothérapeute de la CIA) à un volume menaçant sérieusement les tympans de ses voisins. Tout en fulminant, il arpentait le cagibi et tapait du poing sur les tables, du moins sur celles où n'était pas posé un quart de millions de dollars d'équipement. Les as de l'informatique gardaient les yeux rivés sur leur écran d'ordinateur, le moindre contact visuel risquant d'alimenter sa fureur.

— Dix-huit morts ! criait-il. Quatre-vingt-sept blessés ! Cent soixante-dix hospitalisations ! Et je ne sais combien de millions de dégâts matériels. As-tu ne serait-ce qu'une vague notion du bien d'autrui ?!

À l'autre bout du fil, son interlocuteur ne pipait mot. Une demi-heure auparavant, Derrick Storm assistait encore au départ du corps de Ling Xi Bang pour la morgue. Il n'était pas d'humeur à la rhétorique.

— Par-dessus le marché, j'ai une société de propane qui

prétend qu'un de nos agents a fait exploser son camion-citerne. Tu veux bien m'expliquer en quoi cela était nécessaire ?

Toujours rien de la part de Storm. Rodriguez et Bryan s'efforçaient d'esquiver les coups. De temps à autre, ils tendaient à leur supérieur un morceau de papier. Jones y jetait un bref coup d'œil avant de le lancer par terre, là où se trouvait tout ce qu'il avait déjà envoyé promener.

— J'ai sur le dos cette satanée police de New York qui veut m'envoyer la facture d'une grue pour descendre une moto d'un feu de circulation, continuait-il. Une grue ! Tu peux me dire ce que fait une moto sur un bon Dieu de feu de circulation ?

Jones se baissa pour ramasser une des notes qu'il avait jetées.

— Sans parler du fait qu'ils me demandent pourquoi j'ai fait intervenir un hélico dans un espace aérien réglementé si près de la Freedom Tower[1]. J'aurais préféré leur dire que j'en ignorais la raison, mais je n'avais pas envie de passer pour plus idiot encore.

L'hélicoptère. Storm comprit enfin que c'était ainsi que Volkov avait dû s'échapper.

— Un vol de voiture à l'arraché… Une fusillade en plein Manhattan… Un quai de métro jonché de civils…, et, malgré tout, Volkov évanoui dans la nature ? Storm, que s'est-il passé ce matin ?

Assis sur un banc dans un parc de Lower Manhattan, Storm était encore couvert du sang coagulé et séché de Xi Bang. Son pantalon en était tout raide. Sur les mains et le visage, il avait aussi des taches de sang provenant de coupures dues à des éclats de verre. On aurait très bien pu le prendre pour un tueur dérangé. Il ne lui était pas encore venu à l'esprit de s'en préoccuper. Au moment où Jones avait appelé, Storm contemplait un arbre ; il se deman-

1.- Premier des cinq bâtiments devant être construits sur l'emplacement du World Trade Center, détruit par les attentats du 11 septembre 2001. (NDT)

dait pourquoi un arbre – un malheureux végétal sans état d'âme – avait le droit d'être encore en vie alors que Ling Xi Bang était morte.

— Storm, vas-tu finir par dire quelque chose, oui ou non ? insista Jones.

— On a commis des erreurs, répondit-il posément.

— Ça, tu peux le dire. Et la première a été de t'engager. As-tu une explication à me fournir, au moins ?

— Non.

Du moins aucune que Storm n'eût envie de donner à Jones.

— Et que diable faisais-tu à New York, de toute façon ? Je te croyais dans l'Iowa.

— Il y a eu un changement de plans.

— Et quand comptais-tu m'en informer ?

— Je n'en ai pas eu le temps.

— Je vois. Et quand comptais-tu m'informer de... Repassez-moi les images de cette caméra de surveillance ! aboya Jones à l'adresse de l'un des cracks en informatique, qui obtempéra... D'après les images que j'ai sous les yeux, tu te serais acoquiné avec un agent chinois, l'Asiatique que vous aviez interceptée à Paris. Vas-tu me dire ce que tout ça veut dire, nom d'un chien ?!

— Non.

— Ce n'est pas du tout ce qui était convenu entre nous. Si tu avais besoin d'aide, c'est à moi qu'il fallait t'adresser. J'ai du monde sous la main. On ne peut quand même pas te laisser solliciter des tiers, surtout pas les Chinois, merde ! Vous travaillez toujours ensemble ?

Storm prêtait à peine attention à son patron. À la seule mention de l'« Asiatique », ses pensées s'étaient envolées vers le moment où il avait aperçu Volkov chez le traiteur. C'était là que tout avait dérapé, et il ne faisait aucun doute qu'il en était responsable. Elle lui avait demandé d'attendre avant de foncer. Elle lui avait dit qu'il valait mieux élaborer un plan. « Ne fonce pas sans réfléchir..., Derrick, pour l'amour du ciel, attends... » Combien de temps aurait-il fallu à deux agents brillants pour trouver une solution ? Trois minutes ? Deux ?

Au lieu de cela, il avait son sang sur les mains, au propre comme au figuré : d'abord, parce qu'il n'avait pas écouté ses conseils avisés et aussi parce qu'il l'avait directement placée sur la route d'un sociopathe déchaîné. Elle lui avait pourtant dit qu'elle n'avait pas l'habitude du terrain. Elle n'avait pas l'entraînement nécessaire pour prendre en chasse un animal tel que Volkov. Jamais il n'aurait dû la mêler à tout cela.

— Putain, réponds ! Est-ce que tu travailles encore avec elle ?

— Ce n'est plus d'actualité, dit Storm.

— Je ne veux même pas savoir ce que cela signifie. Il vaudrait sans doute mieux que je ne sache rien de ce qui s'est passé, mais je dois quand même te poser la question à cause d'un autre rapport qui m'est parvenu à propos d'une scène de crime. Au dire d'un de nos agents en place, il suffirait d'un petit coup de pouce pour que tu fasses un suspect idéal aux yeux d'une certaine Nikki Heat. Peut-être devrais-je t'abandonner aux bons soins de la brigade criminelle de New York ?

Storm ne répondit pas. Distraitement, il ouvrait et refermait la main gauche. Comme il s'était tordu un doigt à la réception de son saut dans le parking, il s'assurait que rien n'était cassé. Ses côtes aussi étaient endolories à cause du choc contre le béton. Peu importait. La douleur physique n'était rien comparée à celle qui lui transperçait le cœur.

— Au fait, tu veux savoir ce qui n'est vraiment plus d'actualité ? Toi et toute cette affaire, continua Jones. Tu es viré ! Retourne donc à tes poissons, ton tricot ou ce que tu veux. Tu es officiellement mort de nouveau.

— Que va-t-il advenir de Whitely Cracker ? demanda Storm.

— Ce ne sont pas tes oignons.

Storm se redressa pour véritablement engager la conversation, cette fois.

— Comment ça, ce ne sont pas mes oignons ? J'ai la preuve par a plus b que Whitely Cracker manigance une véritable catastrophe financière. D'abord, il a corrompu un sénateur pour modifier la politique de la Réserve fédérale, puis il a lâché Volkov sur six innocents et leur fam...

Storm s'interrompit de lui-même. À la seconde où il avait prononcé le nom de Whitely Cracker, Jones aurait dû lui demander ce que le banquier venait faire là-dedans. Il aurait dû faire l'étonné, comme si Storm tombait de la lune avec ce nom. Or Storm n'avait pas parlé à Jones du fait que Cracker finançait le comité d'action politique de Donny Whitmer, ni du fait qu'il avait surpris Cracker et Volkov ensemble chez le traiteur. Jones n'aurait pas dû être au courant du fait que les deux hommes se connaissaient.

Pourtant, il l'était. Forcément. Cela faisait deux mois que Clara Strike surveillait Cracker jour et nuit. Elle devait avoir informé Jones de ce qu'elle avait vu et entendu. Peut-être Clara n'avait-elle pas entièrement compris l'enjeu – par manque de contexte –, mais Jones disposait de tous les renseignements, lui.

Et pourtant, il n'en avait que faire. Certes, il avait voulu en savoir plus sur les manigances de Cracker. C'était la raison pour laquelle il avait engagé Storm au départ.

Peut-être comptait-il faire parler Cracker. Peut-être voulait-il monter un dossier contre Donny Whitmer, le puissant président de la Commission sénatoriale des attributions budgétaires. Peut-être avait-il une idée derrière la tête, un projet que Storm ne pouvait discerner encore parce que certaines pièces du puzzle lui manquaient.

Mais punir le coupable ? Redresser les torts ? La moralité dans tout cela ? Jamais Jones ne s'en souciait. Et cette fois, pas plus que d'ordinaire. Sauf si cela servait une autre de ses causes. Que des gens soient tués, des vies, ruinées, et des cœurs, brisés ? Tout cela n'était que dommages collatéraux aux yeux de Jones, les malheureuses conséquences d'une bataille nécessaire pour gagner la guerre.

— Vous voulez dire que Whitely Cracker ne sera pas inquiété pour avoir commandité la mort de six hommes et le massacre de leur famille ? dit Storm.

— Ce n'est pas du tout ce que je dis. Mais on va s'occuper de lui à ma manière, précisa Jones. Pas à la tienne.

— Vous l'avez placé en garde à vue ?

— Non, fulmina Jones. Il est libre comme l'air, mais pour le moment, et c'est le cadet de tes soucis, OK ?! La seule chose qui compte, c'est que ta couverture est foutue. C'est donc terminé pour toi. Laisse tomber. Immédiatement.

— Très bien, dit Storm calmement. Il y a un petit spot aux Caïmans où j'ai toujours voulu aller plonger.

— Storm, gronda Jones. Je suis sérieux. Tu n'es plus sur cette affaire. C'est terminé. Je ne te protège plus. Je ne te couvre plus. Si tu te mets dans le pétrin, tu ne pourras compter que sur toi-même, compris ? À partir de maintenant, tu es un simple particulier agissant de son propre chef. Je vais te payer pour le boulot que tu as effectué jusqu'à neuf heures ce matin et te rembourser tes frais, mais c'est tout. C'est fini pour toi. Tu m'as bien entendu ? Storm ? Storm, réponds.

Mais Jones parlait tout seul. Storm avait déjà raccroché. Il avait du pain sur la planche. Un fou à arrêter. Justice à rendre.

De plus, il avait fait à une amie mourante une promesse qu'il comptait bien tenir.

VINGT-SEPT

Sloatsburg, état de New York

Whitely Cracker n'avait, de sa vie, jamais souffert de coupures. Si, bien sûr, il lui était arrivé de s'égratigner en se rasant. De se couper avec du papier, évidemment. Et même un jour, il s'était entaillé la main avec le couteau à fromage en voulant couper un manchego particulièrement récalcitrant.

Mais une grave lacération profonde et douloureuse ? Requérant des points de suture ? Jamais.

Il en avait le visage couvert. La balle que Volkov avait tirée avait d'abord fait voler en éclats la vitre devant laquelle ils étaient assis. Puis le souffle de l'explosion de gaz avait projeté ces fragments de verre sur lui avec violence, comme autant de minuscules couteaux. Il s'estimait heureux de n'en avoir pris aucun dans les yeux. S'il n'était pas immédiatement allé se faire soigner à l'hôpital, c'était uniquement parce qu'il avait peur pour sa vie.

Dès qu'il lui avait semblé possible de quitter sa cachette sous la table, il avait couru tant bien que mal jusqu'au parking où il garait sa voiture. Le voiturier l'avait dévisagé et lui avait même demandé en espagnol s'il avait besoin d'un médecin, mais Whitely était monté dans sa Jaguar, comme si de rien n'était, et lui avait remis un double pourboire, afin qu'il cesse de poser des questions. Ce n'était qu'un directeur de fonds spéculatif comme les autres, sauf qu'il avait le visage en sang.

Une fois en voiture, il avait conduit sans réfléchir. Sans savoir où il allait ni pourquoi, seule comptait la distance qu'il allait pouvoir mettre entre lui et ce taré de Gregor Volkov.

Pour des raisons évidentes, il ne pouvait pas se rendre à son bureau, car Volkov l'y chercherait. Chez lui… Oh ! merde. Il sortit son téléphone pour appeler sa femme, lui expliquer de ne pas paniquer, mais de partir avec les gosses aussi loin que possible de Chappaqua. Ensuite, il avait poursuivi sa route. Vers le nord, par la Deegan Expressway qui devenait la New York State Thruway en traversant la campagne vallonnée du « nord de l'État », comme s'y référaient en général les New-Yorkais.

Pour s'assurer – scrupuleusement – de ne pas être suivi, il avait eu recours à tous les leurres des films d'espionnage qu'il avait vus : accélérer, ralentir, s'arrêter sur le bas-côté juste après un virage sans visibilité, faire mine de quitter l'autoroute et traverser une station-service pour reprendre aussitôt sa route. Quand il avait été certain d'être seul, il s'était arrêté sur une aire de repos. Maintenant, il buvait un café assis à la terrasse d'un Dunkin' Donuts, surveillé par une Indienne en sari qui essayait nerveusement d'empêcher ses deux enfants de le dévisager. Il lui fallait un plan. Et de l'aide. Il le savait.

Mais quel plan ? Jamais il ne lui était arrivé de se retrouver en cavale. Il n'avait pas non plus l'habitude que sa vie soit en danger.

Et qui pouvait l'aider ? Chip, le responsable de la sécurité à la Société new-yorkaise d'opérations en Bourse ? C'était manifestement une sacrée truffe pour un flic retraité. Il avait quand même laissé mettre sur écoute la maison, la voiture, le bureau – et Dieu sait quoi encore – sans jamais soupçonner quoi que ce soit. Il envisagea d'appeler Teddy Sniff, mais que pourrait bien faire son fidèle comptable ? Lancer le fisc aux trousses de Volkov ? Lui demander de vérifier ses comptes ? Teddy était aussi peu familiarisé avec ce nouveau terrain que lui.

Whitely avait terminé son café. Il rentra en chercher un autre en se demandant si Volkov aurait le moyen de le repérer s'il payait avec sa carte noire American Express et s'il ne s'apprêtait donc pas à boire son dernier café. Il versait le deuxième sachet de sucre dans sa tasse, quand il lui vint subitement une idée : ce type de la CIA… Comment s'appelait-il déjà ? Cloud ? Non, ce n'était pas ça. Rain ? Non, c'était le nom le plus bête que Whitely avait jamais entendu pour un héros de film d'action. Storm. Voilà. Derrick Storm. La CIA devait bien l'aider, en tant que contribuable ? Et, même si son taux d'imposition ne dépassait pas en réalité quinze pour cent, il n'en restait pas moins un citoyen américain. Storm était obligé de l'aider, non ?

Whitely sortit son téléphone, trouva son nom dans sa liste de contacts, mais, au moment d'appuyer sur le bouton d'appel, il se souvint des instructions de Storm : ne pas appeler de son téléphone portable, sûrement sur écoute, mais trouver « une cabine au milieu de nulle part ».

Le nord de l'État répondait parfaitement à ce critère. Il se mit donc en quête d'une cabine sur l'aire de repos, priant pour qu'elles n'aient pas toutes été supprimées. Personne ne se servait plus des téléphones publics ! Whitely n'en avait pas touché un depuis plus de dix ans. Quand il en découvrit une petite rangée, il se rendit compte qu'il ignorait comment s'en servir. Il ne possédait plus de carte : c'était si kitsch, si années 1990. En fait, il lui fallait… de la monnaie ? Ça aussi, c'était totalement dépassé. Cela faisait des années que Whitely ne portait plus d'argent sur lui.

Il lui fallut donc trouver un distributeur pour retirer du liquide, puis acheter un beignet et réclamer de la petite monnaie avant de pouvoir téléphoner.

Enfin, il fut prêt. Il inséra quatre pièces dans la fente et composa le numéro.

— Agence Storm, lui répondit-on.

— Monsieur Storm, Dieu merci, vous êtes là. Whitely Cracker à l'appareil.

— Oui ?

Il y eut un silence.

— Et ? lui demanda-t-on sèchement.

— Vous m'avez dit d'appeler si je craignais pour ma vie. Eh bien, je crois être en danger.

Nouveau silence.

— Comment ça ?

— Je sais que cela risque de vous paraître fou, mais il y a un… Zut, je ne sais même pas comment le qualifier. Je crois que vous diriez… un homme de main. Un Russe qui...

— Gregor Volkov, coupa Storm pour accélérer le mouvement.

— Vous êtes au courant ?

— Oui.

— Alors, vous devez savoir que je..., bafouilla-t-il. Que je..., essaya-t-il de nouveau. J'ai commis une terrible… Oh ! mais qu'ai-je donc fait, mon Dieu ?

La gravité de la situation lui apparut enfin dans toute son horreur. Les dégâts qu'il avait causés. Les vies brisées, celles désormais en danger. Tout avait commencé comme un jeu pour lui – un gros coup, rien de plus –, mais cela avait vraiment mal tourné.

Tout lui tombait dessus, d'un seul coup. Alors, Graham Whitely Cracker cinquième du nom – celui qui déplaçait des milliards, le maître de l'Univers, l'héritier de la fortune Cracker – se mit à pleurer.

Pas juste un peu ; les vannes s'ouvrirent carrément. Le visage défait, les épaules soulevées, il émettait un bruit plus animal qu'humain et, même s'il savait qu'il devait avoir l'air à la fois terrifiant et stupide, c'était plus fort que lui. Les larmes et la morve lui coulaient des yeux et du nez directement sur le combiné du téléphone, et il débitait des bribes de phrase sans queue ni tête.

Storm n'en éprouvait aucune pitié. Il était davantage prêt à le tuer qu'à le consoler. C'était déjà bien qu'il ne raccroche pas devant cet aveu de faiblesse, cette pathétique démonstration d'apitoiement.

— Monsieur Cracker, ressaisissez-vous, intervint-il quand sa patience fut à bout.

Cracker brailla encore un peu en lui demandant de bien vouloir l'excuser, mais finit par s'exprimer de manière plus compréhensible.

— Volkov… Volkov s'en est pris à moi… Il a menacé de tuer ma famille si je refusais de coopérer… Oh ! mon Dieu...

— Coopérer à quoi, monsieur Cracker ?

— Les codes MonEx. Je… J'ai… Je l'ai payé pour voler les codes MonEx de divers banquiers à travers le monde. Et j'ai peut-être… Je lui ai parlé de la théorie de Click. Je ne sais pas ce qui m'a pris, mais il était… Enfin, c'était juste un gorille, quoi ? Jamais je n'aurais pensé qu'il puisse lui-même projeter de… Il était uniquement censé me procurer les codes et récupérer son fric, c'est tout, mais voilà qu'il veut s'en servir à ses propres fins. Il ne sait pas comment marche le MonEx et, même s'il trouvait quelqu'un pour le faire, il ne saurait pas effectuer les opérations nécessaires pour mettre cette théorie en pratique. Nous ne sommes qu'une poignée dans le monde à vraiment comprendre ces mécanismes. Et avec les menaces contre ma famille..., je n'avais pas le choix.

— Qu'espère-t-il exactement gagner dans tout ça ?

— Une catastrophe organisée, tout comme moi, mais avec une fin différente, affirma Whitely. Il n'a pas arrêté de parler de rendre à la Russie sa gloire passée. « L'Amérique sombrera dans la décadence. La Russie retrouvera sa grandeur. » Et ainsi de suite. Il a réuni quelques oligarques qui tireront parti de l'instabilité qu'entraînera le déclenchement de la théorie de Click. En échange, ces Russes seraient prêts à lui apporter leur soutien pour faire...

— ... d'une Russie financièrement redynamisée une dictature militaire avec le général Volkov à sa tête, acheva Storm.

— En gros, oui.

Storm réfléchit aux conséquences si un homme aussi féroce et ambitieux que Volkov avait accès à l'arsenal nucléaire certes dégarni, mais encore redoutable de la Russie. Ce n'était pas une pensée qu'il avait envie de caresser plus longtemps.

— Où êtes-vous en ce moment, monsieur Cracker ?

— Sur... une aire de repos... Juste après la sortie 15-A de la New York State Thruway.

— D'abord, je vous demande d'appeler votre femme pour lui...

— C'est déjà fait, assura Cracker. Elle doit déjà avoir quitté la maison.

— Très bien. Maintenant, ne bougez pas, j'arrive. Je serai là d'ici une petite heure.

Storm savait que, tant que Volkov aurait besoin de lui, Whitely Cracker pouvait encore servir.

D'appât.

***

New York

Premier problème à régler : se changer. Par chance, New York ne manque pas de magasins de vêtements. Storm eut tôt fait d'enfiler une veste en velours côtelé anthracite sur un t-shirt moulant noir, un pantalon de toile gris et – pour la plus grande fierté de son père – une paire de chaussures noires à semelles en caoutchouc.

Second problème à régler : trouver une voiture. Heureusement, New York ne manque pas d'agences de location.

Storm se laissa donc guider par son téléphone jusqu'à la plus proche et eut tôt fait de se retrouver au volant de la seule Ford disponible, une Fusion. Ce n'était certes pas la voiture la plus sexy pour un superespion, mais au moins elle était équipée d'un V6.

Troisième problème à régler, le plus épineux : solliciter les as de l'informatique. Malheureusement, ils n'étaient pas à New York, mais dans un cagibi profondément enfoui sous terre à côté de ou au-dessus du quartier général de la CIA. Comme Storm venait d'être débarqué de l'affaire, ce n'était pas si facile de les appeler.

À moins que...

À moins qu'une certaine personne ne décroche.

Une sonnerie. Deux sonneries.

— Qu'est-ce que tu veux ? chuchota l'agent Kevin Bryan, furieux.

— Kevin. Hé ! vieux, c'est moi, Storm.

— Ouais, je sais, mais, désolé, on ne peut pas se parler. Je ne parle pas aux morts.

— Je sais, je sais, mais j'ai besoin d'un petit service.

— Oublie. Jones ne quitte pas les lieux. Il me renverra à la traduction s'il apprend que je t'ai aidé. Tu es persona non grata pour le moment.

— Je ne te laisse pas le choix. Tu me dois une faveur.

— Depuis quand ? Je n... Oh ! attends, à cause des vingt dollars que tu as donnés à Javier ? Laisse tomber.

— Une dette est une dette, insista Storm.

— Cette dette n'a rien à voir avec ce que tu me demandes, là.

— Très bien, dit Storm. J'appelle Bahreïn.

Bryan marqua une pause. Même dans ce milieu à la moralité douteuse qu'était la CIA, la piétaille avait un code d'honneur, et Bryan ne pouvait pas se dédire maintenant, ils le savaient tous les deux.

— Bon sang, t'exagères, dit Bryan. Mais, bon, qu'est-ce qu'il te faut ?

— D'abord, tu dois me promettre de ne pas en parler à Jones.

— Crois-moi, ce n'est pas un problème. Il me virerait illico, s'il savait que je te parle en ce moment.

— C'est en fait des as de l'informatique que j'ai besoin. Un hélicoptère a survolé Manhattan sans autorisation ce matin...

— Ouais, j'en ai entendu parler, l'interrompit Bryan. Tu as bien sûr conscience que ça risque de nous retomber dessus, et je peux t'assurer que pour l'instant tu n'as pris que quelques éclaboussures de ce qu'on a dû essuyer.

— Ouais, désolé. Mais si tu pouvais demander aux petits génies de pirater les ordinateurs de l'agence fédérale de l'aviation américaine… Dans la base de données, l'historique des vols répertorie tous les vols, autorisés ou non. Il faut que je sache où cet hélicoptère est parti.

— D'accord, attends, dit Bryan en posant son téléphone.

Storm entendit Jones qui fulminait encore quelque part dans le fond. Quelques instants plus tard, Bryan reprit le combiné.

— C'est bon, je l'ai. L'hélico a fait l'aller et retour depuis ce qui semble être le toit d'une usine désaffectée de Bayonne. J'en transmets les coordonnées GPS à ton téléphone.

Storm émit un ricanement grinçant.

— Quoi ? demanda Bryan.

— D'abord, Paris, maintenant Bayonne.

— Qu'est-ce que ça a de drôle ?

— C'est juste que Bayonne a toujours été pour moi le Paris du New Jersey.

VINGT-HUIT

Fairfax, Virginie

Carl Storm avait terminé ses réparations sur la Buick. Le ventilateur de la climatisation fonctionnait désormais en position basse, moyenne et élevée, comme au premier jour. Le problème venait bien du fil du fusible. Derrick avait raison.

Maintenant, Carl espérait qu'une nouvelle panne se produise, ne serait-ce que pour se détourner l'esprit de son fils et du pétrin dans lequel il s'était sans doute mis.

Il faut dire que Carl Storm n'avait guère de hobbies. Il n'était pas du genre à jouer au golf, ne s'intéressait à sa voiture qu'en cas de panne ou de dysfonctionnement et, même s'il bricolait un peu dans le jardin, il ne prenait aucun plaisir à y passer des heures.

La seule chose qui le distrayait ou presque était la lecture. Confortablement installé au fond de son fauteuil inclinable, il était plongé dans la relecture des œuvres complètes de Stephen J. Cannell, Dieu ait son âme, quand son téléphone fixe sonna.

— Bonjour ?

— Monsieur Storm, fit une voix distincte à l'autre bout

du fil. Je m'appelle Scott Colston. Nous ne nous connaissons pas, mais on m'a demandé de vous appeler, à cause de quelque chose qui serait arrivé il y a très longtemps à Tucson, pour faire le point avec vous sur l'enquête qui m'occupe en ce moment. Apparemment, je peux compter sur votre entière discrétion.

Carl Storm se redressa pour attraper un bloc et un stylo sur la desserte à côté de son fauteuil.

— Vous êtes le fameux bureaucrate ? C'est à propos de l'opération Hostie, alors ?

— Tout à fait, confirma Colston.

— Je vous écoute.

Colston lui exposa le topo. Carl agitait furieusement son stylo en s'efforçant de suivre le flot d'informations. Autrefois, son cerveau fonctionnait comme une véritable éponge : il gardait en mémoire tous les détails d'une enquête, mais cela faisait trop longtemps qu'il était sur la touche. L'éponge n'absorbait plus aussi bien.

De plus, ce n'était pas lui qui était en ligne de mire, mais Derrick. Tous ces renseignements étaient donc d'autant plus importants.

Il ne se priva pas de mitrailler son interlocuteur de questions. « Comment êtes-vous tombé là-dessus déjà ? » « Quand ces activités ont-elles commencé ? » « Quelles sommes ont été siphonnées, disiez-vous ? » « Où planque-t-il tout cela ? » Pour s'assurer de ne rien laisser passer d'important pour Derrick, il préférait n'omettre aucun détail, même superflu.

Quand Colston eut terminé, Carl le remercia. Puis il appela son fils.

— Il faut que je te parle d'une certaine opération Hostie.

L'appel dura tout le temps du trajet de New York à la fameuse aire de repos où se rendait Derrick, au nord de l'État. Il fallut en effet tout ce temps à son père pour parcourir ses notes et tout expliquer à Derrick, mais cela en valait la peine.

Lorsqu'il descendit de voiture, Derrick voyait déjà se dessiner les grandes lignes de son plan, comme s'il entendait retentir les premières notes d'un orchestre symphonique.

Storm savait, maintenant, comment s'y prendre avec Whitely Cracker.

VINGT-NEUF

Sloatsburg, état de New York

Dans son métier, Derrick Storm avait l'habitude de croiser des gens dans les pires circonstances ; pourtant, il y avait quelque chose de particulièrement poignant dans la situation de Whitely Cracker. Peut-être parce qu'il était si riche, si accompli, si protégé depuis le berceau.

Quand elles tombent, les grandes fortunes tombent de beaucoup plus haut, et quand elles touchent le fond, elles découvrent avec stupeur un endroit dont elles ne soupçonnaient même pas l'existence.

En arrivant sur l'aire de repos de Sloatsburg, sur la New York State Thruway, Storm l'aperçut, assis seul à une table, l'air effrayé, couvert de sang et se faisant tout petit pour manger son beignet.

Normal. Il avait à ses trousses un fou prêt à le massacrer, lui et sa famille. Il avait perdu des milliards. Et dès que la nouvelle de sa ruine s'ébruiterait, que ses clients se rendraient compte de la disparition de leurs fonds, son nom rejoindrait ceux de Bernie Madoff, de Michael Milken et de tous les escrocs de Wall Street qui l'avaient précédé. Son fils, Graham Whitely Cracker sixième du nom, serait le dernier de la dynastie. Par honte, le petit garçon devenu grand changerait sans doute de nom pour se démarquer.

L'homme qui mâchonnait ce beignet avait pris vingt ans depuis la veille. Storm comprit que Cracker avait totalement capitulé face à ce qui allait se passer.

— Oh ! Dieu merci, vous êtes venu, dit-il en voyant Storm approcher. Merci.

Son ton n'avait plus rien à voir avec son habituelle désinvolture. Il était humble. Sincère.

— Je sais que je ne mérite pas votre aide, ajouta-t-il.

— C'est vrai, dit Storm. Et soyons bien clairs, monsieur Cracker : je ne suis pas venu vous rendre service parce que je vous porte dans mon cœur. Franchement, je dois dire que vous me dégoûtez. À cause de vous, de vos décisions, des dizaines d'innocents sont morts à travers le monde. À mon avis, vous méritez de passer le restant de vos jours en prison. J'ignore ce que le gouvernement de ce pays en pensera, mais, si j'en ai la possibilité, je ne manquerai pas d'exprimer mon opinion en ce sens.

Il pensait à toutes les victimes de Volkov, mais surtout à Ling Xi Bang. Certes, ce n'était pas Cracker qui lui avait perforé l'artère fémorale ni déchiré les entrailles. C'était Volkov.

Et Storm admettait avoir lui-même une part de responsabilité dans sa mort ; n'empêche que, s'il n'avait jamais croisé Whitely Cracker sur sa route, elle serait toujours en vie. Storm lui en voudrait toujours pour cela.

S'il ne se laissait pas ronger par l'idée d'assurer à Cracker le châtiment qu'il méritait, c'était uniquement parce qu'il lui importait davantage d'arrêter Volkov.

— Je comprends, répondit Whitely avec calme, mais sachez que tout cela n'était pas censé...

— Je n'ai pas le temps d'écouter vos excuses, le coupa Storm. Venez.

Storm tourna les talons d'un pas décidé. Cracker abandonna son beignet sans le terminer et se hâta à sa suite.

— Je ne me cherche pas d'excuses, croyez-moi, mais je voudrais que vous compreniez ce qui s'est passé. Je n'espère pas votre pardon ni…, ni votre compassion… ou quoi que ce soit, mais j'aimerais au moins que vous sachiez la vérité.

Arrivé sur le parking, Storm aperçut la Jaguar de Cracker.

— On va prendre votre voiture, déclara-t-il sans se retourner. Et c'est moi qui conduis.

La première fois que Storm avait vu la Jaguar, c'était dans le garage, chez Cracker, quand il avait pris la Maserati. Son V12 pourrait se révéler utile. Et puis, techniquement, la Jaguar était une Ford.

— Oui, bien sûr, pas de problème, dit Cracker. En tout cas, ce que je voulais dire, c'est que… Écoutez, je sais que vous ne voulez rien savoir, mais, sérieusement, personne n'était censé mourir. On m'avait présenté Volkov comme un mercenaire spécialisé dans la surveillance. Il était censé espionner ces gens, voler leurs codes et me les remettre. Jamais il n'a été question de meurtre.

Ils étaient arrivés à la Jaguar.

— Vous espérez vraiment me faire croire ça ? fit Storm. On engage un homme comme Volkov pour une seule raison : tuer des gens. C'est ça, sa spécialité. Et il est efficace et agit sans remords. J'ai du mal à croire qu'un homme tel que vous, qui passe ses journées à se documenter pour gagner sa vie, n'en sache pas plus sur ce type et ses spécialités. Les clés.

— Quoi ?

— Donnez-moi les clés.

— Oui, pardon, fit Whitely en les sortant de sa poche pour les lui envoyer. Écoutez, je comprends ce que vous dites et je sais que c'est difficile à croire, mais je vous dis la vérité. C'est vrai que je me documente, mais sur des sociétés, pas des criminels. Il n'a jamais été question de verser le sang quand j'ai rencontré Volkov. J'ai même dû le payer davantage parce que, selon lui, la manière dont je concevais le boulot rendait les choses plus compliquées. Et dans mon idée, personne n'était censé se rendre compte de ce qui se passait. Je voulais qu'on opère en toute discrétion, sans attirer l'attention de qui que ce soit – ni celle des milieux financiers ni celle des forces de l'ordre. Et tout à coup, voilà que j'apprends qu'il sème des cadavres partout sans que je puisse avoir aucun contrôle sur lui.

Storm, qui s'était installé à la place du conducteur, recula le siège et démarra. Même s'il avait du mal à l'admettre, la version de Cracker semblait plausible. Et même s'il n'avait aucune envie d'engager la conversation avec lui, sa curiosité était piquée.

— Mais pourquoi, Cracker ? Pourquoi ? Pourquoi mettre un plan pareil en œuvre ? Je suis sûr d'en connaître la raison, mais j'ai besoin de l'entendre de votre bouche.

— Parce que je n'ai plus un rond, avoua Cracker.

— C'est ce que j'ai entendu dire. Comment est-ce possible ?

— Je ne sais pas. Sincèrement. Je croyais me défendre sur le marché. La plupart de mes opérations tenaient le coup. Je ne dis pas que c'était le jackpot chaque fois. Personne, dans ce domaine, n'atteint la moyenne parfaite. Mais je gagnais au moins huit fois sur dix. Du moins, c'est ce que je pensais, mais j'imagine que… Écoutez, je sais que cela peut paraître ridicule, mais j'ai toujours été plutôt axé sur le processus. Pour chaque transaction, je passe un temps fou à creuser, à faire attention au moindre détail, mais je laisse aux autres le soin de se représenter le tableau dans son ensemble. Le résultat ne m'intéresse pas vraiment. Et, subitement, voilà que mon comptable m'annonce que je suis à sec.

— Votre comptable. Vous voulez dire Theodore Sniff ? s'enquit Storm en s'engageant sur la voie d'autoroute à destination du sud.

Puis il accéléra jusqu'à dépasser largement la limitation de vitesse.

— Oh ! vous connaissez Teddy ? Oui. C'est un type bien. Malgré ses costumes chiffonnés.

— Vous disiez donc qu'il vous a annoncé que vous étiez en faillite.

— Ouais, complètement ruiné. Il ne s'agissait pas juste de la disparition des derniers cent millions que j'avais juré de ne jamais toucher. Apparemment, cela faisait déjà un moment que je les avais mangés, ceux-là. Il est question d'un trou de plusieurs milliards. Des milliards. J'ai pu donner le change un temps, grâce à mon nom, mais on ne trompe pas son monde éternellement. Tout allait bientôt m'exploser à la figure.

— Alors, vous avez appelé votre copain, le sénateur Whitmer.

— Eh bien, on peut dire que vous êtes renseigné. Attention au camion, là.

Storm s'était faufilé entre un semi-remorque et un monospace, afin de doubler par la droite une Mitsubishi trop lente qui ne quittait pas la voie de gauche – et qui lui avait fait brièvement regretter que la Jaguar ne soit pas munie de lance-roquettes à l'avant.

— En tout cas, j'ai lu l'article de Rodney Click. Comme les plus actifs d'entre nous sur le marché des changes. On en a même discuté, comme on discute de, je ne sais pas, du yéti ou du monstre du Loch Ness. Ça faisait rire tout le monde, mais moi, ça m'a fait réfléchir. Et pendant ce temps, ma situation s'aggravait chaque fois que je voyais Teddy Sniff. La théorie de Click me semblait l'unique porte de sortie. Alors, j'ai appelé ce bon vieux Donny Whitmer pour lui demander une faveur, et il a accepté. Et d'un coup, la théorie de Click a cessé d'être un monstre ; c'est devenu un petit poisson rouge à ma portée. Je n'avais qu'à me baisser pour ramasser.

— Parce que vous saviez que vous pouviez casser la baraque en décidant du moment où la théorie de Click se concrétiserait, supputa Storm en accélérant sur la route dégagée.

— Exactement. Je savais que, pour les actions américaines, ce serait la dégringolade, tandis que les métaux précieux et tout ce qui n'était pas lié au dollar feraient la culbute. C'était donc très simple. Il suffisait de vendre à découvert tout ce que je pouvais, d'entasser de l'or, de l'argent et des devises et d'attendre pour récupérer ma fortune.

— Et tant pis pour les autres, fit remarquer Storm.

— Non, c'est justement ce qu'il y a de merveilleux là-dedans. Rodney Click est un gars brillant, mais il a une vision toute théorique des choses. Il ne saisit pas totalement la manière dont le Forex fonctionne en pratique. Il ne tient pas compte de certains mécanismes de correction qui interviendraient dès que les traders ayant un peu de jugeote découvriraient tous ces changements. En revanche, si on maîtrise ces mesures, et avec les codes MonEx de ces six traders, on peut patienter une semaine pour voir les effets s'inverser. J'aurais semé la pagaille, oui, mais de manière temporaire. Tout se serait rétabli ensuite. Ça se serait joué sur une semaine, à la fin de laquelle je me serais entièrement refait.

— Aux dépens de tous ceux que vous auriez escroqués.

— Croyez-moi, les gens avec lesquels je négocie n'en sont pas à quelques pertes près, dit Cracker. Écoutez, je sais… Je sais que ce n'est pas avec ce que j'ai fait que je serai élu homme de l'année, mais je…, je fais aussi beaucoup de bien avec mon argent. Je donne amplement aux œuvres caritatives. Je fais de mon mieux pour aider les...

— Gardez votre salive, dit Storm.

— D'accord, d'accord, je sais, mais je...

— La ferme.

— À vos ordres.

— Écoutez, Cracker, si on a la chance de s'en sortir

en vie – et ça reste à vérifier –, il va falloir que je vous demande certaines choses. Rectification : que je vous demande de faire certaines choses. Il faudra les faire sans réfléchir, de manière parfaitement anonyme et sans espoir de reconnaissance ou de récompense. C'est bien clair ?

— Comme de l'eau de roche.

— Parfait.

Ils poursuivirent leur route en silence pendant une minute ou deux.

— Je peux vous poser une question ? s'enquit Cracker.

— Oui. Une.

— Où allons-nous ?

— Voir un agent du FBI.

— Le FBI ? Pourquoi le FBI ?

— Désolé, vous avez dépassé le quota, fit Storm.

TRENTE

East Rutherford, New Jersey

Le bureau régional du FBI à East Rutherford est l'un des plus discrets de cet organisme d'enquête majeur du gouvernement américain. Il se cache entre les gros entrepôts commerciaux, les chaînes de restaurants et les stations-service de la route 17, une voie secondaire très encombrée. L'immeuble de bureaux qui l'abrite ressemble à une boîte de Tic Tac : il est long, blanc, et un architecte des années 1970 a cru se faire un nom en arrondissant les angles à chaque bout.

Quoi qu'il en soit, c'est le dernier endroit où un trader de Wall Street a envie de se retrouver.

En effet, le bureau d'East Rutherford héberge la célèbre – et redoutée de certains – WCCU : l'unité de lutte contre la criminalité financière, qui travaille souvent de concert avec la SEC, le « gendarme de la Bourse ». C'est pourquoi elle emploie les plus brillants éléments du FBI, car ces deux organismes traquent certains des plus fins escrocs des États-Unis. La plupart des agents qui atterrissent à la WCCU ont étudié la finance, et beaucoup ont envie d'en découdre. Ce qui s'avère en fait tout aussi important, car les gens auxquels ils ont affaire reconnaissent rarement avoir agi de manière illégale ; peu se considèrent comme des criminels. Un braqueur de banque comprend qu'il a fait quelque chose de mal, mais celui qui vole en profitant illégalement d'une caisse de retraite pense ne rien faire d'autre que brasser du papier.

Aussi, quand on arrête un criminel en col blanc, l'entend-on souvent s'indigner et protester qu'il fait comme tout le monde. Et il faut bien admettre qu'il n'a pas tout à fait tort. Il agit en effet comme nombre de ses pairs qui, eux, ne se font pas prendre. On accepte mieux cette part de hasard en considérant les choses avec un certain état d'esprit – et un certain sens moral.

Storm improvisait un peu en venant là. Seul son père avait pris contact avec le FBI, et il ignorait à quel point ces gens-là se montreraient coopératifs face à quelqu'un de l'extérieur.

Restait à espérer qu'ils se montrent assez ouverts, car, pour réaliser le plan qu'il avait en tête, Storm avait – malheureusement – besoin de réhabiliter Whitely Cracker ; il fallait qu'il soit financièrement solvable. Quoi qu'il en soit, l'ironie de la situation n'était pas pour lui déplaire : il conduisait un trader dans un endroit qui sentait la prison pour mieux l'en sortir.

Quand il quitta la route embouteillée pour s'engager dans le parking devant l'immeuble, Whitely fut sidéré.

— J'ai entendu parler de cet endroit, déclara-t-il.

— Ah bon ?

— Vous savez, les scouts qui se racontent des histoires de fantômes, le soir au coin du feu ? Eh bien, à mon tennis club, on raconte des histoires sur les gens qui sont amenés ici. Cet immeuble a été baptisé « la pilule empoisonnée », parce que c'est ce à quoi il ressemble et parce que c'est ce qu'on souhaite avoir sous la main si on y est convoqué pour un interrogatoire. Dans mon milieu, c'est un peu le bureau du principal, le fauteuil du dentiste et le bon vieux martinet réunis, en un million de fois pire.

Storm ne releva pas. Il n'était pas d'humeur à partager cet humour noir. La mort ne le faisait pas rire. Il ressentait une douleur sourde à l'endroit du vide laissé par Ling Xi Bang.

Storm se gara et descendit de voiture. Avec quelques scrupules, il sortit le révolver de Dirty Harry de son étui, car il savait qu'il ne franchirait pas le détecteur de métaux, et le jeta dans le coffre, à l'abri des regards, afin de ne pas donner de mauvaises idées aux voyous du coin.

Ils pénétrèrent dans l'immeuble, puis traversèrent le hall marqué du sceau du FBI pour rejoindre le portique de sécurité, où ils durent se soumettre à une fouille en règle, passage au détecteur manuel et pelotage revigorant compris.

Une fois cette première barrière franchie, un agent leur demanda s'ils avaient rendez-vous.

— Je viens voir Scott Colston, annonça Storm pour faire court.

L'agent fronça les sourcils.

— J'ai bien peur que l'agent Colston ne soit sorti.

— Nous l'attendrons, insista Storm.

L'agent leur indiqua un simple banc en bois à dossier dans le hall. Il n'y avait pas de coussin. De toute évidence, le FBI se souciait assez peu du confort de ses visiteurs.

Après cinq minutes d'attente, un groupe d'agents franchit la porte d'entrée au pas de course. Tandis que deux d'entre eux tenaient la double porte ouverte, leur collègue barbu, plus costaud, poussait à l'intérieur un petit chauve grassouillet au costume fripé.

Un costume fripé et des menottes. Whitely Cracker en resta bouche bée. Sur son visage se lisait la confusion face à cette personne qu'il connaissait si bien, mais qu'il ne s'attendait pas à voir là.

— Teddy ? s'exclama-t-il alors que Theodore Sniff et son escorte passaient le portillon sur un signe des agents de sécurité. Teddy, qu'est-ce que… ? Que faites-vous ici ?

Les agents demeurèrent de marbre. Le plus costaud continuait de pousser Sniff devant lui. Le comptable évitait à tout prix de croiser le regard de son patron.

— Teddy, que se passe-t-il ? insista Whitely.

Sniff fixait maintenant le sol devant lui. Ils allaient passer devant Storm et Cracker pour rejoindre l'ascenseur. Whitely commençait enfin à comprendre : on n'amenait pas un financier à la « pilule empoisonnée » menottes aux poignets pour lui faire des éloges sur sa bonne moralité.

— Teddy, qu'avez-vous fait ?

Toujours aucune réponse de la part de Sniff. Whitely s'avança vers le type baraqué.

— Excusez-moi, monsieur. Je m'appelle Whitely Cracker, et lui c'est… mon comptable. Auriez-vous l'obligeance de m'expliquer les raisons de son arrestation ?

L'homme se tourna vers Cracker, le jaugea un instant, ouvrit la bouche, la referma comme s'il se ravisait.

— Détournement, lâcha-t-il finalement, décidant que cela n'avait guère d'importance.

— Détournement ? Mais..., mais de quels fonds ?

L'agent toisa Cracker comme un fier imbécile.

— Mais les vôtres, bien évidemment !

Cracker n'en croyait pas ses oreilles. Lui qui pensait déjà vivre le pire jour de sa vie… Non seulement il était fauché et traqué, mais il avait été trahi par l'un de ses plus proches collaborateurs. Un autre à sa place aurait été furieux d'apprendre cette nouvelle. Ce n'était pas dans la nature de Whitely Cracker. Il était surtout abasourdi.

— Mais Teddy… Teddy, comment avez-vous pu ? Après tout ce que nous avons accompli ensemble ? Je vous… Vous étiez de la famille pour moi. Je vous offrais des primes, des vacances supplémentaires. Vous êtes le parrain de ma fille ! On avait débuté ensemble...

L'ascenseur était arrivé. Sniff et les policiers s'engouffraient déjà dedans.

— Si vous voulez bien m'attendre ici, messieurs ! leur

lança le costaud. Nous apprécierions votre aide, mais nous ne sommes pas encore tout à fait prêts à vous recevoir.

Whitely entendit à peine. Il cherchait une réaction – n'importe laquelle – chez cet homme qui était, il y a un instant encore, son fidèle bras droit.

— Dites-moi au moins quelque chose..., Teddy. Je..., je ne comprends pas. Comment avez-vous pu me faire ça, Teddy ? Que vous ai-je fait, Teddy ?

Enfin, Sniff se tourna vers son patron et releva le menton.

— Ne m'appelez pas Teddy. Je déteste ça. J'ai toujours détesté que vous m'appeliez comme ça. Mon nom, c'est Theodore, putain de merde ! déclara-t-il sur un ton tout à fait sérieux.

***

Lorsque les portes de l'ascenseur se furent refermées, Storm et Cracker furent invités à reprendre place sur le banc. Storm en était fort aise, car il avait encore besoin d'un peu de temps pour étoffer son plan.

Cracker se mit à faire les cent pas. Lui aussi avait besoin de réfléchir.

— Donc, finit-il par conclure, tous ces micros chez moi. C'était le FBI ?

— En fait, non, la CIA, rectifia Storm. Ils..., ils cherchaient à protéger les actifs d'un de vos clients étrangers, une personnalité importante d'un point de vue stratégique.

— Ah oui... Le prince Hashim.

— Exactement.

Ils retombèrent dans le silence. Environ une demi-heure plus tard, un agent descendit les informer que l'agent Colston – le balèze à barbichette, apparemment – les remerciait de leur patience, mais qu'il avait encore besoin d'un peu de temps pour interroger le prévenu.

Sniff n'était plus suspect. Il était maintenant prévenu.

Une heure plus tard, Storm reçut un SMS de Kevin Bryan : *« Un camion a quitté le local de Volkov à Bayonne. Te tiens au courant si ça bouge. TVB pour toi ? »* Storm réfléchit à sa situation avant de répondre : *« On ne peut mieux. » « Bien. Continue comme ça »*, lut-il à son tour.

Storm n'était pas étonné que Volkov quitte Bayonne. C'était un prédateur. Les prédateurs ne restent pas en place. Dans le règne animal, il est notoire que les carnivores ont tendance à occuper des territoires plus vastes que les herbivores. Storm savait qu'il en allait de même chez l'homme. Il essayait simplement de trouver le moyen de retourner la chose contre Volkov.

Il aurait bien aimé pouvoir profiter des ressources considérables du FBI, mais il connaissait trop bien son mode de fonctionnement. Le Bureau avait des lois, des juridictions, des procédures à respecter, mais, surtout, ce n'était pas son enquête. Il ne disposait d'aucune preuve justifiant une action contre Volkov. Les dires d'un détective privé ne suffisaient pas.

Storm réfléchissait à ce qu'il pouvait faire seul quand un agent redescendit pour les convier à monter dans l'ascenseur et les conduire ensuite à la salle de conférences à l'étage, où les accueillit l'agent Colston.

— Merci d'être resté, monsieur Cracker, déclara Colston avant de se tourner vers Storm. Je ne crois pas qu'on se connaisse.

— Derrick Storm.

Un sourire se dessina brièvement sur le visage de Colston.

— Quelle coïncidence ! Je bavardais justement avec un certain Carl Storm pas plus tard que ce matin. Un parent, peut-être ?

— Peut-être.

— Et quel est votre intérêt dans cette affaire ?

— Je suis détective privé, dit Storm en lui tendant sa carte de visite, engagé par monsieur Cracker.

— Très bien, fit Colston qui revint au banquier. Monsieur Cracker, je dois dire qu'il est assez inhabituel pour moi de trouver la victime d'un crime dans nos locaux au moment où j'arrive avec l'homme accusé de l'escroquer, mais j'avoue que cela m'arrange.

— Cela vous épargne le trajet jusqu'à Manhattan, dit Cracker aimablement.

— En effet, oui.

Colston marqua une pause, croisa et décroisa les doigts.

— Je crois qu'il vaut mieux commencer par le début. Sans entrer dans le détail, je peux vous dresser un tableau de la situation. On a attiré notre attention sur certaines irrégularités financières à la Société new-yorkaise d'opérations en Bourse.

— Qui vous a renseigné ?

Colston se demanda de nouveau jusqu'où aller, mais Cracker finirait sans doute par l'apprendre de toute façon.

— Votre femme, en fait.

— Melissa ? s'étonna Cracker, comme s'il en avait plusieurs.

— Exactement.

— Mais comment savait-elle... ? commença-t-il.

Puis il secoua la tête.

— Et dire qu'on refuse de me croire quand je dis qu'elle est plus maligne que moi.

— Quoi qu'il en soit, nous avons obtenu plusieurs mandats et, en effet, nous avons constaté que vos comptes se vidaient de manière régulière, et ce, depuis des années. Comme beaucoup d'escrocs, monsieur Sniff a commencé petit, puis, voyant qu'il ne se faisait pas prendre, il s'est enhardi au fil du temps. À la fin, comme vous n'aviez pas l'air du tout de surveiller la caisse, le ruisseau s'est transformé en torrent. Le bougre cachait néanmoins si bien son jeu qu'il nous a fallu un moment pour découvrir le pot aux roses. Mais, en gros, il vous volait de façon éhontée. Il a fait main basse sur des milliards qu'il a placés dans des paradis fiscaux, aux Antilles et en Suisse.

— Je le savais ! s'exclama Cracker.

Colston et Storm lui jetèrent un regard perplexe.

— Oui, bon, d'accord, de toute évidence, je n'en savais rien, mais je… Comme je le disais juste avant à monsieur Storm, je savais que mes opérations étaient réussies dans l'ensemble. Alors, je ne comprenais pas pourquoi je ne rentrais pas plus d'argent. Comme, il y a quelques semaines, j'avais converti un peu de céréales en...

— Monsieur Cracker, s'il vous plaît, je n'ai pas que cela à faire, intervint Colston.

— Pardon, désolé. Continuez.

— Bref, il falsifiait vos comptes, du moins, c'est qu'il a fait un temps. Et puis il a trouvé plus amusant – pour lui – de vous faire croire que vous n'aviez plus un sou. Non seulement cela vous stressait, mais cela vous obligeait à emprunter pour essayer de compenser vos pertes, ce qui ne faisait que vous enfoncer davantage. Du coup, le trou s'est révélé d'autant plus important quand il a porté le coup de grâce. Il voulait vous humilier le plus possible. Il falsifiait les comptes pour vos clients et pour la SEC, bien sûr. C'est pourquoi il nous a fallu un moment pour tout démêler. Au final, nous avons pu établir ce qu'il faisait et comment il s'y prenait, mais il restait à le prendre sur le fait, car nous ne disposions que d'observations d'ordre général et de seconde main. Nous avons donc convaincu Lee Fulcher de réclamer ses fonds sous prétexte de devoir répondre à un appel de marge.

— C'était faux ?

— Un piège, confirma Colston. Monsieur Sniff était devenu très gourmand. Je vous le répète : ce qu'il cherchait, c'était à vous faire boire le bouillon. Nous savions qu'une subite demande de quarante-trois millions de dollars le ferait réagir.

— Parce qu'il serait obligé de fournir l'argent ?

— Non, l'inverse en fait : parce que cela l'obligeait à voler ce qu'il pouvait encore. Il savait que l'appel de marge vous ferait basculer. Cela constituait son dernier retrait avant que vous ne fermiez boutique pour de bon. Heureusement pour vous, on le surveillait. Il a bougé juste avant la fermeture, hier. Une fois assurés de disposer de toutes les preuves nécessaires, nous avons procédé à son arrestation un peu plus tôt aujourd'hui.

Cracker en resta interloqué.

— Incroyable, lâcha-t-il. Et maintenant ?

— Eh bien, cela fait plusieurs heures que nous, euh, discutons avec monsieur Sniff. Nous lui avons soumis les preuves et proposé deux scénarios, expliqua Colston. Soit il décide de se battre. Il n'a aucun moyen de le faire, car nous avons obtenu du juge qu'il bloque tous ses comptes. Mais s'il persiste, on charge la mule, on insiste pour qu'il soit condamné à des peines consécutives et non concurrentes, et on l'envoie dans la pire des prisons qu'on puisse trouver, où il sera probablement violé et tabassé jusqu'à ce qu'il meure de vieillesse ou qu'il n'en puisse plus. Soit...

Colston arbora un petit sourire avant de continuer :

— ... soit il coopère, reconnaît ses torts et rend l'argent volé – le vôtre et celui de vos clients –, et il prend dix ans dans un centre de détention à sécurité minimum pour les criminels en col blanc. C'est peut-être une offre trop généreuse, mais cela réduit les frais et nous permet de consacrer notre temps et notre énergie à attraper d'autres escrocs. Et vous, cela vous permet un rétablissement financier beaucoup plus rapide que dans le cas d'une procédure qui s'éternise.

— Et ? demanda Cracker en se penchant en avant.

— Il attend de signer l'accord, répondit Colston. La bonne nouvelle pour vous, c'est qu'il n'a pas dépensé l'argent volé. On peut même dire qu'il l'a très bien investi. Je pense que vous finirez par l'en remercier.

Sa fortune retrouvée, Cracker rayonnait, tellement que Storm était sûr qu'il avait – du moins momentanément – oublié qu'il avait encore un sociopathe russe à ses trousses. Mais à peine eut-il quitté l'immeuble, avec l'assurance d'être tenu au courant de l'avancée de l'affaire, qu'on se chargeait de lui rafraîchir la mémoire.

En sortant du parking, Storm tourna à droite pour reprendre la route 17 en direction du sud. Ils n'avaient pas parcouru cinq cents mètres que des balles commençaient à siffler.

***

Trois projectiles se fichèrent dans l'arrière de la Jaguar et percèrent le pare-chocs de trois trous de la taille d'une pièce de monnaie.

Cracker se tassa au fond de son siège.

— On nous tire dessus ! cria-t-il. Pourquoi ?!

La seule réaction de Storm fut d'appuyer sur l'accélérateur, puis de regarder dans le rétroviseur pour voir d'où provenaient les coups de feu. Il s'agissait d'un pick-up blanc, un Lincoln Mark LT.

Il y avait un conducteur et un passager, mais Storm ne distinguait ni l'un ni l'autre, à cause du soleil. Le tireur se tenait debout sur la plateforme, en appui contre le toit de la cabine. Il avait un semi-automatique AR-15, la version civile du M-16 utilisé par les militaires.

Storm se dit d'abord que c'était un choix curieux. L'AR-15 avait son utilité, et ce n'était pas sans raison que l'armée en avait fait son fusil d'assaut standard pendant plus de quarante ans : il était léger, précis, facile à transporter, simple de conception et peu cher à produire en masse.

Mais ce n'était guère plus qu'une sarbacane dans les situations nécessitant une artillerie lourde. À l'arrière d'un pick-up, Volkov aurait pu installer une Bruning M2 .50 BMG, qui aurait réduit la Jaguar en un tas de ferraille en moins de trente secondes. Le calibre 223 de l'AR-15 n'avait tout simplement pas le même impact.

Puis Storm comprit : les pneus. Ils essayaient de tirer dans les pneus pour arrêter la Jaguar et enlever Cracker. Ils ne pouvaient pas se permettre de risquer de le tuer, car lui seul pouvait leur ouvrir les portes du MonEx.

C'était leur point faible ; Storm le savait. Il se régalait d'avance à l'idée de pouvoir tirer sur des gens qui auraient peur de riposter.

D'autres coups de feu retentirent, mais cette fois ils ratèrent leur cible : les balles tirées trop bas ricochèrent sur la chaussée. Les voitures commençaient à s'écarter pour laisser passer le Lincoln. Il en fallait certes beaucoup pour impressionner les automobilistes du New Jersey, endurcis par une longue pratique de la conduite agressive, mais des coups de feu, c'était trop, même pour eux.

Le plan de Storm était simple : trouver un endroit pour s'arrêter et où personne ne serait pris dans la fusillade, sortir Dirty Harry et prendre son temps pour dégommer les trois agresseurs. Il chercha son arme à l'intérieur de sa veste, puis lâcha un juron.

— Que se passe-t-il ? s'enquit Cracker.

— J'ai laissé mon arme dans le coffre, dit-il.

Impossible de s'arrêter maintenant. Et cela ne tarderait pas à poser problème. Il y avait des feux sur cette portion de route. Beaucoup, même. Pour l'instant, ils étaient toujours passés au vert, mais cela n'allait pas durer.

— Asseyez-vous correctement et bouclez votre ceinture, s'il vous plaît, ordonna Storm.

— Mais ils tirent.

— Pas sur vous.

— Qu'est-ce que... ?

— Votre ceinture. Maintenant, insista Storm en donnant un coup de volant à gauche pour doubler une Honda.

Projeté contre sa portière, Cracker obéit dès qu'il fut redressé.

— Qu'allez-vous faire ? demanda-t-il d'une voix paniquée. Vous..., vous avez un plan ?

— Oui. Mon plan, c'est que vous la fermiez.

Storm entreprit de slalomer entre les véhicules, passant d'une voie à l'autre, laissant pas mal de caoutchouc sur le bitume, mais veillant à ne jamais laisser ses pneus en ligne de mire.

La Jaguar était plus rapide que le Lincoln, mais cet avantage était mitigé par la circulation. S'il voulait avoir une chance de semer leurs poursuivants, il lui fallait pouvoir rouler sur une route moins encombrée et sans feu.

Alors, comme un signe des dieux, son GPS indiqua l'approche d'une large artère à voies séparées : la route 3. Storm sourit. La route 3 menait assez rapidement à l'autoroute à péage. Un seul feu le séparait de plus de cent soixante kilomètres d'autoroute.

Il passa au rouge.

***

Bien entendu, comme on était dans le New Jersey, plusieurs voitures grillèrent le feu, sauf celles devant Storm qui s'arrêtèrent sagement. D'un coup de volant à droite, il dirigea la Jaguar sur la bande d'arrêt d'urgence et décéléra, mais sans freiner. Pas question de faciliter la tâche à cette crapule sur la plateforme arrière du Lincoln.

Un flot continu de voitures circulant sur la route perpendiculaire traversait maintenant le carrefour, sans laisser plus de quelques mètres d'écart entre elles.

— Votre secrétaire m'a dit que vous possédiez une arcade de jeux vidéo, dit Storm tout en calculant la manœuvre qu'il allait tenter. Vous connaissez *Frogger* ?

— Non ? Pourquoi ?

— Vous allez découvrir, annonça Storm.

Il appuya une demi-seconde sur le frein pour regarder à l'ouest, puis à l'est. De nouveaux coups de feu retentirent, mais ils ratèrent leur cible. Un panneau Exxon vola en éclats à côté d'eux. Des jardinières explosèrent. Storm pria pour qu'aucun automobiliste arrêté à la station-service ne prenne une balle perdue.

Le Lincoln se rapprochait. Et rapidement. Si Storm continuait de freiner, il risquait de se faire emboutir l'arrière et d'aller percuter un autre véhicule. Dans ce cas, ce serait l'arrêt complet. Autant livrer Cracker au Lincoln et se tirer une balle dans la tête : cela ferait gagner du temps à tout le monde.

C'est alors qu'une ouverture se présenta, offrant une infime chance. Peut-être cela suffirait-il. Peut-être pas. Mais ce n'était déjà plus le moment de réfléchir.

Deux balles s'enfoncèrent dans le coffre de la Jaguar. Si le tireur ajustait son tir de trente centimètres, Storm n'aurait plus le choix. C'était le moment d'agir. Il accéléra à fond. La Jaguar fit un bond en avant.

— Préparez-vous, prévint Storm.

Des coups de klaxon retentirent. Cracker plissa les yeux. Storm agrippa le volant comme s'il tenait sa vie entre ses mains. À l'ouest, la voie se dégageait – c'était la première à négocier –, mais pas à l'est. Il fonçait droit sur la portière passager d'une Subaru. Sa conductrice, se rendant compte qu'une voiture apparemment devenue incontrôlable était sur le point de la heurter de plein fouet, écarquillait les yeux et criait la bouche ouverte, mais Storm ne pouvait redresser sa trajectoire sans tamponner une voiture se dirigeant vers l'est. La collision était imminente.

À la dernière seconde, il donna toutefois un coup de volant à droite qui lui permit de passer, au centimètre près. Avec un cri de rebelle, il s'élança alors vers la route 3, sans plus aucun obstacle devant lui.

Derrière eux, le métal grinça quand le Lincoln poussa la Subaru sur la voie de l'est, où elle percuta une Cadillac. Compte tenu de la faible vitesse des véhicules mêlés à l'accident,

Storm se dit, avec espoir, que la conductrice devrait s'en sortir sans mal. Bien qu'il ne fût pas très croyant, il murmura tout de même une brève prière.

***

Storm roula pied au plancher jusqu'à ce qu'ils aient atteint la bifurcation pour la route nationale, sur la gauche. Puis il relâcha la pédale dans le virage et desserra sa prise sur le volant.

Cracker semblait au bord de l'évanouissement. Il entama un curieux exercice de respiration. Dérangé par le bruit, Storm allait lui demander d'arrêter, quand il se ravisa. Mieux valait laisser son passager souffler comme un bœuf que l'écouter parler.

Un œil sur la route, l'autre sur le rétroviseur, Storm accéléra dès la sortie du virage pour s'engager sur la double voie. Un panneau lui indiqua alors que l'embranchement pour l'autoroute à péage ne se situait plus qu'à un kilomètre sur la droite.

— Alors, c'était…, c'était Volkov ? demanda Cracker.

— Il y en a d'autres qui auraient des raisons de vous tirer dessus ?

— Si j'avais fait faillite ? Une flopée, oui, mais maintenant, non. C'est le seul.

— Eh bien, voilà.

— Et qu'allons-nous... ?

— Merde, fit Storm.

— Que se passe-t-il ?

Le pick-up avait reparu dans le rétroviseur. Sa grille de radiateur était emboutie, et il avait perdu son pare-chocs avant, mais, à part cela, il semblait intact. Son moteur était sans doute assez puissant pour surmonter les dégâts. Seul bon côté des choses : apparemment, le tireur s'était fait éjecter de… Pas du tout. Il reprenait sa position, les bras accrochés au sommet de la cabine. Il avait dû s'aplatir sur la plateforme arrière en voyant l'accident arriver.

— Que se passe-t-il ? Dites-moi, insista Cracker.

— Vos amis sont de retour.

Storm parvint à prendre l'autoroute en direction du sud sans essuyer de coups de feu, mais en cette fin d'après-midi, personne ne dépassait plus la limitation de vitesse. Il n'osait pas prendre la bande d'arrêt d'urgence, car, jonchée qu'elle était de débris divers, il risquait d'exploser un pneu.

Dans ces conditions, pas moyen de distancer le Lincoln. Sans se préoccuper de tamponner un pare-chocs de-ci de-là, leur poursuivant prenait même davantage de risques et gagnait peu à peu du terrain. Avec son AR-15, le type à l'arrière tirait au jugé. Même s'il était trop loin pour viser correctement cette cible en mouvement, mieux valait ne pas tenter le diable en le laissant canarder à tout va. Une de ses balles finirait forcément par atteindre sa cible. Storm s'estimait heureux qu'aucune autre voiture n'ait encore été touchée. À la vérité, rares semblaient celles qui avaient remarqué les coups de feu. La détonation de l'AR-15 se confondait facilement avec les pétarades d'un silencieux.

Storm fronça les sourcils. Il était frustrant de fuir, et pas uniquement parce que cela ne marchait pas. Il aurait aimé faire quelque chose pour améliorer sa situation. Son plan d'action était trop passif. Storm détestait rester passif.

— Qu'est-ce que vous avez dans cette voiture ? demanda-t-il.

— Comment ça, des armes, vous voulez dire ?

— Ce serait un bon début.

— Eh bien, j'ai un minicouteau suisse sur mon porte-clés.

— Une lame en inox de cinq centimètres et une lime à ongles. Ils feraient mieux de se rendre sur-le-champ. Quoi d'autre ?

— Rien. Je dirige un fonds spéculatif, je ne suis pas mercenaire.

Storm soupira. Le problème avec les amateurs, c'est qu'il fallait tout leur expliquer.

— Non, je veux dire qu'avez-vous d'autre. Je voudrais la liste de tout ce qui n'est pas fixe dans la voiture.

— Ah ! d'accord. Voyons…, fit Cracker en se retournant pour inventorier ce qu'il y avait sur la banquette arrière. J'ai un sac de tennis… Un pack de six bouteilles d'eau minérale… Un range-CD… Une bouteille de Macallan que je voulais offrir à un copain du club… Le siège-auto de ma fille… Une boîte de cigares et… C'est tout. Sauf ce qu'il y a dans la boîte à gants.

Storm eut l'impression d'avoir affaire à un gamin de six ans.

— Et qu'est-ce qu'il y a dans la boîte à gants, Whitely ?

— Euh, voyons… Des serviettes…, de l'aspirine…, un testeur de pression…, mes papiers d'assurance et ma carte grise… Oh ! Voilà où étaient passées mes lunettes de soleil !

— J'en suis ravi pour vous. Quoi d'autre ?

— Rien. C'est tout. Désolé, il n'y a rien de bien utile. Comme je le disais, je ne suis...

— En fait, c'est parfait, affirma Storm. Attrapez le sac de tennis et passez-moi votre raquette.

Cracker sortit une Head YouTek IG Speed MP en matériaux composites. Il y en avait deux autres identiques dans le sac.

— C'est la raquette de Novak Djokovic, commenta Cracker avec enthousiasme.

— Je suis sûr qu'il serait très fier, répondit Storm en baissant sa glace, ce qui fit entrer une bouffée d'air dans l'habitacle.

Dans le rétroviseur, Storm constata que le Lincoln naviguait comme lui d'une file à l'autre, toujours à quelques voitures derrière. Storm s'arrangea pour creuser un peu la distance avec celle qui le suivait, puis se déporta vers la bande d'arrêt d'urgence à droite.

Alors, il freina à fond, braqua subitement à gauche et coupa la route aux voitures en sens inverse en exécutant un virage à cent quatre-vingts degrés vers la bande d'arrêt d'urgence de gauche.

***

Les klaxons hurlèrent, et une armée de doigts d'honneur (mode de protestation si cher aux habitants du New Jersey) se leva à l'adresse de Storm, qui les ignora pour mieux se concentrer sur sa manœuvre suivante.

Ce que peu de gens savaient au sujet de Derrick Storm (fait qu'il ne mentionnait que rarement, car cela lui semblait peu souvent pertinent), c'est qu'il était ambidextre.

Il pouvait lancer de la main gauche comme de la main droite. La droite avait certes un peu plus de puissance, mais la gauche était, pour une raison ou une autre, plus précise. C'est là-dessus qu'il comptait en redressant la Jaguar pour accélérer à fond.

Armé de la raquette, il passa le bras gauche par la fenêtre. Il attendit que le Lincoln les rattrape, puis envoya la raquette, comme un boomerang, sur le tireur.

Au moment où il avait lâché son projectile improvisé, Storm avait ralenti à trente kilomètres-heure. Le Lincoln roulait encore à quatre-vingts kilomètres-heure. En comptant les quatre-vingts kilomètres-heure que Storm pouvait atteindre avec un lancer en position assise, la raquette était arrivée sur le tireur à une vitesse effective de cent quatre-vingt-dix kilomètres-heure.

Il la prit en plein front, perdit connaissance, tomba en arrière et glissa de la plateforme pour atterrir sous les roues d'un semi-remorque qui n'eut pas le temps de réagir pour éviter l'arrivée inopinée de ce piéton.

— Et un de moins, annonça Cracker.

— Je dirais même : « quinze-zéro », rétorqua Storm.

Tandis qu'ils doublaient les occupants du pick-up qui

n'avaient pas encore compris ce qui venait de se produire, Storm aperçut un passage dans la barrière de béton qui séparait les deux sens de circulation de l'autoroute. Le demi-tour n'était pas officiellement autorisé, mais Storm décida officiellement de faire comme si.

Il semblait plus prudent de s'engager dans le sens où il se trouvait déjà. Il se faufila donc par l'ouverture, puis, demandant au V12 de la Jaguar de lui montrer ce qu'il avait dans le ventre, il se fondit dans le flot des voitures roulant vers le nord.

Il savait néanmoins qu'il en faudrait davantage pour semer Volkov. Comme il s'y attendait, quand il regarda derrière lui, le pick-up repartait à son tour en sens inverse. Avec beaucoup moins d'adresse, cependant, car il toucha le pare-chocs avant d'une Chevrolet Cavalier, puis heurta latéralement la barrière de béton avant de franchir à vive allure le passage que Storm avait emprunté.

La Jaguar prenait un peu d'avance, mais il y avait davantage de circulation dans cette direction. Quatre voitures plus loin, le pick-up doublait à la même cadence.

Au moins, on ne leur tirait plus dessus, se disait Storm, quand de nouveaux coups de feu se firent entendre. Au bruit, Storm estima qu'il s'agissait d'un .38 ou d'un .357. De quoi déchirer un pneu, en tout cas.

Certaines voitures se déportaient sur la bande d'arrêt d'urgence pour céder le passage au Lincoln. D'autres klaxonnaient. D'autres encore semblaient ne se rendre compte de rien (un homme dans la voiture à côté de la Jaguar parlait au téléphone comme un promeneur du dimanche).

En jetant un œil par la lunette arrière, Storm vit un homme à moitié penché par la fenêtre. Ce n'était pas Volkov. Le Russe devait tenir le volant.

Le fait de s'être débarrassé du tireur à l'arrière n'avait que marginalement amélioré les choses. Un tireur armé d'un revolver penché par la portière d'une voiture avait moins d'appui qu'un homme utilisant un fusil debout sur ses pieds. Ils avaient donc moins de risque d'être touchés, mais chaque balle représentait toujours un danger.

— D'accord, vous allez m'écouter attentivement et faire exactement ce que je vous demande, dit Storm. Et je n'ai pas le temps de répondre à vos questions. C'est dans vos cordes ?

— Je..., oui, je... Oui.

— Très bien. Alors, commencez par détacher le couteau suisse du trousseau de clés.

— Quoi ? On ne va quand même pas les affronter avec un couteau ?

— J'ai bien dit : « Pas de questions » ?!

— Désolé, fit Cracker qui récupéra le couteau sur le porte-clés pendant que Storm se frayait habilement un chemin à travers la circulation.

— Maintenant, il me semble que vous avez des t-shirts dans votre sac de tennis. Sont-ils en fibres techniques ? Du genre antitranspiration ?

— Oui.

— Excellent. Coupez-m'en un en six longues bandes.

— D'accord, répondit Cracker qui entailla aussitôt un t-shirt avec son couteau.

Storm l'entendit ensuite déchirer le tissu. D'autres balles arrivaient du Lincoln. L'une brisa le rétroviseur de droite, provoquant un cri d'effroi de Cracker. Ce qui, à son crédit, ne l'empêcha pas de poursuivre sa tâche.

— Ensuite ? demanda-t-il quand il eut terminé.

— Prenez les bouteilles d'eau et videz-les.

— Où ?

— Peu importe. Par terre.

Cracker s'exécuta.

— Et maintenant ?

— Répartissez le Macallan dans les six bouteilles. Et évitez d'en renverser à côté. Il faut les remplir au maximum.

Cracker versa le scotch à parts égales, au tiers de chaque bouteille.

— Voilà. Ensuite ?

— Plongez les bandes de tissu dans l'alcool. Imbibez le plus de tissu possible, mais laissez pendre une partie de la bande.

— OK, fit Cracker en s'appliquant, car l'exercice n'était manifestement pas aisé. Le goulot n'est pas très large. Ça a du mal à entrer. Je coupe des bandes plus minces ?

— Non. Il vaut mieux que ce soit serré. Tassez bien pour que ça ne se renverse pas.

— D'accord.

Cracker s'affaira diligemment pendant deux minutes, durant lesquelles Storm parvint à protéger la Jaguar des coups de feu.

— C'est fait, annonça Cracker.

— Parfait. Alignez les bouteilles debout derrière le dossier de votre siège. Ensuite, allez me détacher le siège-auto de votre fille, indiqua Storm en agitant le pouce vers la banquette arrière.

— Euh, d'accord.

Storm se permit un instant d'optimisme. Il allait bientôt se débarrasser du Lincoln. Mais ce moment ne dura pas.

Comme l'autoroute virait sur la gauche, Storm devait prendre une décision : en prenant la bande d'arrêt d'urgence de gauche, il pouvait encore doubler plusieurs voitures et atteindre une zone dégagée, où il pourrait reprendre une bonne avance sur le Lincoln ; néanmoins, les pneus de la Jaguar se trouveraient également en plein dans la ligne de mire du tireur durant quelques secondes.

Storm décida de prendre le risque. Il accéléra et fonça brusquement vers la bande d'arrêt d'urgence de gauche.

Mauvais choix : dès qu'il put viser, le tireur du pick-up envoya une rafale. Le pneu arrière gauche explosa.

***

La Jaguar dérapa, fit une embardée à gauche et racla le béton. De tous ses muscles, Storm lutta pour garder le contrôle. Les morceaux de pneu restés accrochés n'étaient pas d'un grand secours. Il ne put que se rabattre sur la file de gauche.

— Que se passe-t-il ? cria Cracker de la banquette arrière.

— On a perdu un pneu. Ce n'est pas votre problème. Concentrez-vous sur ce que vous faites.

— D'accord. Il est détaché.

Heureusement que la Jaguar était une traction. La voiture n'avait pas perdu sa puissance. Juste sa tenue de route.

Il était désormais impossible de se frayer un chemin dans la circulation ralentie. Il était déjà difficile de maintenir la voiture sur sa file. Storm devait maintenant se contenter de suivre la vitesse des autres véhicules.

Profitant de ce handicap, le Lincoln s'était rapproché et n'était plus qu'à deux voitures. Il ne tarderait pas à se retrouver directement derrière eux, ou à leur hauteur, comme bon semblerait à Volkov.

— Passez-moi le siège, dit Storm.

Fait de plastique et de métal rembourrés, le siège-auto pesait une quinzaine de kilos. Le fond en était la partie la plus lourde, car c'était là que se trouvaient les pièces métalliques permettant de le fixer à la voiture. Cracker eut du mal à le faire passer entre les deux sièges de l'avant pour le déposer sur les genoux de Storm.

— Génial. Pendant que vous y êtes, ramenez la boîte de cigares. Il y a un briquet dedans, non ?

— Oui, bien sûr. C'est même un chalumeau miniature.

— Parfait. Posez-le sur la banquette derrière moi. Il faut que je puisse l'attraper vite fait en me retournant.

Pendant que Cracker s'acquittait de sa mission, Storm baissa sa vitre et régla le régulateur de vitesse sur quatre-vingts kilomètres-heure. La distance s'accrut entre la voiture de devant et la Jaguar, mais c'était aussi bien, car ainsi il n'aurait pas à s'inquiéter de lui rentrer dedans pendant qu'il se livrait à sa cascade.

Il y avait maintenant une seule voiture – une Toyota verte – entre la Jaguar et le Lincoln.

— Je vais avoir besoin de vous ici pour tenir le volant, en essayant de rouler le plus droit possible, annonça Storm. Vous allez sentir que ça tire sur la gauche, c'est normal, mais en prenant le volant sur le côté, comme la gauche, c'est vers le haut et la droite vers le bas, vous compenserez en appuyant vers le bas. C'est clair ?

— Ouais, pigé.

Cracker prit position et posa les deux mains sur le volant. Le Lincoln s'engouffra sur la bande d'arrêt d'urgence pour doubler la dernière voiture qui le séparait de la Jaguar. Storm n'attendait que cela.

— Je lâche maintenant, dit-il.

Le volant tira vers la gauche, mais Cracker parvint très bien à le maintenir en place en appuyant dessus. Storm saisit le siège-auto, exécuta une torsion vers l'arrière, puis se percha sur le bord de la portière, de sorte que son torse et le siège se trouvaient à l'extérieur de la Jaguar.

Des deux mains, il lança le siège-auto sur le pare-brise du Lincoln en y mettant toutes ses forces.

Il atterrit au beau milieu du pare-brise, où il forma un énorme cratère. Le Lincoln fit un écart, bascula sur ses suspensions, et, pendant un bref instant, Storm espéra qu'il parte en tonneau.

Cependant, il se rétablit en heurtant la Toyota verte sur le côté, ce qui déclencha un carambolage sans toutefois, hélas, ralentir le pick-up.

Concentré sur le responsable de l'accident, Storm évalua les dégâts qu'il avait lui-même causés. Malgré ses quinze kilos, son projectile n'avait pas entièrement brisé le pare-brise, comme il l'avait escompté (le verre feuilleté avait tenu bon) ; néanmoins, il avait percé un trou de la taille d'un siège-auto en plein milieu. C'était déjà cela.

Storm rentra à l'intérieur de la Jaguar, que Whitely Cracker stabilisait – ou du moins à peu près – avec détermination. Storm s'empara du briquet et de la première bouteille et mit le feu au morceau de tissu qui dépassait. Il espérait que Volkov apprécierait ce petit hommage à Viatcheslav Molotov, le ministre russe des Affaires étrangères qui a donné son nom à cette grossière bombe à essence.

Storm attendit d'être sûr que la mèche soit allumée pour se pencher de nouveau hors de l'habitacle et jeter sa création en direction du trou dans le pare-brise du Lincoln.

Malheureusement, parce qu'il était du côté gauche de la voiture et tourné vers l'arrière, il dut se servir de son bras droit, moins précis. Il rata son tir. La bouteille rebondit de manière inoffensive sur le haut de la cabine et n'explosa qu'en heurtant la chaussée, loin derrière le pick-up.

Plus aucun coup de feu ne provenait du Lincoln. Peut-être le siège-auto avait-il blessé ou tué le passager. Ou peut-être le type était-il simplement en train de recharger son arme. Storm enflamma la mèche suivante, puis effectua un nouveau lancer. Beaucoup trop à droite.

À la troisième tentative, la bouteille s'écrasa contre la grille du radiateur et déclencha une boule de feu, mais sans faire plus de mal qu'une carabine à plombs à un rhinocéros en pleine charge. Le Lincoln n'en fut pas le moins du monde affecté.

À la quatrième tentative, il toucha le pare-brise au niveau du conducteur, mais la bombe rebondit du mauvais côté et, surtout, n'explosa pas avant de toucher le bitume.

Il lui restait deux chances. Mais voilà que les tirs recommençaient. Penché au-dessus de sa portière, le tireur du Lincoln vidait son arme en continu.

Les six premières balles ratèrent leur cible. La septième toucha le pneu arrière droit de la Jaguar au moment où Storm allumait sa bombe.

Il se félicita d'être à l'intérieur de l'habitacle quand cela se produisit ; s'il était resté à l'extérieur, il aurait sans doute été éjecté hors du véhicule par le violent mouvement de bascule de la Jaguar.

Quoi qu'il en soit, il fut projeté contre la portière et blessé au front. La plaie n'était pas trop grave, mais elle saignait beaucoup. Aveuglé par le sang qui lui coulait dans les yeux, Storm émit un juron.

— Oh ! mon Dieu, vous êtes touché ? s'enquit Cracker.

— Conduisez, voulez-vous ? grogna Storm.

La Jaguar, qui roulait maintenant sur ses jantes des deux côtés, projetait des gerbes d'étincelles derrière elle. Le moteur redoublait d'efforts pour maintenir la vitesse imposée par le régulateur ; ses douze cylindres râlaient furieusement.

Storm baissa les yeux vers l'avant-dernier cocktail Molotov.

— Allez, Derrick, s'encouragea-t-il. Finissons-en.

Il se contorsionna afin de pouvoir sortir suffisamment le torse et libérer son bras gauche. Il se concentra sur le trou dans le pare-brise, sauf que ce n'était plus un pare-brise. C'était le gant du receveur.

Et il n'était plus un adulte, mais un lanceur de douze ans, debout sur le monticule que son père lui avait aménagé dans le jardin. « Ne quitte pas le gant des yeux, répétait toujours son père quand il avait du mal à maîtriser son geste. Ne vise pas. Lance. » Son père lui avait ainsi permis de garder le cap dans maints aspects de sa vie. Il fallait que, là encore, ça marche.

Il balança le bras et accompagna le lancer de son mieux.

La bouteille fonça droit sur le pick-up en tourbillonnant légèrement dans les airs. Storm savait qu'il était pratiquement impossible de réussir à faire passer une bouteille de cinq centimètres de diamètre par un trou d'à peine soixante centimètres de large depuis une voiture zigzaguant à quatre-vingts kilomètres-heure.

Mais l'impossible était le pain quotidien de Derrick Storm.

La bouteille atteignit son but. L'habitacle de la cabine prit subitement feu.

Le Lincoln se déporta brusquement vers la file de droite, tamponna une voiture, puis se mit à tourner sur lui-même. Soudain, il bascula et partit en tonneaux.

Au premier tonneau, le tireur fut éjecté par la fenêtre de sa portière et projeté sur les voitures qui suivaient.

Au deuxième tonneau, le toit de la cabine céda.

Au troisième se combinèrent plusieurs facteurs : l'incendie se propagea, le réservoir se rompit, le métal se déforma, et il se produisit une formidable explosion.

Storm ne prit même pas la peine de regarder la suite. Il reprit sa place au volant et s'évertua de nouveau à maintenir la Jaguar sur la route.

— C'est…, c'est tout ? demanda Cracker, le visage blême.

— Encore une chose, dit Storm. Passez-moi la dernière bouteille.

Quand Cracker lui tendit le cocktail, Storm coinça le volant avec sa jambe. Ensuite, il retira le morceau de tissu, bascula la bouteille et laissa le Macallan lui couler dans la gorge.

TRENTE-ET-UN

Hackensack, New Jersey

Ils s'arrêtèrent à la pompe à essence d'un parc de voitures d'occasion juste à la sortie de l'autoroute, un endroit sordide qui en avait déjà vu des vertes et des pas mûres – mais pas encore une Jaguar XJL criblée de balles arriver sur ses jantes.

— Il y a quand même une chose que je ne m'explique pas, déclara Cracker en descendant de voiture. Comment nous a-t-il retrouvés ? Enfin, vous m'avez bien dit que tous ces micros avaient été posés par la CIA… Alors, il n'a pas pu surprendre notre conversation dans ma voiture.

Storm y réfléchit tout en ouvrant le coffre de la Jaguar endommagée. Il récupéra son Dirty Harry pour le rengainer dans son holster d'épaule. Son poids le rassura. Il vérifia le chargeur : il était plein.

— Pendant que vous bavardiez ce matin, Volkov vous a-t-il touché à un moment ou un autre ? Bousculé ? Donné l'accolade ? Saisi le bras ?

Cracker réfléchit.

— Non, enfin, on s'est serré la main, mais… Le seul autre contact que nous ayons eu, c'est quand il m'a emprunté mon téléphone, mais je ne vois pas...

— Faites voir le téléphone, coupa Storm.

Au dos, il repéra une petite bande d'adhésif noir quasi invisible. En la détachant, il découvrit une minipuce.

— Il a posé un mouchard, expliqua Storm en montrant la puce à Cracker. Il est passé prendre ses hommes, puis il a attendu qu'on s'arrête un moment pour passer à l'action. Je suis sûr que ça l'a fait réfléchir quand on s'est rendus au FBI, mais il savait que le temps jouait contre nous.

Storm jeta la puce et l'adhésif dans une benne à ordures et allait rendre son téléphone à Cracker quand il sonna.

Storm jeta un œil à l'écran. Le nom de l'appelant apparut : *« Gregor Volkov. »*

— Tu ne mourras donc jamais ?! s'exclama-t-il en le regardant fixement.

Comment Volkov avait-il pu survivre à cet accident, à moins que… Bien sûr. Il n'était pas à bord du Lincoln. Storm se rendit compte qu'il n'avait jamais vraiment distingué le conducteur. En tout cas, ce n'était pas Gregor Volkov. À la deuxième sonnerie, Storm décrocha.

— Qu'est-ce que tu veux ?

— Derrick Storm ?

— Oui.

— Je n'y crois pas, Derrick Storm ! explosa Volkov dans un anglais mâtiné d'un fort accent russe. Ravi d'entendre ta voix. J'étais très surpris de te voir à Manhattan ce matin. Moi qui te croyais mort… et qui m'en réjouissais.

— Ouais, moi aussi, je l'ai cru.

— Tu fais sans doute référence à cet incident de Mogadiscio ! s'esclaffa-t-il.

— Plutôt au pick-up que je viens de voir prendre feu sur l'autoroute.

— Oh ! c'était donc ça ? fit Volkov comme s'il s'était vaguement posé la question. Je me demandais pourquoi j'avais perdu contact. Dommage, mais tant pis. Ils étaient pourtant bons, mais manifestement pas assez.

J'aurais dû savoir qu'ils ne seraient pas à la hauteur de Derrick Storm.

— Comme j'imagine que tu n'appelles pas pour me couvrir de fleurs, venons-en au fait : tu n'auras pas Whitely Cracker. Il ne viendra pas effectuer ces opérations pour toi. Il est avec moi et il reste avec moi. Alors, laisse tomber et retourne te terrer dans ton trou, sinon tu mourras. À toi de voir.

— Tss-tss, Derrick Storm. Tu crois vraiment qu'un homme aussi préparé que moi n'aurait pas un plan B ? Certes, j'espérais que mes hommes persuaderaient monsieur Cracker de me rejoindre, mais je me suis procuré une petite… assurance.

— De quoi parles-tu ? fit Storm entre ses dents.

— Aurais-tu l'obligeance de me mettre sur haut-parleur ? Que je vous fasse entendre quelque chose à tous les deux.

Storm se tourna vers Cracker.

— Branchez le haut-parleur.

Cracker enfonça un bouton.

— On t'écoute, fit Storm.

Volkov s'adressa à quelqu'un dans la pièce avec lui.

— Allez, ma petite dame. C'est le moment de le supplier pour que je vous laisse la vie sauve.

La voix de Madame G. Whitely Cracker cinquième du nom :

— Whitely, chéri ? Je t'aime. Pardon de…, d'avoir...

— Melissa ?! Oh ! mon Dieu ! Que...

— Assez, coupa Volkov. N'est-il pas heureux pour moi que mes hommes aient pu intercepter ce petit lapin juste avant qu'il ne détale. Apparemment, elle a bien failli réussir. Voulez-vous entendre vos chers enfants, monsieur Cracker, ou me croyez-vous sur parole si je vous dis que je les détiens aussi ?

— Que voulez-vous, Volkov ? demanda Cracker en essayant d'affirmer sa voix. De l'argent ? Vous en aurez autant que vous voulez. Je vous offre dix millions pour chacun d'eux, je vous les vire où vous voulez dans le monde, sans questions ni conditions. Disons même vingt. La moitié maintenant, l'autre quand...

— Gardez votre argent, monsieur Cracker. Vous n'avez sans doute pas bien écouté ce matin. Que ferais-je de votre compte en banque alors que je peux avoir le pouvoir ? Le pouvoir absolu. Pour moi et mon pays. Je ne renoncerai pas à ce rêve, même pour tout l'or du monde.

Storm observa Cracker. Son expression trahissait à la fois le choc, l'accablement et le désarroi le plus total. Il n'eut pas besoin de prononcer un seul mot pour que Storm comprenne qu'il était inutile de tenter de le raisonner. Il aurait beau lui expliquer qu'il ne sert à rien de négocier avec des terroristes, qu'il leur fallait reprendre le contrôle de la situation et frapper avant d'être frappé ; il aurait beau lui répéter que Volkov était avant tout quelqu'un de pragmatique, qu'il ne tuerait pas sa famille tant qu'elle pouvait lui servir et que, si Cracker acceptait, il serait mort dès que Volkov n'aurait plus besoin de lui, tout argument était vain.

Cracker n'entendrait rien. Certes, il avait commis des erreurs (en témoignaient ses récents agissements ; il était loin d'être le parangon de vertu que le monde voyait en lui), mais, au fond, c'était un homme honnête, prêt à tout pour sauver sa femme et ses enfants.

Même au prix de leur vie à tous deux.

— D'accord, dit Storm. C'est toi qui mènes la danse. Comment tu vois les choses ?

— Monsieur Cracker me rejoint dans deux heures à l'aéroport de Newark, terminal B, à l'entrée du hall des départs internationaux, exposa Volkov. Je sais très bien à quoi tu penses, Storm ; alors, laisse-moi préciser que si nous découvrons que monsieur Cracker a subitement été placé sur la liste des passagers interdits de vol ou quoi que ce soit d'autre pour empêcher sa sortie du pays, sa famille en paiera les conséquences.

— Je compr..., commença Cracker.

— Je n'ai pas fini, le morigéna Volkov. En dehors de son passeport, monsieur Cracker n'emportera rien, aucun bagage. Il vient seul. Mes hommes sont formés à reconnaître un agent de la CIA et connaissent tous leurs trucs. Si Monsieur Cracker n'est pas seul ou si vous avez organisé une quelconque forme de résistance, je t'assure que je lui renvoie sa famille en morceaux.

— C'est compris, dit Storm sans laisser à Cracker l'occasion de répondre, mais ce ne sera pas possible en deux heures. Tes hommes ont bousillé notre voiture. Or son passeport est chez lui, à Chappaqua. On ne peut pas se procurer une autre voiture, remonter à Chappaqua et redescendre à Newark en deux heures. Laisse-nous quatre heures.

En quatre heures, Storm pouvait convaincre Jedediah Jones d'envoyer une équipe. Des agents dont aucun truand ne pouvait flairer la présence, quoi qu'en pense Volkov, quelles que soient les instructions données.

Mais en deux heures ? Il était quasi impossible de coordonner tous ces rouages sans avoir l'air de branquignols. Cela foirerait forcément quelque part.

Et Volkov le savait.

— Tu y arriveras, Storm. Tu es un homme plein de ressources, affirma Volkov. À dans deux heures, monsieur Cracker. Sinon, je me ferai le plus grand plaisir de violer votre jolie femme pendant que vos enfants se feront écharper.

***

Cracker laissa alors échapper un torrent de paroles : « Qu'est-ce qui va se passer maintenant ? » « Comment on va s'en sortir ? » « Qu'est-ce qui va nous arriver ? » Storm attendit patiemment que le flot se tarisse.

— Donnez-moi votre portefeuille, dit-il.

— Pourquoi ?… Que voulez-vous faire de mon portefeuille ?

— On ne pose pas de questions, vous vous souvenez ? Passez-moi juste votre portefeuille.

Cracker plongea la main dans sa poche arrière et en sortit un élégant portefeuille en cuir renfermant un seul billet : une coupure de cent dollars. Storm passa en revue les cartes bancaires jusqu'à ce qu'il tombe sur l'American Express noire. Il se dirigea alors vers le bureau derrière la pompe à essence et entra par la porte vitrée fissurée dans le bas, à la poignée de laquelle pendaient quelques clochettes.

Cracker le suivit sans discuter, conformément au rappel qu'il venait de recevoir. Le tintement de la porte fit surgir d'une arrière-salle un Noir à la mine lasse.

— Vous désirez ?

— Vous voyez ça ? demanda Storm en lui tendant la carte bancaire.

Tandis que l'homme plissait les yeux, Storm poursuivit :

— Je vais vous expliquer ; ça ira plus vite. C'est une carte Centurion American Express, qu'on appelle aussi parfois « carte noire », pour des raisons évidentes. C'est la carte bancaire la plus rare au monde ; elle n'est délivrée qu'à des clients pesant au moins vingt millions de dollars. Selon la rumeur, elle ne serait soumise à aucune limite, mais ce n'est pas tout à fait vrai. La dernière fois que j'ai vérifié, elle s'élevait à six millions. Ce qui n'est quand même pas rien.

« Voici monsieur Whitely Cracker, continua Storm. Comme vous pouvez le lire sur la carte, elle lui appartient. Il aimerait acheter deux de vos meilleurs véhicules d'occasion, et ce, très, très vite. Pensez-vous pouvoir nous aider ou faut-il que nous nous adressions ailleurs ?

Le regard de l'homme s'anima. Pas besoin de dessin : il allait faire deux ventes – probablement les deux seules depuis quinze jours.

— Non, dit-il. Je crois que je peux vous aider.

— Parfait. Quel est votre modèle le plus cher ?

— J'ai une BMW série cinq de 2004 qui a moins de soixante-cinq mille kilomètres au compteur, répondit-il. Elle est à vingt et un mille. Juste là dehors, si voulez y jeter un œil.

— Inutile. Il la prend. Et il paie le double. Sinon ?

— J'ai une Cadillac STS de 2005. Elle est un peu...

— Non. Vous n'auriez pas une Ford ?

— Une Fiesta, deux ans, faible kilométrage, à mille trois cent cinquante.

— Il la prend. Pour le triple.

— Euh..., d'accord, fit le type en saisissant déjà les chiffres sur son antique calculatrice de bureau. Avec les taxes, ça fera quatre-vingt-douze mille trois cents...

— Arrondissez à cent mille, suggéra Storm en lui tendant la carte. Sans vouloir vous presser, on repart avec dans trois minutes.

— C'est vous le patron.

— Les pleins sont faits ? demanda Storm en lui tendant la carte.

— Oui, monsieur. Il va me falloir sa signature pour...

— Signez pour lui. On veut juste les clés.

— Accordez-moi deux minutes, dit-il en repartant d'un pas un peu moins traînant vers un ordinateur dans l'arrière-salle.

— Je peux poser une question maintenant ? demanda Cracker une fois que le vendeur fut sorti.

— Vite fait, alors.

— Pourquoi deux voitures ?

— Désolé de vous l'annoncer, mon vieux, mais il va falloir qu'on se sépare. Vous, vous filez chercher votre passeport, puis vous foncez à l'aéroport de Newark, comme on vous l'a dit. Et je vous conseille de faire vite si vous ne voulez pas vous mettre en retard. Veillez juste à ne pas éteindre votre téléphone portable au cas où j'aurais besoin de vous contacter.

— Et vous, où allez-vous ?

— À Bayonne.

— Bayonne ? Dans le New Jersey ?

— Oui, confirma Storm. Il paraît que c'est très joli à cette époque de l'année.

TRENTE-DEUX

Bayonne, New Jersey

Le plan de Storm reposait tout bonnement sur l'hypothèse que Volkov mentait. Il faisait ainsi confiance à son expérience, à son intuition et au simple bon sens. Comme le répétait souvent Carl Storm : « Si un homme tel que Volkov veut vous faire prendre des vessies pour des lanternes, mieux vaut ne pas lâcher la proie pour l'ombre. »

Pour Derrick Storm, tout (le rendez-vous au terminal international, le passeport, l'avertissement concernant le recours à la liste des passagers interdits de vol) n'était qu'une ruse pour laisser entendre que Cracker devait sortir en douce du pays rejoindre sa famille détenue quelque part à l'étranger, ou bien l'horreur aurait lieu.

Cela signifiait donc que Cracker n'allait sans doute pas quitter le New Jersey, que sa famille s'y trouvait déjà, retenue dans l'usine abandonnée que Volkov croyait inconnue de tous, où était installé le MonEx 4000, prêt à exécuter son plan.

En quittant le parc de voitures d'occasion, Storm avait demandé par SMS à l'agent Kevin Bryan si le local de Bayonne était toujours occupé.

La réponse lui parvint un peu plus loin sur la route : « *Affirmatif. Quatorze silhouettes repérées à l'infrarouge à l'intérieur du bâtiment. Hélico parti. Sans doute une location.* »

Storm aurait préféré bénéficier du soutien de Jedediah Jones et des as de l'informatique – pas uniquement de furtifs échanges de SMS avec un seul agent –, mais ce n'était pas la première fois qu'il lui fallait se passer de son patron. De plus, il savait ce que son intervention signifiait. En deux coups de fil, Jones aurait ameuté suffisamment de bérets verts et autres unités de forces spéciales pour assaillir les lieux de toutes parts, ce qui multiplierait d'autant le risque de voir quelqu'un faire tout foirer. En travaillant seul, se consola Storm avec sarcasme, au moins, il limitait le risque à une personne.

Il prit la sortie 14A de l'autoroute, puis se laissa guider par le GPS de son téléphone dans le labyrinthe des rues numérotées de la zone industrielle de la ville.

Le New Jersey, jadis rongé par la rouille, s'était en grande partie embourgeoisé, car le boom de l'immobilier engendré par la proximité de Manhattan avait transformé des villes comme Hoboken et Jersey City en y implantant des immeubles d'habitations et de bureaux.

Ce n'était néanmoins pas le cas de Bayonne, demeurée une ville ouvrière jusqu'à l'extinction de sa production. Aussi, nombre des bâtiments devant lesquels Storm passa étaient murés ou à moitié abandonnés. Par ailleurs, en ce début de soirée, les rares personnes qui y travaillaient encore étaient rentrées chez elles depuis longtemps.

Storm arriva enfin à destination. Dans le crépuscule se dressait un monstre en briques de trois étages, couvert de graffitis, qui occupait deux pâtés de maisons. Les vitres de ses fenêtres crasseuses étaient à moitié cassées. Jadis un propriétaire responsable avait eu la judicieuse idée de faire poser un grillage tout autour, afin de tenir squatters et clochards à l'écart, mais la clôture n'avait pas été entretenue.

Entre les trous et les parties très endommagées, elle n'offrait plus désormais qu'une protection en pointillés contre les intrus.

Les mauvaises herbes, certaines hautes de près d'un mètre, avaient envahi le parking (du moins aux endroits qui ne disparaissaient pas sous les montagnes d'immondices qui y avaient été illégalement déposées). Il n'y avait aucun véhicule en vue, mais sans doute étaient-ils planqués derrière, de crainte qu'une patrouille de police les remarque et décide de pousser leur inspection plus avant.

Storm passa devant le bâtiment sans ralentir. Il n'osa pas insister, car, si le passage d'une Ford Fiesta dans une rue de Bayonne n'avait rien de suspect, une voiture circulant deux fois au même endroit risquait d'attirer l'attention des occupants de l'usine. Il tourna dans la rue suivante et se gara dès qu'il fut certain de se trouver hors de vue.

Il consulta sa montre. Cela ne faisait pas plus d'une demi-heure que Volkov avait dicté ses ordres. Storm calcula rapidement que trois des quatorze personnes présentes à l'intérieur du bâtiment devaient être la femme et les enfants de Cracker. Restaient donc Volkov et dix mercenaires. Selon ses estimations, la moitié partirait sans doute pour l'aéroport de Newark d'ici un moment, laissant l'autre moitié surveiller les otages.

C'est là qu'il passerait à l'action. À cinq ou six contre un, il lui semblait avoir de meilleures chances qu'à onze contre un. Surtout qu'il n'avait que six balles dans son Dirty Harry.

Il libérerait le monde du fléau que représentait Volkov, puis, lorsqu'il aurait sauvé sa famille, il appellerait Cracker pour l'intercepter avant que les gorilles de Volkov ne lui mettent le grappin dessus à l'aéroport. Et voilà.

Il allait descendre de voiture quand il aperçut une femme sur le trottoir. Elle était seule, ce qui semblait curieux dans ce quartier – et à cette heure du soir. Storm l'observa donc, entraîné qu'il était à repérer quoi que ce soit d'inhabituel.

Comme son ombre était projetée devant elle par un réverbère, il ne distinguait que sa silhouette. Son pas déterminé indiquait qu'elle savait exactement où elle allait.

Or elle venait droit sur la voiture de Storm. Avant qu'il n'ait eu le temps de faire quoi que ce soit pour l'en empêcher, elle ouvrit la portière du passager et s'assit à côté de lui.

— Merci pour la balade, Storm ! lança Clara Strike. Toujours amateur de conduite virile, à ce que je vois.

Storm tourna la tête vers elle. Clara portait un haut si moulant qu'il était assuré qu'elle n'avait pas perdu son physique depuis quatre ans... Et ce parfum qui lui coupait toujours autant ses moyens.

Storm sourit. Même si Clara Strike lui compliquait la vie, il était ravi de la voir. De plus, sa présence améliorait considérablement ses chances.

— Ça manque un peu de puissance, je te l'accorde. Ce n'est peut-être pas le plus réussi des modèles Ford, reconnut-il, mais je commence à m'y faire. J'ai même décidé de la baptiser Becky.

— Si on l'apprend, tu sais que ta réputation est finie. Storm, le meilleur agent des États-Unis, vole au secours de la veuve et de l'orphelin en Ford Fiesta ? Ça ne le fait pas vraiment.

— J'étais un peu pressé ; j'ai fait ce que j'ai pu, objecta Storm, puis il changea de sujet. Comment m'as-tu retrouvé ?

— Kevin m'a dit où tu étais. Il a pensé que tu aurais peut-être besoin d'aide. On a perdu la trace de Cracker ce matin après l'explosion, et il n'a refait surface à aucun de ses endroits habituels. Je n'avais rien de mieux à faire. Et il était peut-être avec toi ou, pardon, avec Elder Steve Dunkel de l'Église de Jésus-Christ des saints des derniers jours.

— En effet. Je l'ai envoyé faire une course. Mais a priori, ce n'est plus la peine que vous le suiviez.

— Pourquoi ?

— La fortune du prince Hashim n'est plus en danger. La situation financière de la Société new-yorkaise d'opérations en Bourse s'est radicalement améliorée ces vingt-quatre dernières heures.

— Ah bon ?

— Finalement, Cracker n'est plus du tout fauché. C'est son comptable qui le volait.

— Qui ? Teddy ?

— Je ne l'appellerais pas comme ça, si j'étais toi, fit remarquer Storm. Apparemment, il n'apprécie pas vraiment.

— Ah bon ! Et qui l'a su ?

— En tout cas, pas notre ami Whitely.

Storm marqua une pause et regarda disparaître les dernières lueurs du jour, cédant la place à une nuit sans lune.

— Tu t'es bien esquinté, fit-elle en lui caressant doucement le front. Ça va ?

— Ce n'est rien. Jones sait que tu es là ?

Storm prit son silence pour un oui.

— Tu ferais peut-être mieux de partir, dit-il.

— Il n'est pas au courant, rétorqua-t-elle.

— Tu me mens, là ?

— Peu importe ma réponse, je suppose. Tu ne me croiras pas. L'important, c'est que je suis venue en renfort, et, à ce que je vois, tu n'es pas en position de refuser de l'aide.

— Jones est un...

— Écoute, oublie Jones, dit Clara. Je suis sûre qu'il défend en effet ses propres intérêts. Ça t'étonne ? C'est ce qu'il a toujours fait et il le fera toujours. Concentrons-nous sur l'instant présent. Je suis là. Tu es là. Je sais que tu n'es pas venu à Bayonne juste pour le paysage. Kevin m'a dit que Volkov était ici. Réfléchissons au moyen de le liquider.

Storm savait qu'il devait, pour les trois innocents actuellement menacés – sans compter les millions de vies qui seraient en danger si Volkov accédait au pouvoir –, passer outre les décisions injustes que Jones pouvait lui cacher. Il prit donc une profonde inspiration.

— Très bien. Organisons-nous. Comme Kevin a dû te le dire, Volkov se terre dans l'usine abandonnée un peu plus bas.

— Oui. Et j'imagine que la seule raison pour laquelle tu n'as pas ravalé ta fierté pour demander à Jones d'envoyer tout un groupe tactique l'éliminer est que Derrick Storm a pour habitude de sauver le monde tout seul.

— Non, c'est parce qu'il y a des civils.

— Ah. Kevin a omis de le mentionner.

— Il n'en savait rien, en fait. Il sait juste que l'infrarouge a décelé plusieurs présences.

— Et qui sont ces civils ?

— La femme de Cracker et ses gosses. Volkov les a enlevés pour faire pression sur Cracker et s'assurer de sa totale obéissance. Je crains qu'une opération d'envergure – menée par l'une des équipes de Jones, la police, l'armée ou quiconque – se termine mal, peu importe leur niveau d'entraînement. Si Volkov est là, ses hommes ne se rendront pas facilement. Et ils n'auront aucune pitié pour leurs otages. Il faut frapper vite et discrètement pour les mettre hors circuit avant qu'ils n'aient le temps de s'en rendre compte.

Il expliqua à Clara qu'à son avis, la meilleure solution consistait à profiter du moment où les truands se sépareraient pour agir.

— Il faut juste pénétrer à l'intérieur du bâtiment sans se faire voir, conclut Storm. Le problème, c'est qu'il y a pas mal de terrain à découvert tout autour de l'usine. Si quelqu'un fait le guet, on sera repérés. S'il a la détente facile, on est morts.

Le silence tomba dans la voiture. Puis, au bout d'une minute, Clara reprit la parole.

— On pourrait la jouer comme à Sarajevo.

— Impossible, objecta Storm en repensant à cette mission. Pas assez de vent latéral. Et où se procurer l'engrais nécessaire en si peu de temps ? On n'est pas vraiment à la campagne.

— Bien vu, concéda-t-elle.

Le silence retomba. Il fut de nouveau interrompu par Clara.

— J'ai des grenades assourdissantes et des masques à gaz dans la camionnette. Il y a pas mal de fenêtres là-bas. On balance des grenades, et en avant.

Storm fit aussitôt non de la tête.

— Trop de fumée. Trop de confusion. Trop de risque qu'un des gamins se prenne une balle perdue.

— Ouais, tu as raison.

— Tu as des jumelles de vision nocturne ? demanda-t-il.

— Désolée, dit-elle. Ça ne fait pas partie de ma panoplie.

Autre instant de réflexion.

— Ce qu'il nous faut, c'est faire diversion pour pouvoir entrer, récapitula Storm. Ensuite, il suffit de les buter l'un après l'autre.

— Pourquoi pas une explosion ? J'ai du C-4 dans la voiture.

— D'accord, mais qu'est-ce qu'on fait exploser ?

Un sourire malicieux éclaira le visage de Clara.

— Eh bien, tout dépend. À quel point t'es-tu attaché à la jolie Becky ? demanda-t-elle en tapotant le tableau de bord.

— Tu n'y songes pas ?!

— Bien sûr que si. Allez.

Ils n'eurent pas besoin de s'en dire davantage. Dans ce monde, il y avait deux endroits – deux seulement, hélas – où Storm et Clara étaient toujours en parfait accord : au lit et sur le terrain.

***

Vingt minutes plus tard, Becky était prête pour la détonation. Ils la poussèrent jusqu'à un vieux garage délabré, accolé au nord de l'usine. Si un homme de guet les apercevait, ils avaient juste l'air d'un mari et sa femme allant faire réparer leur vieille guimbarde. Ensuite, ils repartirent au nord vers le véhicule de Clara Strike.

Là, ils se préparèrent pour l'affrontement : gilets pare-balles, KA-BAR (couteau de combat des marines) et puissance de feu supplémentaire. Clara se munit d'un Colt .40 et d'un Sig Sauer 9 mm.

Storm opta pour un étui de cheville équipé d'un Glock 38 à silencieux. Cette arme compacte complétait à merveille son Dirty Harry. Il empocha également plusieurs chargeurs de secours. Un petit supplément de munitions ne nuirait pas.

— Kevin vient de m'envoyer les images infrarouges, dit-elle en lui montrant l'écran de son téléphone. C'était leur position il y a une demi-heure.

D'un glissement de doigt, elle afficha l'image suivante.

— Et là, il y a cinq minutes. Évidemment, ça ne restera pas comme ça si Volkov part avec une partie de ses hommes – comme tu le soupçonnes –, mais au moins, ça nous donne une idée.

Storm examina la seconde image, revint à la première, puis de nouveau à la seconde. Le bâtiment apparaissait en transparence, les murs et le sol se détachaient en lignes bleues diaphanes, tandis que la chaleur des corps transformait les formes humaines en sorte de torches orange et rouge.

Sur chaque image, les guetteurs occupaient des postes différents, ce qui laissait supposer qu'ils n'étaient pas statiques, qu'ils patrouillaient. Les otages étaient détenus au troisième étage, dans une pièce située à peu près au milieu du bâtiment, avec deux gardes. Personne n'en avait bougé.

Il y avait un escalier à chaque extrémité de la bâtisse, mais pas au centre. La production de l'usine avait dû être assurée par une longue chaîne de montage. À la construction, l'architecte avait sans doute jugé superflu de prévoir un escalier au centre, puis, avant l'abandon des lieux, ces espaces ouverts avaient été cloisonnés. À chaque étage, un long couloir droit desservait des pièces de dimensions diverses de part et d'autre.

— On va forcément arriver par le bas, conclut Storm après avoir analysé le plan des lieux. Le mieux, c'est que tu prennes un escalier, et moi, l'autre. Et qu'on se retrouve au milieu.

— Entendu. Tu préfères l'escalier nord ou le sud ?

— Le nord. C'est de ce côté qu'aura lieu l'explosion. Ils vont tous se précipiter par là. Je préfère qu'ils arrivent sur moi.

— Toujours aussi attentionné, commenta Clara avec un sourire aguicheur et une courbette.

Ils quittèrent la camionnette, remontèrent deux rues au petit trot, longèrent huit bâtiments vers le sud, puis revinrent deux rues plus bas afin d'approcher l'usine par le côté opposé à l'endroit où Becky attendait maintenant sa fin explosive.

Sans un mot, ils traversèrent un parking situé au sud de l'usine et s'abritèrent derrière un mur de béton – seul vestige d'un ancien bâtiment.

De là, ils jetèrent un œil par ce qui avait été autrefois une fenêtre pour vérifier les abords de l'usine. Il leur faudrait courir le cent mètres à travers un parcours d'obstacles.

— Là ? chuchota Storm en indiquant de la tête une déchirure d'une soixantaine de centimètres dans le bas du grillage par laquelle pouvait se glisser une personne assez souple.

— Et ensuite par là, répondit Clara tout aussi bas, pointant du regard une haute pile de morceaux d'asphalte dont une entreprise de BTP était venue se débarrasser ici pour éviter de s'acquitter des taxes dans une décharge légale.

— Je passe devant, annonça Storm en se préparant à

courir. Si quelqu'un doit se faire tirer dessus, autant que ce soit moi.

— Storm, attends.

— Attendre quoi ? fit-il, car la patience était le seul mot qui ne figurait pas dans leur vocabulaire commun.

— Storm, je voulais juste..., commença-t-elle, mais les mots lui venaient difficilement. Au bar, on n'a pas vraiment... Je n'ai pas vraiment eu l'occasion de te dire ce qui me trotte dans la tête et...

— Tu crois que c'est le moment ? rétorqua Storm en s'efforçant de ne pas élever la voix. Il jeta un regard méfiant en direction du bâtiment.

— Ils ne sont pas encore partis. Et puis, ce n'est jamais le moment pour nous. La dernière fois qu'on s'est vus, tu braquais ton arme sur moi.

— Très juste, dit-il en se relâchant.

Puis, il s'appuya contre le mur tout en gardant un œil sur l'usine, l'autre sur Clara.

— Bon, qu'est-ce que tu voulais me dire ?

— C'est juste... Écoute, quand je suis morte, je ne t'ai rien dit, mais toi non plus, tu ne m'as rien dit, quand ça t'est arrivé à ton tour. Je sais que je reste la méchante, parce que c'est moi qui ai commencé, mais j'espérais qu'on pourrait, je ne sais pas, décider qu'on est quittes. Tu me pardonnes. Je te pardonne. Et peut-être qu'on pourrait repartir à zéro ?

Repartir à zéro. Avec Clara Strike. Était-ce seulement envisageable ? Ne jouait-elle pas une fois de plus l'araignée guettant sa proie ?

— Clara, je ne sais pas, je... Après toute cette histoire... Parfois, je me dis que c'est ce qui pouvait nous arriver de mieux. Mais parfois, ça me pèse trop. C'est un peu facile de dire qu'on n'a qu'à oublier tout ça et tout recommencer. Mais d'abord, je ne suis pas sûr de vouloir oublier, parce qu'à se forcer à oublier les mauvaises choses, on risque d'oublier aussi les bonnes. Et ensuite...

— Réfléchis, dit-elle avant qu'il ne puisse achever sa

phrase. Prends le temps d'y réfléchir avant de répondre, d'accord ?

Sur ce, elle disparut derrière le mur et courut en s'accroupissant vers l'ouverture dans la clôture. Derrick savait que leur relation explosive et imparfaite, fondée sur le sexe, l'espionnage et la duperie, risquait de continuer sous une forme ou une autre. Il accueillerait toujours volontiers Clara dans son lit, il l'admirerait toujours comme agent. Et elle comprendrait toujours mieux que quiconque la particularité de son métier.

Avaient-ils pour autant un réel avenir ? Ne se ressemblaient-ils pas trop pour tenir sur la distance ? Ou n'étaient-ils pas trop différents, au contraire ?

Il baissa les yeux sur son poignet gauche. Il portait toujours la montre talkie-walkie SuperSpy. Il savait bien que le chagrin finirait par s'atténuer et qu'il parviendrait à la retirer. Et il savait qu'un jour viendrait où il jetterait ce gadget ridicule, parce que son mode de vie ne lui permettait pas de collectionner les souvenirs sentimentaux.

Toutefois, pour l'instant, ce n'était pas possible. Ling Xi Bang lui manquait. Il n'était pas encore prêt à lâcher prise. Elle lui aurait peut-être apporté toutes les bonnes choses que Clara Strike lui apportait, mais sans le fardeau des erreurs passées. Certes, c'était une relation quasi impossible : un couple d'agents secrets œuvrant pour des nations aux intérêts rarement convergents. Tout ce qu'il savait, c'est que jamais elle ne l'avait trahi et qu'il aimait imaginer un avenir où elle ne l'aurait jamais fait.

Sauf que, maintenant, il ne pourrait jamais savoir.

Clara avait pris position derrière le monticule d'asphalte et lui faisait signe de la rejoindre. Storm poussa un long soupir. Il était temps de donner la priorité à la mission. D'un bond, il quitta sa cachette et courut le dos baissé.

Il boitait. Mais de manière imperceptible.

***

Compte tenu de leur entraînement, les deux agents pouvaient rester ainsi à attendre pendant des heures, prêts à la détente : dans la décontraction, mais avec concentration, parés à réagir au quart de tour. Deux boules d'énergie capables d'exploser d'un instant à l'autre.

Au bout d'une quarantaine de minutes, comme Storm l'avait prévu, un 4 x 4 noir aux vitres teintées surgit de l'arrière du bâtiment et franchit l'une des portions manquantes de grillage.

Compte tenu de l'obscurité et de la distance, impossible de distinguer le nombre d'occupants à l'intérieur du véhicule, assez grand pour accueillir huit passagers. Storm doutait cependant d'avoir cette chance.

Il consulta sa montre. Il restait un quart d'heure d'ici le rendez-vous fixé. L'aéroport de Newark se trouvait à une dizaine de minutes. Les soupçons de Storm se confirmaient : les hommes de Volkov comptaient récupérer Cracker et le ramener à Bayonne.

Il ne fallait pas trop attendre. À son signe de tête, Clara sortit de sa poche un petit détonateur dont elle enfonça les deux boutons.

Becky joua alors son rôle à merveille. Deux bruyantes explosions se succédèrent à bref intervalle : la première provoquée par le C-4, la seconde, par le réservoir qui prit feu.

Des cris retentirent à l'intérieur de l'usine, des voix fortes et dures aboyant des ordres en russe. Sans en distinguer le sens exact, Storm perçut, à sa grande satisfaction, un sentiment de confusion générale.

Il leva la main pour décompter : trois, deux, un. Quand il eut replié le dernier doigt, il bondit avec Clara de la cachette et fonça vers le bâtiment. Aucun cri d'alarme ni coup de feu ne salua leur approche. Toute l'attention des Russes était tournée sur Becky et son agonie.

Clara disparut par l'entrée sud, tandis que Storm longeait l'arrière du bâtiment jusqu'à l'entrée nord. Il courait collé au mur de briques pour éviter d'être vu du troisième étage à moins de passer la tête par la fenêtre.

Arrivé à l'angle nord-ouest, il marqua une pause pour jeter prudemment un œil avant de tourner. La voie était libre. Il tourna, s'aplatit contre le mur, puis continua d'avancer vers l'entrée, le Glock dans la main droite. Pas question de se laisser surprendre si les Russes envoyaient quelqu'un examiner de plus près la voiture en feu.

Il arrivait à la porte, quand un brun aux cheveux coupés ras descendit les quelques marches en briques séparant le bâtiment du parking. La tête tournée vers la carcasse en flammes, il ne regardait pas du côté de Storm.

Ce fut la dernière chose qu'il vit. Quand le malfrat posa le pied sur la dernière marche, Storm, ainsi assuré qu'il était seul à vouloir inspecter la voiture, appuya deux fois sur la détente. Le Glock émit un son étouffé, et le corps de l'homme s'affala à droite de l'escalier.

Storm se hâta de le dissimuler contre les marches. Par réflexe, il ne regarda pas son visage, une sorte de stratégie d'adaptation qu'il avait adoptée depuis des lustres. Si le meurtre était parfois une nécessité dans son travail, il n'y prenait aucun plaisir. S'il regardait le visage d'un mort, il ne l'oubliait jamais ; en s'abstenant, il avait une chance de ne pas voir ce Russe hanter ses rêves jusqu'à la fin de ses jours. Une fois débarrassé de cette tâche, Storm gravit les marches et pénétra dans le bâtiment.

Il faisait plus sombre à l'intérieur, mais Storm distinguait l'ouverture d'une cage d'escalier à sa gauche. Il avait lu une fois que, pendant la Seconde Guerre mondiale, les pilotes de chasse croquaient des carottes pour améliorer leur vision nocturne pour les missions de nuit. Il en faisait souvent de même et s'en félicitait maintenant. Cela lui donnait un petit avantage dans cette obscurité.

Au troisième étage, les voix qui criaient s'étaient tues. Le seul bruit, maintenant, provenait des craquements de la Ford Fiesta se consumant au loin.

Storm tourna à gauche et franchit le seuil. S'il y avait eu un jour une porte, on l'avait dégondée et jetée. Il pénétra dans la cage d'escalier : sans fenêtre et en béton, elle ferait une formidable chambre d'écho.

Storm rengaina donc son Glock, car, même avec le silencieux, il serait trop bruyant. Il ne pouvait se permettre d'annoncer son arrivée, au risque de sonner le glas pour Melissa Cracker ou l'un de ses enfants.

Dans un coin, Storm distinguait le vague contour d'une pile de détritus, sans doute abandonnés par un clochard qui avait élu domicile un temps par là. En s'avançant, il sentit – pire, entendit – des fragments de verre crisser sous ses chaussures. Il s'accroupit et tâtonna doucement par terre jusqu'au moment où il mit la main sur un morceau de tissu. Un vieux t-shirt. Parfait.

Il sortit son KA-BAR pour couper le t-shirt en deux et en noua une moitié autour de son pied droit, l'autre autour du gauche. Le bruit de ses pas ainsi assourdi, il entreprit sa discrète ascension dans l'escalier en comptant les marches. Il y en avait douze jusqu'au quart de tour, puis douze encore jusqu'au palier.

Il venait de franchir ce dernier et se dirigeait vers le deuxième étage quand il entendit un autre Russe arriver d'en haut. L'homme descendait rapidement, peut-être pour aller lui aussi voir la voiture, peut-être simplement pour patrouiller. Cela n'avait guère d'importance. Le fait est qu'il arrivait. Et vite.

Storm redescendit jusqu'au palier. Il y avait une porte à l'étage, toujours sur ses gonds. Impossible toutefois de l'ouvrir sans faire trop de bruit ; mais impossible non plus de regagner le rez-de-chaussée à temps. Le Russe le rattraperait avant, car il ne pouvait accélérer le pas tout en restant discret.

Storm scruta les alentours. Il n'y avait aucun endroit pour se cacher. Seule l'obscurité le dissimulait un peu. Il se faufila dans un coin près du deuxième étage et, dos au mur, s'appliqua à se fondre dans le décor. C'était loin d'être une solution idéale, mais faute de mieux, il espérait que l'homme passerait devant lui tête baissée, sans regarder le mur, et qu'il pourrait lui sauter dessus par-derrière, l'empêcher de crier d'une main sur la bouche tandis que, de l'autre, il lui trancherait la gorge avec son KA-BAR.

Cet espoir fut anéanti quand il vit que l'homme était précédé d'un étroit rai de lumière qui brillait de plus en plus. Il était muni d'une torche. D'ici quelques secondes, il éclairerait Storm. Ce qui allait se produire ensuite déterminerait le sort de beaucoup de gens.

Storm resta immobile, le KA-BAR fermement serré dans la main droite. Il y avait une chance pour que l'homme ne l'aperçoive pas avant qu'il soit assez proche pour une attaque. C'était maintenant la meilleure défense.

Hélas, une partie du faisceau lumineux balaya Storm quand l'homme tourna entre le premier et le deuxième étages, la lampe braquée sur les marches. Des pieds, il remonta sur les tibias, puis les genoux. Arrivé à la poitrine, il s'immobilisa. Le porteur de la torche était à mi-chemin dans l'escalier, à six bonnes marches de Storm, qui, sans plus attendre, lança son KA-BAR. Il visa légèrement sur la gauche. Si, comme il le pensait, le Russe tenait sa lampe de la main droite, il le toucherait au milieu de la poitrine.

L'idée s'avéra judicieuse. Le couteau se ficha entre les côtes et transperça le cœur. Le petit gémissement qui suivit fut rapidement couvert par le bruit du corps qui dégringolait l'escalier. Il atterrit aux pieds de Storm.

— Tout va bien, caporal ? s'enquit une voix russe quelque part plus haut.

Storm avait séjourné assez longtemps en Russie pour reconnaître son accent. C'était un Moscovite. Il se lança donc en imitant au mieux le parler de Moscou.

— J'ai trébuché. Ce n'est rien, répondit-il en russe.

— Adroit comme un manche ! fit l'autre.

— Ça va, face de rat, rétorqua Storm.

L'homme éclata de rire. Storm retira son couteau de la poitrine du mort, puis s'empara de sa lampe, une grosse torche en acier, alourdie encore par le poids de ses quatre énormes piles.

— Je crois que j'ai tordu mon percuteur en tombant, annonça-t-il après brève réflexion. Il va falloir que je remonte changer d'arme.

— Ça ne va pas plaire au général.

— Je lui présenterai mes excuses, dit Storm.

— Non, prends l'une des miennes. J'en ai deux.

— Merci, l'ami. Tant qu'on est en vie, on n'est pas mort, fit Storm, satisfait de son vieux dicton russe.

Cela sembla mettre un terme à la conversation. Storm libéra ses chaussures, car il lui fallait maintenant remonter en faisant autant de bruit qu'un Russe pataud peu soucieux de son manque de discrétion. À pas d'éléphant, il gravit les marches du deuxième, puis du troisième étage.

Au dernier quart de tour avant le dernier palier, sa torche éclaira une paire de chaussures noires couvertes de poussière. Storm s'empressa d'aveugler leur propriétaire en lui braquant la lampe en plein visage. Aussitôt, l'homme se détourna en se protégeant les yeux de la main gauche. Dans la droite, il tenait une arme par le canon.

— Éteins ça, bougonna-t-il.

— Pardon, fit Storm en s'exécutant, sachant toutefois que le Russe n'y verrait de toute façon plus rien. Et merci pour ton aide, ajouta-t-il en rejoignant le palier.

— De ri..., commença l'autre.

Storm lui asséna un violent coup de lampe sur la tempe, puis il rattrapa le corps avant qu'il ne tombe. Le craquement de son crâne avait déjà été assez sonore.

***

Storm resta une minute sur le palier pour s'assurer que personne ne venait voir d'où provenait le bruit. Visiblement, ils ne l'avaient pas entendu, ou alors l'avaient associé à l'étrange explosion de voiture. Storm rangea la torche dans sa veste et quitta l'escalier.

Il pénétra dans le long couloir qui séparait l'étage en deux. De chaque côté, à intervalles irréguliers, il y avait des portes ou de simples ouvertures. Une faible lumière ambiante déversée par ces embrasures éclairait le sinistre couloir.

Storm repensa au plan qu'il avait étudié sur le téléphone de Clara. Bien qu'il n'eût pas une parfaite mémoire photographique, il put se le remettre en tête un instant en fermant les yeux. D'où il était, les otages se trouvaient dans la sixième pièce sur la droite. Cependant, il devait prendre en compte les pièces sur la gauche susceptibles d'abriter aussi des Russes.

Il n'avait pas d'autre solution que de vérifier les pièces une à une.

Brièvement, il se demanda comment Clara Strike s'en sortait (quels obstacles elle avait à surmonter, si elle avait réussi maintenant à atteindre l'escalier, combien d'ennemis elle avait rencontrés), puis il chassa ces pensées. Clara était une grande fille ; elle se débrouillerait.

Il dégaina le Glock. À pas lents, il avança vers la première pièce à gauche, puis tourna vivement dans l'embrasure de la porte. Personne. Il se glissa à l'intérieur. Rien que des détritus.

Il allait ressortir, quand il entendit deux voix dans le couloir. Les Russes se dirigeaient vers l'escalier nord. S'ils y parvenaient et découvraient leur collègue à la tête démolie, ils donneraient l'alerte, et toute l'opération serait compromise.

— Il paraît que c'est douloureux, disait l'un.

— Oh ! tu n'imagines même pas, renchérit l'autre.

— J'ai eu des calculs biliaires une fois, fit le premier.

— Les calculs rénaux, c'est pire. Le seul moyen de...

La fin de sa phrase fut étouffée. Ils avaient disparu derrière la porte de la pièce contiguë à celle de Storm. Il lui fallait agir sans retard. Après un coup d'œil dans le couloir, qui s'avéra dégagé, il avança à pas feutrés jusqu'à la pièce suivante.

À la porte, il marqua une pause. Elle était en stratifié bon marché et munie d'un ferme-porte en hauteur. Problème.

Si Storm attendait qu'ils ressortent pour les descendre, il risquait de se faire repérer, et les corps de ses victimes se verraient de loin, dans ce couloir qui courait sur toute la longueur du bâtiment. D'un autre côté, impossible de pénétrer dans la pièce sans que ses occupants s'en aperçoivent, à cause de la porte.

Il remonta sa veste sur sa tête et se recroquevilla. Puis, l'arme plaquée sur le ventre, il fit irruption dans la pièce, avec force gémissements, avant de se laisser tomber par terre comme une masse, face au sol, tandis que la porte se refermait derrière lui.

— Qu'est-ce que... ? commença l'un des gardes.

— Ohhhh ! mon calcul rénal, se plaignit Storm en russe.

Le second garde éclata de rire.

— Très drôle, fit le premier, apparemment moins amusé, en se dirigeant vers Storm, qui se demanda s'il allait recevoir un coup de pied ou de l'aide pour se relever. Maintenant debout...

D'une roulade sur le côté, Storm sortit son Glock et lui logea une balle entre les yeux.

Son comparse en resta bouche bée. Le temps qu'il percute, Storm avait roulé sur sa droite et lui avait décoché trois balles en pleine figure.

Ces tirs n'étaient pas aussi parfaits que le coup fatal porté au premier, mais ils avaient atteint leur cible. Restait à savoir s'il fallait achever le boulot. Tel un animal furieux, Storm bondit sur son adversaire, lui posa un genou sur la trachée et les deux mains sur la bouche afin d'étouffer ses cris. L'homme n'émit aucun son. Les tirs n'avaient certes pas été parfaits, mais ils avaient eu l'effet escompté.

Storm se releva. Maintenant, le problème était de quitter la pièce sans se faire voir ; or il était impossible de savoir s'il y avait ou non quelqu'un dans le couloir. En son for intérieur, il maudit l'invention des portes pleines.

Subitement, cela devint sans importance. Des coups de feu retentirent dans l'escalier sud. Clara Strike avait manifestement dû renoncer à la discrétion. Plus la peine, donc, de s'évertuer à avancer en catimini.

Storm fit irruption dans le couloir, délaissa le Glock pour le pouvoir de dissuasion du Dirty Harry, qu'il dégaina d'un geste vif. Prêt à tirer au moindre mouvement suspect, il n'eut guère à attendre. À cinq mètres de lui environ, un homme surgit d'une pièce, se précipitant à l'opposé de lui, vers la source des détonations, au sud.

Erreur monumentale, qu'il paya de sa vie. Storm appuya deux fois sur la détente. Les balles l'atteignirent dans le dos, de part et d'autre de la colonne. Deux jets de sang lui jaillirent de la poitrine. Il tomba en avant, les bras en croix.

Storm s'accroupit près du mur le plus proche, l'arme au poing, et se fit le plus petit possible. Prêt à dégommer le premier qui surgirait dans le couloir, il attendit.

Une silhouette émergea de l'escalier sud, mais il était trop loin, et il faisait trop sombre pour pouvoir viser correctement.

Storm observa plus attentivement. Ce n'était pas l'un des gorilles russes ; c'était Clara Strike, sauf que ce n'était pas sa démarche habituelle. Elle était blessée.

Clara s'avançait vers lui. Toujours baissé, les yeux en alerte et l'index sur la détente, Storm longea discrètement le couloir dans sa direction. Mais rien ne lui donna l'occasion de tirer. Pour finir, ils se retrouvèrent au milieu du couloir, juste devant la pièce où la famille Cracker était enfermée.

— Tu es touchée ? s'enquit Storm à voix basse.
— Ouais, mais c'est le gilet qui a pris. Oh là là, mes côtes !
— Cassées ?
— Je crois, dit-elle.
— Combien tu en as eu ?
— Deux. Et toi ?
— Six.
— Vantard, murmura-t-elle.

Huit de moins. Il avait donc présumé à tort que la moitié partirait à l'aéroport, tandis que l'autre resterait là. Sur onze, ils n'étaient plus qu'un ou deux (selon qu'ils avaient envoyé un ou deux hommes récupérer Whitely Cracker à l'aéroport).

Storm tabla sur deux, c'était plus sûr. Mieux valait se réserver une surprise agréable. Sans doute la famille était-elle gardée par Volkov et un autre homme. Quoi qu'il pût se passer à l'extérieur, ils savaient qu'il était plus difficile de venir à bout de deux hommes armés barricadés dans une pièce derrière une porte close.

Après avoir étudié les différentes options qui s'offraient à lui, Storm décida rapidement d'un plan. C'était la porte qui posait problème. Il fallait donc s'en occuper en premier.

— Il te reste du C-4 ? demanda-t-il.
— Oui.
— Sur toi ?

Elle farfouilla rapidement dans son gilet pare-balles et lui tendit un petit rectangle d'une sorte de pâte à modeler.

— Des détonateurs ? demanda-t-il, mais elle sortait déjà le nécessaire. Couvre-moi.

Storm se redressa et déchira de petits morceaux de C-4 qu'il colla autour de chaque gond.

Il en mesura la quantité au jugé, sachant que cela ne marcherait pas s'il n'y en avait pas assez, mais qu'il risquait de blesser les innocents à l'intérieur s'il y en avait trop. Là encore, il fallait faire attention.

Il enfonça les détonateurs, puis fit signe à Clara de reculer avec lui dans le couloir. Inutile que l'un ou l'autre ne prenne un éclat. À son hochement de tête, elle appuya sur les deux boutons.

L'explosion fut mesurée. Un instant, Storm se demanda même s'il avait mis assez d'explosif, mais la porte s'écrasa alors vers l'intérieur.

L'un des enfants étouffa un cri. La disparition de la porte fut saluée par une rafale, tirée à l'arme automatique par Volkov, ou son homme de main, en direction de l'éventuel assaillant susceptible de surgir dans l'embrasure dégagée. Les balles se fichèrent dans le mur d'en face sans blesser personne dans le couloir.

Storm adressa un signe de tête à Clara. Ils revinrent peu à peu vers la porte, lentement, en silence, l'arme au poing.

D'autres coups de feu furent tirés par intermittence. Les hommes à l'intérieur de la pièce se doutaient qu'une attaque se préparait. Ils espéraient simplement avoir assez de chance pour l'anticiper.

En arrivant sur le seuil, Storm s'accroupit, tandis que Clara demeurait debout. Il leva le poing, puis un doigt, qu'il agita vers la droite.

Ensuite, il leva deux doigts, qu'il agita vers la gauche. C'était un code que Clara et lui avaient mis au point, il y avait fort longtemps. Cela signifiait qu'il s'occupait de l'agresseur de droite et lui laissait celui de gauche.

Storm lança alors le compte à rebours avec ses doigts. Trois, deux, un, d'une roulade, il se plaça dans l'embrasure de la porte en position de tir.

Aussitôt, il embrassa la scène du regard : la famille était regroupée au centre de la pièce ; les trois étaient blottis les uns contre les autres, ligotés et bâillonnés avec du ruban adhésif. Derrière eux, à droite, un homme guettait, armé d'un AK-47. Storm l'abattit d'une seule balle. Au-dessus de sa tête, il entendit alors retentir l'arme de Clara. Puis il constata qu'elle avait également supprimé sa cible.

Les deux derniers hommes étaient morts. Ils auraient pu s'en réjouir, sauf que ni l'un ni l'autre ne portait un cache-œil.

Volkov n'était pas là.

— Merde, lâcha Storm.

— Qu'y a-t-il ? demanda Clara.

— Finalement, j'aurais dû choisir l'ombre.

— Hein ?

— Rien. C'est juste un truc entre mon père et moi.

— Je ne compr...

— Volkov disait qu'il serait à l'aéroport de Newark et, pour une fois dans sa vie, il disait vrai.

TRENTE-TROIS

Newark, New Jersey

Ils avaient été trop longs. La prudence dans les escaliers. L'élimination progressive des gorilles du Russe. La destruction de la porte. Tout avait pris beaucoup trop de temps. L'heure à laquelle Cracker devait se présenter à l'aéroport était depuis longtemps passée. Et maintenant, il ne décrochait pas son téléphone malgré les appels répétés de Storm.

Première conclusion : Volkov le tenait déjà entre ses griffes.

Plus question de s'imaginer qu'il serait facile de mettre un terme à tout cela. Volkov n'était pas idiot. S'il s'était rendu seul à l'aéroport – et il y avait dix cadavres dans une usine de Bayonne pour le confirmer –, il devait régulièrement appeler ses hommes.

Soit ils lui avaient fait part de la situation, soit ils ne lui répondaient plus. Quoi qu'il en soit, Volkov savait forcément maintenant qu'ils étaient découverts. Et il ne retournerait pas à l'usine.

Deuxième conclusion : Volkov était maintenant dans la nature. Depuis l'aéroport de Newark, il pouvait se rendre n'importe où.

Donc, même si la famille de Cracker était en sécurité, rien n'était vraiment réglé. Volkov pouvait emmener Cracker où bon lui semblait. Certes, il ne pouvait plus le menacer de faire du mal à sa famille, mais Volkov était un homme de ressources, qui connaissait maintes méthodes de torture. Cet enfoiré de sadique trouverait bien le moyen de contraindre le banquier à lui obéir.

Troisième conclusion : malgré ses efforts, Storm n'avait pas réussi à neutraliser la menace.

Volkov était toujours aussi dangereux avec les codes MonEx entre les mains. D'une manière ou d'une autre, Cracker ferait tout ce que Volkov lui dirait de faire.

Storm avait laissé Clara auprès de la famille Cracker. Au moment de son départ, elle était en train d'appeler les autorités. La police de Bayonne serait là d'une minute à l'autre. Le FBI ne tarderait pas à la rejoindre. Il n'avait plus à s'inquiéter de leur sort. Quant à son avenir avec Clara ? Il reviendrait à cette question plus tard.

Pour l'instant, Volkov et Cracker étaient sa seule priorité.

Tout en négociant l'enchevêtrement de rampes d'accès et de bretelles menant de l'autoroute à l'aéroport de Newark, Storm envisageait deux hypothèses.

Dans l'une, Volkov avait récupéré Cracker et se rendait maintenant quelque part en voiture. Ce scénario ne lui plaisait guère, car il y avait au moins deux cent mille 4 x 4 noirs dans la région. Bonne chance pour trouver celui de Volkov !

Dans l'autre, Volkov et Cracker embarquaient à bord d'un avion pour… quelque part. Ce n'était guère mieux, mais cela lui donnait tout de même quelque chose à quoi se raccrocher. Volkov devait sûrement voyager sous un faux nom : il en avait plus qu'il ne lui en fallait ; en revanche, il n'avait pas de fausse identité pour Cracker. Voilà pourquoi il voulait tant que le banquier se munisse de son passeport.

Storm appela Bryan.

— Que veux-tu encore ? chuchota Bryan. Tu sais que tu ne peux plus trop jouer la carte Bahreïn.

— Il faudrait que les as de l'informatique vérifient pour moi toutes les compagnies aériennes pour voir si Graham Whitely Cracker cinquième du nom figure sur un vol au départ de Newark.

— Ne quitte pas…

Tandis qu'il patientait, Storm était arrivé au terminal B. Il arrêta le van de Clara le long du trottoir devant les départs internationaux et l'y laissa.

Aux autorités de s'occuper de savoir pourquoi on avait abandonné là une camionnette remplie d'armes et d'appareils de surveillance. Peut-être lui feraient-elles même le plaisir de fermer l'aéroport.

Alors qu'il descendait du véhicule, Bryan revint avec l'information.

— Il est sur le vol 19 d'Air Venezuela, à destination de Caracas.

— Quelle heure ?

— Il devait partir porte 53B, il y a deux minutes. Tu sais que le Venezuela ne fait pas partie de notre...

Storm n'avait pas le temps d'écouter la suite. Il la connaissait déjà. Les États-Unis avaient un traité d'extradition avec le Venezuela depuis 1922, mais il était truffé d'exceptions et de bizarreries. De plus, le régime en place coopérait rarement, surtout quand la personne à extrader avait les moyens de verser des pots-de-vin. Dès que Volkov aurait quitté l'espace aérien américain, il serait hors de portée des autorités américaines. De toute façon, au train où Jones faisait aller les choses, le gouvernement n'essayait guère de le retenir. Peut-être Storm ferait-il mieux d'appeler ses nouveaux copains du FBI pour leur signaler qu'on tentait d'enlever Cracker, mais cela prendrait encore du temps, et il en manquait maintenant cruellement.

Le fait est qu'il n'existait aucune voie légale ou diplomatique pour empêcher Gregor Volkov de se carapater.

Aucun coup de fil haut placé, aucune demande de renvoi d'ascenseur, aucune argumentation auprès du bon bureaucrate ne pouvait arrêter Volkov ou ses manigances. Il filerait de Caracas à Moscou, au Brésil ou ailleurs, là où son envie le porterait pour lancer sa débâcle financière destinée à ravager l'économie mondiale.

Une seule chose le stopperait maintenant : la force.

Quatrième conclusion : Storm aussi allait prendre l'avion.

***

Il enfonça le téléphone dans sa poche, entra en courant dans le terminal et gravit les marches quatre à quatre en direction de la zone de sécurité. La file pour le personnel de l'aéroport se situait sur la gauche. Sans ralentir le pas, il doubla deux membres d'équipage interloqués et franchit en trombe le portique – dont l'alarme se déclencha. Les quatre agents étaient si occupés à vérifier les chaussures des passagers qu'ils ne réagirent pas sur-le-champ à l'une des plus élémentaires violations des règles de sécurité.

Enfin, l'un d'eux retrouva sa présence d'esprit.

— Hé là ! Attendez ! Stop ! hurla-t-il.

Storm était déjà loin. D'après le panneau indicateur, la porte 53B se trouvait tout droit. Actionnant bras et jambes, il fendit la foule des voyageurs qui se retournèrent sur sa course folle au milieu du hall. Quelque part, loin derrière, la sécurité avait lancé l'alerte.

La porte 53B était située à l'extrémité du terminal. Storm courut jusqu'à l'hôtesse qui baissait les yeux sur son écran d'ordinateur.

— Excusez-moi, dit-il, essoufflé. Je suis de la CIA. Est-ce qu'un homme portant un cache-œil vient d'embarquer à bord du vol 19 ?

— Oui, monsieur, mais l'embarquement est terminé. Si vous voulez bien...

Sans en écouter davantage, Storm fonça vers la passerelle.

— Hé ! Vous n'avez pas le droit ! lui cria-t-elle comme si cela allait l'arrêter.

Storm arriva au bout de la passerelle. L'avion était parti, l'ouverture en accordéon béait dans le vide. Il sauta sur le tarmac, où un homme en pull-over, le casque antibruit encore sur les oreilles, rangeait ses bâtons lumineux à l'arrière d'un petit chariot motorisé.

— Excusez-moi, dit Storm. Je suis de la CIA. C'est vous qui venez de guider le vol 19 ?

— Ouais, il est là-bas.

Il indiqua un 747 Virgin Atlantic blanc et rouge qui s'éloignait pesamment.

— Mais vous ne pouvez pas...

Storm reprit son sprint. L'avion venait de quitter sa zone de parking et tournait à gauche pour s'engager sur la piste, à environ trois cent cinquante mètres. En coupant tout droit, Storm pouvait peut-être le rattraper.

Tandis qu'il se hâtait dans sa direction, il vit le 747 s'arrêter en bout de piste. Il n'y avait pas d'autre avion devant. C'était son tour de décoller. Storm était maintenant à trois cents mètres.

Après avoir freiné, le pilote envoyait maintenant les gaz à fond. Les quatre Pratt & Whitney JT9D vrombirent. Le 747 est un très gros porteur, mais ses réacteurs délivrent plus de vingt-deux tonnes de poussée.

Encore deux cents mètres. Storm gagnait toujours du terrain, mais sans pouvoir accélérer davantage alors que l'avion, lui, prenait de la vitesse.

Derrière lui, un groupe d'agents de sécurité était arrivé au bout de la passerelle. Storm n'osait pas se retourner pour regarder, mais s'il l'avait fait, il aurait vu l'agent de piste le pointer du doigt.

Plus que cent mètres. Dix secondes et deux dixièmes à fond. Storm arrivait presque à la perpendiculaire de l'appareil. Il repéra l'endroit où ils allaient se croiser – du moins l'espérait-il – et visa le train d'atterrissage avant.

Voyant qu'il lui restait soixante mètres à parcourir, il crut ne pas y parvenir. L'avion accélérait trop vite. Il était maintenant plus rapide que lui. À trente mètres, il corrigea sa trajectoire et visa le train arrière. C'était maintenant sa seule chance.

À vingt mètres, l'appareil commençait vraiment à s'éloigner. À dix, Storm crut que ses poumons allaient éclater.

Il se rapprocha et sauta en direction de la jambe du train au-dessus des roues du 747. Ses mains tendues agrippèrent l'axe métallique. D'abord balancé sur le côté, son corps revint heurter les roues. Leur rotation menaçait de lui faire lâcher prise, mais, heureusement, l'avion ne roulait pas encore assez vite. Storm réussit à remonter le train d'atterrissage en se hissant sur la contrefiche.

Le grondement des réacteurs était assourdissant. Storm résista à la force centrifuge tandis que l'avion prenait de la vitesse, puis il parvint à se coller contre le côté du compartiment et à se tenir aux tuyaux qui couraient en partie haute. Il y était encore quand le 747 décolla.

C'est ainsi que Derrick Storm fut le dernier passager à monter – clandestinement – à bord du vol 19 d'Air Venezuela.

***

Le 747 s'éleva rapidement dans les airs, d'abord au-dessus des marécages, puis des banlieues du New Jersey. Certes, Storm avait trouvé une bonne prise dans le train d'atterrissage, mais il n'osait pas bouger – de peur de tomber – avant que les roues ne se rétractent. Quand cela se produisit enfin, Storm sortit sa lampe torche de sa veste et l'alluma pour faire le point sur sa situation.

Une fois les roues relevées, il ne restait guère de place pour se mouvoir, mais la claustrophobie n'était pas son plus gros souci. Ce n'est qu'à plus de sept mille cinq cents mètres que le manque d'oxygène commence à poser de sérieux problèmes aux alpinistes, lors de l'ascension des plus hauts sommets du monde.

Au-dessus de neuf mille mètres, l'air se raréfie, et le froid devient fatal. Mourrait-il d'abord de froid ou d'asphyxie ? Il se passerait volontiers de la réponse.

D'après ce qu'il avait pu lire dans le journal, il n'était pas rare de retrouver des clandestins morts dans le logement du train. Il lui fallait donc gagner une partie pressurisée avant que l'avion ne prenne trop d'altitude. Selon ses estimations, il disposait d'une vingtaine de minutes.

Il leva les yeux au plafond. Une chose pouvait lui rendre service : la prédilection des ingénieurs en aéronautique pour les matériaux légers, car, moins un avion est lourd, mieux il décolle. Comme il s'y attendait, il n'y avait qu'une fine plaque de tôle au-dessus de sa tête.

Il sortit son KA-BAR et, d'un coup au-dessus de sa tête, perfora le métal. Puis, il retira le couteau qui s'était enfoncé jusqu'à la garde et recommença, juste à droite du premier trou. Il répéta l'opération pour élargir encore l'entaille. Le mécanicien responsable de la réparation ne manquerait pas de se demander ce qui avait bien pu provoquer pareils dégâts, mais Storm savait qu'un petit trou dans un compartiment intérieur ne perturbait en rien la stabilité d'un 747 en vol.

Il sentit l'appareil virer, peut-être en direction du sud (il était un peu difficile de se repérer dans cette boîte de conserve). De toute façon, ce n'était pas son principal souci pour l'instant. Au bout de cinq bonnes minutes d'acharnement, il avait réussi à découper les trois quarts d'un cercle. Il tira donc sur le pan de métal pour se hisser par le trou ainsi créé. Très vite, sa tête heurta une surface de métal plat : ce devait être le plancher de la soute à bagages.

Storm remit le KA-BAR dans son fourreau et se glissa entre le fond de l'avion et le plancher de la soute. Hormis quelques barres de soutien, l'espace était vide. Au point le plus bas, il était possible de ramper sur le fond concave.

Storm se faufila en se tortillant, puis se retourna sur le dos, face au plancher. Il était en acier, un matériau bien plus redoutable que l'aluminium que Storm venait de découper, et il reposait sur des solives métalliques de la largeur de l'avion. Impossible de le percer au couteau.

Il était trop épais. Il le poussa du plat de la main. Rien ne bougea. Il devait y avoir une centaine de kilos de bagages dessus.

Storm entreprit d'aller plus loin, car le chargement de la soute commençait toujours par le fond. Si une partie du plancher était restée vide, elle se trouvait tout à l'avant, et Storm priait pour qu'Air Venezuela soit de ces compagnies qui font payer l'enregistrement des bagages.

Avançant lentement mais sûrement, il se retrouva contre un ensemble de poutrelles lui indiquant qu'il avait atteint l'avant de la soute arrière. Il leva les yeux et examina la manière dont le plancher était fixé aux solives. Il y avait des rivets en acier tous les cinq centimètres. Impossible.

Storm n'était pas le genre d'homme à paniquer, mais il pouvait s'inquiéter quand la situation le justifiait. Or la situation devenait vraiment préoccupante.

Il n'aurait su dire combien de temps s'était écoulé exactement ni combien de temps il lui restait avant que cet endroit ne devienne son cercueil, mais il savait que l'avion prenait rapidement de l'altitude, car ses oreilles s'étaient déjà bouchées à deux reprises.

Il s'efforça de réfléchir de manière rationnelle. Les avions ont besoin de réparations. Il devait bien y avoir un autre moyen pour le personnel d'entretien d'accéder à cette partie de l'avion sans avoir à percer des trous dans la structure comme il l'avait fait. Il balaya du faisceau de sa torche le dessous du plancher.

En même temps, il eut la curieuse sensation que l'appareil avait terminé son ascension. Peut-être se trompait-il ;

pourtant, il était sûr que l'avion virait de nouveau. Et ses oreilles s'étaient débouchées.

Mais là n'était pas le plus important. La priorité était de trouver le moyen de sortir de cet endroit.

Enfin, il repéra une trappe, de forme rectangulaire, parmi le second ensemble de solives du plancher un peu plus loin, sur tribord.

Maintenant se posait un autre problème : il n'y avait pas la place qu'il fallait pour l'ouvrir par là ; il fallait y accéder par l'autre côté. Toutefois, la trappe constituait un point vulnérable dans le plancher en acier. Après avoir choisi un coin, il tapa dessus de la paume.

Le premier coup ne donna rien. Il frappa de nouveau. Allongé sur le dos, Storm pouvait produire une force considérable, car il avait l'habitude de solliciter ses pectoraux et ses triceps (il était capable de soulever plus de cent trente kilos en développé couché).

Pourtant, après quatre autres tentatives, il se rendit compte que cela ne suffisait pas. Le développé couché ne faisait pas le poids. Peut-être obtiendrait-il davantage de résultats en flexion (trois cents kilos au dernier record). Il posa les pieds sur l'un des coins de la trappe, puis donna un coup en y mettant toute sa force.

Il y eut un souffle d'air. La différence de pression entre la soute et l'extérieur n'était pas aussi importante que si l'avion avait atteint son altitude de croisière, mais elle était considérable.

Storm avait plié la trappe de quinze degrés vers le haut. Cela lui permit de constater que la trappe était maintenue en place par plusieurs loquets en plastique. Maintenant qu'il savait où ils se trouvaient, il pouvait les faire sauter. Il dégaina Dirty Harry, glissa la crosse de l'arme par l'interstice dégagé, puis fit levier avec le canon.

En quelques instants, il se hissa à l'intérieur de la soute, remit la trappe en place et posa quelques bagages dessus pour stopper la dépressurisation.

En s'éclairant avec la torche, il étudia le dernier obstacle à surmonter au-dessus de sa tête. Le plafond se composait de panneaux assez légers d'apparence, dont Storm ne doutait pas de pouvoir faire son affaire d'un coup de poing. Il fallait simplement monter jusque-là.

D'abord, il cala la lampe pour pouvoir s'éclairer tout en gardant les mains libres. Puis, il entreprit d'entasser de grosses valises solides jusqu'à ce que la pile lui permette de grimper au plafond.

Il y était presque quand l'avion bascula brusquement en virant vers la droite, à un angle qu'aucun pilote de compagnie commerciale ne tenterait jamais, envoyant valser sa pyramide de bagages.

Storm atterrit lourdement, se fit mal à l'épaule et heurta la tête contre quelque chose de dur en métal. Dans l'obscurité, il ne sut dire quoi.

L'avion se redressa, permettant à Storm de se relever un instant, puis bascula tout aussi radicalement vers la gauche. Storm tomba de nouveau.

Il ignorait ce qui se passait, mais il entendait les passagers crier au-dessus de lui.

***

Étendu par terre dans la soute à bagages, Storm avait la bouche en sang et une coupure sur le crâne. Il se sentait vaseux et un peu commotionné à cause du coup qu'il avait reçu sur la tête.

L'avion reprenait rapidement de l'altitude. Celui qui était maintenant aux commandes – et Storm commençait à pressentir de qui il s'agissait – ne cherchait aucunement à impressionner par la douceur de ses manœuvres.

Storm se releva et entreprit de reconstruire son escabeau de fortune. Désormais, il travaillait à tâtons, car sa torche s'était cassée ou coincée quelque part en roulant. Storm n'avait pas le temps de la chercher.

Une fois la tour achevée, il grimpa au sommet, choisit un panneau et, du talon de la main, donna un puissant coup dedans. Il céda sans difficulté. Il restait une trentaine de centimètres entre ce plafond et le plancher de la cabine. Storm redescendit donc pour ajouter une valise au sommet de la pile et gagner un peu de hauteur, puis remonta.

En palpant le dessous du plancher, il sentit où les sièges étaient fixés, mais, surtout, où il n'y en avait pas. Le couloir : justement ce qu'il cherchait.

De nouveau, il frappa de toutes ses forces. Compte tenu de sa faible épaisseur, le plancher ne résista pas. Les petites vis qui le maintenaient en place cédèrent. Storm fit alors glisser le morceau sur le côté, par-dessus les autres panneaux. Puis, à l'aide de son KA-BAR, il découpa le tapis et se hissa par le trou.

Sous les regards horrifiés des passagers des rangées 29 à 45, occupant les sièges à tribord de l'appareil, un homme en sang émergea du plancher armé d'un couteau. Une vision d'épouvante.

— Tout va bien, tenta de les rassurer Storm en voyant leur mine affolée. Je suis là pour vous porter secours.

Ils n'avaient pas l'air convaincus. Personne ne pipait mot. Tous étaient blêmes.

— Je suis de la CIA, insista-t-il. C'est mon boulot.

— Ils ont probablement besoin de vous à l'avant, finit par suggérer un homme assis près de lui.

Storm hocha la tête, franchit le rideau séparant le milieu de la cabine, puis passa en classe affaires. Tous les passagers avaient l'air abattus et soumis.

À chaque pas, la souffrance semblait résonner plus fort : gémissements, plaintes, sanglots s'intensifiaient. Arrivé à l'avant de l'appareil, son nez lui confirma ce que ses oreilles lui suggéraient déjà : quelque chose n'allait pas. Il flaira une odeur de poudre. Et de sang.

C'est en pénétrant en première classe qu'il comprit pourquoi. Pour lui, qui en avait vu plus d'une dans sa vie, une véritable scène de guerre s'étendait sous ses yeux. Il y avait des éclaboussures de sang au plafond, sur la cloison, les sièges, le plancher. Au moins sept passagers étaient morts, tous la tête éclatée. Plusieurs autres étaient allongés dans le couloir, gravement blessés. Penchés sur eux, des membres de l'équipage pansaient leurs plaies.

Un homme à la peau foncée, en tenue de pilote, était affalé contre la porte du cockpit. Ses cheveux poivre et sel coupés ras étaient couverts de sang. Il tenait un pansement de gaze sur le côté droit de sa tête.

D'après le nom figurant sur son badge, il s'agissait du commandant Montgomery.

Storm s'approcha, se présenta, puis s'accroupit à côté du pilote pour lui demander ce qui s'était passé.

— Ça a commencé juste après le décollage, déclara-t-il. La sécurité a prévenu la tour de contrôle qu'on avait un passager clandestin dans le train d'atterrissage.

— Oui, c'était moi. Désolé.

— Je ne pouvais pas modifier tout de suite mon plan de vol. Il est impossible de faire demi-tour dans l'espace aérien le plus fréquenté des États-Unis, vous savez. Alors, la tour essayait de me calculer une nouvelle route. Je devais rester à faible altitude pour atterrir d'urgence à Philadelphie. En attendant, ils allaient demander à deux F/A-18 de m'escorter par mesure de précaution ; pourtant, je n'avais pas affiché sept mille cinq cents.

— Sept mille cinq cents ?

— Désolé, c'est le code de détresse pour un détournement. Si on affiche sept mille cinq cents sur le transpondeur, l'Air Force envoie la cavalerie. Là, il était juste question d'une escorte, mais, peu après leur arrivée, j'ai entendu des coups de feu. Mon copilote m'a regardé, l'air interloqué, quand une des hôtesses m'a appelé par l'interphone. Elle m'a dit qu'un type avec un cache-œil avait fait sauter la cervelle à l'un des passagers avec une arme en bois. Le croiriez-vous ? Il disait qu'il abattrait quelqu'un toutes les trente secondes si je n'ouvrais pas la porte du cockpit. D'après le règlement, je ne peux ouvrir cette porte sous aucun prétexte, mais là... Toutes les trente secondes, j'entendais un nouveau coup de feu ; alors, je..., je n'ai pas pu...

L'homme s'arrêta, il lui fallait se ressaisir. Par le hublot, Storm aperçut le clignotement des lumières d'un F-18 tout près de l'aile du 747. Volkov avait détourné l'avion parce qu'il croyait avoir été pris. Jamais il n'avait imaginé que les avions de chasse étaient là pour Storm.

L'ironie de la situation ne faisait pourtant pas sourire le barbouze.

Montgomery avait retrouvé assez de calme pour continuer :

— Alors, on a ouvert. Il m'a donné un coup de crosse et m'a dit de dégager. Et puis, il a dit la même chose à Roger (Storm supposa qu'il s'agissait du copilote), mais Roger n'a pas voulu bouger. Il a demandé quelque chose du genre « Qui va commander l'avion ? » Le type a simplement répondu « Moi » avant de l'abattre... Il l'a tué...

Montgomery dut s'interrompre de nouveau. Storm se releva et fouilla les lieux du regard. Whitely Cracker se trouvait à trois rangées du fond de la première classe, blotti sous une couverture tachée de vomissures. Il évitait de poser les yeux sur quoi que ce soit.

Storm s'accroupit de nouveau près du pilote.

— Je suis armé, annonça-t-il posément. Si on arrive à rouvrir cette cabine, je pourrai arrêter tout ça.

— Parfait. J'ai un code pour ouvrir.

Au prix de gros efforts, Montgomery se releva et se tourna vers l'étroit pavé numérique apposé à la porte.

— Vous êtes prêt ? demanda-t-il.

Storm sortit Dirty Harry. Le pilote saisit les chiffres.

— Voilà, annonça-t-il en appuyant sur le dernier bouton.

Puis, il fronça les sourcils. Rien ne se produisit. Il saisit de nouveau le code. Toujours rien. Une lumière rouge s'affichait. Merde, fit Montgomery.

— Quoi ?

— Il a trouvé le bouton qui permet au pilote d'interdire l'accès de l'intérieur. On ne peut pas entrer.

***

Montgomery s'était de nouveau effondré. Le regard encore plus abattu qu'auparavant, il vérifiait son pansement trempé de sang. L'image même de la défaite.

Derrick Storm ne pouvait s'avouer vaincu.

— Il doit bien y avoir un moyen, insista-t-il.

— Plus depuis le 11 septembre. Maintenant, les cockpits sont de véritables coffres-forts.

— Croyez-moi, un coffre, ça s'ouvre, rétorqua Storm. De quel genre de serrure s'agit-il ?

— Un électroaimant. Soit une demi-tonne de force de maintien. Même avec tous vos muscles, vous n'arriverez pas à la forcer.

— Ce n'est pas mon intention. Une ventouse électromagnétique, ça fonctionne à l'électricité. Si je coupe le courant, la serrure ne fonctionne plus.

— Vous croyez peut-être que les compagnies aériennes n'y ont pas pensé ? fit le pilote. Tout existe en double dans un avion. Outre l'alimentation principale, il y a une batterie de secours d'une capacité de douze heures. Elle est logée dans un boîtier en acier, intégré dans la porte. Vous ne l'aurez jamais.

Storm fixa longuement la porte comme s'il possédait la vision aux rayons X de Superman. Hélas, non. Subitement, il comprit qu'il disposait peut-être de quelque chose d'aussi bien. Alors qu'il baissait le regard sur son poignet gauche se mit à clignoter dans son esprit le message suivant : PLUSIEURS CANAUX DISPONIBLES PAR RÉGLAGE DE LA FRÉQUENCE !

— Sur quelle fréquence la serrure est-elle réglée ? s'enquit-il.

— Quoi ?... Aucune idée.

— Peu importe. Les membres de l'équipage ont-ils une petite trousse à outils ? Il va aussi me falloir un appareil doté d'une pile de neuf volts et un ordinateur portable. Demandez aux passagers.

Montgomery appela deux hôtesses, qui se chargèrent de rapporter à Storm ce qu'il avait demandé.

— Désolé, Ling, fit-il en regardant une dernière fois sa montre SuperSpy. Il le faut, ajouta-t-il avant d'en ouvrir le boîtier.

À l'intérieur, le circuit imprimé lui rappela la radio dans le garage de son père. Il était aussi basique, mais beaucoup plus petit. Il se mit donc au travail.

Pour transformer ce jouet et qu'il puisse émettre une impulsion électromagnétique à la bonne fréquence, il suffisait de pirater certains éléments du portable, les combiner avec le transmetteur de la montre et alimenter le tout grâce à la pile.

Il fallait uniquement un peu de temps, ce dont ils manquaient encore plus que prévu, comme Storm n'allait pas tarder à l'apprendre. Quitter l'espace aérien des États-Unis n'était plus leur problème majeur, y rester, en revanche, risquait de leur coûter la vie.

— Sans vouloir vous presser, intervint le commandant, où en êtes-vous ?

— Encore un instant. Pourquoi ?

— Parce que les vieux pilotes de ligne comme moi ont un altimètre dans la tête. Le mien m'indique que nous sommes descendus à environ huit mille pieds. Je ne crois pas que les F-18 seront très patients. Si nous franchissons le seuil des cinq mille pieds, ils vont recevoir l'ordre de nous abattre. L'un d'eux vient de faire une manœuvre.

— Quel genre de manœuvre ? demanda Storm en vissant un fil.

— Face à un avion qui ne répond pas, ils cabrent à la verticale à quelques centaines de pieds du nez de votre appareil pour vous inviter à remonter.

— J'y suis presque, dit Storm. Pendant que je termine, j'aurais besoin d'un service.

— Tout ce que vous voulez.

— Évacuez les passagers de la première classe, dit-il. Je ne sais pas ce qui va arriver quand la porte s'ouvrira. Mieux vaut éviter que quelqu'un prenne une balle perdue.

— Entendu, répondit Montgomery en se relevant.

Le fait d'avoir à se rendre utile lui redonnait manifestement de l'énergie.

— Commandant ? Ne partez pas trop loin, ajouta Storm. Je vais avoir besoin de quelqu'un pour faire atterrir cet avion une fois qu'on en aura repris le contrôle.

— Votre style me plaît, Storm, dit-il.

— Merci, commandant. Au fait, je ne connais pas votre nom.

— C'est Roy. Roy Montgomery.

Les deux hommes échangèrent un salut militaire. Puis, le commandant entreprit de regrouper les passagers à l'arrière, tandis que Storm se concentrait de nouveau sur sa tâche. Il n'en dirait rien à Montgomery, mais il n'était sûr qu'à cinquante pour cent que son gadget improvisé fonctionne. Le réglage de la fréquence se limitait à une certaine fourchette. Si celle de la serrure n'y entrait pas (ce qui était toujours possible), elle ne réagirait pas à l'impulsion.

Les deux hommes terminèrent à peu près en même temps.

— Voilà, c'est fait, annonça le commandant, le souffle un peu court, en revenant vers Storm. Je peux vous demander comment vous comptez vous y prendre, une fois la serrure libérée ?

— C'est simple : j'ouvre la porte et j'abats le type aux commandes.

— Vous êtes bon tireur ? demanda Montgomery.

— Assez, pourquoi ? Il y a des trucs sur lesquels il ne faut pas tirer sur le tableau de bord ?

— Partout, oui.

— Alors, je ferais mieux de ne pas rater mon coup, dit Storm.

— Bon, il faut aussi que vous sachiez qu'il y a des caméras à l'avant de la cabine, expliqua Montgomery. Encore une chose héritée du 11 septembre. C'est pour permettre au commandant de savoir s'il peut ouvrir la porte en toute sécurité.

— Il sera donc prévenu de mon arrivée.

— Oui.

— Super… Souhaitez-moi bonne chance.

— Bonne chance.

Storm crut cependant remarquer un petit hochement de tête quand Montgomery tourna les talons pour repartir en classe affaires.

Storm passa outre et se concentra sur le minuscule bouton latéral de sa montre. Suite à ses modifications, plusieurs fils supplémentaires en sortaient. Deux étaient reliés à la pile. Il brancha le dernier, ce qui mit en marche le dispositif, qu'il régla sur la fréquence la plus basse, puis il visa la porte.

Rien ne se produisit. Il tourna le bouton de réglage pour passer d'un canal à l'autre. Il fallait procéder en douceur. Ses branchements étaient loin d'être parfaits.

S'il allait trop vite, il risquait de passer à côté de la bonne fréquence et de délivrer une impulsion trop faible pour déclencher la serrure.

À mi-parcours, bien que ne s'autorisant pas à se laisser aller au pessimisme, il n'entendait toujours rien. Puis, arrivé aux trois quarts, il perçut un déclic et un vrombissement.

Les aimants de la serrure s'étaient relâchés.

Storm dégaina Dirty Harry et appuya sur la poignée. La porte s'ouvrit vers l'intérieur, et il se pressa contre elle pour se protéger d'éventuels coups de feu. Le cockpit du 747, l'un des plus vastes des modèles existants, présente un court couloir étroit menant aux deux sièges des pilotes. De prime abord, Storm ne put voir que du côté droit du couloir.

Il poussa davantage la porte. Son champ de vision s'étendait maintenant jusqu'au bout du couloir. S'ils n'avaient pas été en avion, il aurait simplement glissé son arme dans l'interstice et tiré à l'aveugle.

Mais, compte tenu des recommandations de Montgomery, cela ne semblait pas une bonne idée.

De son côté, Volkov n'avait pas à s'inquiéter du tableau de bord puisque les balles de son arme en bois – pour laquelle Storm supposait qu'il ne manquait pas de munitions – toucheraient des parties moins sensibles de l'avion. Storm s'attendait à essuyer des coups de feu à tout moment. Pourtant, aucun ne fut tiré.

Il poussa encore un peu la porte. Maintenant, il voyait la moitié du siège du copilote et une partie du corps affalé dedans.

Il continua de pousser la porte, prêt à tirer au moindre signe de Volkov. Lentement, régulièrement, centimètre par centimètre, il poussa la porte jusqu'à ce qu'elle soit entièrement ouverte.

Personne n'occupait le siège du pilote.

Cela ne signifiait pas pour autant que Volkov ne se cachait pas quelque part. Sans s'engager totalement dans l'étroit couloir, où il ferait une cible facile si Volkov surgissait de l'angle mort, Storm s'avança prudemment pour mieux voir.

Toujours pas de Volkov.

Il s'autorisa un tout petit pas. Rien. Un autre. Toujours rien.

Après un nouveau pas, il voyait maintenant l'intégralité de l'espace : le tableau de bord, les deux sièges des pilotes, le siège d'appoint pour un troisième pilote, la console, le compartiment avionique, tout.

Abasourdi, Storm cligna des yeux. Le cockpit était vide.

***

Storm demeura immobile un instant, comme s'il suffisait d'un regard insistant pour faire apparaître Volkov. Mentalement, il fit le tour des explications possibles, mais aucune ne paraissait logique.

Il n'y avait pas d'autre porte dans le cockpit que celle par laquelle il était entré. Il n'y avait pas de réduit ni d'espace assez grand pour dissimuler un homme, encore moins de la carrure de Volkov. Il n'y avait aucune issue, sauf peut-être par le pare-brise, mais il était intact.

Storm était pétrifié par la vision étrange de cet avion qui volait tout seul, comme mû par un fantôme. Le manche se déplaça légèrement vers la gauche pour procéder au minuscule ajustement de trajectoire demandé par le pilote automatique.

Sur le qui-vive, l'arme toujours au poing, Storm se rappela qu'il fallait lâcher prise, car toute crispation ralentissait le temps de réaction ; toutefois, il n'osa pas faire le moindre mouvement.

Il commençait à envisager d'autres options. Peut-être le commandant s'était-il trompé. Peut-être Volkov n'était-il pas entré dans le cockpit, finalement. Storm se trouvait dans la soute quand les faits s'étaient produits. Était-il possible que Montgomery – dont le copilote venait de se faire tuer sous ses yeux et qui avait reçu un méchant coup à la tête – ait raté quelque chose ?

Storm élaborait un tout nouveau scénario, selon lequel Volkov avait réussi à régler le pilote automatique, puis était retourné dans la cabine..., quand, du coin de l'œil, il repéra un mouvement au-dessus de sa tête.

Le bras d'un homme.

Storm bondit en avant. Une fraction de seconde plus tard, Volkov tirait. Dans l'ordre inverse, Storm serait mort et le monde se serait inéluctablement dirigé vers le chaos.

La balle, qu'il devait recevoir en pleine tête, poursuivit sa course. À brefs intervalles, elle lui rasa le cou, les épaules, le dos et les fesses, puis se ficha dans la partie de son corps se trouvant encore sur son chemin : son mollet gauche.

Tandis que Storm grognait de douleur, Volkov se laissa tomber du plafond, où il s'était réfugié depuis les premiers réglages de Storm sur le transmetteur. Le Russe lui atterrit directement sur le dos et le plaqua au sol. Storm se rendit alors compte que son arme lui avait été arrachée des mains. Du coin de l'œil, il la vit atterrir sous le manche, à l'endroit où le pilote posait normalement les pieds.

Volkov, qui avait lâché la sienne comme si elle ne lui était plus d'aucune utilité (parce qu'elle tirait des balles en bois ? se demanda Storm), lui fit une clé de cou avec son bras droit. Ensuite, le Russe réunit les deux mains et serra fort.

Storm se savait en danger, car son cerveau n'était plus irrigué. Il lui restait peut-être quarante-cinq secondes avant de perdre connaissance.

Il fallait les exploiter au mieux. Inutile d'essayer de faire lâcher prise à Volkov ; autant essayer d'ouvrir la gueule d'un requin affamé. Le seul avantage dont Storm bénéficiait était sa taille. Volkov était beaucoup plus petit.

Storm se releva tant bien que mal, car il lui fallait soulever ses cent cinq kilos plus les cent, plus denses, de Volkov sans vraiment pouvoir s'appuyer sur sa jambe gauche blessée. Avec Volkov accroché sur son dos, le supplément de poids accentuait maintenant l'étranglement.

Storm fit quelques pas en arrière vers la sortie du cockpit. Il lui fallait davantage de place pour manœuvrer, de quoi prendre un peu d'élan. Il recula donc aussi vite que le lui permettait son fardeau et se retrouva en première classe. Pour terminer, il plongea en arrière en direction de la première rangée de sièges. L'idée consistait à faire tomber Volkov, de sorte que sa nuque heurte l'accoudoir.

Cependant, il manqua d'appui sur sa jambe gauche et rata son coup. Volkov cogna contre le dossier avec le milieu du dos. Néanmoins, la force de ces deux cent cinq kilos propulsés avec élan de plus d'un mètre quatre-vingts de haut suffit à faire momentanément lâcher prise au Russe. Storm se dégagea adroitement, et les deux hommes se retrouvèrent face à face, tous deux ramassés, prêts à bondir.

Le combat rapproché favorisait Volkov, qui avait les bras plus courts. La boxe favorisait Storm, qui avait les bras plus longs. Les deux adversaires le savaient et se jaugeaient en réfléchissant chacun au moyen de tourner l'affrontement à son avantage.

— Ravi de te retrouver, Storm, grogna Volkov.

— Pourquoi ? Tu as le béguin, toi aussi ? Normal, comme toutes les filles.

— Non, c'est que j'ai compris un truc en te voyant ce matin, dit Volkov, qui pivota pour lui décocher un coup de pied latéral.

Storm l'esquiva sans problème.

— Et de quoi s'agit-il ?

— Je ne t'ai jamais vraiment fait payer pour ça, expliqua-t-il en montrant ses cicatrices au visage. Tout ce temps, comme je te croyais mort, je pensais que nos comptes étaient réglés, mais maintenant que tu es devant moi, je sais que tu mérites une correction.

Storm attrapa un ordinateur abandonné par l'un des passagers et le jeta sur Volkov. Le Russe l'arrêta d'un coup de patte.

— Ça ne marchera pas, tu sais, ce truc absurde que tu veux faire faire à Cracker.

— Ah ! mais je ne suis absolument pas d'accord, Storm ! Certains des hommes les plus riches de Russie sont prêts à payer pour qu'on sème la pagaille sur le marché. Avec l'argent qu'ils en retireront, ils pourront financer une révolte capable de renverser le plus puissant des régimes. Ces clowns qui dirigent actuellement Moscou n'ont aucune chance. Mère Russie mérite un homme fort à sa tête. Je suis ce dirigeant.

— Tu es tordu.

— Flatteur. Dommage qu'il faille te tuer.

— C'est toi qui vas mourir ce soir, Volkov.

En guise de réponse, Volkov baissa la tête, poussa un cri de guerre et chargea. Storm voulut l'arrêter par un ravageur coup de pied droit dans le plexus, mais, pour cela, il lui fallait prendre appui sur sa jambe gauche. Dès que son poids passa du côté blessé, il s'effondra.

Volkov, qui le visait à l'estomac, partit trop loin dans le petit dégagement entre le cockpit et la première classe. Désormais, ils avaient simplement changé de côtés.

Storm n'attendit pas l'assaut suivant. Il se précipita sur le Russe en jouant des poings. Volkov tenta de reculer, mais pas assez rapidement. Il reçut un crochet du droit suivi d'un direct du gauche. Le sang lui pissa par le nez.

Il s'évertua à passer à travers les coups pour tenter une prise de l'ours et ainsi lutter à sa manière, mais Storm l'en empêcha d'un uppercut qui lui fendit l'arcade sourcilière.

Les deux hommes se séparèrent un instant. Dans un combat pour le titre des poids lourds, Storm aurait fait un carton parmi les juges, bien qu'aucune feuille de score ne prévoie de handicap comme la plaie par balle de son mollet.

Les deux combattants se trouvaient maintenant chacun d'un côté de la cabine, la respiration difficile, tous deux amoindris par une blessure. Volkov commençait à ne plus voir grand-chose de son bon œil, si enflé qu'il se fermait. Storm ne sentait plus sa jambe gauche et ignorait combien de temps encore il allait pouvoir la bouger.

Ils savaient que le combat touchait à sa fin. Chacun pensait être le vainqueur.

Volkov fouillait les alentours du regard. Il recula encore, et Storm pensa qu'il prenait son élan pour lui foncer dedans.

Au lieu de cela, il passa devant Storm en courant, puis coupa vivement à sa gauche pour prendre le couloir.

Storm crut d'abord qu'il allait chercher une autre arme sans doute cachée dans son bagage de cabine. Volkov dépassa la place qu'il avait occupée à côté de Cracker. Storm se dit alors qu'il comptait se réfugier parmi les passagers. Toutefois, Volkov s'arrêta juste avant la classe affaires.

Devant ces deux erreurs de jugement, Storm dut se résoudre à constater que ses réactions étaient trop lentes, qu'il réfléchissait aussi trop lentement. En outre, il traînait maintenant sa jambe gauche derrière lui.

Ce n'était pas une arme ou un passager que Volkov était parti chercher, mais l'issue de secours, sur le côté de l'avion. Il en arracha le joint et la saisit des deux mains. Elle se dégagea facilement.

Ils volaient à assez basse altitude pour que l'ouverture n'entraîne pas un changement de pression trop important. Un puissant courant d'air s'engouffra néanmoins dans la cabine. Plusieurs milliers de mètres plus bas, on apercevait le sol défiler.

Storm se rendit compte, pas assez vite, de l'avantage dont disposait maintenant Volkov : une arme de vingt kilos en acier. Il l'avait soulevée et revenait à vive allure vers lui en la tenant par le bas.

À mi-chemin dans le couloir, Storm était piégé, une proie facile. S'il restait là, il allait se faire défoncer, mais, à cause de sa patte folle, il ne pouvait pas battre en retraite assez rapidement pour éviter le choc. Il n'avait donc pas le choix. Il baissa l'épaule et se rua en avant.

Cette décision désarçonna Volkov, qui abattit sauvagement la porte sur lui, mais ne cogna que les parties charnues de son dos et de son épaule. Storm était arrivé trop rapidement sur lui.

Les deux hommes tombèrent lourdement par terre et roulèrent. Ils tapèrent contre le bar au fond de la première classe, puis titubèrent vers l'ouverture béante de l'issue de secours. Storm essayait d'approcher les mains du visage de Volkov, pour continuer de blesser son œil, tandis que Volkov s'en prenait à sa jambe, cherchant à plonger les doigts dans la plaie.

Les deux adversaires hurlaient et grognaient, en partie à cause de la douleur qu'ils éprouvaient, en partie à cause de celle qu'ils infligeaient, mais aussi par pur instinct.

Ils ne formaient plus que deux organismes se battant pour leur survie. Tentant le tout pour le tout, ils puisaient au plus profond de leurs réserves pour infliger le plus de souffrance à l'autre.

Tour à tour, chacun se retrouvait sur l'autre, mais cela ne changeait pas grand-chose. Ni celui qui était sur le dessus ni l'autre ne semblait prendre l'avantage.

Pour autant, ils ne cessaient d'essayer de s'arracher les yeux, de se griffer, de cogner du poing, des pieds et de s'agripper l'un l'autre.

Puis, subitement, tout changea. Volkov se trouva sur le dessus, et Storm s'acharna tant sur son œil, qu'il en oublia de se défendre. Volkov réussit à lui passer les mains autour du cou et serra de toutes ses forces. Storm eut la terrible certitude d'être sur le point de perdre la bataille… et la vie.

Sa vision commençait à se brouiller. Des points noirs apparaissaient, puis sa vue s'assombrit. L'image de Volkov penché sur lui, ricanant avec sadisme, allait rapidement se refermer avant de disparaître complètement. Ce n'était plus qu'une question de secondes.

Il ne savait pas exactement où il était par terre, mais il sentait la dangereuse proximité de l'entrée d'air, ce qui signifiait qu'il n'était pas loin du bord, mais il n'était plus question de faire preuve de prudence.

Mobilisant ses toutes dernières forces, il roula vers la porte ouverte.

Son pied droit – qui n'était pas insensible – s'arrêta d'un côté de l'ouverture, sa main droite, de l'autre. Volkov, qui l'étranglait toujours et qui avait remonté les genoux, n'était pas aussi large. En fait, il était en boule. Une boule que Storm avait réussi à positionner juste en face de l'ouverture de la porte.

Storm avait de quoi se tenir : les côtés de la porte. Pas Volkov. Avec l'élan, il poursuivit son vol, sauf qu'il n'était plus dans l'avion.

Pendant un bref instant, alors que son rictus de mépris cédait la place à un regard terrifié, il tenta de garder les mains autour cou de Storm, mais quand son corps bascula complètement par l'ouverture et qu'il entama une chute aussi inévitable que définitive, il perdit l'angle nécessaire et fut contraint de lâcher.

La dernière vision que Storm eut de Volkov fut l'image, dans la nuit, des contorsions de sa silhouette rétrécissant au fur et à mesure de sa plongée vers le sol, à des milliers de mètres plus bas.

TRENTE-QUATRE

Bacău, Roumanie

Quelque chose avait changé. Derrick Storm le lisait dans les yeux de la fillette.

Katya Beckescu étreignait toujours son ourson en loques. Elle portait toujours les mêmes vieux habits, mais elle était différente de l'enfant qu'il avait vu la dernière fois dans la cour de l'orphelinat du Saint-Nom. Elle courut vers lui et le serra si fort dans ses bras qu'elle fit tomber la canne dont il s'aidait depuis une bonne semaine à cause de sa vilaine blessure par balle au mollet.

Storm avait passé la première partie de la semaine à l'hôpital, où le chirurgien lui avait retiré la chose la plus surprenante qu'il eût jamais vue : une balle en bois composite plus dure que le métal.

À vrai dire, elle était si résistante, qu'elle n'avait pas éclaté à l'impact comme toute autre balle, ce qui augurait d'un prompt rétablissement, et Storm avait toutes les chances de recouvrer le plein usage de sa jambe.

Le reste de la semaine s'était écoulé en longs entretiens avec l'agence de la sécurité aérienne, celle de la sécurité des transports, le FBI et toute une ribambelle d'autres institutions fédérales désireuses de démêler le fameux « incident du vol 19 ».

Le commandant Roy Montgomery avait dû jurer à plusieurs reprises que Derrick Storm s'était bien comporté en héros.

Officiellement, la CIA n'avait rien sur le sujet – comme d'habitude.

Storm avait également rendu visite à Jedediah Jones au cagibi, où l'exécuteur des opérations de nettoyage avait assuré Storm qu'il n'éprouvait aucune rancune et qu'en dépit de quelques divergences au cours de sa dernière mission, il lui confierait d'autres opérations.

Pour accompagner ces promesses, Jones lui avait remis une valise pleine de liquide.

En fin de semaine, Storm s'était rendu à Pékin pour assister aux funérailles de Ling Xi Bang, inhumée avec les honneurs militaires.

Sans fournir de détails, les médias contrôlés par l'État avaient rapporté que la plus haute distinction militaire chinoise, l'Ordre de la gloire nationale, lui avait été décernée à titre posthume.

À la cérémonie, le père vieillissant de Xi Bang s'était interrogé, à travers ses larmes, sur la présence de ce seul Occidental. Toutefois, avant son départ, un homme avait gentiment attrapé l'Américain par le bras et murmuré :

— Merci, monsieur Storm, de vous être assuré qu'elle ne soit pas morte en vain.

Autrement dit, « quelqu'un » avait remis au *Washington Post* les photos compromettantes, prises avec un téléphone portable, du sénateur Donald Whitmer en galante compagnie.

Par décence, le journal ne les avait pas publiées, mais avait mentionné leur existence dans un article décrivant simplement la jeune employée du Sénat comme « une Asiatique en jupe courte plissée ».

Quelques heures plus tard, Whitmer s'était vu taxer de « vicelard » sur Internet. Le sénateur avait d'abord prétendu que ces photos étaient une imposture. Puis, dans une brève déclaration, il avait annoncé le lendemain qu'il ne se représenterait pas à un cinquième mandat, afin de pouvoir se consacrer davantage à sa famille.

Au même moment, le ministère de la Justice avait discrètement clos sa brève mais infructueuse enquête sur Whitely Cracker. Le procureur adjoint des États-Unis n'avait aucun doute : Cracker méritait d'être poursuivi ; cependant, il disposait de trop peu de preuves pour étayer les chefs d'accusation.

Aucune somme d'argent n'avait été échangée entre Cracker et l'assassin qu'il était censé avoir engagé. Sans trace d'argent à suivre, il n'y avait pas de dossier.

Derrick Storm devrait donc rendre justice lui-même, ce qu'il ferait avec joie.

En premier lieu, il veillerait personnellement à ce que Whitely Cracker ne procède plus à aucune transaction, même pour des images publicitaires.

Si néanmoins l'envie l'en prenait un jour, il recevrait la visite d'un justicier (Storm ou l'un de ses amis) sans pitié.

Ensuite, Storm appliquerait le plan qu'il avait toujours eu en tête pour Cracker, celui qu'il avait imaginé dès que son père lui avait parlé de l'opération Hostie.

Et c'est pour cette raison que Storm était en train de questionner une enfant de cinq ans.

— Qu'est-ce qui te rend donc si heureuse, petite Katya ? demanda-t-il en roumain.

— Je vais être adoptée, fusa la réponse. Je vais partir dans une ville, chez toi, en Amérique, qui s'appelle San Francisco.

— En voilà, une bonne nouvelle ! s'exclama Storm, tandis qu'elle lui lâchait enfin la jambe.

— J'ai tellement espéré, espéré avoir une maman, dit-elle, rayonnante. Et sœur Rose dit que je vais même en avoir deux.

— Alors, tu m'as bien l'air de partir pour San Francisco, s'esclaffa Storm.

Storm se baissa pour ramasser sa canne juste au moment où la sœur McAvoy apparaissait à l'entrée de l'abbaye. Elle traversa lentement la cour à sa rencontre.

— Eh bien, Derrick Storm, vous n'allez pas croire le coup de fil que je viens de recevoir, dit-elle, les larmes aux yeux et la voix étranglée par l'émotion.

— Ah ?

— Apparemment, quelqu'un de New York a fait un don anonyme de cinquante millions de dollars à l'orphelinat du Saint-Nom, continua-t-elle. Il est stipulé que cinq millions doivent servir à racheter l'abbaye au diocèse. Le reste constituera une dotation réservée au seul orphelinat. On dirait bien que Saint-Nom est désormais financièrement à l'abri pour le restant de ses jours, mon garçon.

— Ah bon ? fit Storm comme s'il découvrait la nouvelle.

— Allez, vous n'allez quand même pas me dire que vous n'y êtes pour rien, Derrick Storm ?

Sa longue marche enfin terminée, Sœur Rose prit Storm dans ses bras et se blottit contre son torse puissant. Malgré ses vieux os qu'il sentait à travers sa peau parcheminée, elle avait encore de la poigne.

— Je vous assure que non, affirma Storm. Vous dites toujours que Dieu répond à nos prières. Il a dû répondre aux vôtres, Sœur Rose.

— En effet. En effet. Et je pense que j'ai devant moi la preuve que ces prières ont été exaucées.

Elle leva les yeux vers lui, le visage baigné de larmes, mais la mine rayonnante.

— Voulez-vous dire que vous n'allez pas vous enfuir avec moi pour m'épouser, Sœur Rose ?

— Je le crains, Derrick. J’ai encore du pain sur la planche ici, à l’orphelinat.

— Dommage, soupira-t-il.

Alors, d’une main, Sœur Rose lui pinça les fesses et déclara avec un petit sourire coquin :

— Quel charmeur, ce voyou !